-Scene-

Robert Sabbag

Schneeblind

Report über den Kokainhandel

Deutsche Erstveröffentlichung

Wilhelm Heyne Verlag
München

HEYNE-BUCH Nr. 18/4
im Wilhelm Heyne Verlag, München

Titel der amerikanischen Originalausgabe
SNOWBLIND
Deutsche Übersetzung von Rolf Jurkeit

Printed in Germany 1984
Umschlagfoto: Klaus Schmäh, München
Umschlaggestaltung: Atelier Ingrid Schütz, München
Gesamtherstellung: Presse-Druck Augsburg

ISBN 3-453-35032-4

Inhalt

ZU NEUEN UFERN

1 Nachsommer

Zachary Swan ist kein abergläubischer Mensch. Aber er ist vorsichtig. Wie jeder Berufsspieler weiß er, daß man nur überleben kann, wenn man mit kalkuliertem Risiko arbeitet. Es war im Oktober 1972, als er seine Rückkehr nach New York mit einer Party feierte. Er entschied sich für eine Veranstaltung im kleinen Kreise, und das nicht etwa, weil die Feier auf Freitag, den dreizehnten, fiel. Es gab einen anderen Grund, der ihn zur Vorsicht zwang. In der Kaminummantelung seines Wohnzimmers waren 3½ Kilo 89% reines Kokain verborgen.

Erst am Vormittag jenes Tages war das Kokain in die Vereinigten Staaten eingeschmuggelt worden, in drei billigen Holzplastiken kolumbianischer Produktion. Eine rohgeschnitzte Marienstatue von 50 cm Höhe, der Kopf eines Stammeskriegers, so groß wie eine Kokosnuß, und ein langes, buntbemaltes Nudelholz, Sinnbild ehelichen Segens, ein Souvenir, das in Kolumbien zu den Standardgeschenken bei einer Hochzeit zählt. Die Füllung der Holzplastiken mit Rauschgift hatte eine Woche zuvor in Bogota stattgefunden. Die Mitbringsel waren ohne Schwierigkeiten durch den Zoll am Kennedy Airport in New York gebracht worden. Ihrem Aussehen entsprechend waren sie als ›Souvenirs‹ deklariert worden.

Um die Ankunft des Schmuggelguts in gebührendem Rahmen zu begehen, hatte Zachary Swan in sein Strandhaus in East Hampton, Long Island, eingeladen. Es sollte eine Feier werden, die bis zum nächsten Morgen dauerte. Es war 20 Uhr, als Zachary dem hölzernen Krieger mit Hilfe eines Stechbeitels den Schädel aufspaltete. Zwei Minuten später lag ein durchsichtiges Plastikpäckchen mit 500 Gramm hochwertigem Kokain in seiner Hand.

Bald nachdem die Reste des hölzernen Schädels im Kamin zu glimmender Asche zerfielen, war die kleine Gesellschaft so richtig in Stimmung gekommen. Das genossene Kokain tat seine Wirkung. Nicht nur Swan war high. Zu den Nutznießern der Droge in jener Nacht zählten seine Freundin Alice Haskell, 24, Designerin für Kinderkleidung, Charles Kendricks, 30, ein Australier, der hin und wieder für Swan einen Job übernahm, sowie Kendricks Gefährtin Lillian Giles, 23, ebenfalls eine Australierin. Der Schnee, den Swan aus dem Schädel des Stammeskriegers entnommen hatte, war nur der erste Gang eines festlichen Menüs, das mit französischem Wein, englischem Gin, libanesischem Haschisch, kolumbianischem Marihuana und einem in den USA beliebten Aufputschmittel namens Methaqualon fortgesetzt wurde.

Es ist schwer, im nachhinein zu bestimmen, in welchem Stadium des Festmahls Swan von seinem Vorsatz, auf kalkuliertes Risiko zu spielen, abging. Vermutlich war das bei der Einnahme des Nachtischs. In den Morgenstunden geriet die Party außer Kontrolle. Swan war, mitten im Kokainrausch, gegen das Gesetz der Wahrscheinlichkeit angetreten. Er ließ, was untypisch war für ihn, sehr heraushängen, wieviel er bei diesem Deal verdienen würde. Als die Sonne aufging, war das Unglück nicht mehr abzuwenden. Swan war über seine Renommiersucht gestolpert.

Der Ort Amagansett im Bundesstaat New York liegt 120 Meilen östlich von New York, unweit von Long Island. Er gehört zu den Ansiedlungen, deren Anziehungskraft sich auf die Lage am Meer gründet. Das Klima an diesem Teil der amerikanischen Ostküste ist mild, eine Folge des Golfstroms, der die Strände bespült. Amagansett, das sagt schon der Name, ist eine Gründung der Indianer. Innerhalb der Orte in den Neuengland-Staaten ist es derjenige, wo das puritanische Erbe der englischen Kolonialherren besonders hochgehalten wird. Sonst gibt es nichts Großartiges mehr in Amagansett. Ein paar Wetterhähne drehen sich auf den Dächern. Gelegentlich sieht man eine Witwe am Strand entlanggehen. Im Sand findet man verrostete Anker, auf dem Friedhof Adler aus Stein. George Washington wäre wahrscheinlich ganz gern in Amagansett begraben worden.

Im Winter scheint die Zeit stillzustehen. Wenn die Sommersonne kommt und der Wind die Regenwolken landeinwärts fegt, erwacht der Ort zu einem seltsamen Leben. Ein Heer von Touristen fällt ein, sie erzwingen den Verkauf von Andenkenramsch, Schnellgerichten und nachgemachten Antiquitäten. Eine Art Westentaschenkapitalismus blüht auf. Hilflos beobachten die Stadtväter, wie Amagansett tiefer und tiefer in den Mahlstrom des zwanzigsten Jahrhunderts gezogen wird.

Der Zusammenprall mit Fremden bringt Aggressionen an die Oberfläche. Man fühlt sich an die Zeiten des Wilden Westens erinnert. Jederzeit erwartet man, daß sich einem die schwere Hand des Sheriffs auf die Schulter legt. »Wir leben hier in einer ruhigen, kleinen Stadt, Cowboy. Die Bürger reagieren sehr empfindlich, wenn sie jemand aus dieser Ruhe aufschrecken will.« Blick auf die Uhr. »Sie haben Zeit bis Sonnenuntergang, den Ort zu verlassen.« Niemand wäre erstaunt, wenn ein Richter in Amagansett mitten im Zeitalter der Elektronik ein Todesurteil gegen einen Viehdieb verhängte. In den Monaten zwischen Mai und September fühlt sich jeder Einheimische ein bißchen wie Wyatt Earp. Fuchteln mit dem Revolver also, und wenn jemand auf deine Argumente nicht eingehen will, unterstreichst du deine Meinung, indem du ihm mit dem Gewehrkolben die Jacketkronen wegraspelst.

Gesteht man den Touristen als Geldbringer in den Sommermonaten noch einen begrenzten Freiraum zu, so fällt spätestens mit dem Erntedankfest die Klappe. Danach haben nur noch Ortsansässige eine Chance, bei Gesetzesübertretungen mit dem blauen Auge davonzukommen. Und Zachary Swan, 46, der selbsternannte Pionier, der am frühen Morgen des 14. Oktober die Geduld der Bürger auf die Probe stellte, war kein Ortsansässiger. Ganz abgesehen davon, daß er von der puritanischen Ethik nicht in dem Maße durchdrungen war, wie man das in den konservativen Kreisen von Amagansett für wünschenswert erachtet hätte. Kurz nach Sonnenaufgang wurden er und seine Gäste wegen Vergehens gegen das Rauschgiftgesetz festgenommen. Was zunächst ein zufälliger Konflikt zwischen den Kopfjägern von Amagansett und dem Cowboy aus New York gewesen war, sollte zu einem Fall werden, der zwei Kontinente umspannte und so rangunterschiedliche Institutionen wie den amerikanischen Fiskus und die Drogenfahnder des Polizeikommissariats East Hampton, Long Island beschäftigte.

Es war fünf Uhr morgens. Zachary Swan betrachtete den Plastikbeutel voller Kokain, der auf dem Kaminsims lag. Er lächelte. 100 000 Dollar. Sein Blick wanderte zu der Madonnenfigur, die er neben den Plastikbeutel gestellt hatte. Sri Lanka. Irgendeine kleine Insel vor Sri Lanka, das war, wonach er sich jetzt sehnte. Swan lag auf dem Boden des Wohnzimmers. Er war zusammengekuschelt wie ein junger Hund. Wer ihn aus einigen hundert Metern Entfernung betrachtete, hätte ihn für ein Schoßtier halten können, wie sie zur Standardbesetzung englischer Romane um 1760 gehören.

Draußen dämmerte es. Es war still im Haus. Die Party war nach einem dramatischen Höhepunkt in sich zusammengebrochen. Nur der Herzschlag der vier Personen war noch da.

Einer der vier räkelte sich im Halbschlaf, tauchte für ein paar Sekunden aus seinen Drogenträumen auf. »Warum gehen wir nicht an den Strand und sehen uns den Sonnenaufgang an?«

Eine bemerkenswerte Idee, wenn man berücksichtigt, gegen wieviel Kokain der Kreislauf der Berauschten anzukämpfen hatte.

Ja, warum eigentlich nicht? Irgend jemand lallte eine Antwort. Undeutliche Vokale.

Der Leser wird verstehen, wenn ich ihn für ein paar Minuten die Straßen von Quaalude City entlangführe. Das ist notwendig, weil sich die Protagonisten des Stückes in Quaalude City aufhalten. Die Kommunikation in dieser Stadt der Fantasie kann man bestenfalls als Zufallsprodukt bezeichnen. Kürzel aus der Ära der Raumfahrt, Kodeworte aus Sherlock Holmes' Zeiten, ein gefällig inszenierter Grabgesang, der jenen, die vor den Toren der Stadt geblieben sind, als Kakophonie erscheinen muß. Nur Menschen, die unter dem Einfluß der gleichen Droge stehen, können sich in dieser Sprache verständigen.

Aus der Idee, an den Strand zu gehen, und aus einem gemurmelten *Ja* erwuchs so etwas wie ein Wortwechsel, der in einer psychodynamischen Erkenntnis mündete. Wenn man sich in dem nachtschwarzen Tief befindet, das einen nach der Einnahme von Quaaludes überkommt, dann kann man daraus am schnellsten auftauchen, indem man etwas Kokain nachwirft. Man kann sich dann sogar in zusammenhängenden Gedankengängen unterhalten. Silben werden zu Worten.

»Die ... Sonne.«

Du spürst, wie das Zeug durch deine Adern rinnt.

»Die Sonne aufgehen sehen.«

Ob sie überhaupt je wieder aufgehen würde?

Jeder der vier hatte beschlossen, darüber nachzudenken. Jeder auf seine Weise. Man vermeidet es in diesem Zustand, unnötige Risiken einzugehen. Es war zum Beispiel ein Risiko, wenn man aufstand. Zudem war es ja nicht sicher, daß dieser Nacht ein Tag folgen würde. Der Entschluß, an den Strand zu gehen, erfuhr eine Verzögerung, eine Folge des psychochemischen Schocks, den der Organismus zu verarbeiten hatte. Gesagt werden muß, daß eine solche Verzögerung zugleich Anzeichen für das Wiedererwachen der körperlichen Leistungskraft ist. Die Süchtigen stammeln in diesem Zustand einfache Worte. Hie und da ein Adjektiv, ein Prädikat. Es folgen die ersten Diphthonge. Die Quaaludes halten die Vorhänge geschlossen, mit denen sie den Geist ummantelt haben, aber unter dem Vorhang tasten sich ein paar Lichtfinger nach vorn. Es ist abzusehen, wann ihr Einfluß zusammenbrechen wird.

»Wir haben nicht mehr viel Zeit«, sagte jemand.

Eine klare Feststellung, deutlich hörbar vorgebracht. Sie bekräftigte, was jeder der vier wußte. Die Wirkung des Kokains würde bald zu Ende gehen.

»Gehen wir!«

Auf dem Scheitelpunkt der Kokain-Eklipse traten die vier den Weg zum Strand an. Man muß etwas unternehmen. Status quo. Das Prinzip bei Einnahme einer Droge. Runter kommst du immer. Vier Leute, die bis zur Halskrause voll sind mit Koks. Einer der vier ein Fan von Frank Sinatra. Bei einer solchen Konstellation ist schlicht alles möglich.

Phase II: Overdrive. Mobilisierungsbefehl. Die Gezeitentafeln werden studiert. Wettermeldungen aus der ganzen Welt werden in den Computer gefüttert. Folgt die Analyse. Die Charts werden gezeichnet. Eine Expedition wird ausgerüstet.

»Wenn wir an den Strand gehen, müssen wir jede Menge Stoff mitnehmen.«

Ja. Natürlich. Was sonst noch? Wie überaus angemessen. Wir stehen mit nackten Beinen in der Brandung des Atlantiks und begrüßen die Sonne, die in die Vereinigten Staaten von Amerika zurückkehrt. Wir, das Volk. Wir verneigen uns vor dem Gestirn. In unseren Adern rollen Drogen in einer Menge, die ausreichen würde, um die Pferde von drei Kentucky Derbies damit zu versorgen. Vielleicht würde noch etwas übrigbleiben, um die Delphine in Miami anzutörnen. Auf die gerechte Verteilung kommt es an.

Sie nahmen den Volkswagen, weil er sowieso mit der Schnauze zum Meer stand. Es war der einzige Wagen, der notfalls eine Weile oben schwimmen würde, aber daran dachten sie nicht. Sie nahmen die drei Labradorhunde mit. Mit Gottes Hilfe erreichten Swan und seine Gäste den Strand. (Bei den Fixern in der amerikanischen Szene heißt es, ER hält seine schützende Hand über die Süchtigen, aber man sagt das sehr leise, weil man nicht sicher ist, ob ER das gerne hört.)

Der Strand. Wie eine Bande Zirkusclowns quollen sie aus dem Wagen, liefen über den Strand. Wer die Gruppe beobachtete, tat sich schwer, Mensch von Tier zu unterscheiden. Es waren die Hunde, die das Wasser zuerst erreichten. Swan und seine Gefährten liefen ihnen nach, rissen sich die Kleider vom Leib, stürzten sich in die Fluten.

Sie standen bis zum Hals im Wasser, als die Sonne sich über den Horizont schob. Wenig später erschien in der Ferne des Strandstreifens die Silhouette eines Joggers. Ein Störenfried. Es dauerte nicht lange, da konnten sie seine Gesichtszüge erkennen. Der Mann prustete und schwitzte. Sehr unternehmungslustig sah er aus. Richtig amerikanisch. Der Mann war um die 55. Wohlgenährt. Swan kannte das Gesicht. Der Inhaber eines Pflegeheims, ein Einheimischer. Zuerst sah es aus, als würde er ganz einfach vorbeilaufen. Aber dann blieb er stehen. Sein Blick irrte über die Kleider, die unordentlich über den Sand verstreut lagen.

Als Swan dem Mann in die Augen sah, wußte er, was die Uhr geschlagen hatte. Er versuchte ihm zuzublinzeln. Der Mann reagierte nicht. Er stand da und starrte die vier Badenden an.

Du Arschloch, dachte Swan. *Du traust deinen Augen nicht. Jawohl, wir sind high. Alle vier. Es ist wunderbar. Wir werden kleine Ungeheuer zur Welt bringen. Monster, die sich auf deine Tochter stürzen werden. Es hilft ihr nichts, wenn sie schreit. Du hast eine traurige Visage, Mann. Wirklich. Wir werden dich in deinen Träumen verfolgen. Ich weiß, du wirst uns anzeigen. Hurensohn!*

Der Mann hatte sich abgewandt, ohne ein Wort zu sagen. Swan sah ihm nach, wie er den Strand entlanglief. Er wurde zu einem hüpfenden Punkt, der schließlich im Glast des aufkommenden Morgens verschwand.

»Der Mann wird uns bei der Polizei hinhängen«, sagte Swan.

Er sollte recht behalten.

Es mußte in jener Zeit gewesen sein, die Zachary Swan in nachdenklichen Momenten als ›meine Jugend‹ bezeichnete, als ein älterer Mann ihn in ein Gespräch zog. Swan hatte die Worte nie vergessen. Er hatte damals eine harte Wahrheit erfahren. »Es gibt nichts umsonst im Leben«, hatte der Mann gesagt. »Nicht einmal ein Mittagessen.« Swan hatte ihm damals nicht geglaubt. Viele Jahre sollten vergehen, bis er den Beweis bekam.

»Ich hatte halb durchgebraten bestellt«, sagte er. »Geben Sie mir außerdem ...«

Aber da war der Kalfaktor, der den Wagen mit Essen an den Zellen vorbeischob, schon wieder aus seinem Sichtwinkel verschwunden.

Seit drei Tagen saß Swan in Riverhead ein. Wenn er je nahe dran gewesen war, eine Überdosis zu nehmen, dann jetzt... Nur ein Knacki. Armer Hund. Hat nicht mal mehr Zeit gehabt, die Aderpresse loszubinden. Legen Sie 'ne Decke drüber, Schwester... Der Gefängnisdirektor mußte wohl aus Texas stammen, anders war der Speisezettel nicht zu erklären. Rind und noch mal Rind. Ein Hindu würde vor Hunger umkommen. *Hare Krischna, Partner.*

Es gelang Swan, das Stück Fleisch mit einem Schluck Gefängniskaffee hinunterzuspülen. Eine Lösung aus 70 % Zucker. Dick wie Sirup. Ein Diabetiker konnte dieses Gefängnis nicht überleben. Unmöglich. Wenn man den Kaffee in den Tank eines 8-Zylinder-Chevys schüttete, konnte man das Ding auf den Schrott werfen. So sah's aus. Er fühlte, wie der Ball aus Fleisch, Fladen und Kaffee seine Speiseröhre hinunterrutschte und in jenem unendlich weiten Muskelsack verschwand, der früher einmal sein Magen gewesen war.

Es war Samstag abend geworden. Swan hatte bereits den größten Teil der täglichen Rindfleisch-Zucker-Prütt-Ration verdaut, als er einen Tiefschlag erhielt, der ihm für zwei Jahre den Wind aus den Segeln nehmen sollte. Es war ein *Officer* der Polizei, der ihm den Tiefschlag versetzte. Der Mann war in Zivil gekommen. Er fixierte Swan mit einem kühlen Blick.

»Wir haben in Ihrem Haus Drogen gefunden«, sagte er.

Swans Verdauung war sehr plötzlich in Unordnung geraten. Es war der Beginn einer längeren Magenverstimmung.

»Außerdem habe ich gehört, daß Sie Waffen tragen«, setzte der *Officer* nach. Swan empfand es als Kinnhaken. Nicht nur, daß es weh tat. Es machte ihn auch nachdenklich.

Du hast was gehört, sagst du. Eine Waffe. Du sitzt wohl den ganzen Tag vor der Glotze, wie? Daher die begrenzte Fantasie. Oder du hast es in *The Daily News* gelesen. Ich bin ein Mitglied der Managerkaste, Mann. Ich bin Mitglied im Westchester Country Club, wenn dir das was sagt. Ich besitze Aktien der größten Firmen der Welt. Blue Chips, Mann. Meine Frau ist früher in der Dick Cavett Show aufgetreten. Und da faselst du herum, du hast davon gehört, daß ich Waffen trage. Der Lüftungsschacht, Charlie. Schmeiß das Ding in den Lüftungsschacht.

Während Zachary Swan über das Wohl und Wehe seines Magens nachdachte, betrachtete Charles Kendricks, unter den Pushern auch ›der Ungar‹ genannt, mit traurigem Blick das massive Silberlöffelchen, das er so oft zur Zubereitung der Kokaindosen benutzt hatte. Es war ein Löffel, an dem viele Erinnerungen hingen. Aber es mußte wohl sein. Er warf den Löffel in den Luftschacht, der seine Zelle belüftete. Seine Nase juckte. Goodbye. Was habe ich falsch gemacht?

Der Showdown hatte am Strand stattgefunden. Plötzlich waren zwei Polizeiwagen vorgefahren. Eigentlich ganz logisch. Zwei nackte Weiber, die im Meer schwammen. Da konnte man schon mal einen Blick riskieren. Die Nacht war lang, wenn man Dienst schob. Wahrscheinlich hatten die Bullen an einem Becher kalten Kaffee genuckelt. Charles Kendricks malte sich aus, wie ihnen das Gesöff über die Mundwinkel rann, als der Mann am Steuer aufs Gas trat. Sie waren dann recht rasch am Ort des Geschehens. Allerdings nicht schnell genug, um den Volkswagen bei seinem Start zu behindern. Der Volkswagen, das Spielzeugauto aus Dachau. Das deutsche Vaterland hatte den Beweis geliefert, daß der Teufel am liebsten Konserven frißt. Lillian hatte das Steuer übernommen. Sie war etwas aus dem Takt gekommen. Alles nicht so einfach. Sie hatten die Hunde zusammensuchen müssen. Sie hatten sich ankleiden müssen. Wahrscheinlich lag es daran, daß sich die Erde so schnell drehte, dachte Kendricks. Ist das wirklich so? Dreht sich die Erde um die verdammte Sonne? Swan jedenfalls hatte versucht, mit beiden Beinen zugleich in die Hose zu kommen. Warum müssen wir eigentlich aufstehen? Nur, weil ein Bulle am Steuer sitzt? Swan hatte ziemlich viel geredet. Tja, *Officer,* das ist Mr. und Mrs. Kendricks, Freunde von mir. Kommen von da unten, wenn Sie wissen, was ich meine. Australien. Meine Freunde sind Mitglieder der Olympiamannschaft von Australien. Schwimmer, verstehen Sie? Sind mal so eben von Sydney rübergekrault. Meine Frau und ich, wir haben unsere Freunde eigentlich erst morgen erwartet. Aber der Golfstrom hat wohl mitgeholfen. Na, was meinst du, Charles, morgen geht's Richtung Gibraltar. »Sie stehen unter dem Verdacht, gegen das Rauschgiftgesetz verstoßen zu haben. Sie haben in aller Öffentlichkeit... Folgen Sie uns bitte.« Und jetzt auch noch die Sache mit der Waffe. Den Stoff hatten sie auch gefunden. Schuld war Kendricks, dessen Nase zu laufen begonnen hatte. Das mußte selbst einen Officer aus dem tiefsten Wyoming stutzig machen. Der Löffel verschwand mit einem klirrenden Geräusch im Schacht, dann war es still.

Fingerabdrücke. Erkennungsdienstliche Behandlung. Fahndungsfoto. Hamburger. Und dann Handschellen. Um ein Uhr morgens wurden sie dem Richter vorgeführt und formell vernommen. Man las ihnen die Anklage vor. In zwei Wagen wurden sie zum Landesgefängnis Suffolk gebracht, Frauen und Männer getrennt. Sie wurden desinfiziert und mit Gefängniskleidung eingekleidet. Man schloß sie ein. Die Iden des Oktober. Ein wunderschöner Sonntag vormittag.

Swan hatte Kendricks für die Party ein paar frische Unterhosen geliehen. Auch das war ein Fehler gewesen. Als der Polizist entdeckte, daß sie identische Unterhosen trugen, hatte er dem Gefängnisbeamten die Anweisung gegeben, »die beiden auf verschiedenen Etagen unterzubringen«. In den vier Tagen, die Swan im Gefängnis verbrachte, sahen sie sich nur ein einziges Mal. Und bei dieser Gelegenheit lernte Swan, was Gefängnisdrill ist. Kendricks stand in der Schlange der Häftlinge, die zur Untersuchung durch den Gefängnisarzt angetreten waren. Sie waren durch vier Männer getrennt. Swan trat aus der Reihe. Er wurde von seinem Nebenmann zurückgehalten. Wo willst du hin? Die schlagen dich zusammen, Mann. Wie dem auch sei, ich muß mit Charlie sprechen. Ein paar Pirouetten. Ich schau' hierhin, du schaust dorthin. Wir vertreten uns etwas die Beine, und plötzlich stehe ich, wo du gestanden hast, siehst du, so geht das, und da kommt ja auch schon mein Freund, welch ein Zufall.

Es dauerte drei Minuten, dann standen sie in der Schlange hintereinander.

»Wie hast du's bisher durchgehalten, Charlie?«

»Der Kaffee ist schlimm.«

»Haben sie dich telefonieren lassen?«

»Wenn alles gutgeht, kann ich nach dem Mittagessen telefonieren. Scheiße. Hoffentlich gibt's nicht wieder Hamburger. Ich kotze, wenn es wieder Hamburger gibt.«

»Wenn sie dich sprechen lassen, ruf Seymour an.«

»Was ist aus deinem Bart geworden?«

»Haben sie mir abrasiert.«

»Diese Arschlöcher.«

»Die Jungens sind nicht ganz richtig im Kopf, Charlie. Ich habe Beweise. Schau mal, erst machen sie ein Foto von mir mit Bart. Dann rasieren sie mir den Bart ab und machen ein zweites Foto ohne Bart. Verstehst du das? Ich versteh's nicht.«

»Du bist schon fast fünfzig, Mann. Du hast das Durchschnittsalter in diesem Knast auf zweiundzwanzig hochgetrieben. Und jetzt beantworte mir mal eine Frage. Warum muß aus diesen gefickten Muzak-Lautsprechern dauernd Frank Sinatra und Tony Bennett kommen?«

»Ruf Seymour an, es ist wichtig. Sag ihm, er soll sich sofort mit Sandy in Verbindung setzen. Sandy soll uns einen Anwalt beschaffen.«

Kendricks gähnte. Er nickte und drehte sich zur anderen Seite.

»Charlie, nimm dich vor dem Arzt in acht. Ich habe meine Informationen. Der Junge ist scharf auf Männer in deinem Alter. Laß dir nichts gefallen. Stethoskop hin, Stethoskop her, wenn er dich bei der Untersuchung anlächelt, bist du dran. Ich schreib' dir bald.«

Charlie durfte seinen Anruf machen. Aber es gelang ihm nicht, Sandy zu erreichen.

Swan öffnete die Augen. Er hatte eine schlechte Nacht hinter sich. Der Mann in der Zelle nebenan hatte wieder onaniert. Mitten in der Nacht hatte er zu wichsen begonnen. Sie waren durch eine Wand getrennt, aber ihre Matratzen lagen auf einem Gestell, das miteinander verbunden war. Und so hatte Swan alle Erschütterungen mitbekommen. Gefängnis ist auch nicht mehr das, was es einmal war, entschied Swan.

Die Jungens mit den Büchern kamen. Timing. Eine Stunde später würden die Hamburger ausgefahren werden.

»Bücher?«

Swan schüttelte den Kopf.

»Warum haben sie dich eingebuchtet?« fragte einer der beiden Bücher-Ausfahrer, Knackis wie er, knapp über 20.

Swan sagte ihm, warum er einsaß. Die beiden Jungen wechselten einen raschen Blick.

»Sieh zu, daß du in einen anderen Knast verlegt wirst, bevor sie dich verurteilen«, sagte der Ältere der beiden. Sie gingen weiter.

Swan starrte durch das Gitter. Der Farbige gegenüber hatte einen Teil der Unterhaltung mitbekommen.

»He, Mann«, sprach er ihn an, »du hast nicht zufällig Stoff dabei, den du mir verkaufen könntest?«

Wenig später wurden die Hamburger ausgefahren.

Während Zachary Swan in der Haftanstalt Riverhead auf der glitschig-knorpeligen Rindfleischmasse herumkaute, verließ ein junger, braungebrannter Kanadier die Linienmaschine, die ihn nach New York gebracht hatte. Ein Mann, der allein reiste. Allein und mit leichtem Gepäck. Mit falschem Paß. Die Taschen voller Geld. Der junge Mann aus Kanada, der auf die Mitreisenden im Flugzeug wie einer der ›hands‹ auf einer Cowboy-Ranch wirkte, hatte nicht nur genügend Bargeld für die Reisespesen dabei, sondern auch 5000 amerikanische Dollar in Scheinen. Das Geld war der Schlüssel, der Swan den Weg in die Freiheit öffnen würde. Schon eine Stunde, nachdem der Kanadier seinen Fuß auf die Piste des John F. Kennedy-Airport gesetzt hatte, wurde Swan die Hilfe eines Anwalts zuteil. Die Kaution, die vom Richter für seine vorläufige Haftentlassung festgesetzt worden war, wurde auf eine erträgliche Summe hinabgeschraubt. Zwei Stunden später hielt Zachary Swan 1000 Dollar knisterndes Bargeld in Händen. Der junge Kanadier, der von irgendwoher eingeflogen war, hatte bereits den Flug gebucht, der ihn von New York in den Süden der Vereinigten Staaten bringen würde.

»Wer war das?« erkundigte sich Swans Anwalt. Alle vier waren freigelassen worden. Sie saßen beim Mittagessen.

»Ein Freund von mir«, gab Swan zur Auskunft.

»Scheint aber ein sehr guter Freund zu sein.«

»So könnte man's sagen. Wir arbeiten in der gleichen Branche, wissen Sie. Wir kennen uns jetzt seit zwei Jahren.«

»Wie heißt der Mann?«

»Canadian Jack.«

»Und wie ist sein richtiger Name?«

»Da sind Ihrer Fantasie keine Grenzen gesetzt. Ich habe mit dem Mann sehr viel bewegt in der Zeit, die wir uns kennen. Mir war der Name Canadian Jack immer gut genug. Ich bin in einer Branche, wo man seinen Freund nicht mit allzuviel Fragen nervt. Vor allen Dingen nicht mit Fragen nach dem Namen.«

Der Anwalt quittierte Swans Antwort mit einem Grinsen.

Ernie Peace von der Anwaltskanzlei Peace, Lehrman & Gullo in Mineola, Long Island, war Swan von einem Freund empfohlen worden. Wie Swan behauptete, war es nur ein Zufall, daß es ausgerechnet ein Beamter der Drogenpolizei war, der ihm den Tip gegeben hatte. Swan kalkulierte, daß so ein Drogenfahnder wohl am besten beurteilen konnte, welcher Anwalt einen am schnellsten aus dem Gefängnis herausholte, wenn man wegen eines Rauschgiftvergehens die Finger in die Tür gekriegt hatte.

Die Rechnung ging auf. Ernie Peace war ein Kleinod. Ihm ging unter den Rauschgiftfahndern ein geradezu sagenhafter Ruf voran. Über die Jahre hinweg hatten sich eine ganze Reihe von Beamten mit Ernie Peace angelegt. Sie hatten regelmäßig den kürzeren gezogen. Der Anwalt hatte gegenüber von Swan Platz genommen. Er trug einen zerknautschten Anzug, der nach Swans sachverständigem Urteil keineswegs vom Maßschneider stammte. Weißes Oberhemd, blaue Krawatte. Der Mann war etwas kleiner als Swan und ebenso alt wie er. Nicht dick, nicht dünn. Das Haar war kurzgeschnitten. Alles in allem eine graue Maus. Einer von den Leuten, denen man sagen kann, was man will, sie hören nicht zu. Sie schauen hierhin, schauen dorthin, wirken sorglos, ja geistesabwesend. Und fünf Minuten später zitieren sie aufs Wort genau ganze Sätze, die man in die Unterhaltung hat einfließen lassen. Swan betrachtete ihn. Ernie Peace hatte ein Lächeln auf seine Mundwinkel gezaubert. Es war eine Art von Lächeln, das Swan mochte. Das Lächeln eines Spielers. Ansprechend, charmant, zugleich scheu und herb. Ein tödliches Lächeln. Ernie Peace war dabei, Maß zu nehmen.

Wer war Zachary Swan? Nach Ernie Peace' Erkenntnissen handelte es sich um einen hochkarätigen Insider des Verbrechens. Swans Gehirn war eine wahre Schatzkammer von Informationen, wenn es um das Anzapfen von Telefonleitungen, um die Fahndungstechnik der Polizei, internationalen Drogenschmuggel, um die Tricks der Zollbeamten in den verschiedenen Ländern, die Geschäftspraktiken der Verbrechersyndikate ging. Wenn man wissen wollte, was es im FBI Neues gab, konnte man sich an Swan wenden, man wurde bestens informiert. Swan wußte, wie man umsonst Ferngespräche führen konnte. Swan verfügte über ein geradezu enzyklopädisches Wissen, was den Fluß schwarzer Gelder in Politik und Wirtschaft anging, bis hinauf in die Chefetagen.

Zachary war großgewachsen und von schlanker Gestalt. Er hatte einen festen Händedruck und ein gewinnendes Lächeln. Die Stimme war angenehm, eine Oktave unter dem mittleren C. Die Augen eines Lügners. Die Farbe war hellblau und kalt. Bezwingende Augen. Auf der linken Backe hatte Swan ein Muttermal. Das Haar war kurz. Gefängnisschnitt. Dichtes Haar, braun mit grau. Er sah weder älter noch jünger aus, als er war: 46. Allerdings führte sich Swan nicht immer so gesetzt auf, wie es seinem Alter entsprach. Es war diese kleine Schwäche, die entscheidend zu seiner Verhaftung beigetragen hatte. Was er am Leibe trug, hatte 600 Dollar gekostet. Ernie Peace' Blick war auf das Glas Martini gerichtet, das Swan in der Rechten hielt. Swan war Kettenraucher. Mentholzigaretten. Für einen Mann, der von Berufs wegen mit einem Schießeisen umging, konnte er sich bemerkenswert gut benehmen.

»Okay«, sagte Peace, »ich will Ihnen erklären, wie's weitergeht. Für drei von Ihnen sehe ich keine Schwierigkeiten. Ich kriege euch da raus, so oder so. Die Drogenbehörde hat kein besonderes Interesse an euch.« Er hob den Blick, um Swan zu fixieren. »Bei Ihnen liegt die Sache etwas anders. Sie müssen mich klar ins Bild setzen, wenn ich Ihnen helfen soll. Ich muß alles wissen. Alles. Die örtliche Polizei wird sich bei der weiteren Verfolgung des Falles mit den Bundesbehörden kurzschließen. Sagen Sie mir also, wie Sie bei den Bundesbehörden angeschrieben sind.«

Swan lächelte. »Ich glaube nicht, daß die Polizei eine Anklage wegen Rauschgiftschmuggels zusammenkriegt«, sagte er ausweichend. »Ich habe immer gut aufgepaßt.«

»Dazu möchte ich etwas mehr hören.«

»Das ist in wenigen Worten gesagt.« Swan zündete sich eine Zigarette an. »Rauschgiftschmuggel ist leicht. Jeder kann das, und deshalb tun es ja auch so viele. Es gibt eine Million Methoden, wie man so was anfangen kann. Einige Leute gehen sehr clever zu Werke, andere ausgesprochen dumm. Es gibt zum Beispiel immer noch Schmuggler, die den Stoff in Koffern mit doppelten Böden verstecken. Ich habe nie mit dieser Methode gearbeitet. Ein Koffer mit doppeltem Boden ist absolut tödlich. Das Idiotischste, was man sich ausdenken kann. Nur Neulinge im Geschäft machen das. Das erste, worauf ein Zöllner schaut, ist die Dicke der Kofferwandung. Er prüft die Dicke des Materials, noch bevor er die erste Unterhose oder Zahnbürste aus dem Gepäckstück nimmt. Das geht ganz einfach. Er umfaßt die Kofferkante mit Daumen und Zeigefinger. Wenn er sieht, daß die Finger nicht nahe genug zusammenkommen, hast du schon verschissen. Der Zöllner nimmt sein Metermaß und beginnt zu messen. Das ist dann das Ende der Reise.«

Er nahm einen Zug und ließ den Rauch zur Decke schweben. »Wenn man beim Schmuggeln sein Gehirn benutzt, geht's ganz einfach. Das wichtigste ist, daß man vorher alle undichten Stellen verstopft. Man muß sich bei der Planung um jede Einzelheit kümmern. Meine Boten, die das Zeug für mich schmuggeln, wissen alle, daß sie bei den Bullen durchs Sieb fallen. Innerhalb kürzester Zeit sind sie wieder frei. Was immer man bei ihnen findet, sie haben eine wasserdichte Story parat. Eine Story, die allen Nachprüfungen standhält. Und das ist schon der ganze Trick. Man muß die Boten richtig aufbauen, damit sie nicht umfallen. Wenn so ein Maultier zu reden beginnt, ist alles im Eimer. Der Typ ist geliefert, und du gleich mit. Meine Leute stehen, weil sie wissen, daß sie mit heiler Haut aus der Sache rauskommen. Stört es Sie, wenn ich rauche?«

»Keineswegs, rauchen Sie nur.«

»Die meisten Schmuggler benutzen Maultiere, so nennt man das. Meist Weiber. Mädchen. Das Mädchen kriegt tausend Dollar pro Kilo, das sie durch den Zoll bringt. Es sind die Maultiere, die den Kopf hinhalten, wenn was schiefläuft. Der Fehler, den die Schmuggler machen, ist immer der gleiche. Sie kümmern sich nicht darum, ob das Mädchen eine plausible Story hat. Blindflug. Das Mädchen wird ertappt. Was soll sie sagen? Man findet den Stoff an ihrem Leib. Wie kann sie behaupten, sie hätte keine Ahnung gehabt, daß sie Rauschgift beförderte? Sie ist fertig. Am Ende. Der Mann, der ihr den Job gegeben hat, ist längst über alle Berge. Er läßt sie hängen. Es ist todtraurig, aber Tatsache. Jeden Tag, den die Sonne aufgeht, lassen die Schmuggler diese Mädchen hopsgehen. Jedenfalls ist das die Methode, mit der die meisten arbeiten. Ich versetze mich jetzt mal in die Rolle eines Maultiers. Der Typ hat dir tausend Dollar gegeben und ein Flugticket. Du hast den Stoff durch den Zoll gebracht, aber die Beamten haben Verdacht geschöpft. Das Geld hast du natürlich längst ausgegeben. Du gehst auf dem Zahnfleisch. Du willst nur noch eines: nach Hause. Ein Beamter in Zivil folgt dir. Er fährt oder fliegt ganz einfach hinter dir her, bis du den Stoff ablieferst. Und dann greift er zu. Ende der Fahnenstange. Auf diese Masche fahre ich nicht ab. Wer für mich schmuggelt, hat die Garantie, daß er im Nu wieder draußen ist, falls sie ihn packen.«

Peace hatte sich in seinem Stuhl zurückgelehnt. Sein Blick schweifte in die Runde. Den Gesichtern war abzulesen, daß sie die Story schon einmal gehört hatten. Peace beschloß, das Thema Bundesbehörden fürs erste ruhen zu lassen. Er nickte, beugte sich vor und legte beide Hände flach auf die Tischplatte.

»Die Polizei hat eine Menge Kokain in Ihrem Haus gefunden, Swan. Sie haben auch die Waffe gefunden. Warum haben Sie ihnen eigentlich gesagt, wo das Ding versteckt war? Die hätten doch gar nicht gewußt, wo sie suchen sollen. Zunächst hatten sie nur die Munition, das war die einzige Spur.«

»Das ist richtig. Die Waffe war im Patio vergraben, unter den Kieselsteinen.«

»Und Sie haben der Polizei das Versteck verraten.«

»Richtig.«

»Warum? Hat man Sie bedroht?«

»Nein.«

»Warum dann?«

»Sie haben gesagt, sie würden das ganze Haus auseinandernehmen, Brett für Brett, Stein für Stein, bis sie das Ding finden würden.«

»Und?«

Swan sah seine Freunde an. Schließlich blieb sein Blick auf dem Anwalt haften.

»Die Hauptsache hat die Polizei übersehen.«

»Was meinen Sie mit der Hauptsache?«

»Sie sagten vorhin, die haben eine Menge Kokain in meinem Haus gefunden.«

»So ist es.«

»Wieviel?«

»Ein paar Unzen, sagte mir der Beamte.«

»Yeah. Das gleiche sagte der Richter, der mir die Anklage vorgelesen hat. Ein paar Unzen. Ich war nicht sicher, ob es nur eine Finte war.«

»Schlimm genug. Die Anklage wegen dieser Menge wird uns noch zu schaffen machen.«

Swan hatte Gabel und Messer auf den Teller zurückgelegt. Er sah den Anwalt an.

»Ich sagte vorhin, daß die Polizei die Hauptsache übersehen hat. Ich habe in der Kaminverkleidung drei Kilo Kokain versteckt. Und wenn das Polizeilabor präzis gearbeitet hat, dann hat die Ware einen Reinheitsgrad von 98 Prozent.«

2 Das Gespräch mit Boswell

Zachary Swan wurde mit einem Silberlöffelchen im Mund geboren. Es war an der Schwelle zum Zeitalter des Jazz, als er das Licht der Welt erblickte. Erst mit dem sechzehnten Lebensjahr begann sich abzuzeichnen, daß Swan das Silberlöffelchen aus dem Mund ziehen und in die Nase stecken würde. Bis dahin hatte er sich, so gut es ging, mit den Problemen herumgeschlagen, die ein Leben im Wohlstand einem Jungen seines Alters bescherte. In Swans Elternhaus gab es Dienstboten. Und am Wohnort der Familie gab es einen Country Club, wo auch der Sohn des Hauses verkehrte.

»Wenn die anderen Jungen mit ihrem Fahrrad zum nächsten Wasserloch fahren und schwimmen durften, mußte ich am Swimmingpool des Country Clubs sitzen. Ich mußte Sandwiches und Milch runterwürgen, die der Kellner des Clubs mir servierte. Schon im Alter von neun Jahren mußte ich Golfspielen lernen.«

Zachary Swans Vater wurde ›der Colonel‹ genannt. Es war, wie Swan sich erinnert, nicht einfach, beim Colonel eine Audienz zu bekommen. In der Regel mußte man dazu den Golfplatz aufsuchen, wo der Colonel die meiste Zeit zubrachte. Zachary trat diesen Weg ungern und selten an. Er hatte mit dem Colonel eigentlich nur die Chromosomen gemeinsam. »Ich liebte ihn«, erinnert sich Swan. »Aber *gemocht* habe ich ihn nie.«

Schon besser verstand er sich mit seiner Mutter, die ein Alkoholproblem hatte. Zwei Jahre, nachdem sie sich vom Colonel getrennt hatte, kam sie ums Leben. Sie war betrunken gewesen, als in ihrer Wohnung ein Feuer ausbrach.

»Meine Mutter sammelte antike Öfen. Sie bemalte sie mit roter Farbe, nahm die Ringe heraus und pflanzte Geranien in die Feuerstellen. Der ganze Hof unseres Hauses war mit Öfen vollgestellt. Es sah ganz hübsch aus. Wenn man allerdings zu später Stunde betrunken heimkam, fiel man über die Öfen. Meine Mutter hat mich Cookie genannt, auch als ich schon groß war. Sie nannte mich Cookie, als ich beim Militär Urlaub hatte. Sie hat mich damals an der Grand Central Station vom Zug abgeholt. Mutter, habe ich gesagt, du kannst doch einen Marineangehörigen nicht *Cookie* nennen.«

Zachary Swan erbte das elterliche Anwesen zu gleichen Teilen mit seiner Schwester. Seine Schwester lebt in Florida, Swan sorgt dafür, daß sie von der Neugier der Journalisten verschont bleibt. Der Colonel war zwei Monate nach Swans Festnahme gestorben, im Alter von 75 Jahren.

Wie kam Swans Entscheidung zustande, im Herbst 1970 einen Flug bei Avianca Airlines zu buchen? Er hat es nicht gern, wenn man diese Entscheidung vor dem Hintergrund seiner Familie sieht, und doch ist eine solche Betrachtungsweise notwendig. Der Weg in die Haftanstalt Riverhead begann 30 Jahre früher, Swan war damals 16 und Collegestudent an der Iona Preparatory School in New Rochelle (Westchester County), im Bundesstaat New York. Es war die Synthese von Wohlstand und leichtem Leben, die ihn auf die schiefe Ebene führte, wobei der erzieherische Einfluß der katholischen Kirche als Katalysator wirkte.

Swans Spielerlaufbahn begann in der Iona Preparatory School. Er hatte die Idee gehabt, Würfelspiele zu veranstalten. Spiele, an denen sich seine Schulkameraden beteiligten. Es ging um Geld. Gespielt wurde auf dem Handballplatz der Schule. Gelegentlich machten Swan und seine Freunde Tagesabstecher nach New York City. Ziel waren die Revuetheater am Times Square, wo sich die Jungen in mehr oder weniger abenteuerlichen Verkleidungen Zugang zu den Shows verschafften. Swan war 17, als er sich in Ann Corio verliebte. Nach außen hin wurde der Reifeprozeß eingeleitet, indem er zu rauchen begann. Es waren Kriegszeiten, und so gewöhnte sich Swan allmählich an, was er angesichts der damals herrschenden Vorbilder für hart und männlich halten mußte: den Gesichtsausdruck des mit allen

Wassern gewaschenen Geheimagenten, der die Gegenspieler der gegnerischen Abwehr reihenweise aufs Kreuz legte. Es war eine mimische Fertigkeit, die auf dem College in New Rochelle nicht recht gewürdigt wurde, dort orientierte man sich an den Wertmaßstäben, die auf Universitäten galten. Seine Abschlußprüfung an der Iona Preparatory School bewältigte Swan mit Hilfe eines linken Tricks. Er setzte den Lateinlehrer unter Druck, man hätte es auch Erpressung nennen können. Ohnehin war der Mann ein geborener Verlierer, der in dieser Schule, wie Swan erkannte, nicht glücklich werden würde. Sicherheitshalber bestach der Prüfling auch noch die Verwaltung der Schule, jene Stelle, die für die Ausfertigung der Diplome verantwortlich zeichnete. Er vermittelte den Eierköpfen, die selbst nicht genügend Fantasie hatten, einen Redner für die Feier, in deren Rahmen dem Abschlußjahrgang die akademischen Grade verliehen wurden. Swans Vater war mit Jim Crowley befreundet, dem Footballtrainer von Fordham. Es war Zachary, der dafür sorgte, daß Crowley – nachdem andere Pläne der Verwaltung fehlgeschlagen waren – in letzter Minute als Redner für die Abschlußfeier des Jahres 1944 gewonnen werden konnte.

Swans Ausbildung wurde durch den Militärdienst unterbrochen. Er diente drei Jahre im Marinekorps der Vereinigten Staaten. Das Kriegsende erlebte er im Pazifik, wo die Amerikaner zum Endsieg gegen Japan antraten. Gewisse militärische Erfahrungen, wenn auch im bescheidenen Maße, hatte Swan bereits im Alter von 15 Jahren gesammelt, als er mit drei Schulkameraden den Versuch unternahm, bei der Befreiungsarmee in Kanada ›Free French‹ anzuheuern. Die Fahrt Richtung Quebec begann in einem gestohlenen Wagen. Finanziert wurde die Reise mit einer Sammelbüchse für den ›March of dimes‹, die den vier hoffnungsvollen Rekruten im Foyer eines Kinos in Connecticut aufgefallen war. Sie stahlen das Behältnis und brachen es auf. Es gelang ihnen allerdings nicht, die Grenze nach Kanada zu überqueren. Da sie keine Papiere hatten, wurden sie in Arrest genommen. Die Grenzbeamten verständigten die Mutter eines der vier Ausreißer, die dann kam und die Jungen heimholte. Bis es soweit war, wurden Swan und seine Freunde in ein Frauengefängnis eingesperrt. Sie litten sehr darunter, daß es hier keine Gitter, sondern nur Glaswände gab.

Als der Krieg zu Ende ging, wurde Swan in allen Ehren aus der Armee entlassen. Karriere hatte er nicht gemacht. Aber er hatte etwas dazugelernt. Wenn der Mantel des Herrn vorbeiweht, muß man zugreifen. Gleich beim erstenmal. Die Gelegenheit kehrt nicht wieder.

Das Leben an der Universität, Swans nächster Station, sollte sich recht abwechslungsreich gestalten. Er hatte sich für Coral Gables, Florida entschieden. Für das Finanzielle verfügte er über eine Unterstützung, die der Staat den Marineangehörigen zur Wiedereingliederung in Ausbildung und Wirtschaftsleben zahlte. Swan bekam außerdem Geld von zu Hause. In der Universität tat sich Swan zunächst nur als Schwimmer hervor. Er lernte in Florida auch, wie man Geld für Frauen verschwendete, eine Fertigkeit, die bei der Marine nur unzureichend gefördert worden war. Er lernte, daß ein Mann einen Dry Martini zu trinken hatte, wenn er mit einer Frau zusammen war. Damals, als Student, unternahm er den ersten Bootsausflug nach Bimini. Die kleine Insel liegt vor der Küste Floridas. Was Swan damals über die Tricks der Zollbeamten herausbekam, war ein paar Tausend Dollar wert. Seine Prüfung an der Universität bestand er mit der gleichen Erfindungsgabe, die ihm schon in New Rochelle aus der Patsche geholfen hatte. Swan druckte das Abschlußdiplom ganz einfach selbst. Es war ein gutes Stück Arbeit. Swans Vater besaß eine Fertigungsstätte für Verpackungsmaterial, und der Sohn hatte sich schon immer für die technischen Einzelheiten interessiert, die beim Druck von Etiketten eine Rolle spielten. Jedenfalls gelang die Fälschung so gut, daß Swan die überzähligen Exemplare des Formulars mit den Namen und Daten einiger Freunde versah, die im Hinblick auf ihre geringen Chancen bei der Prüfung bereit waren, sich die Abkürzung der Formalitäten etwas kosten zu lassen.

Wie Swan befürchtet hatte, gingen die schönen Tage bald zu Ende. Er stand vor dem gleichen Problem, vor dem sich alle Schulentlassenen wiederfinden. Man muß seinen Platz im Leben suchen und eine finanzielle Sicherheit fürs Alter schaffen. Swan wurde Angestellter in der Firma seines Vaters. Er kümmerte sich um die Abteilung Verkauf. Siebzehn lange Jahre blieb er in diesem Job. Er befolgte die althergebrachten Rituale, die im New Yorker Geschäftsleben gelten. Nachdem ihm die Leitung des Verkaufs übertragen worden war, oblag ihm vor allem die Betreuung der großen Kosmetikfirmen, die in New York City angesiedelt waren. Swan verdiente all die Jahre ein gutes Geld. Er war Mitglied in den feinsten Clubs. Er traf Prominente und wurde gut Freund mit ihnen.

»Ich hatte die Firma Helena Rubinstein zu betreuen, außerdem Revlon, Coty, Arden und Pond's, die Blue Chips unter den Parfümherstellern. Die Verpackung für Heaven Scent ist mein Entwurf. Ich habe auch für Gino Paoli, Richard Hudnut und Eileen Ford Verpackungen entworfen. Einige davon sind heute noch auf dem Markt. Gemessen an den Verkaufsergebnissen, die ich erzielte, wurde ich unterbezahlt. Es hieß immer nur: Eines Tages, mein Sohn, wirst du Vorstandsvorsitzender der Firma. Wie dem auch sei, es war lukrativ. Wir haben damals alle recht viel Geld weggeschleppt, die ganze Familie, besonders mein Vater und seine Brüder. Die fuhren Cadillacs und verbrachten ihre freie Zeit in den Country Clubs in Westchester. Bei mir war's etwas anders, ich mußte ja in Manhattan sein. Ich ging mit, wenn die Kunden in die Oper wollten. Ich lud sie zu Football-Veranstaltungen ein, wenn dem Kunden das Spaß machte. Wenn ein Kunde gerne angelte, ging ich mit ihm angeln. Ich war Mitglied in allen Clubs, die wichtig und ›in‹ waren.«

Swans Heirat, die 1958 stattfand, war kein Ereignis, das man ›wichtig‹ hätte nennen können. Es geriet zu einer prunkvollen Show. Er heiratete Yvonne, die Nummer eins unter den Topmodellen des Modehauses Norman Norrell. So kamen denn auch Brautkleid und Brautjungfern von Norrell. Die Feier dauerte bis zum nächsten Morgen. Die Ehe hielt vier Monate. 1960 heiratete Swan zum zweiten Mal. Das Mädchen stammte aus Brooklyn. Ein Mannequin, das bei Eileen Ford gearbeitet hatte. Holly, so hieß sie, sollte wenig später eine der Mitbegründerinnen der ›New York Radical Feminists‹ werden. Einige Jahre nach ihrer Trennung von Swan trat Holly in der Dick Cavett Show auf. Sie trug ein T-Shirt mit Superman-Aufdruck, ihr Gegenpart war Hugh Hefner, der Herausgeber des ›Playboy‹. Die beiden diskutierten über die Rechte der Frau. 1966 ließ sich Zachary Swan von Holly scheiden, ohne daß diese Tatsache ihrer Freundschaft Abbruch tat.

»Holly und ich sind damals jeden Abend ausgegangen. Entweder zu einer Party oder in eines der großen Restaurants, ins ›El Morrocco‹ oder ins ›Orsini's‹. Wir waren Mitglied in ›Le Club‹. Wir gingen tanzen, wo der Jet-set tanzte. Wenn eine Diskothek eröffnete, wurden wir eingeladen. Ich war damals körperlich topfit. Ich brauchte kaum Schlaf. Ich war tablettensüchtig geworden, das ist mir später erst klargeworden. Ich hatte mir 1964 vom Arzt Appetithemmer verschreiben lassen. Ich ließ das Rezept immer wieder erneuern, sechs Jahre lang. Ich trank Alkohol zu den Tabletten. Holly verdiente 40000 Dollar im Jahr. Mit meinen 12500 machte das 52500 Dollar, die wir jedes Jahr durchbrachten. Ich hatte außer meinem Gehalt noch ein Spesenkonto. Steuer zahlten wir 12000 bis 13000. Obwohl einiges Geld reinkam, waren wir nie richtig flüssig. Wir hatten immer Schulden bei der Bank. Wir kauften ein, was das Zeug hielt. Bei Bloomingdale's haben wir jedes Jahr um die 7000 Dollar gelassen. Ich mußte immer 20 Anzüge haben, aus denen ich auswählen konnte. Ich mußte Schuhe für 50 Dollar tragen. Holly hat nie ein Kleid zweimal getragen. Allein für Trinkgelder gaben wir jede Woche 50 Dollar aus. Mehr als 50 Dollar. Erst mal bekam jeder *Headwaiter* 10 Dollar. Und dann 10 Dollar für jeden Kellner. 100 Dollar Trinkgelder pro Woche, 5000 Dollar Trinkgelder im Jahr. Man merkt gar nicht, wie das Geld weggeht, einfach so. Wir waren meist betrunken. Oder high. Da kriegt man das nicht so mit.«

Swans bester Freund war Mike Riordan, den er in der Schule kennengelernt hatte. Sie waren Partner gewesen bei den Würfelspielen, mit denen sie ihren Kameraden das Geld abgeluchst hatten. Riordan war Ire. Er hatte von seinem Vater die Anteilsmehrheit an einem Kaufhaus geerbt. Das Kaufhaus war ursprünglich in jüdischem Besitz gewesen. 1932 war die Firma bankrott gegangen, und Riordan hatte sich mit einer kleinen Beteiligung in die Auffanggesellschaft eingekauft. 1940 war er soweit, daß ihm die Mehrheit gehörte. Riordan hatte an der Universität Cornell studiert. Er hatte zunächst einen Job an der Wall Street gefunden. Mutual Funds. Später gründete er in Los Angeles eine eigene Maklerfirma. Riordan hatte die Angewohnheit, dicke Bündel Bargeld mit sich herumzuschleppen. Freunde erinnern sich, daß er eines Abends im ›Stork Club‹ 8000 Dollar auf die Bartheke warf. Es ging um eine Frau, und Riordan hielt es für angemessen, das unentschlossene Wesen durch Geld, durch knisternde Scheine, zu beeindrucken. Er gab das Geld mit vollen Händen aus. Er war ständig von Nassauern umlagert.

Swan und Riordan waren Spieler geworden, regelrechte Spieler. Wenn es etwas gab, das ihnen noch mehr Spaß machte als Spielen, dann war es, die Raffgier eines anderen Spielers auszunutzen und ihn mit schmutzigen Tricks aufs Kreuz zu legen. Wann immer sich die Gelegenheit bot, drehten sie ein gemeinsames Ding. Opfer waren meist Bookies, legale oder illegale Buchmacher. Auch mal ein reicher Freund oder ganz einfach ein anderer Spieler. Aber bevorzugt Bookies.

Riordan hatte Verbindung zu einem Typen aus Minneapolis, der die Ergebnisse der dortigen Rennen durchgab. Die Sache lief über eine offene Leitung. Die Tips, die aus Minneapolis kamen, waren zu 95 % Treffer. Riordan kannte die Namen aller New Yorker Barkeeper, die bereit waren, die Uhr zurückzudrehen, wenn sie an dem Profit des Schwindelgeschäfts entsprechend beteiligt wurden. Man kann ohne Übertreibung sagen, daß Riordan und Swan ein gutes Team waren. Einer stand am Telefon, der andere deckte den Bookie mit Drinks ein. Sie hatten eine Reihe von verschleiernden Redewendungen und Kürzeln entwickelt, mit denen sie sich in Gegenwart der ahnungslosen Opfer verständigten. Wenn Riordan zum Beispiel sagte, der Professor käme gleich rüber, dann bedeutete das, der Bookie arbeitete für ihn. Als nächstes ging dann Swan ans Telefon und gab eine Reihe von Weisungen durch, die dem Nichteingeweihten rätselhaft bleiben mußten. *Scheiße, es tut mir leid, war meine Schuld.* Riordan produzierte dann ein paar kräftige Flüche. Pech gehabt. Der Kunde hatte die 50 Dollar zu zahlen, die das Anzapfen des Drahtes nach Minneapolis kostete.

Nach Swans und Riordans Verständnis war jede, wirklich jede krumme Tour besser als anständig verdientes Geld. Wenn man spielte, dann machte das nur Spaß, indem man zugleich mogelte. Schon in der Schule hatten sich Riordan und Swan aufeinander eingespielt. Meist waren es Pokerspiele, mit denen sie ihre Opfer ausnahmen. Und das, obwohl Riordans Geschäft florierte. Das Warenhaus warf viel Geld ab. Im Alter von 41 verfügte Riordan über ein Aktivvermögen von 30 Millionen Dollar. Was ihn nicht daran hinderte, einen Geschäftsfreund, mit dem er soeben einen millionenschweren Vertrag abgeschlossen hatte, beim Pokern durch betrügerische Manipulationen um 20 Dollar zu erleichtern. »Bargeld bleibt Bargeld«, pflegte er zu sagen.

Es war bei einer festlichen Party, als Riordan seinen Freund Swan beiseite nahm.

»Ich werd' dir da gleich jemanden vorstellen«, sagte er. »Den können wir tüchtig ausnehmen.«

»Wen denn?«

»Thomas Dewey, den Gouverneur.«

Er legte ihm den Arm auf die Schulter und führte ihn zum Kreis der Gäste.

»*Governor,* ich möchte gern, daß Sie meinen Freund Zachary Swan kennenlernen. Sie kennen wahrscheinlich Zacharys Onkel, oder nicht?«

Riordan hatte keine Hemmungen, wenn es galt, ein neues Opfer aufzutreiben.

Sie betrieben das Geschäft, wo sich gerade Gelegenheit bot. In einer Bar, auf dem Rücksitz des Taxis, wenn sie mit einem Buchmacher zur Pferderennbahn fuhren. Sie legten die Bookies mit Fußballwetten rein, daß es eine Freude war. Beide hatten sich prächtige Visitenkarten drucken lassen. Adressen, mit denen kein Bookie konkurrieren konnte. Riordan hatte ein Bankkonto auf den Bermudas eröffnet, das er für ihre Transaktionen benutzte.

»Wir saßen in ›Le Club‹ und waren high. Wir hatten *speed* geschluckt und Alkohol dazu getrunken. Auf einmal tauchte Mickey Mantle auf. Mike Riordan und ich hielten ihn mit Scotch frei, bis spät nach Mitternacht. Wir gaben ihm in heißes Girl mit. Fay. Scharf wie eine Rasierklinge. Fay würde dafür sorgen, daß Mantle die ganze Nacht kein Auge zutat. Das Spiel gegen die Red Sox stand bevor. Am nächsten Morgen zogen wir los und setzten auf die Red Sox. Aber wir haben verloren. Mantle war fit wie eh und je.«

Es gab die Unwägbarkeiten, die im Gesetz des Zufalls begründet liegen. Es gab Kunden wie Mantle, die selbst mit einer offenen Leitung nach Minneapolis und einem heißen Flitzer wie Fay nicht auszutricksen waren. Und schließlich gab es Riordan, der für Verwirrung innerhalb des Teams sorgte. So mußte Swan einmal die Entdeckung machen, daß von den 5000 Dollar, die er an einen Bookie verloren hatte, 2500 Dollar in Riordans Taschen gelandet waren. Die Puppe in der Puppe. Als er Riordan zur Rede stellte, gab er die 2500 Dollar wieder her. Allerdings schlossen sie bei jener Gelegenheit eine bedeutsame Vereinbarung. Mogeln gehörte künftig dazu. Auch Mogeln unter Freunden.

Swan beschloß, sich zu rächen. Er kaufte einen billigen Ring bei Woolworth und verpackte ihn in einer Schachtel, die das Unternehmen seines Vaters an Tiffany's lieferte. Bei einer gemeinsamen Taxifahrt mit Riordan legte er die Schachtel unbemerkt auf den Wagenboden und stellte den Fuß darauf.

Als der Wagen eine Kurve durchfuhr, nahm er den Fuß fort. Die Schachtel kam zum Vorschein. Sofort stellte Swan wieder den Fuß darauf. Riordan war die Bewegung nicht verborgen geblieben.

»Fifty-fifty«, sagte er.

»Sei doch still«, flüsterte Swan. Er deutete mit dem Kinn auf den Fahrer.

Dann bückte er sich, nahm die Packung vom Wagenboden auf und steckte sie in die Tasche. (Es muß hier gesagt werden, daß Swan damit ein Gaunerstück nachvollzog, das in London, in der Viktorianischen Epoche, zahllose Male abgezogen worden war.) Sie saßen im ›Clarke's‹, als Swan die Schachtel öffnete, den Ring herausnahm und unter das Licht hielt.

»Mike, ich fürchte, das ist ganz normales Fensterglas.« Riordan hatte inzwischen den Namen Tiffany's auf dem Geschenkpapier erspäht, mit dem die Schachtel eingewickelt gewesen war. Er schien unschlüssig.

»Ich will dir was sagen«, setzte Swan nach. »Du bekommst den Ring, wenn du mir 2000 Dollar gibst. Jawohl. Ich verkaufe ihn dir für 2000 Dollar. Aber alles, was du über 10000 Dollar erzielst, teilen wir fifty-fifty.«

Riordan hatte bereits sein Geldbündel aus der Tasche gezogen. Er zählte 2000 Dollar auf den Tisch.

Drei Stunden später klingelte bei Swan das Telefon.

»Du hast mich reingelegt, stimmt's?«

»Stimmt.«

»Hast du gut gemacht. Alle Achtung.«

»Danke.«

»Ich schulde dir Revanche.«

»Wann immer du willst.«

Aber es sollte nicht mehr zu einer Revanche kommen. Im Januar 1969 wurde Mike Riordan unter einer Erdlawine begraben, die auf das Haus niederging, das er in Mandeville Canyon, Brentwood, im Bundesstaat Kalifornien erworben hatte. Das Anwesen hatte früher einmal Esther Williams gehört, der Swimmingpool hatte die gleichen Ausmaße wie das Becken im ›The New York Athletic Club‹. Mike Riordan war nur 41 Jahre alt geworden.

Swan war unter den Trauergästen.

»Es waren so viele Autos, daß man sie beim besten Willen nicht zählen konnte. Vielleicht zwei- oder dreitausend Autos fuhren im Trauerzug. Mike hatte wirklich viele Freunde. Vor allem die *Headwaiters.* Und die Barkeeper. Jedenfalls gab's jede Menge Autos.«

Riordan hatte seiner Frau Jackie im Testament den Rat hinterlassen, im Falle seines Todes die Holding zu verkaufen, in der er seine verschiedenen Vermögenswerte untergebracht hatte. Diese Holding war damals noch ein registrierter Börsenwert mit einem erklärten Aktivvermögen von nahezu 200 Millionen Dollar. Die Witwe erzielte 46 Millionen Dollar. Erst nach dem Tod ihres zweiten Mannes, George Getty, machte Jackie die Entdeckung, daß die Holding, die zu Lebzeiten von Riordan kontrolliert worden war, den größten Börsenschwindel in der amerikanischen Geschichte eingefädelt hatte. Im *Wall Street Journal* erschien ein Bericht, der den Anlegern in Amerika und in der ganzen Welt die Tränen in die Augen trieb.

»Bargeld bleibt Bargeld«, kommentierte Swan, als er den Bericht las.

Bis heute hat sich die Börsenaufsichtsbehörde nicht von dem Schock erholt.

Mike Riordan war nicht mehr. Swans Leben nahm eine neue Richtung. Bis dahin hatte er viel mit Berühmtheiten verkehrt, mit den Vertretern der Geldaristokratie. Er war in den teuersten Nightclubs ein und aus gegangen. Das änderte sich jetzt.

Während sein neuer Freund, der später den Spitznamen Mean Mickey bekommen sollte, zum gemeinsamen Abendessen eine Eisenbahnerbin mitbrachte, beschied sich Swan mit einem schillernden Flitzer, den er bei einer Radioshow aufgelesen hatte.

»Wir hatten zu viert im Latin Quarter zu Abend gegessen, aber dann sah ich, wie die Kleine kribbelig wurde. Es wäre einfach nicht gut gewesen, wenn ich mit Mean Mickey und seiner diamantenbehängten Begleiterin zusammenblieb. Das Radiomädchen wollte ins Bett. Gehen wir noch einen Hamburger essen, schlug ich ihr vor. Feine Idee, sagte sie.«

Als Swan noch mit Holly zusammen war, hatten sie Partys für die High Society, auch für Schauspieler und Schauspielerinnen aus Hollywood, geschmissen. Es war nicht immer die Crème de la Crème, die dann antanzte, aber es war immer was los.

Mike war gestorben, und Swan war seit drei Jahren von Holly geschieden, als er einen langsameren Gang einschaltete. Er zog mit einer jungen Deutschen zusammen. Fünf Jahre lang lebten sie in einer Wohnung. Uta hieß das Mädchen. Sie war noch verrückter als Swan. Als sie wieder auseinandergingen, war er dem Nervenzusammenbruch nahe. Er kündigte damals die Stellung in der Firma seines Vaters und gründete ein eigenes Unternehmen, das ebenfalls Verpackungen herstellte. »Meine Verwandten haben zwar immer ordentlich abgesahnt, aber sie haben nie viel vom Geschäft verstanden. Zum Beispiel war mein Onkel überzeugt, daß Hochdruck das Geschäft der Zukunft war. Daß man mit Lithographie mehr Geld machen konnte, wollte ihm nicht einleuchten.«

Nach Uta kam Alice, ein langhaariges Geschöpf mit braunen Augen, ein typisches Mädchen der sechziger Jahre. Noch vor Alice hatte Swan die Bekanntschaft eines gewissen Ellery gemacht. Es handelte sich um den Verwandten eines Wohnungsnachbarn. Es war dieser Ellery, der die letzten Hemmnisse für die Metamorphose Swans aus dem Wege räumte. Von Ellery erhielt Swan das erste Rauschgift seines Lebens. Der Stoff kam aus Mexiko. Swan stand vor einer großen Wende, das spürte er. Da war Alice, die sich vor allem für Politik interessierte. Freiheit, die ich meine. Und da war Ellery, der ein ganz anderes Leben versprach, als er, Swan, bisher geführt hatte. Ich werde alles anders machen als früher, dachte er. Ich werde Spaß haben. Viel Spaß.

Wenn es in New York City eine Einrichtung gab, die an Pünktlichkeit und Verläßlichkeit den Postreitern des Wilden Westens gleichkam, dann war es Honest Ellery. Dieser Mann machte seine Runde, egal ob es regnete oder schneite. Wenn er tagsüber einer legalen Tätigkeit nachging, begann er die Runde nach der Arbeit. Wenn er, aus welchem Grund auch immer, keine geregelte Arbeit hatte, begann er die Runde nachmittags. Er stand dann erst spät auf.

Nach Ellery konnte man seine Uhr stellen. Stets zur gleichen Zeit tauchte er in dem Health Food Center auf, wo er seine Lebensmittel kaufte. Er benutzte die Gelegenheit, um eine Erfrischung zu trinken. Immer die gleiche. Karottensaft. Später am Abend fand man ihn zu einer ganz bestimmten Uhrzeit in ›Victor's Café‹ an der Columbus Avenue. Dort bestellte er einen Kaffee. Ellerys Kunden mochten es eilig haben oder nicht. Er kam zu einer festen Zeit, er ging zu einer festen Zeit. Eine Schweizer Uhr mit Beinen.

Ellery war als das bekannt, was man unter Marihuanarauchern als ›ehrlichen Dealer‹ bezeichnet. Für seine Kunden war er der Rettungsanker, die Mutter, bei der man Schutz und Hilfe fand, das Auge im Zentrum des Wirbelsturms. Er war verschwiegen, verläßlich, war immer auf dem neuesten Stand. Vor allem aber war er greifbar, wenn man ihn brauchte. Bevor er kam und nachdem er gegangen war, gab es einen Strom von Botschaften, die für ihn hinterlassen wurden. Manchmal rief er vorher an und ließ sich durchsagen, was angefallen war. Die meisten seiner Kunden kannten sich untereinander nicht. Und trotzdem wußten sie voneinander, Ellery war der Ring, der sie alle miteinander verband.

Wenn der Tag zu Ende ging, räumte Ellery seine Taschen aus. Dann kamen abgerissene Zettel aus Notizblöcken zum Vorschein, halbe Zeitungen, beschriftete Streichholzbriefchen, Papierservietten. Es war eine Art Miniaturkatalog, anhand dessen Ellery rekonstruieren konnte, was tagsüber alles vorgefallen war. Hier ein Name, eine Botschaft, eine Telefonnummer, eine Notiz, daß dieser oder jener Kunde heute abend zahlen würde, die Entschuldigung eines Freundes, daß er um die und die Uhrzeit leider nicht dort und dort sein könne. Ellery verkaufte Träume. Manchmal wurde er auch mit Träumen bezahlt. Seine gesamte Geschäftskorrespondenz trug er zusammengeknüllt in den Hosentaschen mit sich herum, eine Zettelwirtschaft aus Zahlen und Schicksalen.

Ellery war mittelgroß und schlank. Haar und Augen waren braun. Die Hautfarbe war weder hell noch dunkel. Er sah weder auffallend gut aus, noch konnte man ihn häßlich nennen. Er war nicht introvertiert, er war nicht extrovertiert. Er war von ausgeglichenem Temperament. Ein Durchschnittsamerikaner. Alter: irgendwo zwischen 25 und 40. Genaues konnte wohl nur seine Mutter sagen, eventuell auch die Polizei. Alice glaubte erfahren zu haben, daß Ellery im Sternzeichen der Zwillinge geboren war. Vielleicht stimmte das sogar. Er trug Maßkleidung und Maßschuhe. An seinem linken Handgelenk prangte eine goldene Uhr, am Mittelfinger der rechten Hand ein goldener Ring in der Form einer Natter. Ellery rauchte importierte Zigaretten. Die Marke wechselte. Was ihm gerade ins Auge fiel, wenn er den Laden betrat. Um seine Zigaretten anzuzünden, benutzte er ein altes silbernes Feuerzeug.

Ellery war Kettenraucher. Er rauchte außerdem Marihuana. Viel Marihuana. Wie die meisten Marihuanakonsumenten vertrat er die Ansicht, daß der Genuß der Droge keinerlei gesundheitliche Nachteile mit sich brachte. Allenfalls, so argumentierte Ellery, bestand die Gefahr, daß Marihuana als Einstiegsdroge für Nikotin wirkte. Es stand in einem gewissen Kontrast zu Ellerys Marihuanakonsum, daß er mit missionarischem Eifer für biologische Kost schwärmte. Das tägliche Glas Karottensaft war nur eine kleine Blüte in einem wahren Strauß biologisch begründeter Ernährungsgrundsätze, denen sich Ellery verpflichtet fühlte. Merkwürdig. Er verstand sich als Anhänger einer natürlichen Lebensweise, aber er haßte frische Luft. Es gibt keine Hinweise, daß Ellery New York City zu irgendeinem Zeitpunkt verlassen hat oder verlassen wird.

Ellery wohnte im Stadtteil Bronx. Seine Kunden wohnten alle in Manhattan, dort brachte er folglich seine gesamte Arbeitszeit zu. Auch als er einigen Reichtum angehäuft hatte, war er nie versucht, die Wohnung in der Bronx aufzugeben, die er vor

Jahren für 75 Dollar im Monat angemietet hatte. Es handelte sich um eine preisgebundene Wohnung. 75 Dollar heute. 75 Dollar in zwei, in fünf, in zehn Jahren. Die Miete blieb fest. Ellery war ein glücklicher Mensch. Er hatte nur wenig Bedürfnisse. Er besaß einen Farbfernseher und ein teures Stereogerät. Wenn er nach Hause kam, sah er sich alte Filme oder Opern an. Bevor er schlafen ging, warf er regelmäßig zwei Valiumtabletten ein. Es gab eigentlich nur zwei Dinge, für die Ellery sich wirklich interessierte. Das eine waren Antiquitäten, von denen er eine ganze Menge besaß. Das andere war Marihuana.

Niemand in New York City hatte Ellery je nüchtern gesehen. Jedenfalls nicht seit jenem Tag, als er sich den ersten Joint zu Gemüte führte. Er ist high, ununterbrochen. Auch jetzt, während Sie diese Zeilen lesen, ist Ellery high. Zachary Swan hielt Ellery für ziemlich bekloppt, als er ihn kennenlernte. Er brauchte Wochen, bis er verstand, daß Ellery high war und high blieb.

Im Rauschgifthandel tat sich Ellery leicht. Ein Mann mit der richtigen Spürnase für den Erfolg. Er verstand es, Träume zu verkaufen, weil er selbst ein Träumer war. Die Leute mochten ihn, weil er so bescheiden war. Er träumte davon, eines Tages das Geld für einen Automatenwaschsalon aufzubringen. Einmal am Tag würde er im Geschäft auftauchen und die 25-Cent-Stücke einsammeln.

Ellery war in seinen Träumen befangen, als er vor Swans Wohnungstür anlangte. Er drückte auf die Klingel. Alice öffnete ihm.

»Tag, Ellery. Komm rein.«

»*Hi.* Wie spät ist es?«

»Gegen halb neun.«

Ellery sah auf seine Uhr. Er nickte.

»Darf ich einen Anruf machen?«

»Bitte. Zwei Leute haben für dich angerufen. Ich hab' die Zettel auf den Tisch gelegt.«

»Danke.«

Ellery ging zum Telefon und betätigte die Wählscheibe. Alice kehrte an die Nähmaschine zurück. Swan war am Schreibtisch sitzengeblieben. Vor ihm lag eine Tabelle, auf der er die verschiedenen Football-Mannschaften eingezeichnet hatte. Das Schema war nach einer mathematischen Formel ausgearbeitet worden, die Swan selbst erfunden hatte und auf die er sehr stolz war. Leider war es ihm trotz der bezwingend einfachen Formel nicht gelungen, die Bookies zu schlagen. Er starrte eine Weile auf seine Aufzeichnungen, dann legte er die Tabelle in den Ordner zurück, den er mit ›Football‹ beschriftet hatte. Er stand auf und stellte ihn zwischen ›Fabergé‹ und ›Ford‹ ins Regal.

Ellery legte den Hörer auf die Gabel zurück. Er ging zum Stereogerät und begann an dem Stationswähler zu drehen. John Denver verstummte. *Die Fledermaus* erfüllte den Raum.

»Ihr habt doch nichts dagegen, oder?« fragte Ellery.

Swan schüttelte den Kopf. Niemand hatte je etwas dagegen gesagt, wenn Ellery einen anderen Sender einstellte, trotzdem wiederholte er jedesmal die Frage.

»Gibt's eine Zeitung?« fragte Ellery.

»Liegt auf dem Küchentisch,« sagte Swan.

Ellery nahm die *New York Times,* legte sie quer über seinen Schoß und streute etwas Marihuana auf das Foto von John Mitchell.

»Habt Ihr...«

Noch bevor er die Frage zu Ende führen konnte, hatte ihm Swan ein Päckchen Zigarettenpapier zugeworfen. Es kam genau auf der Schlagzeile auf. Ellery begann sich seinen Joint zu drehen. Es war immer das gleiche. Nie hatte Ellery Zigarettenpapier dabei. Es gehörte zu seinem Image, daß er sich mit solchen Problemen nicht belastete. Wer ihn kannte, hatte längst aufgegeben, eine vernünftige Erklärung für dieses Verhalten zu finden. Das Ritual begann, wenn er die Wohnung betrat. Als erstes las er sich die Zettel durch, die für ihn bereitlagen, mit den Notizen, die Alice für ihn aufgeschrieben hatte. Dann die Anrufe. Dann der Gang zum Radio, wo Ellery einen neuen Sender einstellte. Als nächstes die Frage, ob es ihnen etwas ausmachte, daß er eine andere Musik hören wollte. Die Bitte um die Zeitung. Das Öffnen des Marihuanapäckchens. Die Bitte um Zigarettenpapier. Eine Bemerkung zur Marke des Zigarettenpapiers, das man ihm gab. Der Joint wurde gerollt, angezündet, herumgereicht. Nach den Pflichtübungen folgte die Kür. Sie dauerte bis zur jeweiligen Verabschiedung.

Daß Ellery zu Besuch gewesen war, wurde durch die Markierungen deutlich, die er hinterließ. Auf der Zeitung, die er beim

Rollen des Joints als Unterlage benutzte, blieben Marihuanareste zurück. Alice hatte sich oft gefragt, ob Ellery sich für seine Besuche vorsorglich mit leeren Zigarettenschachteln ausstattete. Unabhängig von der Zahl der Zigaretten, die er rauchte, bleib eine leere Schachtel zurück. Allerdings keine Kippen. Ellery hatte die Angewohnheit, die noch glimmende Kippe in den nächsten Joint hineinzudrehen.

»Diesmal habe ich besonders guten Stoff dabei.«

Ellery hatte immer besonders guten Stoff dabei. Er handelte nur mit erster Wahl.

»Wie teuer?« wollte Swan wissen.

»Der Stoff ist wirklich Spitze.«

»Besser als das Zeug, das du mir letztes Mal verkauft hast?«

»Warst du denn nicht zufrieden?«

»Der Stoff war nicht schlecht.«

»Er war sogar sehr gut.«

»Du hast auch einen sehr guten Preis dafür genommen.«

»Was ich heute dabei habe, ist noch bessere Qualität.«

»Kostet?«

»Ich mach' dir einen Sonderpreis.«

»Wieviel?«

»Allen anderen berechne ich zehn Dollar mehr, ich möchte, daß du das weißt.«

»Wirklich sehr nett von dir, Ellery. Ich weiß es zu schätzen.«

»Das beste Gras, das auf dem Markt ist.«

»Das sagst du immer.«

»Ich kann für den Stoff viel mehr erzielen, als ich dir berechne.«

»Was soll's denn kosten?«

»Probier erst einmal.«

Er reichte Swan den qualmenden Joint. Während Swan einen Ring nach dem anderen in die Luft pustete, begann Ellery schon den nächsten Joint zu drehen.

»Nun, was sagst du? Ist das nicht Spitzenqualität?«

»Du handelst nur mit Spitzenqualität, Ellery, ich weiß das. Wieviel möchtest du haben?«

»Ich mach' dir einen Preis, hab' ich gesagt.«

»Wieviel?«

»Vierzig.«

»Ich mag dich gern, Ellery, aber du bist ein Halsabschneider.«

»Ich bekomme überall fünfzig Dollar für die Unze, ohne Probleme.«

»Das hast du bei der letzten Lieferung auch gesagt.«

»War der Stoff denn nicht gut?«

»Er war gut.«

»Vierzig Dollar ist ein Vorzugspreis.«

»Ich weiß. Letztes Mal hast du mir auch einen Vorzugspreis gemacht.«

»Die Lieferungen aus Panama haben im Preis angezogen.«

»Vor einem Jahr hast du gesagt, die Lieferungen aus Michoacán haben sehr im Preis angezogen.«

»Na, spürst du was?«

»Gute Qualität, Ellery. Wirklich.«

Swan war mit seinem Joint fertig. Er reichte Ellery den glimmenden Stummel.

»Wie lange rauchst du jetzt schon Marihuana?« fragte Ellery. »Ein Jahr, wenn ich mich recht erinnere.«

»Du hast mich angefixt, Ellery, das weißt du ja.«

»Ich hab' dir damals erstklassigen Stoff gegeben. Ich hatte damals nur mexikanische Ware. War trotzdem sehr gut.«

»Was du verkaufst, ist immer sehr gut.«

»Wie alt warst du damals?«

»Zweiundvierzig. Und du, Ellery?«

Ellery ließ die Frage unbeantwortet. »Wieviel Leute hast du in diesem Jahr angefixt? Was schätzt du?«

»Ich hab' nicht mitgezählt«, sagte Swan.

»Jedenfalls war es erstklassiger Mexikaner, den ich dir damals gegeben habe.«

»Wann hast du das letzte Mal Mexikaner geraucht?« fragte Swan.

»Kann mich nicht erinnern.«

»Ich glaube nicht, daß dir Mexikaner heute noch schmecken würde.«

»Das hängt immer davon ab, was für eine Qualität man erwischt«, sagte Ellery.

»Du hast dich ganz schön nach oben gearbeitet«, sagte Swan. »Du hast mit Stoff aus Mexiko angefangen. Dann Michoacán, dann Acapulco Gold und inzwischen Panama Red.«

»So ist es. Ich bin auf dem Weg nach oben.«

»Aber die Reisen, wenn du das Zeug holst, werden immer länger. Du mußt dich inzwischen in ganz Südamerika auskennen.«

»Tu ich auch. Besonders gut in Kolumbien.«

»Wo liegt Kolumbien?«

»Weit im Süden, Swan, weit im Süden.«

»Aber guter Stoff. Die Reise lohnt sich. Eines Tages wirst du zu den ganz Großen im Geschäft gehören, Ellery.«

»Du kannst mitmischen, wenn du willst.«

»Ware aus Kolumbien ist gar nicht so einfach zu kriegen, wenn ich richtig informiert bin.«

Ellery grinste. »Eines Tages werden sie das Zeug noch am Südpol anbauen.«

»Ware aus Mexiko ist leichter zu kriegen, da klappt der Nachschub.«

»Vielleicht in der Antarktis. Sie werden das Anbaugebiet in die Antarktis verlegen, verlaß dich drauf.« Ellery hatte den vierten Joint fertiggerollt. »Ich kenne jemanden, der erstklassigen Mexikaner verkauft.«

»Was für eine Qualität denn?«

»Acapulco Gold.«

»Ein Freund von dir?«

»Yeah.«

»Was hat er für Preise?«

»Ich glaube, er geht auf Menge. Wenn du genügend nimmst, macht er dir einen Preis. Vielleicht sprichst du mal mit ihm.«

»Worüber?«

»Vor allem über die Frage der Menge. Wenn du ihm die Ware pfundweise abkaufst, könntest du per Unze verkaufen, mit Profit. Du selbst hast deinen Joint gratis, verstehst du?«

Es war nicht das erste Mal, daß Swan Marihuana an seine Freunde weiterverkaufte. Er hatte allerdings immer nur seinen Einstandspreis verlangt.

»Du könntest bei der Sache einen guten Schnitt machen.«

»Glaubst du denn, Mexikaner läßt sich überhaupt losschlagen?«

»Das mußt *du* wissen. Es sind *deine* Freunde.«

»Ich denke schon, daß die was nehmen würden.«

»Der Stoff ist wirklich gut, glaub mir.«

»Ich glaub dir ja, Ellery.«

»Soll ich ein Treffen arrangieren?«

»Wenn ich nicht mit deinem Freund einig wäre, könnte ich den Stoff immer noch von dir nehmen, oder?«

Ellery nickte.

»Ich werd' drüber nachdenken«, sagte Swan.

Ein Jahr, nachdem er seine erste Marihuanazigarette geraucht hatte, kaufte Swan sein erstes Pfund Gras. Ellery hatte ihn mit Vinnie Pirata zusammengebracht, einem Schmuggler, der 1000 Dollar für zehn Pfund Acapulco Gold verlangte. Swan verkaufte die erste Lieferung für 25 Dollar die Unze. Er verdiente 4000 Dollar bei der ersten Lieferung. Grund genug, sofort eine neue Order zu erteilen. Es dauerte nur ein paar Monate, da war er richtig im Geschäft. Sein Umsatz lag bei 2 Pfund pro Woche. Profit: 800 Dollar pro Woche, steuerfrei.

Dann kam der Tag, wo Pirata ihm eine Beteiligung anbot. Pirata besaß drei Chevrolet Bel Air Stationwagons, die für den Rauschgiftschmuggel hergerichtet waren. Einen davon sollte Swan übernehmen. Zum Handel, den Pirata ihm vorschlug, gehörte die Benutzung eines Hauses, das Pirata in Acapulco gemietet hatte. Die Mittelsmänner würden das Rauschgift frei Acapulco liefern, dort würde Swan die Ware übernehmen. Für die Gestellung des Schmuggelfahrzeugs wollte Pirata 2000 Dollar. Plus 2000 Dollar für 200 Pfund Marihuana.

Swan rechnete hin und rechnete her. Die Grundidee schien gut. Sicherheitshalber beriet er sich mit seinem Freund Charles Kendricks, der ihm beim Vertrieb der Unzenbriefchen behilflich gewesen war. Kendricks, der knapp bei Kasse war, sagte ja. Swan ging zu Pirata. Er gab ihm die 2000 Dollar für den Wagen. Sie vereinbarten, daß sie sich in Acapulco treffen würden.

Ende Januar war Swan voll im Drogengeschäft.

3 Die Panne von Brownsville

Es war ein regnerischer Montag im Winter 1970, als Swan und Kendricks in Piratas Spezialgefährt nach Mexiko starteten. Als sie den Hudson überquert hatten, hielt Swan den Wagen an und warf einen Blick auf die Silhouette von Manhattan. Die Finger der Wolkenkratzer sahen aus wie Bauklötzchen, die aus irgendeinem Grund auf das Negativ eines Schwarzweißfilms geraten waren. Demgegenüber sah Swan prächtige Kodachromlandschaften vor sich, wenn er an das Fahrtziel dachte. Sie kamen schnell voran. Gleich nach dem Überqueren der Brücke waren sie auf den Interstate-Highway eingebogen. Sobald sie auf freier Strecke waren, schluckten beide von dem Speed, das sie dabeihatten. Aufputschtabletten. Dreißig Stunden nach Beginn der Fahrt wurden die Umrisse von Dallas sichtbar.

Swan lenkte das Fahrzeug auf den Randstreifen und hielt. Der Blick ging auf ein paar Gebrauchtwagen-Plätze, weiter vorne waren zwei oder drei Taco-Stände zu erkennen.

Swan deutete auf die Beifahrertür. Kendricks drückte die Klinke und sprang aufs Pflaster.

»Wir brauchen vor allem das Nummernschild«, sagte Swan. »Vergiß das nicht.«

Kendricks nickte. Er hob die Hand und winkte ihm zu.

»Wir sehen uns dann in der Stadt«, sagte er.

»Okay. Aber ruf' mich erst an.«

»Geht in Ordnung.«

Swan fädelte sich wieder in den stadteinwärts fließenden Nachmittagsverkehr ein. Wenig später war die Silhouette des Stationwagons im Grau der Auspuffgase verschwunden. Kendricks sah zum Himmel und fluchte. »Scheiße!« Es hatte zu regnen begonnen. Er war allein. Eine einsame Figur am Rande der Schnellstraße. Das Rauschen des Regens war lauter geworden. Kendricks hob den Daumen.

Swan war unterwegs ins Herz der Stadt, die er mit einem großen ›D‹ abzukürzen pflegte. Dallas, das Einkaufsparadies von Texas. Eine Stadt, die nach Öl und Football roch. *Willkommen im größten Dorf der Welt. Leg' deine Füße auf den Tisch, Cowboy, und mach' dir ein paar schöne Tage.* In Dallas saß die Zentrale der Braniff Airlines. Bürohochhäuser. Schnellimbiß-Stände, wo rote Bohnensuppe in der Cowboysonne kochte. Eine Stadt mit Herz, stranger. Hier kannst du Spaß haben. Amerika auf der Schwelle zum 21. Jahrhundert. Nicht, daß Swan von Dallas besonders beeindruckt gewesen wäre. Er stand unter *Speed.* Dreißig Stunden lang hatte er eine Black Beauty nach der anderen eingeworfen.

Er war in der City angelangt. Er parkte den Wagen, um im Holiday Inn einzuchecken. Es war ein bißchen, als hätte man sich an den Aufnahmeschaltern eines Großklinikums angestellt. Sehr amerikanisch. Sehr antiseptisch. Eigentlich ganz angemessen, fand Swan, der gerade über die chemischen Vorgänge nachgesonnen hatte, die sich in seinem Körper abspielten. Schicken Sie mir bitte zwei Flaschen Glukose und einen Kübel Eiswürfel aufs Zimmer. Bakterien hatten wenig Chancen, ein Hotel wie das Holiday Inn lebend zu verlassen. Entweder sie erlagen den Desinfektionsflüssigkeiten, die in großer Menge über sie ausgeschüttet wurden. Oder aber sie starben an Langeweile. Pastellfarbenes Plastik, soweit das Auge reichte. Swan trat an die Theke, lächelte dem Mädchen in der pastellfarbenen Bluse zu, das ihn fragend ansah, und trug sich unter falschem Namen in das Anmeldeformular ein.

Während er auf seinen Schlüssel wartete, erklang ein Gong. Ein Mr. McCann wurde ausgerufen. Er beschloß, sich den Namen zu merken. Er nahm den Schlüssel und ging zum Fahrstuhl. Wenig später stand er vor dem Zwillingsbett in seinem Zimmer und packte den Koffer aus. Ich werde mich beeilen müssen, dachte er. Die Wirkung der Aufputschtabletten ließ bereits nach. Das Tief nach *Black Beauties* war fürchterlich. Er beschloß die Lobby zu inspizieren, bevor der Rausch völlig verflog.

Unten angelangt, ging er zu den mit halboffenen Plastikhauben abgeschirmten Telefonen, die längs der Wand angebracht waren. Selbstwählapparate. Er entschloß sich für den Apparat ganz links. Er wählte eines der anderen Telefone in der Reihe an. Er hörte, wie der andere Apparat zu klingeln begann. Swan notierte sich die Nummer, über die man den Anschluß von außerhalb des Hotels erreichen konnte. Dann legte er den Hörer auf die Gabel zurück und ging schlafen. Es war fünf Uhr nachmittags.

Am Morgen darauf war er schon früh auf den Beinen. Er ließ sich das Frühstück aufs Zimmer kommen. Kaffee. Er zog den grauen Flanellanzug an. Weißes Hemd, blaue Krawatte. Er glättete sein Haar mit ein paar Spritzern aus dem Hahn, setzte die Sonnenbrille auf und verließ den Raum.

»Ich möchte gern eine Anzeige aufgeben.«

»Sie hätten nicht herzukommen brauchen, Sir. Sie hätten die Anzeige auch telefonisch aufgeben können.« Die Frau in der Anzeigenannahme sah von ihrer Schreibmaschine auf und nahm den Kopfhörer ab, von dem ein Kabel zum Diktiergerät führte.

»Ich hatte sowieso hier zu tun.«

Sie nickte. »Wo soll die Anzeige erscheinen, Sir?«

Er sah sie an. »In Ihrer Zeitung.«

»Ja, gewiß. Aber unter welcher Rubrik? Wollen Sie etwas verkaufen oder kaufen? Wollen Sie einen Job ausschreiben? Oder wollen sie eine Katze verkaufen? Es gibt Rubriken für die verschiedenen Anzeigen, verstehen Sie.«

Eine merkwürdige Frau, dachte Swan. Er beobachtete sie aus den Augenwinkeln. Sie zuckte mit dem Kopf, wenn sie sprach. Vielleicht war ihr das Haarnetz unbequem. Außerdem war sie kurzsichtig. Sie trug die Brille an einer Kette um den Hals. Mindestens vier- oder fünfmal hatte sie die Brille abgenommen und wieder aufgesetzt, während sie mit Swan sprach. Ihm war etwas schwindlig geworden vom Zusehen. Aber er mochte die Frau. »Ich möchte eine Stellung ausschreiben«, sagte er. »Ich suche einen Fahrer.«

»Gut. Das wäre klar. Ein Job also. Und wann soll die Anzeige erscheinen?«

»So bald wie möglich.«

»So bald wie möglich.« Sie legte den Kopf auf die Seite und musterte ihn. »Das wäre morgen. Morgen könnte Ihre Anzeige drinstehen.«

»Einverstanden.«

»Sehr schön.« Sie beugte sich über ihre Schreibmaschine. »Wie ist der Text der Anzeige?«

»Fahrer gesucht.«

»Ein Wort zuviel«, sagte sie.

»Wie bitte?«

»Es ist unnötig, daß Sie *gesucht* dazusetzen. Ihre Anzeige erscheint unter der Rubrik Stellenangebote. Es ist also klar, daß Sie jemanden suchen. Fahrer genügt. Ich sage das wegen der Rechnung. Die Anzeige wird nach der Anzahl der Worte berechnet.«

»Aha.«

»Kann ich dann einfach *Fahrer* einsetzen?«

»Einverstanden.«

»Sehr schön.« Sie hatte die Brille aufgesetzt. »Soweit die Überschrift. Und weiter?«

»Speditionsfirma sucht einen Fahrer für den Südwesten der USA und für Touren nach Mexiko. Telefonische Angebote an Mr. McCann in...«

Sie unterbrach ihn. »Ich werde die Worte *einen* und *für den* sowie das Wort *nach* auslassen. Speditionsfirma ist sehr lang. Es genügt, wenn Sie Firma sagen. Wenn sie die Überschrift fettgedruckt wünschen, paßt sowieso nur das Wort Fahrer hin.« Sie sah ihn fragend an.

»Gut«, sagte Swan. »Machen Sie das, wie Sie eben gesagt haben. Ich verlasse mich auf Sie.«

»Wie schreiben Sie sich, Mr. McCann?«

»Lassen Sie den Namen am besten auch raus«, sagte Swan. »Nur die Nummer, das genügt.«

»Sehr gut«, sagte sie. Sie schien befriedigt, daß er ihre Belehrungen verstanden hatte.

Er nannte ihr die Telefonnummer, unter der die Bewerber anrufen sollten, bezahlte den Rechnungsbetrag in bar und sagte der Frau, wie tüchtig und sorgfältig sie war. Dann verabschiedete er sich. Sie sah ihm lächelnd nach.

Swan verbrachte den Tag im Hotelzimmer. Es war Abend geworden, als Kendricks anrief. Der Rest war Fernsehen. Swan lag auf dem Bett und starrte auf die Mattscheibe, bis zum Sendeschluß die Nationalhymne ertönte. Er führte sich noch einen Joint zu Gemüte, dann legte er sich schlafen. Am nächsten Morgen stand er früh auf. Um acht ging er in die Empfangshalle des Hotels hinunter. Er ging zu dem Telefon, dessen Nummer er in die Anzeige hatte einsetzen lassen. Es war acht. Das Telefon begann zu klingeln.

Swan nahm ab. »Guten Morgen.«

»Ich rufe wegen der Anzeige an.«

»Ihr Name bitte?«

»Kendricks. Charles Kendricks.«

»Haben Sie die Zeitung vor sich liegen, Mr. Kendricks?«

»Ja.«

»Dann schneiden Sie die Anzeige bitte aus und verwahren Sie den Ausschnitt in Ihrer Brieftasche.«

»Ich habe die Anzeige bereits ausgeschnitten.«

»Gut. Dann würde ich Sie gern im Coffee Shop des Hotels Holiday Inn treffen. Ich erwarte Sie dort. Fragen Sie nach Mr. McCann.«

»Okay«, sagte Kendricks.

Es war zehn Uhr, als Kendricks den Coffee Shop betrat. Er trug Blue jeans und ein grobgewirktes Hemd. Der Coffee Shop war fast leer. Swan hatte die Zeitung aufgeschlagen und studierte die Börsenkurse. Er trug seinen Flanellanzug. Gerade war ihm von der Serviererin die zweite Tasse Kaffee eingeschenkt worden. Er winkte Kendricks zu. Als der Freund am Tisch angelangt war, stand er auf. Sie schüttelten sich die Hand.

»Ich bin Mr. McCann.«

»Ich bin Charles Kendricks, ich hatte angerufen. Nett, Sie kennenzulernen, Mr. McCann.«

»Bitte, setzen Sie sich, Mr. Kendricks.«

Swan hob die Hand. Das Serviermädchen kam angeflitzt. Kendricks strahlte sie an. Sie strahlte zurück. Sie war jung. Achtzehn, schätzte Kendricks. Langes, rotes Haar, das sie hochgesteckt trug. Blaue Augen. Makellose Zähne. Swan fand das Mädchen attraktiv. Kendricks fand sie unwiderstehlich. Sie trug große Ohrringe von ovaler Form. Über ihrem rechten Auge war eine kleine Narbe zu erkennen. Ein Messerstich, dachte Swan. Make-up trug das Mädchen nicht.

»Das ist Julie«, stellte Swan sie seinem Freund vor. »Julie, das ist Mr. Charles Kendricks.« Er beschrieb eine Geste mit der Hand. »Julie ist im Monat Oktober geboren, Mr. Kendricks.«

»Nett, Sie kennenzulernen, Mr. Kendricks«, sagte sie.

»Kannst mich Charlie nennen«, sagte er locker.

»Kommst du aus England, Charlie?« fragte sie.

»Aus Australien«, sagte er.

»Der junge Mann wird für mich arbeiten«, erklärte Swan. »Bringen Sie ihm bitte zu essen, soviel er will.«

Kendricks starrte das Mädchen an. »Ich bin in...«

Kendricks hatte beschlossen, auf die Tube mit der Aufschrift Charme zu drücken. Zeit, die Kaffeetasse umzustoßen, fand Swan. Er stieß mit den Fingerknöcheln an den Rand der Tasse. Sie fiel um, der Inhalt ergoß sich über die Tischdecke.

»Tut mir schrecklich leid«, sagte er und stand auf.

Das Mädchen hatte das Serviertuch gezogen und tupfte den Tisch trocken. »Ich bringe Ihnen eine neue Tasse«, bot sie an. Sie nahm noch Kendricks Bestellung auf, dann tänzelte sie zur Schwingtür.

»Das Mädchen wird dich nie vergessen«, sagte Kendricks.

»Deshalb hab' ich's ja auch gemacht«, sagte Swan. »Wo hast du übernachtet?«

»Pepsi Hotel.«

»Pepsi Hotel? Gibt's so was?«

»Jedenfalls steht der Name außen dran. Das Hotel hat überhaupt keinen Namen. Nur 'ne Neonreklame mit Pepsi. Alles voller Flöhe. Fünf Dollar die Nacht. The Pepsi Hotel, Dallas.«

»Irgendwelche anderen Gäste im Hotel?«

»Gesehen habe ich keine. Habe nur mit dem Nachtportier gesprochen. Er ist zugleich der Tagportier. Allerdings, tagsüber schläft er. Gestern abend haben wir uns ein bißchen unterhalten. Ich habe ihn gefragt, ob er nicht einen Job für mich wüßte.«

»Sehr gut. Wer hat dich eben hergefahren?«

»Ein Freund.«

»Wie steht's mit den Papieren für den Wagen?«

Kendricks zog seine Brieftasche hervor. Eine teure Brieftasche aus Känguruhleder. Er entnahm ihr drei Schriftstücke. Er gab sie Swan. Das erste war ein Zettel mit einer handschriftlichen Eintragung. Nicht Kendricks Schrift. Ein Name und eine Adresse in Fort Worth. Das zweite waren die Wagenpapiere. Swan erkannte Kendricks' Schrift am Querstrich bei der Sieben. Unter dem handbeschrifteten Zettel und den Wagenpapieren kam der Zeitungsausschnitt aus den *Dallas Morning News* zum Vorschein.

»Gute Arbeit, Charlie«, sagte Swan. »Die Adresse und die Wagenpapiere bewahrst du am besten getrennt auf. Wer beides zusammen findet, könnte auf falsche Gedanken kommen. Wer hat dir die Wagenpapiere besorgt?«

»Ich habe einen Freund«, sagte Kendricks. »Der Mann hat vor einem Jahr Poseidon Nickel gekauft.«

Swan hob den Blick. »Na und?«

»Er ist heute Millionär.«

»Ach ja. Wen hat er denn als Broker?« Swan gab seinem Freund die drei Schriftstücke zurück.

»Der Broker war ich«, sagte Kendricks. Er legte die Schriftstükke in seine Brieftasche zurück.

Swan grinste. »Ich wußte immer, daß du nicht dumm bist, Charlie. Das mit den Wagenpapieren hast du gut gemacht. Hoffentlich hast du weiter so eine glückliche Hand.«

»Ich werd' mein Bestes tun.«

»Tut mir leid, das mit dem Pepsi Hotel. In Acapulco werden wir dich ein paar Strich feiner unterbringen.«

»Ist schon okay.«

Swan hatte sich eine Zigarette angezündet. Kendricks begann zu husten, das Serviermädchen kehrte an den Tisch zurück, um das Frühstück aufzutragen.

Es war schwierig, die Grenze nach Mexiko mit einem Wagen zu passieren, dessen Papiere nicht auf den Namen des Fahrers ausgestellt waren. Und so hatte Swan beschlossen, den Chevrolet auf Kendricks umzuschreiben. Der Grund für das Mißtrauen der mexikanischen Behörden lag in der Tatsache, daß in den USA recht oft Mietwagen mit Hilfe gestohlener Kreditkarten angemietet und nach Mexiko gebracht wurden, wo die Diebe die Fahrzeuge zu Geld machten. Swan und Kendricks diskutierten in Gegenwart des Serviermädchens über diese Schwierigkeiten. Nachdem sie den Coffee Shop verlassen hatten, nahm Kendricks die Blankoformulare, die er von seinem Freund erhalten hatte, und setzte seinen Namen ein.

Noch am Nachmittag jenes Tages fuhren sie bis San Antonio, wo sie in einem Gebrauchtmöbelladen einen Tisch, einen Bürostuhl und eine Hutablage kauften. Sie verstauten alles im Laderaum des Stationwagons. Dann fuhr Kendricks seinen Brötchengeber zum Flugplatz. Swan nahm den Abendflug nach Acapulco.

Zachary Swan kannte sich aus in Acapulco. Es war der Tummelplatz der gleichen Clique, die in den Cocktailbars und den teuren Restaurants in New York mit dem Geld um sich warf. Mit vollem Namen hieß die Stadt Acapulco de Juarez, der Jet Set verwendete das Kürzel Aca, so wie die Schickeria drüben in Europa von ›Ritz‹ sprach, wenn sie St. Moritz meinte. Der Hafen liegt an der Pazifikküste im Süden Mexikos. Der mindere Adel Europas verkehrte hier, die gleichen Leute, die an der französischen Riviera herumhingen. Acapulco war und ist ein bedeutender Umschlagplatz für Drogen. Die Stadt erinnert an ein Humphrey-Bogart-Casablanca ohne Kasbah. Man trifft Frauen, die ihren sechzehnten Face-lift hinter sich haben. Und die Haare kann man sich in ›Aca‹ natürlich nur bei Vidal Sassoon schneiden lassen.

Swan hatte einen Prospekt von dem Stapel genommen, der am Flugplatz auslag. Er las den Prospekt auf der Taxifahrt zu Vinnie Piratas gemietetem Haus. Acapulco, so erfuhr er, lag 272 Meilen von Mexico City entfernt, die Straßenverbindung ging durch das Gebirge. Es handelte sich um einen der schönsten Naturhäfen der Welt. Hernando Cortés, der spanische Eroberer, hatte von hier aus seinen Freund Francisco Pizarro mit Nachschub versorgt, den dieser brauchte, um die Inkas auszurotten. Und alles in Vierfarbdruck.

Wie Swan feststellte, handelte es sich bei Vinnie Piratas Haus um einen herrschaftlichen Wohnsitz. Ein umgebautes spanisches Fort, weißgekalkt, von Stacheldraht umgeben. Das Gebäude lag auf einer Anhöhe, der Blick ging auf die Bucht von Acapulco.

Zum Osten hin sah man auf ein fruchtbares Tal. Nicht nur durch Stacheldraht war die Villa gesichert. Es gab auch eine 2,40 m hohe Betonmauer, deren Oberkante mit Glasscherben gespickt war. Das schmiedeeiserne Tor war so prunkvoll, daß es schon fast peinlich war. Es sollte in den kommenden Jahren zu einem beliebten Gesprächsgegenstand zwischen Swan und Vinnie Pirata werden.

Er traf Vinnie Pirata in seinem Haus an. Vinnie hatte Khakihosen angelegt. Er trug einen roten Baumwollpullover. Er war braun geworden, sein blondes Haar war von der Sonne ausgebleicht. Die Stirn war sonnenverbrannt. Pirata war kleingewachsen, ungefähr 1,60 m groß, schlank, aber muskulös. Gesundheitlich war er in Hochform. Seine Kleidung war salopp, allerdings trug er eine teure goldene Armbanduhr. In New York fuhr Pirata einen Maserati. Er war um die vierzig Jahre alt und bar jeder Erziehung. Pirata zeichnete sich durch eine lange Vorstrafenliste aus. Er rauchte nicht, trank nicht und nahm keine Drogen. Er war der einzige Mann in Swans Bekanntenkreis, der ständig eine Waffe bei sich trug.

Er kam Swan entgegen und gab ihm die Hand. »Der Stoff ist noch nicht da.«

»Macht nichts.«

Zwei Tage später traf Kendricks mit dem Chevrolet Station in Acapulco ein. Er nahm im La Condesa Hotel Quartier, wo er sich unter seinem richtigen Namen eintrug. Er vermerkte auf dem Anmeldeformular, daß er Vertreter der Firma Southwest Freight Company war. Er gab dem Mann an der Rezeption seinen Wagenschlüssel mit dem Hinweis, das Fahrzeug würde in Kürze von einem seiner Angestellten abgeholt werden. Er ging auf sein Zimmer, machte einen Telefonanruf, dann begab er sich an den Strand. Er wollte abwesend sein, wenn Swan den Wagen abholte. Swan verstrickte den Rezeptionsbediensteten des Hotels in eine kleine Unterhaltung, erkundigte sich, wann Kendricks eigentlich angekommen sei, bedankte sich mit einem Riesentrinkgeld und übernahm Schlüssel und Fahrzeug. Er parkte den Wagen auf Piratas Gelände, hinter dem Haus. Sicherheitshalber schraubte er noch die Nummernschilder ab. Dann ging er an den Strand, wo er Kendricks vorfand.

»Das Gras ist noch nicht angeliefert worden.«

»Und nun?«

»Wir müssen abwarten. Der Stoff kommt auf dem Eselsrücken aus den Bergen. Wenn die hier anrücken, werden sie uns ein Signal mit der Taschenlampe geben, sagte Pirata. Glaubst du das? Ein Signal mit der Taschenlampe?«

Doch. Kendricks glaubte das. Auch Swan glaubte das. Sie fanden es jetzt richtig spannend. Natürlich hätte es keiner der beiden zugegeben. Insgeheim waren sie fasziniert von dem Nacht-und-Nebel-Charakter der ganzen Operation.

»Du möchtest wahrscheinlich, daß ich im Hotel bleibe, oder?«

»Ganz recht, das wäre das beste.«

»Okay.«

Sie schwammen nebeneinander ins Meer hinaus. Swan erklärte seinem Vertrauten, wie die Operation ablaufen würde. Da die Maultiertreiber nicht daran gewöhnt waren, mit ihren Tieren quer durch Acapulco zu ziehen, würde Pirata für 100 Dollar einen Taxifahrer organisieren, der sie zum geheimen Treffpunkt brachte. Ort der Übergabe war eine bestimmte Stelle am Fuße des Gebirges. Man würde sie durch Leuchtsignale verständigen, wo die Stelle zu finden war.

»Stell dir das mal vor«, sagte Kendricks. Er war beeindruckt. Auch Swan war beeindruckt.

Eine Woche verging. Swan und Kendricks trafen sich täglich am Strand. Swan war nicht sehr stark im Warten. Kendricks litt still unter der brennenden Sonne. Sie versuchten das Beste draus zu machen. Sie vermieden es, sich in der Nähe von Kendricks' Hotel zusammen sehen zu lassen. Insgesamt benahmen sie sich, wie Touristen sich benehmen. In den Abendstunden besuchten sie die Quebrada Cliffs, wo die Mexikaner von den Felsspitzen in ein gurgelndes Wasserloch springen. Tagsüber ließen sie sich am Schleppfallschirm über die Bucht von Acapulco ziehen. Swan war ziemlich begeistert von diesem Sport. Was ihm besonders gefiel, war die Erklärung, die man unterschreiben mußte, bevor sie einen an den Fallschirm hängten. Man verzichtete auf jede Art von Schadenersatz, wenn einem etwas zustieß. Swan unterschrieb mit: *I'll sue.* Ich werde prozessieren.

In jener Woche lernte Swan nicht nur Fallschirmfliegen. Er lernte vor allem Warten. Er verstand, daß Warten die Hauptbeschäftigung des Schmugglers ist. Man kommt an und muß warten. Man wird vertröstet, sitzt in irgendwelchen Hotels herum. Es gibt keine festen Termine für die Übernahme. Warten. Die Zeit totschlagen. Auch wenn der Plan noch so fein eingefädelt ist, auch wenn alles bis ins kleinste durchorganisiert ist, der Schmuggler muß warten. Er muß auf die Notwendigkeit gefaßt sein, daß der Plan von Grund auf geändert wird. Er muß improvisieren können. Es gibt tausend Gründe für die Verzögerungen, die das Metier eines Schmugglers so schwierig machen. Er will losfahren, und das Boot ist gerade weg. Der Bote ist noch nicht gekommen. Swan entschied sich fürs Fernsehen. Er überbrückte die Wartezeiten mit Fernsehen. Wenn er nervös wurde, trank er Gin. Ziemliche Mengen. Bei der Operation Acapulco sollte sich das Warten auszahlen. Kendricks bekam einen wunderschönen Sonnenbrand. Damit war für die mexikanischen Zöllner klar, daß es sich nur um einen Touristen handeln konnte.

An einem der Fenster der Villa war ein Fernglas aufgestellt worden. Der Blick ging nach Osten. Technisch gesehen handelte es sich um einen Feldstecher, um ein Marinemodell. Das Stück war gestohlen. Wenn man hindurchsah, starrte man auf die Berge. Tagsüber hielt Pirata das empfindliche Gerät mit einem Tuch bedeckt. Sobald die Sonne unterging, wurde das Tuch fortgenommen. Wie jetzt. Vinnie Pirata hatte in der Nähe des Fensters in einem Liegestuhl Platz genommen. Er hielt eine Tasse Kaffee auf den Knien. Zachary Swan hatte ihm gegenüber auf einem Stuhl Platz genommen. Ein zusammengefalteter Mantel lag über seinem Arm. Es war am Abend des siebten Tages.

Swan war reisefertig. Das Taxi war bestellt. Immerhin war Swan noch bei einem Hersteller für Verpackungen in New York beschäftigt. Man hatte seine Pflichten. Noch heute nacht würde Swan heimfliegen. Charlie Kendricks hatte recht. Es hatte keinen Zweck, länger zu warten. Kendricks war in die Villa gekommen, um Swan zu verabschieden. Er saß in der Nähe der Tür und war angelegentlich damit beschäftigt, eine schmerzstillende Creme auf seinem Sonnenbrand zu verreiben. Er fühlte sich fürchterlich. Keine Stelle, die nicht weh tat. Sein Gesicht war dick angeschwollen. Swan hatte sich eine Zigarette angesteckt. Er sah auf seine Armbanduhr. Zehn.

»Das ist doch Scheiße«, sagte Pirata. »Kaum ist eine Woche um, da schmeißt ihr das Handtuch.«

Swan antwortete ihm nicht.

Es war fünf nach zehn geworden. Swan hatte gerade seine Zigarette in einem präkolumbianischen Aschenbecher ausgedrückt. Swan sah das Signal zuerst. Pirata stand mit dem Rücken zum Fenster.

»Bist du sicher?« fragte er.

Swan schwieg. Er sah nur auf seine Uhr. Pirata trat an den Feldstecher, der mit einem Gewinde auf einem Stativ festgeschraubt war.

»Sie sind es.«

Pirata nahm die Taschenlampe, die auf der Fensterbank lag, und erwiderte das empfangene Signal. Wenig später kam die Antwort. Verstanden. Swan starrte auf die zuckenden Lichtzeichen, die vom Rand des Berges kamen. Nach einer Weile wandte er sich ab, nahm seinen Koffer und ging zur Tür. Pirata hatte das Magazin seiner Waffe überprüft. Während Swan zum Flugplatz fuhr, würden Pirata und Kendricks das Marihuana von den Mexikanern übernehmen.

»Paß gut auf dich auf«, sagte Swan zum Abschied, zu Kendricks gewandt. »Kann nie schaden, wenn du dich mal umdrehst.«

Kendricks und Pirata übernahmen in jener Nacht den Posten Marihuana, der ihnen angekündigt worden war. Gemeinsam verstauten sie den Stoff in dem vorbereiteten Versteck des Chevrolets. Kendricks ging ins Hotel, um sich die Wagenschlüssel zu holen. Eine Stunde später trat er die Rückfahrt zur Grenze an.

Zachary Swan widmete sich der Zeitungslektüre. Es gab viel nachzuholen. Charlie Kendricks, der in diesem Moment von den amerikanischen Zöllnern kontrolliert wurde, wußte noch nicht, was ihm Schönes bevorstand. Richard Nixons Antidrogenkampagne, die den Eifer der Beamten beflügelte, sollte sich in unangenehmer Weise auf ihn auswirken. Es war Sonntag abend. Swan hatte es sich in der Wohnung bequem gemacht. Er blätterte in der *New York Times.* Ein Artikel über Drogenschmuggel fand seine Aufmerksamkeit. Ein gewisser Myles Ambrose, Leiter des Zollwesens der Vereinigten Staaten, wurde mit einer Reihe drakonischer Verbote und Drohungen zitiert. Charles Kendricks hatte die Grenze bei Matamoros passiert. Wenig später saß er in einer Weise in der Patsche, wie es ihm sein ganzes Leben noch nicht passiert war. Es war in Brownsville, wo ihm der amerikanische Zoll auf die Schliche kam. Es half ihm nichts, daß er sein stupides Touristenlächeln aufsetzte. Sie packten ihn mit 200 Pfund Marihuana. Sie fanden das Versteck. Wie es aussah, würde er 15 Jahre hinter Gittern verbringen müssen.

Myles Ambroses ausführende Organe belehrten Kendricks über seine verfassungsmäßigen Rechte. Dann nahmen sie ihm die gefälschte Wagenzulassung ab. Als nächstes kam die Belehrung über das Gesetz, dessen Verletzung man ihm vorwarf. Es gäbe in den Vereinigten Staaten ein Gesetz, das die Einfuhr von Rauschgift unter Strafe stellte. Das Gesetz 21 USC 176, um genau zu sein. Kendricks wurde in einen Vernehmungsraum geführt. Dort war das Marihuana, das die Beamten im Wagen gefunden hatten, auf dem Tisch aufgebaut worden. Charles Kendricks, der seinem Freund geraten hatte, Poseidon Nickel zum Kurs von 40 Cents zu kaufen, dachte nach. Überall auf den Paketen waren seine Fingerabdrücke. Aber dagegen gab es ein Mittel. Wütend sprang er auf, stürzte auf den Tisch zu und riß die Pakete zu Boden. Dann half er den Beamten, die ganze Bescherung wieder auf dem Tisch aufzustapeln.

»Nun?« fragten die Beamten.

»Ich hab' diese Pakete noch nie in meinem Leben gesehen«, sagte Kendricks.

Sie sperrten ihn ein und warfen den Schlüssel fort.

Es war Montag, 11 Uhr vormittags, Eastern Standard Time. Lillian Giles befand sich in Zachary Swans Appartement in der West 88th Street in Manhattan. Ebenfalls anwesend waren Swan selbst und Lillians Freundin Alice Haskell.

»Die Sache ist im Eimer«, stellte Lillian fest.

»Alice, so sag' ihr doch, daß sie viel zu früh das Handtuch wirft«, sagte Swan.

»Das Telefon«, sagte Alice. »Nimm du ab.«

Swan nahm erst nach dem fünften Läuten ab. Ellery war am Apparat.

»Charlie steht wie eine Eins«, sagte er.

Swan entfuhr ein Seufzer der Erleichterung. Er warf Lillian einen vorwurfsvollen Blick zu.

»Das ist ja wunderbar, was du da sagst«, schrie er in die Muschel. »Woher kommt die Information?«

»Direkt aus Brownsville«, sagte Ellery. »Billy Bad Breaks hat die Nachricht aus dem Gefängnis geschmuggelt.«

»Billy?«

»Yeah, er hat mit Charlie gesprochen.«

»Er hat was?«

»Billy hat mit Charlie gesprochen.«

»Jetzt halt mal die Luft an. Ellery, ich verstehe plötzlich gar nichts mehr. Wie kommt Billy Bad Breaks denn nach Brownsville?«

Ellery erklärte es ihm. Billy Bad Breaks hatte eine Woche zuvor bei Brownsville die Grenze Richtung Mexiko überqueren wollen. Er trug einen einsamen Joint in der Hosentasche. Er wurde durchsucht. Die Beamten fanden den Joint. Worauf sie beschlossen, nunmehr auch den ganzen Wagen zu durchsuchen. Der Wagen war einer von Vinnie Piratas frisierten Bel Air Chevrolets. Die Beamten fanden das Versteck. Es war leer. Aber es war ein Versteck. Billy Bad Breaks reiste ohne Ladung. Aber nicht ganz ohne Ladung. Da war der Joint in seiner Hosentasche. Eine unangenehme Sache. Und ein ungewöhnlicher Vorwurf, vom Standpunkt eines Drogenschmugglers. Diesmal wurde er beschuldigt, Marihuana aus den Staaten *raus*zuschmuggeln. Was für Zachary Swan bei der ganzen Sache von großer Wichtigkeit war: Billy Bad Breaks war festgenommen worden, bevor Charles Kendricks die Rückfahrt in Acapulco antrat. Alle Grenzübergänge von Matamoros bis Tijuana waren angewiesen worden, auf einen Chevrolet Bel Air zu achten, der die Grenze Richtung USA passieren würde. Der Zoll hatte Bescheid gewußt, noch bevor Kendricks die Schlüssel für den Wagen in der Rezeption des Hotels Condesa in Acapulco abholte. Pirata hatte sie ins Messer laufen lassen. Trotzdem verzichtete Swan darauf, an Vinnie Rache zu nehmen. Seine Beherrschung zahlte sich aus, zumindest auf kurze Sicht. Einige Jahre später allerdings sollte Swan bereuen, daß er Pirata nicht wenigstens ein paar Knochen gebrochen hatte.

Kendricks, so lautete die Nachricht aus dem Gefängnis, hielt dicht. Eine gute Nachricht. Nicht nur, daß er keinerlei Geständnis abgelegt hatte. Noch wichtiger für Swan war, daß er ihn nicht mit hineingezogen hatte. Daß Lillian Giles ihn der Herzlosigkeit beschuldigte, hatte Swan zutiefst getroffen. Es war ihm durchaus nicht egal, daß man Charlie, seinen Freund, eingebuchtet hatte. Zugleich ärgerte ihn, daß Lillian so gar kein Verständnis für die Feinheiten des Schmuggelgeschäfts hatte. Für sie waren die Tricks, die er ersonnen hatte, einfach Scheiße. Und doch sollten es diese Tricks sein, die Kendricks alsbald den Weg in die Freiheit ebneten. Mehr als das. Was Swan ausgeheckt hatte, konnte Anspruch darauf erheben, in ein Standardwerk ›Die Hohe Kunst des Rauschgiftschmuggels‹ aufgenommen zu werden. In die vollständig überarbeitete, vervollständigte, auf den neuesten Stand gebrachte Fassung.

Das Schema, das von Swan ausgearbeitet worden war, funktionierte folgendermaßen. Der nette Texaner, der Kendricks vor der Stadtgrenze von Dallas vom Randstreifen der Autostraße aufgelesen und bis ins Zentrum befördert hatte, war der erste Entlastungszeuge. Kendricks hatte sich den Namen und die Adresse geben lassen. Als die Polizei ihn vernahm, bestätigte er Kendricks' Aussage bis ins Detail. Jawohl, Kendricks hatte im Regen gestanden. Ein Anhalter. Er hatte den Mann nach Dallas reingenommen. Kendricks hatte ihn gefragt, ob er ihm irgendeinen Job in der Gegend empfehlen könne. Die Polizei vernahm auch den Nachtportier des Pepsi Hotels. Im grellen Licht des Tages von den Beamten befragt, bestätigte der Mann, was Kendricks zu seiner Entlastung vorgebracht hatte. Der Gast hatte ihn gefragt, ob es in der Gegend irgendeinen Job gäbe. Er suchte Arbeit. Dann die Anzeige in der Zeitung. Ein sicherer Eckstein im Mosaik. Julie, die Serviererin im Holiday Inn, erinnerte sich an ein Bewerbungsgespräch, das Kendricks mit einem gewissen Mr. McCann geführt hatte. Der Empfangsbedienstete im La Condes Hotel erinnerte sich an einen Kunden, von dem er ein

Riesentrinkgeld bekommen hatte. Von dem unangemessen hohen Trinkgeld sagte er der Polizei nichts. Wohl aber bezeugte er, daß der Chevrolet Bel Air fünf Tage lang weggewesen war. Das Fahrzeug war von einem Fremden abgeholt worden. Während des Aufenthalts von Kendricks. Fünf Tage lang hatte Kendricks nicht über das Fahrzeug verfügt.

Die gebrauchten Büromöbel, die Kendricks in San Antonio in den Wagen geladen hatte, waren Sperrgut gewesen, mit dem man die Grenze Richtung Mexiko passierte. Warum ein Stationwagon? Damit man das Zeug transportieren konnte. Swan hatte die Möbel in einem Vorort von Acapulco an den Straßenrand gekippt. Vierundzwanzig Stunden später waren sie verschwunden. Und dann war da dieser Mr. McCann, der die Anzeige aufgegeben hatte. In der Tat hatte es einen Gast dieses Namens im Holiday Inn gegeben. Er war mit diesem Namen ausgerufen worden, was nicht bedeutete, daß es sein richtiger Name war. Die Polizei fand in den Unterlagen des Hotels den Namen McCann. Und die Beamten fanden es nicht weiter ungewöhnlich, daß dieser Gast einen falschen Namen und eine falsche Adresse angegeben hatte. Wie Swan vermutete, war es ein verheirateter Amerikaner, der für ein paar vergnügliche Ferientage in Acapulco untergetaucht war, wobei er keinen Wert darauf legte, von seiner Ehefrau im Bett mit einer Mexikanerin aufgespürt zu werden. Die Beamten kamen nicht auf die Idee, daß dieser McCann in keiner Weise identisch war mit jenem McCann, der das Stellenangebot aufgegeben und das Einstellungsgespräch mit Kendricks geführt hatte. Es hatte einen Gast dieses Namens im Holiday Inn gegeben, das genügte ihnen.

Für die Polizei blieb die Frage, warum McCann einen Falschnamen benutzt hatte. Es gab eine Antwort von zwingender Logik auf diese Frage. Dieser Mann hatte den Plan, zweihundert Pfund Rauschgift aus Mexiko herauszuschmuggeln. Swan hatte die Rauschgiftfahnder sozusagen im Doppelblindversuch aufs Kreuz gelegt. Er hatte sich unter falschem Namen ins Anmeldeformular des Hotels eingetragen. Er hatte dabei den Namen eines Gastes benutzt, den es wirklich gab. Aber auch der Name dieses Gastes war ein Falschname gewesen. Vielleicht wäre es gar nicht nötig gewesen, das Garn so fein zu spinnen. Trotzdem war Swan befriedigt, er hatte eine perfektionistische Ader.

McCann, wer immer es war, hatte das Manöver zu einem Dreifachblindversuch ausgebaut, indem er sich unter falschem Namen eintrug. Swan würde das Schema bei seinen späteren Schmuggelexpeditionen nach Südamerika weiter verfeinern, bis zu der extremen Version, bei der er seinen richtigen Namen benutzte. Wahrheit war immer noch die beste Tarnung.

Was die Fingerabdrücke auf der Ware anbetraf, so hatte Kendricks vorgesorgt. Natürlich mußten Fingerabdrücke auf den Paketen sein. Wo er doch mitgeholfen hatte, alles vom Boden aufzusammeln und auf den Tisch zu stapeln. Eine Woche nach seiner Festnahme wurde Kendricks wieder freigelassen. Den Drogenfahndern vom FBI standen die Tränen in den Augen.

Kendricks nahm den Greyhound nach New York. Gleich nach der Ankunft schloß er sich ein und verbrachte vier Tage im Drogenrausch. Swan leistete ihm Gesellschaft. Nachdem die Köpfe wieder klar waren, begannen sie zu rechnen. Swans Verluste hielten sich im erträglichen Rahmen. Er hatte 5000 Dollar verloren. Die Gewinnaussichten bei dem Geschäft hatten bei 25000 Dollar gelegen. Charles Kendricks schied fürs erste als Maultier aus. Er hatte keinen Nerv mehr fürs Schmuggeln. Später, als die Wunde vernarbt war, trat er aufs neue in Swans Dienste. Blieb das Problem Vinnie Pirata. Swan hatte wenig Handhabe, um Pirata auszuhebeln. Er beschloß, den Mann bei künftigen Operationen zu benutzen, wobei ihm klar war, daß er ihm nicht mehr vertrauen durfte. Er spürte ein merkwürdiges Unbehagen bei den Überlegungen, wie er sich an Pirata rächen könnte. Es war wohl am besten, wenn er solche Gedanken auf einen späteren Zeitpunkt aufschob. Immerhin hatte er bei dieser Katastrophe eine wichtige Erfahrung gemacht. Er hatte gelernt, wie man die Drogenfahnder vom FBI aufs Kreuz legen konnte. Das war doch schon etwas. Swan spürte es in den Knochen, daß er den erlittenen Verlust bald durch Gewinne ausgleichen würde. Der Zeitpunkt für neue Operationen hing nur von ihm ab, von niemandem sonst.

Einen Monat nach der Panne von Brownsville startete Swan die Operation Adrian.

4 Das Rückspiel

Ike und Freddy waren Würfelspieler. Sie arbeiteten in Brooklyn. Zwei Männer, die es verstanden, die Würfel nach ihrer Pfeife tanzen zu lassen. Die Augen fielen, wie Ike und Freddy wollten. Ike war der Bessere von beiden. Es hieß, daß er zwei Würfel in eine volle Badewanne werfen konnte, wobei genau die Augen herauskamen, die er vorausgesagt hatte. Zwei ganz normale Würfel. Wie Adrian, der Filmproduzent, die beiden Spieler ausfindig machte, liegt im Dunkel. Adrian war ein Filmemacher, der noch nie einen Film gemacht hatte. Seinen Lebensunterhalt verdiente er als Veranstalter geheimer Pokerspiele. Die Spiele fanden in seiner Appartementwohnung in Central Park West statt, an zwei oder drei Tagen der Woche. Bis Adrian mit Ike und Freddy zusammentraf, hatte er seine Kunden nicht betrogen. Er hatte die Bank gehalten und seinen Anteil kassiert. Mit Ike und Freddy indes eröffnete sich ein ganz neuer Geschäftszweig. Die beiden waren jung und unternehmungslustig. Adrian, der Filmproduzent, beschloß eine Spielhölle zu gründen.

Den Spieltisch beschafften Ike und Freddy. Einen Tisch aus Schaumstoff. Ike und Freddy waren, im Nebenberuf, Vertreter für Schaumstoffmöbel. Das meiste Geld in diesem Job verdienten sie, wenn die Möbel an gemeinnützige Vereine ausgeliehen wurden. Zum Beispiel für Wohltätigkeitsveranstaltungen, die in Queens stattfanden. ›Eine Nacht in Las Vegas‹ – so oder ähnlich hießen die Veranstaltungen. Ike und Freddy ließen sich am Ertrag solcher Feiern mit einem Prozentsatz beteiligen. In vielen Fällen gelang es ihnen, den Löwenanteil des Geldes wegzuschleppen, und das auf legaler Grundlage. Ike und Freddy hatten Adrian auch den Spielkessel besorgt, den er für seine Spielhölle benötigte. Niemand fragte, wie die beiden an das Ding drangekommen waren. Swan hatte Adrian über einen Freund kennengelernt. Ihm hatte der Mann auf den ersten Blick gefallen. Ein mutiger Typ, ganz nach seinem Geschmack. Sechs Monate vor der Panne in Brownsville hatte Swan bei einer Spielrunde, die Adrian veranstaltete, 2700 Dollar verloren. Als Swan klargeworden war, daß mit gezinkten Würfeln und manipuliertem Kessel gespielt worden war, beschloß er, sich sein Geld bei einem Revanchespiel wiederzuholen. Es würde ein Spiel sein, bei dem er allein die Regeln bestimmte. Er sah den Zeitpunkt dafür gekommen, als der Transfer von Acapulco nach New York in die Hose ging.

Swan wußte, daß Adrian nur sehr selten in seinem illegalen Spielcasino zu finden war. Dieses wurde von einem Beauftragten geführt. Wer Adrian sprechen wollte, fand ihn im Klubhaus des Roosevelt Raceway. Es war an einem Abend im März, als Swan zu Adrian trat, der an der Bar des Klubhauses lehnte. Er lud ihn zu einem Drink ein. Er bezahlte, indem er einen Geldschein aus einem dicken Geldbündel herauszog. Adrian biß sofort an.

»Was machst du derzeit so?« erkundigte er sich.

Swan vergewisserte sich, daß sie ohne Zeugen waren.

»Ich schmuggle Gras aus Mexiko in die Staaten, und es macht mir großen Spaß. Vor allem, weil tüchtig was übrigbleibt.«

Adrian kaufte ihm das ab, jedes Wort. Swan legte ihn aufs Kreuz, so wie er von Pirata aufs Kreuz gelegt worden war.

Er stattete den Neuling im Drogenhandel mit einem von den Chevrolet Stationwagons aus, die nach der Panne von Brownsville stillgelegt worden waren. »Du zahlst mir zweitausend Dollar für den Wagen, Adrian. Die Ware kostet dich weitere zweitausend. Ich sorge dafür, daß du den Stoff wieder losbringst, sobald er in New York ist.« Swan vermittelte Adrian auch den Fahrer für die Operation. Homer war Swans Freund. Er stellte ihn Adrian unter dem Namen Billy Bad Breaks vor.

Es klappte. Adrian wurde mit Homer handelseinig, er fuhr mit ihm mit, bis nach San Antonio. Er verschwendete keine Zeit darauf, irgendwelche Alibis vorzubereiten. Er flog nach Acapulco, inspizierte die 200 Pfund Marihuana, die Pirata vorbereitet hatte, und lieferte seine 2000 Dollar für die Ware ab. Sie verstauten den Stoff im Geheimfach über der Achse, dann traten sie die Rückreise an. Adrian fuhr bis Mexico City mit. Von dort nahm er das Flugzeug nach New York. Homer fuhr von Mexico City nach Acapulco zurück, anstatt die Reise in Richtung USA fortzusetzen. Das Marihuana blieb zunächst jenseits der Grenze.

Zwei Tage, nachdem Adrian aus Mexiko zurückgekehrt war, rief Swan ihn an.

»Billy Bad Breaks ist an der Grenze festgenommen worden«, sagte Swan.

Adrian wollte ihm das nicht so ohne weiteres abnehmen. »Du willst mich für dumm verkaufen«, antwortete er.

Swan gab ihm die Telefonnummer des Gefängnisses in Brownsville und legte auf. Adrian war auf hundertachtzig. Er zögerte nicht lange, er rief in Brownsville an. Jawohl, bestätigte man ihm, dort saß ein gewisser Billy Bad Breaks ein. Adrian fragte nicht, wie lange Billy Bad Breaks schon hinter Gittern war. Er rief Swan an.

»Was soll ich tun?«

Er war verzweifelt.

»Sieht böse aus«, sagte Swan. »Vor allen Dingen wär's natürlich schlecht, wenn Billy Bad Breaks singt.«

Adrian verstand den Wink. Er gab Swan 1 000 Dollar für den Anwalt.

Swan zahlte Pirata 500 Dollar für die Benutzung der Villa als Umschlagplatz und für das Gras. Homer gab er 1 000 Dollar. Der Reinverdienst der Operation für Swan betrug 4 000 Dollar. Es gelang ihm, die Ware zu einem späteren Zeitpunkt in die Staaten schmuggeln zu lassen. Pirata hatte vergeblich versucht, einen neuen Transportweg ausfindig zu machen. Unter anderem hatte er es per Boot versucht. Die Operation war fehlgeschlagen, der Beauftragte hatte sich mitsamt Boot und Ware aus dem Staub gemacht.

Swan benutzte Vinnie Piratas Haus für eine neue Operation, die im Mai 1970 stattfand. Er hatte einen gebrauchten Campingbus Baujahr 1966 erworben. Zwischen Chassis und Wohnzelle war ein Geheimfach eingebaut worden. Swan bezahlte nur 3 500 Dollar für den Wagen. Er mietete ein kleines Appartement in Chelsea an, eigentlich nur, weil er nicht wußte, wo er sonst den Telefonanschluß hätte installieren können, den er für die Operation brauchte. Dann gab er eine Anzeige in *The Village Voice* auf, in der Hippie-Zeitung, die von Intellektuellen, Studenten, Lehrern und Süchtigen gelesen wurde. Text der Anzeige: »Campingbus zu vermieten. Ideal für Mexiko-Reisen.« Zweieinhalb Wochen vergingen, dann meldeten sich solche Interessenten, auf die Swan gewartet hatte. Zwei junge Lehrerinnen, die auf Long Island wohnten.

Sie hatten vor, nach Mexico City zu fahren. Nordwestlich der mexikanischen Hauptstadt gab es eine Künstlerkolonie namens San Miguel de Allende. Der kleine Ort hieß Guanajuato. Von dort, so sagten die beiden Lehrerinnen, würden sie nach Acapulco fahren, um Ferien zu machen. Swan vermietete ihnen den Campingbus für 350 Dollar pro Monat. Er vergewisserte sich, daß mit den beiden Interessentinnen alles in Ordnung war, indem er einen schriftlichen Vertrag mit ihnen abschloß. Mit der Anzeige in The Village Voice war ein zusätzliches Alibi für die beiden gegeben, für den Fall, daß die Sache aufflog. Die beiden würden auf die Anzeige verweisen, man würde sie freilassen müssen. »Ich habe einen Freund, der in Acapulco eine Villa gemietet hat«, sagte Swan zu seinen beiden Kundinnen. »Herrlicher Blick auf die Bucht.« Dort konnten sie wohnen, wenn sie wollten. Sie wollten.

Vinnie Pirata nahm die beiden Amerikanerinnen in Empfang. Er war ein Mann, der gern junge Frauen um sich hatte. Zufällig hielt sich auch Nice Mickey in der Villa auf. Swan hatte ihn Nice Mickey getauft, um ihn von einem anderen Freund zu unterscheiden, der den Spitznamen Mean Mickey trug. Mean Mickey war ein kleiner Hehler, ursprünglich ein Freund von Ellery, inzwischen ein Vertrauter Piratas. Er hatte sich für den Monat Juni bei Vinnie eingemietet. Neben seinen Hehlergeschäften hatte Nice Mickey hier und da Marihuana per Unze verkauft. Aber das hatte er aufgesteckt, nachdem Billy Bad Breaks wegen Drogenschmuggel festgenommen worden war. Damals war ihm der Schreck in die Glieder gefahren. Er war nicht das, was man als professionellen Drogenschmuggler bezeichnen konnte, aber er war gut zu gebrauchen. Swan hatte ihn nicht eigentlich für die Operation mit den beiden Amerikanerinnen angeheuert. Es hatte sich so ergeben. Swan zahlte ihm 500 Dollar für seine Mitwirkung bei dem Coup.

Swan flog von New York nach Acapulco, um das Geld für die Ware zu übergeben. Er achtete darauf, daß er nicht mit den beiden Amerikanerinnen zusammentraf. Charles Kendricks hatte er nach Mexico City beordert. Das Warten begann.

Die beiden Lehrerinnen begannen einen wunderschönen Urlaub in Acapulco. Alles war so, wie sie es sich vorgestellt hatten. Einmal gab es ein kleines Problem. Die Technik. Wie es der Zufall so wollte, zeigte sich eines Morgens unter dem geparkten Campingbus eine Öllache. So etwas muß repariert werden. Jeder Autofahrer weiß das. Und es wurde repariert. Nice Mickey, der den Defekt entdeckt hatte, bot seine Hilfe an. Der Campingbus stand auf der Rückseite von Piratas Villa. Ich bring' den Wagen zu einer Werkstatt, bot Nice Mickey an. Die Lehrerinnen bedankten sich. Pirata fuhr sie zum Strand und blieb gleich mit dort. Als die drei abends in die Villa zurückkehrten, war der Campingbus schon wieder da. Er war repariert worden. Er war jetzt 200 Pfund schwerer als vorher.

Noch am gleichen Abend flog Swan nach New York zurück. Am nächsten Tag traten die beiden Lehrerinnen die Rückfahrt an. Mickey fuhr bis Mexico City mit, die drei übernachteten in einem Hotel, das Pirata ihnen empfohlen hatte. Pirata hatte sogar die Reservierung der Zimmer übernommen. Die Amerikanerinnen verbrachten einen feuchtfröhlichen Abend in Mexico City. Am nächsten Morgen starteten sie Richtung Grenze. Charles Kendricks verfolgte sie in seinem eigenen Wagen in vorsichtiger Entfernung. Er war in Sichtweite, als die beiden Lehrerinnen den Zoll passierten. Sie hatten sich als Grenzübergang Nogales ausgesucht.

Swan verdiente 20000 Dollar bei dieser Operation. 4000 Dollar verlor er innerhalb einer Woche beim Wetten. Er verwendete 5000 Dollar, um einen Kredit zurückzuzahlen. 2000 Dollar investierte er in ein Haschischgeschäft, das in die Hose ging. Der Rest des Geldes landete in Bars und Restaurants. Swan lebte damals mit Alice zusammen, die beiden bewohnten ein Appartement an der West 88th Street in New York. Für den Sommer hatten sie eine Wohnung auf Fire Island gemietet. Sie lebten auf großem Fuß. Im September war das Geld zu Ende.

Dann ging alles sehr schnell. Ein Zufall reihte sich an den anderen. Zufall auch, daß Zachary Swan damals soviel Glück hatte. Dies war es wohl, was sein Leben vom Leben eines Durchschnittsmenschen unterschied.

Wenn gesagt wurde, daß Zachary Swan auf großem Fuß lebte, so bedeutet das nicht, daß man ihn zu den verwöhnten Zeitgenossen zählen müßte. Eher könnte man ihn sentimental, verspielt oder nachlässig nennen. Er gab sich immer recht geistesabwesend, und wer ihn näher kannte, wußte, daß er sich dazu in keiner Weise verstellen mußte. Er hatte immer Mühe zu erkennen, was um ihn herum vorging, und dies stand in einem merkwürdigen Gegensatz zu den Erfordernissen des Schmugglerlebens, das er führte. Wer Swan in jenen Tagen auf seinem Tagesablauf in New York folgte, fühlte sich an den Vormarsch der deutschen Panzerdivisionen im Zweiten Weltkrieg erinnert. Auf seine Weise praktizierte Swan die Strategie der verbrannten Erde. Die Brandspuren liegengelassener Zigaretten säumten seinen Weg. Es war nicht ungewöhnlich, daß in verschiedenen Zimmern seiner Wohnung drei Zigaretten qualmten, angezündet, auf den Rand des Aschers gelegt, vergessen. Swan nahm einen einzigen Zug, dann legte er die Zigarette aus der Hand, wandte sich etwas anderem zu, einer neuen Idee, die ihn verfolgte. Manchmal war er auch ganz einfach betrunken oder im Drogenrausch, dann vervielfältigte sich die Zahl der angerauchten Stäbchen, die als saubere, graue Aschezylinder in den Aschenbechern zurückblieben. Es war normal bei Swan, daß er sich auf so einfache Vorhaben wie das zielstrebige Zuenderauchen einer Zigarette nicht konzentrieren konnte. Bewältigte er die Aufgabe, was in Einzelfällen vorkam, dann landete die Asche unweigerlich entweder in seinem Schoß oder auf dem Teppich.

Swan hatte eine sehr eigene Art, die Dinge zu tun. Da war zum Beispiel der Porsche, den er sich mit dem Geld gekauft hatte, das er beim Rauschgiftschmuggel verdient hatte. Ein teures Gefährt, nagelneu. Innerhalb eines Monats hatten Swans Hunde die Sitzpolster zerrissen. Er kümmerte sich nicht weiter darum. Ein Ereignis war eingetreten, das er nicht vorausgesehen hatte. Swan war in keiner Weise beeindruckt. Er fuhr den Wagen weiter, so wie er war. Ähnlich nonchalant gab er sich in der Kleidung. Für ihn war es ganz in Ordnung, daß man sich im schmutzigen

Hinterhof des Appartementhauses mit seinem Labrador balgte, sich auf den Boden oder auf die unratübersäten Rasenflecken warf, auch wenn man einen Anzug für 300 Dollar trug. Irgendwann hatte er keine Anzüge mehr. Zerrissen, voll von Flecken, die keine chemische Reinigung beseitigen konnte. Dann stand Swan staunend vor dem leeren Kleiderschrank. Keine Anzüge mehr? Man würde neue kaufen müssen. Zu Swans Lebenseinstellung gehörte, daß man Filzschreiber, Mayonnaisegläser und Zahnpastatuben grundsätzlich nicht wieder zuschraubte. Daß man wichtige Telefonnummern, die man notiert hatte, wieder verlor, ehe man sie auch nur ein einziges Mal benutzt hatte. Daß man ständig nach seiner Brille suchte. Im Schlafzimmer? Im Wagen? Vielleicht lagen sie auch auf der Theke der Bar, die man vorgestern abend besucht hatte. Nie verließ Swan ein Hotel, ohne im Zimmer teure Gegenstände des persönlichen Gebrauchs zurückzulassen. Einmal ließ er eine Freundin an einem bestimmten Strandabschnitt in Cartagena zurück. Er vergaß das Mädchen, vergaß die Verabredung, vergaß völlig, daß es dieses Geschöpf je gegeben hatte. Ein Jahr später traf er sie an der gleichen Stelle des Strandes wieder. Dich habe ich doch schon einmal gesehen... Swan nahm die Dinge, wie sie kamen. Das Mädchen, ein Jahr auf Eis gelegt, wurde wieder seine Freundin. Wirklich konzentriert war Swan eigentlich nur, wenn es ums große Geld ging. Den normalen Alltag bewältigte er nur mit dem Glück, das der Himmel den Armen im Geiste und den Kindern vorbehält.

Die notwendige Selbstdisziplin zur Erfüllung der täglichen Pflichten brachte er nur in den frühen Morgenstunden auf, zu einer Zeit, wo alle anderen Menschen noch schliefen. Es war an einem solchen Morgen, als Swan bei der Lektüre der *New York Times* auf einen interessanten Bericht stieß. Die Sache erinnerte ihn an etwas. Er setzte sich, schob die Gläser, die überquellenden Aschenbecher, die zerfledderten Zeitungen des vorangegangenen Abends zur Seite. Erst nach einigem Nachdenken verstand er, daß es sich um eine alte Ausgabe der Zeitung handelte. Richtig. Er hatte sie ja von dem Stapel genommen, der seit Monaten zum Wegschaffen bereitstand. Altpapier. Er las den Artikel ein zweites Mal. Es war der Bericht über Drogenschmuggel, in dem Myles Ambrose, der oberste Verantwortliche für das

Zollwesen der Vereinigten Staaten, zitiert war. Wirklich interessant, fand Swan. Er schnitt sich den Artikel aus.

Als Alice eine Stunde später aufwachte und ins Wohnzimmer ging, traf sie Swan an, der vor dem Schreibtisch saß und einen Filzschreiber in der Rechten hielt. Vor ihm lag ein unbeschrifteter Briefbogen.

»Hi«, begrüßte sie ihn.

Er wandte den Kopf, um ihr zuzulächeln. »Guten Morgen, Allie. Wie hast du geschlafen?«

»Weiß nicht«, murmelte sie. »Hab' nicht drauf geachtet. Ich hab' geschlafen.«

Lachend stand er auf und zog sie an sich.

»Al-lie!«

Er ließ die zweite Silbe ihres Namens in ein wohlgelauntes Trällern einmünden. Alice rieb sich die Augen.

»Sag' mal, Allie, lebt Uta immer noch mit Michel Bernier zusammen?«

»Uta?« gähnte sie. »Warum fragst du ausgerechnet mich, mit wem Uta zusammenlebt? Darüber müßtest du doch besser Bescheid wissen.«

»Ich dachte, es macht dir Spaß, wenn ich Uta ins Gespräch bringe.«

»Ich weiß nicht, ob sie noch mit Michel zusammen ist. Warum rufst du sie nicht einfach an?«

»Ich will ja gar nicht mit *ihr* sprechen. Ich will mit *ihm* sprechen.«

»Seine Nummer müßte im Telefonbuch stehen.«

»Wie schreibt sich denn Bernier?«

»Französisch eben.«

»Na, wunderbar.«

Swan angelte nach dem Telefonbuch.

»Warum willst du ihn sprechen?« fragte Alice verwundert.

»Hast du mir nicht einmal erzählt, daß er früher in Kolumbien gelebt hat?«

»Ich glaube, Bernier hat überall gelebt.«

Swan hatte die Nummer gefunden. Er stand auf und ging in die Küche, um den Anruf zu tätigen. Alice ließ sich auf der Tischkante nieder. Sie war noch ganz benommen. Ein Langsamstarter. Es dauerte einige Stunden, bis sie voll da war morgens.

Sie nahm einen Schluck von dem Kaffee, den Swan übriggelassen hatte. Er schmeckte genauso fürchterlich wie sonst, wenn sie seine Kaffeereste austrank. Abgesehen von solchen kleinen Sünden war Alice Haskell das, was seelisch gefestigte Menschen ›ein braves Mädchen‹ nennen. Obwohl sie sich bemühte, hier und da den chaotischen Lebensstil Swans nachzuahmen, war es ihr bisher nicht gelungen, schlechte Angewohnheiten anzunehmen. Sie nahm Swans angerauchte Zigarette, die qualmend auf der Tischkante lag, drückte sie aus und stellte den Aschenbecher, den Swan auf der Kante des Sessels zurückgelassen hatte, in die Mitte des Couchtisches. Sie massierte sich den Nacken mit beiden Händen. Das Bild des Raums wurde klarer. Nach einer Weile waren die Umrisse der Vorhänge und der Schreibtisch zu erkennen. Ihr Blick fiel auf den Briefbogen, den Swan mit Zahlenkolonnen beschriftet hatte. Irgendwie kamen Alice die Zahlen bekannt vor. Preise. In Dollar. Es mußte etwas mit der letzten Schmuggeloperation zu tun haben. Mexiko. Aber unter dem Mexikopäckchen fand sich eine Zahlenkolonne, mit der Alice nichts anzufangen wußte. Die gleichen Verkaufspreise. Aber weniger Gewicht. Wie war das zu verstehen? Nach einigem Rechnen wurde ihr klar, daß Swan die amerikanischen Pfunde und Unzen in metrische Werte, in Kilogramm und Gramm verwandelt hatte. Weiter unten auf dem Briefbogen waren abgekürzte Bezeichnungen hingekritzelt. Vor einigen Zahlen stand nur ein einziger Buchstabe. Ein K. Vielleicht war das Swans Abkürzung für ›Kilogramm‹. Recht oft kam neben den Zahlen ein ›m‹ oder ein ›c‹ vor. Das erste war vielleicht ein Kürzel für Marihuana. Und das zweite ein Kürzel für Centigramm. Schläfrigen Blickes überflog Alice die Zahlen und Buchstabenfolgen. Swan tat ihr echt leid. So eine schlechte Handschrift. Ein Blatt voller Krakeleien. Multiplikationen, Divisionen. Auf der unteren Hälfte des Bogens war ein Kreis zu erkennen. Die Spitze des Filzstiftes lag im Zentrum des Kreises, und natürlich hatte Swan vergessen, die Kappe wieder aufzuschrauben. Alice starrte eine ganze Weile lang auf den Stift. Schließlich stieß sie ihn mit einem Fingerschnipsen zur Seite. Ein Wort wurde sichtbar. Großbuchstaben. Das Wort war zweimal unterstrichen. COCAINE.

Schon beim ersten Läuten nahm Michel Bernier den Hörer ab.

Michel Bernier verkörperte alle Eigenschaften, die Amerikaner an einem Mann widerlich finden. Er war Franzose. Dunkelhaarig, dunkler Teint, schlank, lässig. Es war, als trüge Bernier einen Ansteckknopf mit sich herum, der jedem in roter Schrift und mit Ausrufezeichen verkündete: Ich bin Franzose. Die Lippen waren voll, der Mund halbgeöffnet, die Wangen etwas eingefallen. Bernier hatte den Bick einer ausgehaltenen Geliebten und die heisere Stimme einer Sängerin, wie man sie in den Cafés am Boul Mich antrifft. Die Hüften waren schmal, die Handgelenke locker und schlaksig. Bernier bewegte sich mit der schläfrigen Lässigkeit eines Reptils. Die meisten Frauen fanden ihn attraktiv, und es gab nicht wenige Männer, die ebenfalls von seinem Charme in Bann gezogen wurden. Einer der Männer, die in Bernier verliebt waren, hieß Gomez. Es handelte sich um einen Künstler namens Gomez, um einen Alkoholiker. Gomez hatte Bernier einem kolumbianischen Gutsbesitzer abgekauft. Er hatte mit einem unvollendeten Gemälde bezahlt. Das Gemälde war zwischen zwei Räuschen entstanden, Gomez war nie wieder nüchtern genug geworden, um es zu vollenden. Immerhin, eine schöne Landschaft. Bernier hatte Gomez verlassen, als das Geld zu Ende war. Du kannst es dir nicht mehr leisten, mich zum Geliebten zu haben, hatte Bernier gesagt. Kurz danach war der Franzose mit Uta Dietrische zusammengezogen.

Uta war Deutsche, sie stammte von der Insel Helgoland. 1964 war sie als Au-pair-Mädchen in die Vereinigten Staaten gekommen. Sie war damals erst achtzehn Jahre alt gewesen. Uta war knapp einen Monat im Lande, als sie Zachary Swan kennenlernte. Es war am Strand von Fire Island gewesen. Sie kannten sich eine Woche, als Uta zu Swan zog. Sie würden sechs Jahre zusammenbleiben. Uta war naturblond. Ihre Haut war gleichmäßig braun, die Augen blau wie eine Nacht im Zuchthaus. Wohlgeformte Glieder. Die Beine waren lang, die Waden fest, die Schenkel straff. Der Mund klein, mit hängenden Mundwinkeln. Wer Deutschland kannte und sie sprechen hörte, dachte an das Berlin der Nachkriegsjahre. Der Rauch von Ami-Zigaretten, der in einer Bar zur Decke stieg. Ein Stockwerk tiefer spielte jemand auf dem Klavier. Eine Treppe, ein Gang, Gestalten in zweireihigen Anzügen. Und Utas Stimme, rauh, sinnlich. Regenreiche Nächte, wo man im Bett lag und dem Atem des

Mädchens lauschte, das neben einem lag. Scotch für zwei Dollar. Penicillin zu Schwarzmarktpreisen. Uta war gerade gewachsen. Eine Frau mit Haltung. Es war beeindruckend, sie gehen zu sehen. Eine Skulptur, die zum Leben erweckt worden war. Ein Mann hatte auf diese Göttin aus Stein eingedroschen, und Uta, die schaumgeborene Venus der Nordsee, hatte zu atmen begonnen. Ihr Haar war lang, glatt und seidig. Sie war 1,76 m groß. Alles in allem eine der schönsten Frauen, die je über den Großen Teich geschwommen waren. Wie alles Schöne auf dieser Welt war Uta sehr zerbrechlich. Von Kindesbeinen an verkörperte sie wehrlose Anmut. Ein Drink genügte, um sie aus dem Gleichgewicht zu bringen. Mit ihrer Entscheidung, nach Amerika zu gehen, hatte sie wiederholt, was ihr schon früher Rückschläge eingetragen hatte. Sie hatte hoch gepokert. Und nun war die zweite Runde des Spiels verlorengegangen. Es war keine gute Idee gewesen, sich mit Michel Bernier zusammenzutun.

Es war eine Haßliebe, die Michel und Uta verband. Ihre Gefühle füreinander zeichneten sich durch einen herzlichen Ekel aus. Aber da war auch Leidenschaft. Im sexuellen Bereich waren sie eine Paarung gegensätzlicher Neigungen, mit denkbar geringen Chancen für ein harmonisches Zusammenleben. Uta war bisexuell. Michel war alles, was man überhaupt sein konnte. Vielleicht war es zu hart, wenn man Uta als manisch-depressiv bezeichnete. Aber sie hatte Wesenszüge, die in diese Richtung gingen. Weil sie spürte, daß sie auf einen Abgrund zusteuerte, hatte sie sich den Drogen zugewandt. Chemie würde schaffen, was der eigene Geist, das Ego nicht leistete. Die sechs Jahre mit Swan waren für Uta dann eine vergleichsweise friedliche Zeitspanne geworden. Keiner von beiden hätte das offen zugegeben, aber daß sie ohne größere Konflikte zusammen lebten, gründete auf der Tatsache, daß sie sich liebten. Nach Swan kam Michel Bernier. Alles war plötzlich ganz anders. Gewiß, er kümmerte sich um sie. Aber er schlug sie auch. Er mißhandelte sie mit dem Ledergürtel, ganz einfach, um sie daran zu erinnern, daß sie verrückt war. Es war an einem kühlen Abend Mitte August, als die beiden merkwürdigen Geschöpfe sich in Zachary Swans Appartement einfanden. Sie waren zum Essen eingeladen worden. Man hatte das Essen hinter sich gebracht. Man unterhielt sich. Immer noch wußten Uta und Bernier nicht, warum sie eigentlich von Swan eingeladen worden waren.

Der Grund war nicht leicht zu erklären. Es hatte etwas mit Myles Ambrose und seinen Ansichten über den Rauschgiftschmuggel zu tun. Mr. Ambrose hatte seinem Gesprächspartner von der *New York Times* und dem Rest der Welt verkündet, was er über Kokain, die Beschaffungsmöglichkeiten und die Eigenschaften dieses Rauschgifts wußte. Sein Wissensstand entsprach den spärlichen Informationen der amerikanischen Drogenfahnder. Swan hatte den Kopf geschüttelt, als er den Artikel zum zweiten Mal las. Sehr wenig Facts, mit viel Autorität vorgebracht. Eigentlich nicht mehr, als die amerikanische Öffentlichkeit seit Jahrzehnten über Kokain wußte oder zu wissen glaubte. Neu war eigentlich nur, daß Kokain jetzt in größeren Mengen auftauchte. Der oberste Drogenexperte nannte die Häfen und Grenzübergänge, über die der Stoff hereinkam. Er zitierte die neuesten Statistiken. Dabei, fand Swan, hätte er es belassen sollen. Das wäre ein netter, handlicher Happen für die Presseheinis gewesen. Aber nein. Mr. Myles Ambrose erging sich in einer lockeren Synthese aus Legende und Überlegungen, die am grünen Tisch entstanden waren.

Einmal nahm Mr. Ambrose Anlauf, den dunklen Dschungel, der sich vor dem Leser auftat, durch ein Schlaglicht zu erhellen. Er zitierte aus den Vernehmungsprotokollen der letzten Drogenschmuggler, die den Fahndern in die Hände gefallen waren. Es wurde ziemlich genau gesagt, wie und wo die Schmuggler den Stoff in Südamerika kauften. Es wurde gesagt, wie die Rückreise in die Staaten verlief. Der Leser erfuhr, daß die Schmuggler das Originalprodukt mit 50 % Laktose verlängerten. Und dann wurde auch noch das Verteilungssystem ausgebreitet, das die festgenommenen Delinquenten ersonnen hatten. Zachary Swan wußte nicht viel über Kokain, und der Artikel war nicht geeignet, ihn auf eine höhere oder verläßlichere Ebene der Information zu heben. Aber er verstand etwas vom Schmuggel. Dieses Wissen, magisch befruchtet von den Zahlen, die in Mr. Ambroses Bericht genannt wurden, wuchs heran zu einer Versuchung, der Swan einfach nicht widerstehen konnte. Es waren die Zahlen unter dem Strich, die sein Herz schneller schlagen ließen.

Wie immer man es drehte und wendete, selbst wenn man einmal davon ausging, daß Mr. Ambrose Dollars mit Pesos und Pesos mit Yen verwechselt hatte, es lief darauf hinaus, daß mit einem einzigen Kilo Kokain so viel zu verdienen war wie mit zwei Schmuggelladungen Marihuana im Chevrolet Stationwagon Bel Air.

Ein Kilo. Eine Menge, die sich in einem Brotlaib verstecken ließ, beispielsweise. Südamerika. Kolumbien. Das Land war in Mr. Ambroses Artikel besonders herausgestellt worden. Die Lieferquelle für Kokain. Michel Bernier hatte in Kolumbien gelebt. Michel Bernier war der Mann, den man jetzt sprechen mußte.

Noch bevor der Kaffee in ihren Tassen kalt geworden war, erfuhren Michel und Uta, was sie die ganze Zeit zu wissen begehrt hatten.

»Ich habe vor, eine Reise nach Kolumbien zu machen«, sagte Swan.

»Geschäft oder Vergnügen?« fragte Bernier.

»Geschäft.«

Uta warf Alice einen vielsagenden Blick zu. Sie zündete sich eine Zigarette an.

»Der Kaffee schmeckt wunderbar«, sagte sie. »Wirklich.«

»Pulverkaffee«, sagte Alice.

»Hast du vor, mit Kaffee zu handeln?« fragte Bernier.

Swan grinste. »Nein.«

»Ist Vinnie noch in Mexiko?« wollte Uta wissen.

»Er macht jetzt in Traveller Cheques«, antwortete Swan.*

»In Acapulco?«

»Vinnie ist in New York«, sagte Alice.

»Nein, Michel«, sagte Swan. »Ich habe nicht vor, mit Kaffee zu handeln.«

»Mit Tee vielleicht?«

»Viel was Schöneres.« Swan ließ ein kurzes Schnauben hören, dann legte er den Kopf in den Nacken.

»Ich verstehe.«

»Ist es eigentlich sehr lange her, daß du in Kolumbien warst?« fragte Swan.

---

* Siehe Anhang, Kapitel II

Michel betrachtete angelegentlich das Fensterkreuz. »Ich habe einen Freund in Bogotá«, sagte er.

»Ein Geschäftsmann?«

»Mein Freund ist ein alter Herr. Zweiundsiebzig. Stammt aus Cali. Der Mann schnupft seit seiner Geburt, glaube ich. Wir haben mal zusammen Urlaub gemacht, in Santa Marta. Wir gingen am Strand entlang, und mein Freund hielt sich den Finger an die Nase.« Kurzes Schnauben. »Das genügte. Die Jungen, die Koks verkauften, wußten sofort, was die Glocke geschlagen hatte. Mein Freund heißt Vincent. Wird dir gefallen, der Mann. Ich werd' ihm schreiben. Ich werd' ihm erklären, wer du bist.«

Michel Bernier verläßt die Bühne.

Natürlich war es nicht so, daß Michel und Uta völlig aus Swans Gesichtskreis verschwanden. Aber es sollte einige Monate dauern, bis sie sich wiedersahen. Swans nächster Schachzug hieß Ellery.

»Ellery«, sagte er, »ich brauche einen Verbindungsmann für Südamerika.«

Einfach so. Ich brauche einen Verbindungsmann. Und Ellery holte den Mann aus dem Hut, wie ein Zauberer seine Kaninchen hervorzaubert. Der Freund, den Ellery seinem Gesprächspartner ans Herz legte, hieß Tito. Tito war zweiundzwanzig Jahre alt. Kolumbianer. Er hatte einen Onkel, der ein Restaurant in Peru bewirtschaftete.

Swan traf im Vorfeld der Operationen mehrere Male mit Tito zusammen. Es galt, die Informationen über Kolumbien zu vertiefen. Als besonders interessant erwiesen sich Titos Kenntnisse über den Postverkehr zwischen Kolumbien und den Vereinigten Staaten. Tito hatte eine Tante in Lima, die ihm gelegentlich Pakete nach New York schickte. Er bestätigte, was Swan aus anderen Quellen erfahren hatte. Größere Pakete, so lautete die Quintessenz der Informationen, wurden als Frachtgut behandelt. Sie wurden vom Zoll geöffnet und durchsucht. Päckchen hingegen, die per Luftpost aufgegeben wurden, durften nicht zu Kontrollzwecken geöffnet werden, so wenigstens lauteten die damals gültigen Bestimmungen. Zwar nahm der Zoll Überprüfungen vor, indem man solche Päckchen durchleuchtete. Sie arbeiteten außerdem mit einem Fluoroskop. Aber das Gerät war so klein, daß man damit nur Päckchen bis zur Größe eines Brotlaibs durchleuchten konnte.

Einen Reisepaß, so erfuhr Swan, würde er für den Flug nach Kolumbien nicht brauchen. Damals konnten amerikanische Touristen Südamerika ohne Paß bereisen. Sie ließen sich von der Fluggesellschaft, bei der sie die Reise buchten, einen Ausweis ausstellen, das genügte. Um diese Art von Ausweis ausgestellt zu bekommen, brauchte man nur eine Geburtsurkunde vorzulegen. Avianca Airlines hieß die Fluglinie, mit der man problemlos nach Kolumbien kam.

September. Es regnete. Alice kam erst spät nach Hause. Sie fand Swan am Schreibtisch vor.

»Hi«, begrüßte sie ihn.

»Hi, Allie.«

»Hast du die Botschaft ausgerichtet bekommen?«

»Ja. Danke.«

»Ellery hat angerufen. Er will dich sprechen.«

»Wir haben uns schon getroffen. Weißt du, wo Lillian steckt?«

»Lillie Giles?«

»Yeah.«

»Keine Ahnung. Warum?«

»Ich muß mit Charlie reden.«

»Die sind weg, beide. Ich glaube nicht, daß wir die je in New York wiedersehen.«

»Wie lange sind sie schon weg?«

»Seit Juni. Immerhin vier Monate.«

»Charlie kommt zurück, da bin ich ganz sicher.«

»Was wollte Ellery von dir?«

»Wollte mir was sagen.«

»Gute Nachrichten oder schlechte?«

»Gute.«

»Nämlich?«

Swan hatte eine Zigarette angezündet. Er legte sie auf den Kaminsims, kam auf Alice zu und nahm sie bei den Schultern. »Ich mache eine Reise, Allie. Richtung Süden.«

5 Drogen und Ästhetik

Kokain ist der Kaviar des Drogenmarktes. Während der Süchtige für eine Unze Marihuana (28,35 g) mit 40 bis 80 Dollar, je nach Qualität, auskommt, muß er für die gleiche Gewichtsmenge Kokain über 1000 Dollar hinlegen. Auch in anderen Aspekten entspricht Kokain dem Kaviar. Die Avantgarde nimmt Kokain. Die reichen Nichtstuer. Die Leute, die im *Who 's Who* stehen. In New York sind es die Schauspielerinnen und Schauspieler, die Modelle der großen Modehäuser, die Titelmädchen der ersten Wahl, Sportler, Künstler, Musiker, fortschrittlich gesinnte Geschäftsleute, Diplomaten und deren verzogener Anhang. Die gute Gesellschaft also. Berühmtheiten, die nicht mehr zu arbeiten brauchen. Es gibt einen gemeinsamen Nenner, durch den sich alle Kokainkonsumenten teilen lassen. Der Nenner heißt Geld. So kommt es, daß man Kokain auch in gewissen gutverdienenden Kreisen von Harlem findet. Bei den Zuhältern, den Dirnen, den Drogenhändlern, die Zuhälter und Dirnen mit anderen Drogen versorgen. Kokain verschafft Status.

In den späten sechziger Jahren hatte es eine wahre Drogenexplosion in den Vereinigten Staaten gegeben. Aufputschmittel, Tranquilizer, *Acid,* Meskalin, Marihuana und Haschisch. Die Verkaufskurve ging steil nach oben. Anfang der siebziger Jahre kam Kokain dazu. Kokain ist heute das beliebteste Rauschgift in den Vereinigten Staaten. Wer was auf sich hält, nimmt Kokain. In kleinen Mengen war Kokain schon immer im Handel gewesen. Aber in den letzten zehn Jahren hat sich das Geschäft vervielfacht. Im Jahr 1960 beschlagnahmten die amerikanischen Zollbehörden 6 Pfund Kokain an verschiedenen Grenzübergängen. 1974 wurden 907 Pfund (1 Pfund = 453,59 g) sichergestellt. In der Zeit von 1969 bis 1974 war bei den beschlagnahmten Mengen eine Zunahme um 700 % zu beobachten.

Der Genuß von Kokain verstößt gegen das Gesetz, und so stößt die Wißbegier auf Grenzen, wenn man sich erkundigt, wieviel Leute Kokain nehmen und wieviel sie konsumieren. Kokain ist im Körper kaum nachzuweisen, weil es schnell abgebaut wird. Da Kokain nicht süchtig macht, gibt es wenig Konsumenten, die in Krankenhäusern oder Drogenkliniken auftauchen. In der westlichen Zivilisation gilt Schnupfen zwar allgemein als unfein. Aber nicht das Kokainschnupfen. Die feinen Leute tun das, Menschen, die nur in Ausnahmefällen in öffentliche Krankenhäuser eingeliefert werden. Nur wenige Kokainkonsumenten sind je mit dem Gesetz in Konflikt gekommen. Es gibt kein Vorstrafenregister, diese Leute figurieren nicht in der Verbrecherkartei. Die beste Chance, einen Kokainkonsumenten zu sehen, hat man, wenn man sich am Ausgang eines Fitness-Klubs postiert. Oder aber man achtet auf Fahrzeuge der Marke Rolls-Royce, auf die Dame oder den Herrn, die dem Fond des Wagens entsteigen, nachdem der livrierte Chauffeur die Tür aufgerissen hat. Wer Kokain schnupft, legt damit Zeugnis ab, daß er sich einen exklusiven Lebensstil leisten kann. Kokain, das nehmen Leute, die mal eben zum Frühstück nach Paris fliegen, weil es da so knuspriges Weißbrot gibt. Marihuanarauchen ist vergleichsweise proletarisch. Der Kokaingenuß entspricht im Rang etwa einer englischen Teezeremonie. Man häufelt die schneeweißen Kristalle vor sich auf, teilt die Menge in zwei kleine Berge – für jedes Nasenloch einen – und saugt das feine Pulver durch zwei Röhrchen, die man sich aus größeren Geldscheinen angefertigt hat, in die Nasenlöcher hoch. Wir nennen das einen *one and one*. Man kann das Ritual auch abkürzen. Man nimmt einen juwelenbesetzten Silberlöffel, einen sehr kleinen Löffel von der Art, wie er in der Dentalmedizin Verwendung findet, schaufelt das Kokain aus dem Behälter und schnauft es frisch aus dem Löffel.

Kokain ist ›in‹. Die Unze kostete 1 000 Dollar. Kein Rauschgift für Herrn Jedermann.

Wie immer der soziale Hintergrund des Kokainschnupfers aussieht, was sich nach der Aufnahme des Stoffes durch die Nasenschleimhaut im Körper abspielt, ist bei arm und reich gleich. Die Wirkung wird im Gehirn registriert. Ein schönes Gefühl. Man fühlt sich wohl. Und darum geht es bei dem Ganzen. Kokain ist eine psychoaktive Droge. Ein chemisches Produkt, das ›high‹ macht.

Chemisch betrachtet, handelt es sich um ein Alkaloid, das aus den Blättern einer Pflanze namens *Erythroxylon coca* gewonnen wird. Die Staude wächst in den Anden, in Südamerika. In Bolivien, Chile und Peru. Am besten gedeiht sie an den Osthängen in Bolivien und Peru, in Höhen zwischen 500 und 2000 m über dem Meeresspiegel. Die Cocastaude liebt feuchtes und kühles, aber frostfreies Wetter. Die mittlere Jahrestemperatur im Pflanzgebiet sollte zwischen 65 und 68° Fahrenheit liegen. Ein ausgeglichenes Klima sollte es sein, keine starken Temperaturstürze von einem Tag zum andern. Die Staude braucht wenig Pflege. Geerntet wird drei- bis viermal im Jahr. Wird die Staude nicht beschnitten, so wächst sie bis zu einer Höhe von vier Metern. Die südamerikanischen Campesinos pflegen die Pflanze auf eine Höhe von 90 bis 120 cm zu stutzen. Geschieht dies rechtzeitig, so treibt sie seitlich aus, sie entwickelt dann mehr Blätter. Das Blatt der Cocastaude ist grün, auf einer Seite glatt, auf der anderen rauh. Sie kommt in verschiedenen Arten vor, die sich vor allem in der Größe der Staude, aber auch in der Blattform unterscheiden. Normalerweise ist das Blatt oval und endet in einer Spitze. Die Größe liegt bei 2,5 bis 10 cm Länge und bei 1,25 bis 5 cm Breite. Für den Campesino sind die geernteten Blätter bares Geld.

Wir wissen, daß schon die Inkas vor tausend Jahren die Staude anbauten. Die Blätter fanden damals bei religiösen Zeremonien Verwendung. Als die Spanier im 16. Jahrhundert Südamerika besetzten, verboten sie den Indianern zunächst einmal, Cocablätter zu kauen. Die Spanier waren sittenstrenge Leute. Sie verstanden sich jedoch alsbald zu Abstrichen bereit, als sie entdeckten, daß die Sklaven, die in den Goldminen für den Reichtum der spanischen Krone schufteten, vierundzwanzig Stunden am Tage arbeiten konnten, wenn man sie Coca kauen ließ. Noch heute kauen ein paar Millionen Indios im Gebiet der südamerikanischen Hochebenen mehr oder weniger regelmäßig Cocablätter. Sie tun das, weil die im Blatt enthaltenen Substanzen als Stimulans wirken. Die Müdigkeit wird überdeckt. Bis zu einem gewissen Grade macht die Angewohnheit, Cocablätter zu kauen, die Campesinos unempfindlich gegen die schneidenden Winde und die niedrigen Temperaturen, die in Höhen von 2000 oder 3000 m herrschen. Cocablätter kauen macht ›high‹. Vorher werden die Blätter sorgsam über dem offenen Feuer getrocknet. Oder man legt sie in die Sonne und läßt sie dörren. Danach, so sagen die Campesinos, müssen die Blätter drei Tage ›schwitzen‹. Es entsteht ein trockenes Blatt, das sich falten läßt. Indios, die Cocablätter kauen, nennt man Coqueros. Die Coqueros fügen etwas Kalk oder Asche hinzu, wenn sie die Blätter in den Mund stecken. Dies geschieht, um die Alkaloide freizusetzen, die sich im Blatt gebildet haben. Man weiß aus chemischen Untersuchungen, daß es sich um mindestens vierzehn verschiedene Alkaloide handelt. Eines davon ist das Kokain. Nur 0,5 bis 1,5 Gewichtsprozente des Blattes sind Kokain. Die Indianer bevorzugen die Blätter, die nicht so bitter schmecken, wobei gesagt werden muß, daß diese weniger Kokain enthalten. Cocablätter, nicht etwa reines Kokain wurden dem Vin Coca Mariani zugefügt, jenem Tonikum, das der Pariser Apotheker Angelo Mariani für Papst Leo XIII. zusammenbraute. Mariani verwendete ausschließlich süßschmeckende Cocablätter. Das so entwickelte Mittel sollte großen Zuspruch in der guten Gesellschaft im Europa des 19. Jahrhunderts finden.

Das Cocablatt ist recht nahrhaft. Es enthält Vitamin C und Vitamin B. Als ein Stimulans, das keine Sucht zur Folge hat, bietet es sich zur Verwendung in der Medizin an. Man kann mit dem Cocablatt die Höhenkrankheit behandeln, das Schwindelgefühl, das manche Menschen in großen Höhen befällt. Durch das Kauen von Cocablättern wird der Verdauungstrakt angeregt. Die Gesundheit des Mundraums und der Zähne wird gefördert. Es sind vor allem jene Substanzen des Cocablattes, die kein Kokain enthalten, welche diese Wirkung auslösen. Zur Wirkungsweise der Cocablätter und zu ihrer medizinischen Bedeutung zitiere ich Dr. med. Andrew T. Weil, einen Mediziner, der früher am Botanischen Institut der Harvard-Universität arbeitete.

»Eines der Probleme beim Kokain ist, daß die Wirkungsweise des Cocablattes mit der Wirkung des aus dem Blatt gewonnenen Bestandteils Kokain verwechselt wird. Die Medizin hat diese Verwechslung als unseliges Erbe aus dem vergangenen Jahrhundert übernommen. Und so haben wir es heute mit einer durchaus problematischen weißen Substanz zu tun, die uns den Blick behindert auf die medizinischen Komponenten des Cocablattes.«

Eine problematische weiße Substanz also. Betrachten wir das Pulver einmal näher. Trifft es zu, daß Kokain den Konsumenten zum Ruin führt, wie behauptet wird? Oder ist Kokain eine verleumdete Substanz, über die in der breiten Öffentlichkeit wenig Zuverlässiges bekannt ist?

Schon die Spanier hatten Cocablätter nach Europa gebracht, die Blätter reisten im Frachtraum der Schiffe, die das Gold Südamerikas nach Sevilla und anderen spanischen Häfen brachten. Erst im Jahre 1855 gelang es einem deutschen Wissenschaftler namens Gaedcke, aus dem Cocablatt ein Alkaloid zu isolieren, das er *Erythroxylin* nannte. Das Wort *coca* ist spanisch. Die Spanier haben sich bei der Bildung des Wortes an *kúka* oder *cuca* angelehnt, eine Bezeichnung, die aus der Indiosprache Quechua stammt. Das Wort bedeutet Baum. Es war der Chemiker Niemann, ebenfalls ein Deutscher, der Gaedckes Alkaloid 1860 zu einer Substanz verfeinerte, der er in Anlehnung an den spanischen Namen die Bezeichnung Kokain gab.

Kokain, chemisch Methylbenzoinekgonin ($C_{17}H_{21}NO_4$), ist ein Ester des Ekgonin. Reines Kokain ist weiß wie Schnee, daher die Bezeichnung ›Schnee‹, die früher üblich war. Die Kristalle sind länglich, sie haben Prismenform. Kokain besteht aus den Elementen Kohlenstoff, Wasserstoff, Stickstoff und Sauerstoff. Der pH-Wert liegt über sieben. Lackmuspapier, auf das Kokain als Lösung aufgebracht wird, färbt sich blau. Kokain ist in Wasser löslich. Der Geschmack ist bitter. Kokain enthält weder Proteine noch Fett. Wer sich eine ›Kokain-Diät‹ verordnet, würde verhungern. All das wußte Niemann schon im Jahre 1860. Und wenig mehr.

Vierundzwanzig Jahre nach Niemann nahm ein achtundzwanzigjähriger österreichischer Nervenarzt in Wien den Stoff näher unter die Lupe. Zwischen 1884 und 1887 gab Freud, der Begründer der Psychoanalyse, sechs Schriften über Kokain heraus. Eine davon – ihr Titel lautet ›Über Coca‹ – sollte berühmt werden. In seinen Schriften untersuchte Freud vor allem die Wirkung, die Kokain auf den Menschen hatte.

Danach kam lange nichts, 1974, immerhin 114 Jahre nach der Entdeckung des Kokains, erhielt Dr. Robert Byck, Pharmakologe an der ›Yale School of Medicine‹ in den Vereinigten Staaten, einen Forschungsauftrag, der mit 200000 Dollar ausgestattet war. Erteilt wurde der Auftrag vom ›National Institute on Drug Abuse‹. Die gestellte Aufgabe: Untersuchung der Wirkungen, die Kokain auf den Menschen hat. Schon sechzig Jahre zuvor hatte die amerikanische Regierung Besitz und Verkauf von Kokain unter Strafe gestellt.

Freud hatte in seinen Schriften vor allem die Erfahrungen dargelegt, die er und ein Kollege mit Kokain im Eigenversuch gemacht hatten. Zur gleichen Zeit experimentierten einige Wiener Chirurgen mit Kokain, das damals zur Lokalanästhesie bei operativen Eingriffen eingesetzt wurde. Bis auf den heutigen Tag gibt es außer Freuds Forschungsergebnissen keine empirischen Daten über den Stoff, der Kokain heißt. Vieles, was über Kokain gesagt wird, gründet auf Annahmen oder Hörensagen. Was Freud über die Droge herausgefunden hatte, geriet jahrzehntelang in Vergessenheit.

Freud war zu der Erkenntnis gelangt, daß man es bei Kokain mit einem medizinisch wirksamen Stimulans zu tun habe. Er sah therapeutische Anwendungsmöglichkeiten bei der Behandlung von Verdauungsstörungen. Er empfahl den Stoff zur Anwendung bei schwerer Unterernährung und als Lokalanaesthetikum. Freuds Hoffnung war, daß Kokain Neurosen heilen könnte; er hat in dieser Hinsicht Versuche mit seinen Patienten unternommen. Er selbst, schreibt Freud, habe nach Einnahme oraler Dosen von 0,05 g bis 0,10 g in wässriger Lösung Besserung bei Depressionen verspürt. Seine Stimmung sei ausgeglichener geworden. Der Appetit sei gedämpft worden. Wie Freud vermutete, hatte man es mit einer wahren Wunderdroge zu tun.

In seinen Forschungsberichten führte er aus, daß man nach Einnahme von Kokain geistige und körperliche Arbeiten ohne Ermüdungserscheinungen verrichten könne. Den psychischen Effekt beschrieb er als langanhaltende Hochstimmung, die sich nicht von jener Hochstimmung unterscheide, die gesunde Menschen auch ohne Einnahme von Drogen zu erleben in der Lage seien. Die Selbstkontrolle sei verbessert. Man fühle sich stärker und tüchtiger. Man fühle sich ganz einfach ›normal‹. Nach einiger Zeit vermöge man sich kaum noch zu vergegenwärtigen, daß man unter dem Einfluß einer Droge stehe.

Freud sprach von den Auswirkungen kleiner Mengen Kokain. Neuere Forschungen zeigen, daß er bei den diesbezüglichen Erkenntnissen recht hatte. Sein Irrtum lag darin, daß er sich zuviel von der Droge erwartete. So glaubte er, daß man mit Kokain Morphinisten von ihrer Sucht befreien könnte. Er veranlaßte einen älteren Kollegen, Dr. Ernst von Fleischl-Marxow, zur Einnahme von Kokain gegen Schmerzen des Entzugs und zur Heilung von der Sucht. Dr. Fleischl-Marxow war Morphinist. Der süchtige Kollege nahm sehr hohe Dosen Kokain, die Auswirkungen waren katastrophal. Unter anderem berichtete der Arzt von Halluzinationen. Dies alles tat Dr. Freuds Arbeit Abbruch. So negativ war das Echo unter den Wiener Kollegen, daß Sigmund Freud sich in einer Schrift gegen den Vorwurf des Wiener Arztes Emil Erlenmeyer verteidigen mußte. Erlenmeyer hatte ihm vorgeworfen, daß Freud, wenn er Kokain zur therapeutischen Anwendung empfahl, die Menschheit mit einer dritten Geißel heimsuchte; die beiden anderen großen Übel waren, Erlenmeyer zufolge, der Alkohol und das Morphium.

Freud überließ danach die weitere Erforschung des Kokains seinem Kollegen Carl Köller, der die Droge zur örtlichen Betäubung bei Augenoperationen anwandte.

Wie andere Augenärzte bald herausfanden, schädigte Kokain jedoch die Hornhaut des Auges. Für eine Weile verschwand die Droge als Heilmittel von der Bildfläche. 1905 gelang Einhorn die Herstellung synthetischen Prokains. William Halsted, einer der Wegbereiter der modernen Chirurgie, hatte zur gleichen Zeit begonnen, Kokain zur Lokalanästhesie einzusetzen. Es sollten jedoch noch Jahre vergehen, bis diese Therapie auf breiterer Ebene anerkannt wurde. Es war Hall, der Kokain im Jahre 1884 zur Lokalanästhesie bei der Zahnbehandlung einführte.

Der erste Siegeszug des Kokains als Rauschmittel fand zwischen 1884 und 1906 in den Vereinigten Staaten statt. Der Markt wurde mit ›Schnee‹ überschwemmt. Die Historiker sprechen von der ›großen Kokainexplosion‹. In den Salons der großen Städte wurde Kokain angeboten. Man bekam es in den Whiskey gekippt. Es gab Händler, die Kokain von Tür zu Tür verkauften. Die Werbung in Zeitungen und Zeitschriften hatte der Droge den

Weg geebnet. Die pharmazeutischen Firmen packten Kokain für den legalen Vertrieb ab. Man konnte Coca-Extrakt kaufen, Cocablätter in Sirup, kokainhaltige Tonika, Liköre, Kapseln, Tabletten, Kokain in Ampullen für die Injektion, Kokain in Zigarren und Zigaretten, Kokain als Nasenspray. Eines der Produkte, die damals vertrieben wurden, hieß ›Agnew's Powder‹, ein anderes ›Ryno's Hay Fever-n-Catarrh Remedy‹. Die Ärzteschaft empfahl Kokain gegen Heuschnupfen, Trunksucht und normale Erkältungen. Nur 3 bis 8 % des Kokains, das damals in den Vereinigten Staaten verbraucht wurde, ging durch die Hände der Ärzte und Zahnärzte. Man brauchte kein Rezept, um die Droge zu kaufen. Man ging in den Drugstore und bekam Kokain ausgehändigt, die Packungen und Fläschchen standen in großer Menge im Regal. Man muß dazu vielleicht wissen, daß es damals in den Vereinigten Staaten um die 50000 registrierte Medikamente gab. Nach den Unterlagen der Behörden sind 1904 nicht weniger als 4125 Pfund Kokain, als Pulver oder in Form von Cocablättern, eingeführt worden, 1905 waren es 4060 Pfund. 1906 wurden 2,6 Mio. Pfund Cocablätter eingeführt, genug, um daraus 21000 Pfund Kokain herzustellen.

Damals wurden in den USA die Erfrischungshallen Mode, die Eisdielen der Neuen Welt. Getrunken wurde unter anderem ein Produkt namens Coca-Cola, dem eine therapeutische Wirkung zugeschrieben wurde. Das Getränk sei geeignet, Kopfschmerzen zu vertreiben, es banne die Müdigkeit. Siebzehn Jahre lang wurde das leicht kokainhaltige Getränk ohne jede Einschränkung verkauft. Erst 1903 meldeten sich die Ärzte zu Wort, kritische Stimmen wurden laut. Kokain sei der Gesundheit des amerikanischen Volkes nicht zuträglich, wurde argumentiert. Hinzu kam der Druck politischer Kreise im Süden der Staaten. Kokain dürfe nicht in die Hände von Farbigen gelangen. Die Coca Cola Company reagierte, indem sie die Herstellungsformel änderte. Dem Getränk wurde das Kokain entzogen. 1906 wurde ein Gesetz erlassen, das dem Kokainboom *de facto* ein Ende setzte.

De iure wurde die Droge jedoch erst 1914 verboten. Man wetterte damals gegen Kokain wie gegen Alkohol. Kokain wurde damals fälschlich als harte Droge eingestuft. Jene, die das Verbot betrieben, machten Gründe geltend, die man heutzutage wohl als rassistisch bezeichnen würde. In einer Schrift, die vor dem Ersten Weltkrieg in Philadelphia erschien, kam ein Dr. Christopher Koch zu dem Schluß, daß die Kokainkonsumenten unter der schwarzen Bevölkerung in den Südstaaten eine Bedrohung für ganz Amerika darstellten. Zitat: »Die meisten Überfälle auf weiße Frauen in den Südstaaten werden von Negern verübt, die sich im Kokainrausch befinden.« In einem Artikel, der am 8. Februar 1914 in der *New York Times* erschien, zitiert der Autor Dr. Edward H. Williams seinen Kollegen Koch. Überschrift: »Neger-Kokain, die neue Bedrohung des amerikanischen Südens«. Die Wogen gingen hoch. Die Angst vor den Folgen des Kokains breitete sich aus. Es kam zu einer Zunahme der Fälle von Lynchjustiz in den Südstaaten. Damals wurden eine Reihe von Gesetzen und Bestimmungen erlassen, die es den Schwarzen erschwerten, ihr Wahlrecht auszuüben. Der politische Einfluß der Schwarzen sollte begrenzt werden. Es hat nie Beweise dafür gegeben, daß Kokain eine kriminalisierende Wirkung auf die Schwarzen ausübte, wie damals allgemein behauptet wurde. Trotzdem ging die Furcht vor dem kokainsüchtigen schwarzen Mann so weit, daß in einer Reihe von Polizeidienststellen im Süden neue Waffen ausgegeben wurden. Kaliber .38 statt wie bisher Kaliber .32. Mit Geschossen des kleineren Kalibers, so wurde argumentiert, könne man einen ›kokainsüchtigen Nigger‹ nicht stoppen.

Es war dann bald soweit, daß sich für die Masse der Bürger die Verbrechenshäufigkeit des schwarzen Bevölkerungsteils und die Droge Kokain zu einem unentwirrbaren Geflecht aus Ursache und Wirkung verbanden. Die öffentliche Meinung war damals reif für ein Verbot der Droge. Historisch betrachtet läßt sich sagen, daß die Ärzteschaft damals für das Verbot des Kokains plädierte, nicht weil man über Beweise verfügte, daß es sich um eine gefährliche Droge handelte, sondern weil man das eigene Behandlungsmonopol gefährdet sah. Kokain war zu einem Riesengeschäft geworden, dessen Ströme an den Ärzten und Zahnärzten vorbeiflossen. Die Leute konnten in die Apotheke gehen und sich ein Medikament kaufen. Sie nahmen das Mittel ein und fühlten sich wohl. Wozu gab es dann noch Ärzte?

Worum es der Ärzteschaft in Wirklichkeit ging, wird sichtbar, wenn man den Siegeszug der Amphetamine betrachtet. Auch hier hatte man es mit einer Droge zu tun, nach deren Einnahme sich der Patient ›wohl fühlte‹. Mit einem Unterschied. Amphetamine werden synthetisch hergestellt. Und sie unterliegen der ärztlichen Verordnung. Die Art und Weise, *wie* sie verordnet werden, wirft interessante Fragen auf. Wahrscheinlich haben wir es bei Amphetaminen mit der gefährlichsten chemischen Substanz zu tun, seit Alfred Nobel das Dynamit erfand.

Das Verbot des Kokains wurde 1914 mit dem *Harrison Narcotic Act,* dem amerikanischen Betäubungsmittelgesetz, besiegelt. Das Gesetz gilt bundesweit. Bereits vorher waren Genuß und Vertrieb von Kokain in 46 Bundesstaaten eingeschränkt worden. Für eine Weile schien es, als sei das Kapitel Kokain abgeschlossen. Es gab kurze Zwischenspiele in den zwanziger und dreißiger Jahren. Koks war damals ›die‹ Droge der Musiker und Filmleute, die sich, frei nach Proust, »auf der Suche nach der verlorenen Zeit« befanden. Während des Zweiten Weltkriegs spielte Kokain keine Rolle, wohl aber in den Jahren, als die Rockmusik aus der Taufe gehoben wurde.

1922 war Kokain als Narkotikum klassifiziert worden, was es im engeren pharmakologischen Sinne *nicht* ist. Es herrschte damals eine Hysterie, die einer solchen Klassifizierung den Weg bereitete. Was heute, sechs Jahrzehnte später, verwundern muß, ist, daß dieses Fehlurteil noch nicht korrigiert wurde. In den Vereinigten Staaten wird der Besitz oder Verkauf von Kokain mit den gleichen Strafen geahndet wie Besitz oder Verkauf von Heroin. Die Bundesgesetzgebung sieht fünf Jahre Gefängnis vor, die Gesetze des Bundesstaates New York fünfzehn Jahre bis lebenslänglich.

Äußerlich angewendet, hat Kokain eine gefäßverengende Wirkung. Man kann damit zum Beispiel Blutungen stoppen. Kokain verhindert, daß die Nerven empfangene Impulse als Schmerz weitertransportieren, auf dieser Wirkung beruhte die Anwendung in der Chirurgie. Nach wie vor wird Kokain verwendet bei bestimmten Kehlkopfoperationen und bei Operationen der Hypophyse. Manche Hals-Nasen-Ohren-Ärzte verwenden Kokain bei der Nasenoperation. Chemisch dem Kokain verwandt sind Benzokain und Prokain, das letztere wird unter dem Namen Novokain vertrieben.

In kristalliner Form oder als Lösung eingenommen, wirkt Kokain als Stimulans auf das peripherale Nervensystem. Es entspricht insofern den Antidepressiva. Noradrenalin, das Hormon, das der Körper bei der Stimulierung der Nervenenden produziert, bewirkt eine Erhöhung des Blutdrucks. Das Hormon wird vom Körper jedoch so rasch absorbiert, daß der Effekt normalerweise unbemerkt bleibt. Kokain verstärkt die stimulierende Wirkung, indem es die Absorption des Noradrenalins verzögert oder verhindert. Es gibt keine Beweise für die These, daß diese Wirkung auch im Zentralen Nervensystem eintritt, aber es gibt Hinweise in dieser Richtung. Da es kaum denkbar ist, daß Kokain die Muskelkontraktionen verstärkt, muß die müdigkeitshemmende Wirkung der Droge wohl auf zentraler Ebene erfolgen. Der Blutdruck steigt, die Körpertemperatur steigt, die Aktivität der Muskeln wird gesteigert. Die Nerven werden stimuliert. Die gefäßverengende Wirkung des Kokains bewirkt eine Verringerung der Hitzeabgabe des Körpers. Kokain gehört zu den fiebererregenden Substanzen. Der Herzschlag geht schneller, die Pupillen weiten sich. Man ist ›high‹.

Kokain wird im Körper sehr schnell umgesetzt. Das Hochgefühl, das man erlebt, ist kurz. Die Wirkung tritt schneller ein, wenn Kokain injiziert wird (Sherlock Holmes schwor auf eine 7%ige Lösung). Etwas langsamer geht es, wenn man schnupft (durchschnittlich werden 20–30 Milligramm geschnupft) oder wenn man die Substanz an den Gaumen oder ans Zahnfleisch bringt. In flüssiger Lösung oral genommen, dauert es einige Zeit, bis Kokain seine Wirkung entfaltet. Um den Appetit zu hemmen, ist die orale Verabreichung das beste. Sigmund Freud nahm Kokain oft in Wasser gelöst. Er verzichtete damit auf den ›flash‹, von dem Kokainschnupfer berichten. Beim Schnupfen gelangt das Kokain durch Nase und Hals recht bald in die Blutbahn. Das Atmen wird leicht, sobald die gefäßverengende Wirkung in den Schleimhäuten, im Bereich der Stirnhöhle und in den Bronchien eintritt. Einige Kokainschnupfer berichten von einem Gefühl, das sie als ›freeze‹ bezeichnen. Gemeint ist das betäubende Gefühl, das sich unmittelbar nach der Einnahme auf den Nasenschleimhäuten ausbreitet. Ein echtes ›freeze‹ bekommt man nur von einer hohen Dosis Novokain oder Lidokain, Stoffe, die im Straßenhandel schwer zu beschaffen sind.

Der ›rush‹ von Kokain, der ›flash‹, der Rausch ist am intensivsten, wenn die Droge als Lösung intravenös gespritzt wird. Diese Methode wird in der amerikanischen Rauschgiftszene als ›mainline‹ bezeichnet. Allerdings stellt eine intravenöse Injektion, egal was man injiziert, ein Risiko dar. Das Risiko erhöht sich, nachdem es sich um eine illegale Droge handelt, für deren Beschaffenheit und Reinheitsgrad keine Garantie gegeben wird. Schon die Prozedur der Injektion ist mit Gefahren behaftet. Nicht nur Laien versagen bei der intravenösen Injektion, auch manche Ärzte. Außerdem ist da noch das Problem der Sterilität beim Besteck, bei der Nadel. Selbst in größeren Krankenhäusern sind wirklich sterile Bestecke eher die Ausnahme. Wie sollten da die Spritzen steril sein, die in der Szene geschossen werden? Schon der Stoff kann mit Verunreinigungen versetzt sein. Kokain geht durch viele Hände, bevor es den Endverbraucher erreicht. Jeder Zwischenhändler verdünnt, vermischt, packt neu ab, wiegt, splittet und fummelt mit seinen Fingern in dem Zeug herum. Und so kommt es, daß nur blutige Anfänger sich Kokain intravenös spritzen. Sherlock Holmes hatte den Vorteil, daß er reinen Stoff kaufen konnte. Er bereitete sich die wäßrige Lösung, die er sich injizierte, höchstpersönlich zu. Und außerdem war er Sherlock Holmes. Unwahrscheinlich, daß ein schmutziger Trick der Zwischenhändler seinen Argusaugen entgangen wäre. Anders der Mann auf der Straße, der sich mit Koks einen Rausch verschaffen möchte. Wenn schon, dann sollten Sie sich Kokain nicht spritzen. Vergessen Sie's!

Welche Wirkung hat Kokain auf den Normalverbraucher? Eine sehr verschiedenartige, um es gelinde zu sagen. Beim durchschnittlichen Konsumenten ist die Wirkung so schwach, daß die Leute überhaupt nichts merken, wenn man sie nicht ausdrücklich auf diesen oder jenen Effekt aufmerksam macht. Viele Acid-Freaks, auch jene Süchtigen, die sich an Halluzinogenen aus Pilzen berauschen, Süchtige ganz allgemein, Alkoholiker und schwere Marihuanaraucher sind der Meinung, daß Kokain reine Geldverschwendung ist. Wer ernsthaft auf dem Drogentrip ist, haßt Kokain. Kokain katapultiert niemanden in eine andere Sphäre. Es ist nur eine Droge, die den Antrieb verstärkt. Die Wahrnehmungsfähigkeit wird nicht beeinflußt. Kein Vergleich mit dem Rausch, wie man ihn bei der Einnahme von Amphetaminen erzielt. Man sieht keine bunten Bilder, man treibt nicht dahin in Zeit und Raum. Wer sich wirklich berauschen möchte, würde statt Kokain ein paar Tabletten *speed* einwerfen. Kokain verhält sich zu *acid* wie Jazz zur Rockmusik. Es wirkt nur, wenn man es mag. Kokain kommt nicht zu dir. Du gehst zum Kokain.

Wenn man Kokain auf der Straße kauft, kriegt man Stoff, der bis zu 80% gestreckt ist. Nur 20% sind Kokain, der Rest Beimengungen anderer Substanzen. In dieser geringen Konzentration geschnupft, bekommt man eigentlich nur eine verstopfte Nase. Wenn man 50 bis 100 Dollar pro Gramm gestrecktes Kokain bezahlt hat, dann hat man sein Geld wirklich zum Fenster rausgeworfen. Wer hochkonzentriertes Kokain will, sagen wir Stoff mit einem Reinheitsgrad von 80% und darüber, der muß größere Mengen kaufen. Jenes ›frisson‹ genannte Wohlbehagen, das den Kokainschnupfer etwa sechs Stunden dem Nachdenken über die Schattenseiten des Daseins enthebt, ist ein teures Vergnügen. Je länger die Kette der Zwischenhändler, um so schwächer ist der Stoff, der am Ende ankommt. Jeder Zwischenhändler mischt fremde Substanzen hinzu. Sehr oft wird Milchzucker für diesen Zweck verwendet. Auch Dextrose, also Traubenzucker, aber Dextrose ist leichter herauszuschmekken. Eine Reihe von geschmacklosen Aminosäuren werden beigemengt. Aber es ist nicht leicht, an Aminosäuren heranzukommen, deshalb wird man nicht viel Gemische dieser Art auf dem Markt antreffen. Gelegentlich wird Chinin genommen. Sehr im Schwang ist *Mannite,* ein Abführmittel italienischer Produktion. Es ist schwerer als Milchzucker, und das ist für den Dealer ein Vorteil, weil die fertige Mischung nach Gewicht bezahlt wird. Mannite läßt sich mit Kokain problemlos vermischen. Oft wird Prokain beigemengt, dies geschieht, um das Erlebnis des ›freeze‹ intensiver zu gestalten. Amphetamine, die dem Kokain beigemengt werden, machen wirklich ›high‹. Der Nachteil ist, daß dieser Stoff die Nasenschleimhäute verätzt.

Ein geschickter Kokaindealer wird den Stoff je nach Kundschaft mischen und verdünnen. Wer mit Kokain handelt, weiß natürlich, daß es verschwindend wenig Kunden gibt, die über diesen Stoff wirklich Bescheid wissen. Und noch weniger, die je Kokain pur geschnupft haben. Die Erwartungen der Kunden gehen sehr auseinander. Die meisten Kokainschnupfer setzen das letzte Mal, den vorangegangenen Kauf also, als Maßstab. Der Drogenhändler wird dem Kunden verkaufen, was der gerade braucht. Will er sich aufputschen, wird er ihm Speed verkaufen, Amphetamine. Ist der Kunde scharf auf einen ›freeze‹, wird er ihm Novokain geben. Händler, die Kokain kiloweise abgeben, werden ihre Ware mit Natriumborat (Borax) verlängern, weil diese Substanz außerordentlich schwer ist. Das Gewicht der Mischung wird verdoppelt, vom Volumen her macht die Beimischung jedoch weniger als 50 % aus, fällt also weniger ins Auge. Allmählich wird sich der Dealer auf einen mittleren Wert einpendeln, auf ein Mischungsverhältnis, das von seinen Kunden noch toleriert wird. Er will sich seine Abnehmer ja erhalten, also wird er darauf achten, daß sie mit ihm zufrieden sind. Der Käufer, letzter im Glied einer langen Kette, begegnet dem Händler oft mit großer Ahnungslosigkeit. Wenn der Mann 75 Dollar pro Gramm verlangt, dann *muß* es ja Kokain sein.

Das Kokain, das in den Vereinigten Staaten verkauft wird, kommt ausnahmslos aus Lateinamerika. Der Bedarf der Amerikaner ist so sehr in die Höhe geschossen, daß sich der Gestehungspreis für Cocablätter in Südamerika seit 1973 verfünfzehnfacht hat. Damals zahlte man 4 Dollar für einen Ballen, heute 60. Wie bereits gesagt, besteht nur etwa ein Gewichtsprozent der Cocablätter aus Kokain. Man braucht 100 bis 150 Kilo Cocablätter, um ein Kilo Kokain zu gewinnen. Das ist der Grund, warum viele Indios die Zubereitung übernehmen. Die Prozedur findet in der Nähe der Anbauflächen statt. Meist werden die Cocastauden auf befestigten Terrassen, sogenannten *cocales*, angepflanzt. Auf einer Fläche von 8000 bis 12000 qm kann man immerhin 7000 Stauden anpflanzen. Die Zubereitung, von der oben die Rede war, entspricht in keiner Weise einer chemischen Verarbeitung, wie man sie aus den Werken der pharmazeutischen Industrie kennt. Der Indio wirft die Blätter in ein leeres Benzinfaß, das er vorher mit einer Mischung aus Pottasche, Wasser und Kerosen gefüllt hat. In diesem Sud werden die Blätter eingeweicht. Die Alkaloide lösen sich von den Blättern. Die entstandene Lauge wird in einen besonderen Behälter geschüttet, dann werden die Blätter zu einer braunen

Paste verarbeitet. Zu dieser Paste gibt man Salzsäure hinzu. Es entsteht Kokainhydrochlorid. Illegal vertriebenes Kokain ist immer Kokainhydrochlorid. Legaler Produzent für Kokain für den medizinischen Gebrauch in den Vereinigten Staaten ist die pharmazeutische Firma Merck Sharp & Dohme. Das Kürzel ›Merck‹ steht für Kokainhydrochlorid.

Für die Kokaingewinnung sind keine teuren Gerätschaften notwendig. Die notwendige Ausrüstung kann man für 1500 Dollar erstehen. Die bolivianischen Zwischenhändler kaufen die Paste von den Campesinos, den Indios. Der Gewinn beim Weiterverkauf an geheime Laboratorien in Argentinien, Paraguay, Brasilien oder Chile beträgt 300%. Bis zum Sturz des Allende-Regimes im Jahre 1973 exportierte Bolivien den größten Teil seines Kokains nach Chile, dort saßen die besten Kokain-Chemiker von ganz Südamerika. Es waren diese Chemiker, die den Campesinos beibrachten, wie man den Rohstoff Blätter zum Zwischenprodukt, zur Paste, verarbeitet.

Aber das richtige Verdienen fängt erst an, wenn Kokain den südamerikanischen Boden verlassen hat. In New York wird das Kilo Kokain für 30000 Dollar gehandelt. Das ist der Preis, der einem berechnet wird. Aber dafür bekommt man nicht reines Kokain. Der Händler indes, der einem das Kilo beschafft hat, wurde mit reinem Stoff beliefert. Oft verdoppelt er die Marge, indem er die Ware mit 50% fremden Stoffen vermengt. Die Händler nennen das einen ›full hit‹. Wer so vorgeht, erzielt also zweimal 30000 Dollar für das Kilo, er verkauft Ware mit einem Reinheitsgrad von 50%. Er hat 6000 Dollar investiert und bekommt 60000 Dollar zurück. Verdienst bei einem Kilo: steuerfreie 54000 Dollar. Noch mehr kann der Händler erzielen, wenn er pro Unze verkauft. Die meisten Kokainschmuggler ziehen es jedoch vor, im Kilo zu verkaufen. Es gibt eine Reihe von Gründen dafür. Kokain zerfällt an der Luft. Es ist eine gefährliche Ware, die man bewegt. Je schneller man sie wieder los ist, desto besser.

Zur Frage des Reinheitsgrades. Die meisten Händler machen keinen ›full hit‹. Sie verkaufen den Stoff als 80% reines Produkt weiter. Jenen Händlern, die per Unze weiterverkaufen, werden sie Stoff geben, der ein bißchen weniger konzentriert ist als 80%. Die Unzenhändler zahlen zwischen 850 und 1000 Dollar pro Unze (28,35 g). Sie erwarten sich dafür Ware, die zwischen 70 % und 80 % reines Kokain enthält. An jeder Unze verdient der Unzenhändler ein paar hundert Dollar. Für 1 g lassen sich in New York zwischen 50 und 100 Dollar erzielen. Wer pro Gramm verkauft, gibt Kokain weg, dessen Reinheitsgrad 50 % nicht übersteigt. Schließlich muß er ja die Alufolie kaufen, in die das Zeug verpackt wird. Bei der Festsetzung des Preises für Kokain hat der Verkäufer das Sagen, nicht der Käufer. Ein *seller's market.* Der letzte Dealer in der Kette kann den Stoff praktisch so stark verdünnen, wie er will. Es wird sich immer ein Idiot finden, der ihm seine Briefchen abkauft. Der Markt ist groß, der Dealer wird immer genügend neue Kunden finden. Fazit für den Verbraucher: Wer reines Kokain haben will, muß Mengen kaufen. Nicht daß dies eine Garantie wäre, guten Stoff zu bekommen. Zum Beispiel werden jene Schmuggler, die selbst Kokain schnupfen, einen Teil der Ware für sich abzweigen. Das Fehlgewicht wird durch Milchzucker oder Traubenzucker ersetzt. Immerhin, er hat reinen Stoff aus Südamerika erhalten. Und er hat nicht fürchterlich viel weggenommen. Das, was er kurzfristig verbrauchen kann. Jeder Schmuggler wird Ihnen bestätigen: Es geht nichts über reinen Stoff. Wenn Sie nicht pures Kokain kaufen, kaufen Sie kein Kokain.

Zitat aus dem Gespräch mit einem Schmuggler: »Das Zeug, das sie auf der Straße verkaufen, das ist wirklich nur noch Mehl und Zucker. Der Kunde muß zwei- oder dreimal schnupfen, bevor er überhaupt was merkt. Ich schnupfe einmal und bin high.«

Der Schmuggler. Im Kokainhandel ist er es, der an der Front steht. Der Kampf dort vorn tobt immer wilder. Der Kokainhandel verzeichnet schwindelerregende Zuwachsraten. Jeden Tag, den die Sonne aufgeht, kommt mehr Stoff über die Grenzen. Frauen schmuggeln Kokain in der Vagina durch den Zoll. Man versteckt die Ware in lebenden Schlangen. Oder die Ware kommt per Boot, unter Umgehung der kontrollierten Häfen. Die Zäsur kam wohl, als die Ärzte aufhörten, Hausbesuche zu machen. Seitdem verordnen sich die Patienten ihre Drogen selbst. Zunächst nahm man Alkohol. Aber dann ist einigen Leuten aufgegangen, daß es schönere Dinge gibt als Alkohol. Kokainschmuggel ist ein großes Geschäft geworden. Und nicht nur Kokain. Drogen sind der große Hit in den Vereinigten Staaten, das Produkt, das am meisten Gewinn abwirft. Der Bedarf steigt und steigt. Rauschmittel aller Art gehen weg wie heiße Semmeln. Immer mehr Alkohol wird getrunken. Es wird immer mehr geraucht. Marihuana hat Zuwachsquoten, daß jedem Althippie das Herz lacht. Wer nicht hascht, spritzt oder schnupft, nimmt Aufputschtabletten. Die Amerikaner kaufen mehr Drogen denn je. Und die Auswahl ist größer denn je. Uncle Sam hat für das Ganze die Bezeichnung ›drug abuse‹, also Drogenmißbrauch, gefunden.

Die Bezeichnung wurde von den amerikanischen Bundesbehörden geprägt. Der Begriff ist nicht sehr überzeugend. Genaugenommen wird da die Droge mißbraucht, mißhandelt, geschändet, was auch immer. Dementsprechend gibt es im Amerikanischen den Ausdruck ›self abuse‹, das verschleiernde Kürzel für Selbstbefleckung, für Onanie. Zu beiden Ausdrücken läßt sich sagen, daß weder die Droge noch der eigene Körper mißhandelt werden, sondern die Sprache.

Merkwürdig. In beiden Fällen vermittelt sich der Mensch ein angenehmes Gefühl. Trotzdem ›abuse‹, Mißbrauch. Will sagen: böse, schlecht, verboten. Bei der Wortprägung ›self abuse‹ läßt sich das zumindest noch theologisch rechtfertigen. Im judäischen und im christlichen Glauben ist der Körper eine Leihgabe, die dem Menschen von Gott zur pfleglichen Behandlung überlassen wird.

Anders bei der Droge. Kann man eine Droge *mißbrauchen?* Damit würde man ihr geradezu menschliche Charakteristika zubilligen, was der Gesetzgeber sicherlich nicht beabsichtigt hat. Allenfalls könnte man die Droge eines anderen Menschen mißbrauchen, etwas konsumieren, was einem nicht gehört. Dies geschieht recht häufig. Meist sind es Agenten des FBI, die sich auf diese Weise Intimkenntnis über die von ihnen beschlagnahmten Produkte verschaffen. Nur wenn die eigene Versorgung nicht durch einen derartigen Kunstgriff sichergestellt werden kann, kaufen die FBI-Agenten ihre Drogen mit eigenem Geld. Verboten freilich bleibt der Genuß so oder so. Das Gesetz ist in diesem Punkt klar wie selten.

Auf welche medizinischen Erkenntnisse gründet sich das Gesetz? Betrachtet man es ohne Emotionen, so wird man feststellen, daß die wissenschaftliche Argumentation gegen eine

Droge wie Kokain dünn ist. Es ist nicht das erste Mal, daß die Ärzte sich bei einem Problem dieser Art sehr lange Zeit lassen. Die Medizin hat an die 2000 Jahre gebraucht, um die Lehre der Kirche zu widerlegen, die besagte, daß man vom Onanieren blind wird. Wie ist es zu erklären, daß die Ärzte sich so schwer tun bei der Eingrenzung der Risiken im Falle Kokain? Die Antwort ist einfach. Es liegt nicht daran, daß die Zusammenhänge so schwierig zu erforschen wären. Wenn die Ärzte uns den Beweis vorenthalten, daß bestimmte Drogen ähnlich harmlos sind wie das Laster der Masturbation, dann tun sie das, weil ihr Interesse darauf gerichtet ist, das Gegenteil zu beweisen.

Wenn man die Ärzteschaft betrachtet, wie sie am Gängelband der Regierung der Vereinigten Staaten hinter dem Feind Droge herschleicht, um für die Drogenbehörden Beweise für die Schädlichkeit aller Stoffe zu sammeln, die man als Drogen bezeichnen könnte, dann fühlt man sich an ein Rudel Einhörner erinnert, die über das Minenfeld der Evolution stolpern. Was von der Regierung kommt, sind nicht Fakten, man muß es schon als Desinformation einstufen. Ein aufgeblasener Beamtenapparat versucht mit ungeheuren Kosten, den Drachen Droge im Zaum zu halten. Das Ergebnis: Die Werbung für die Droge wird gratis bis in den letzten Winkel des Landes getragen. Was im Netz hängenbleibt, kann man beim besten Willen nicht als Erfolg bezeichnen. Es gibt die lange Liste der Stoffe, die unter das amerikanische Betäubungsmittelgesetz fallen. Diese Liste stellt die Dominotheorie der siebziger Jahre dar.

In der Antidrogenliteratur, die von der Regierung herausgegeben wird, lesen wir, daß der Genuß von Kokain zum Wahnsinn oder zu schweren seelischen Störungen führt. Beweise dafür werden nicht gegeben. Wohl gibt es Literatur, wo dargelegt wird, daß seelisch gestörte Menschen, die Kokain nehmen, psychotische Verhaltensweisen entwickelt haben. In den Antidrogen-Pamphleten der Regierung heißt es weiter, daß Kokainkonsumenten in Depressionen und suizidale Zustände verfallen, wenn man ihnen das Kokain entzieht. In der medizinischen Literatur findet sich kein einziger Fall dieser Art. Nicht einmal bei Personen, die seit Jahren täglich Kokain zu sich nehmen, hat man derartiges beobachten können. Kokain schafft keine physische Abhängigkeit. Wenn sich jemand nach Kokain sehnt, dann ist das dem Problem eines Menschen vergleichbar, der sich nach Geld, Sex, Apfelkuchen oder Kaugummi sehnt.

Kokain ist dann oft als die Droge der sexuell Haltlosen bezeichnet worden. Auch dies ist ein Mythos. Kokain ist kein Aphrodisiakum. Es steigert nicht die Lust auf Sex. Mag sein, daß man lieber Sex treibt, wenn man sich rundum wohl fühlt. Mag sein, daß man erotisch erregt ist, wenn man sich vergegenwärtigt, daß man soeben 75 Dollar in seinen Blutkreislauf aufgenommen hat. Wer soviel bezahlt hat, hat schon das Recht auf etwas Herzklopfen. Ein Stimulans für die Libido könnte weiter die Tatsache sein, daß der Genuß von Kokain mit hohen Strafen bewehrt ist. 15 Jahre Gefängnis. Es wird viel geflunkert, wenn von Kokain die Rede ist. Ich habe Kokain genommen, und dann haben wir's fünfmal hintereinander getrieben. Schön wär's. Es gibt Männer, die sich Kokain auf den Penis streuen, um die Eichel zu betäuben. Sie wollen auf diese Weise einen vorzeitigen Samenerguß verhindern. Bringen tut das gar nichts, es sieht nur fürchterlich mutig aus. Wer seine Eichel, um den Erguß hinauszuzögern, unempfindlich machen will, kann das mit sauber abgepackten Mitteln tun, die für einen Bruchteil des Preises in der Apotheke zu erhalten sind.

Dann gibt es da die Sache mit den Ameisen. Wer Kokain schnupft, der erlebt, wie ihm ein ganzes Heer von Ameisen über den Körper krabbelt. In Romanen kommt das immer wieder vor, das Entsetzen des Kokainkonsumenten, der sich in seinen Alpträumen windet, wird genüßlich ausgemalt. Träume hat hier nur derjenige, der das Ameisensyndrom erfunden hat. Die Wirklichkeit des Kokainschnupfens sieht anders aus.

Unberücksichtigt in den Veröffentlichungen der Regierung bleibt die Tatsache, daß es eine Reihe *vernünftiger* Gründe gibt, die gegen den Konsum von Kokain sprechen. Wer lange Kokain schnupft, muß zum Beispiel mit einer Schädigung der Nasenscheidewand, des Septums, rechnen. Nach der Syphilis ist Schnupfen von Kokain die zweithäufigste Ursache für eine Perforation des Septums. Im *Cocaine Blues* von Rev. Gary Davis ist das Phänomen literarisch abgehandelt: *»My mucous membranes is just a memory Cocaine...«*

Kokain wird von der Leber abgebaut. Wer Leberschäden hat, sollte kein Kokain zu sich nehmen. Gelegentlich kommt es zu allergischen Erscheinungen bei der Einnahme von Kokain. Aber allergisch kann man gegen alles mögliche sein. Gegen Bienenstiche, gegen Penicillin. Wie auch immer, Personen, die unter einer Kokainallergie leiden, gehen beim Genuß der Droge das Risiko eines anaphylaktischen Schocks ein. Es ist ein Risiko, das man sicher *nicht* auf sich nehmen sollte.

Und sonst? Es sind sicher schon mehr Menschen an Aspirin gestorben als an Kokain. Wie bei den meisten Substanzen, so gibt es auch bei Kokain eine tödliche Dosis. Sie variiert von Mensch zu Mensch. Spötter haben ein System vorgeschlagen, wie man seine Kokainverträglichkeit testen kann. Man injiziert sich eine wäßrige Lösung mit 1 g Kokain. Wenn man das überlebt, erhöht man die Dosis, bis man tot zusammenbricht. So makaber der Rat ist, deutet er doch auf eine interessante Wahrheit. Russisch-Roulette mit dem eigenen Leben kann man auch mit Kaffee, Alkohol, Delta-9-tetrahydrocannabinol oder Ammoniak zum Scheibenreinigen spielen. Insgesamt läßt sich sagen, daß die größten Gefahren bei der Einnahme von Kokain auf dem rechtlichen Sektor liegen, nicht im medizinischen Bereich.

Warum ist Kokain in den Vereinigten Staaten eine so ungeheuer beliebte Droge? Möglicherweise, weil Kokain all jene Eigenschaften verstärkt, die als typisch amerikanisch angepriesen werden: Initiative, Tatendrang, Durchsetzungsvermögen, Optimismus, Bereitschaft zur Leistung, das Gefühl von Kraft. Eine Hypothese nur, gewiß. Tatsache ist jedoch, daß Kokain die begehrteste Droge ist. Nur Mode? Versuche mit Ratten haben ergeben, daß die Tiere einen bestimmten Hebel 250mal betätigten, um eine Dosis Koffein zu bekommen. Sie betätigten den Hebel 4000mal für Heroin. Und 10000mal für Kokain.

Kokain wird ›Nasenzucker‹ genannt. Warum? Die Droge wird in der Tat ähnlich wie Zucker empfunden und genossen. Das Gefühl ist angenehm, süß, man fühlt sich verwöhnt. Die Ersatzpräparate Prokain und Benzokain erzielen nicht die gleiche Wirkung. Es gibt bei Kokain das, was ich einen positiven Nachhalleffekt nennen möchte. Es war dieser Effekt, der Zachary Swan am Kokain so gefallen hatte. Die Droge hatte ihm den Traum von Kraft eingeflößt. Sie hatte ihn aus der Kindheit in das kaleidoskopartige Wunderland des Erwachsenen befördert.

REISE IN DEN SÜDEN

Colombia.
Du meinst natürlich,
das ist die
Universität in New York.
Aber du irrst dich.

ZACHARY SWAN

6 Regentag in Santa Marta

Nein, wirklich nicht. Kolumbien, mit ›u‹, amtlich *Republica de Columbia,* ist eine der wenigen wirklichen Republiken in Südamerika. Das Land umfaßt 1,14 Mio. Quadratkilometer und liegt im Nordwesten des viertgrößten Kontinents der Erde. Schmuckstück Kolumbiens ist der Isthmus von Panama, die Verbindung nach Mittel- und Nordamerika, auf der einen Seite vom Atlantik umbrandet, der sich hier als Karibisches Meer verkleidet, auf der anderen Seite vom Pazifischen Ozean umspült. Nachbarstaaten zum Kontinent hin sind Venezuela im Osten, Brasilien im Südosten und Ekuador sowie Peru im Südwesten. Die Bevölkerung zählt um die 20 Millionen. Die Hafenstadt Santa Marta liegt im Norden des Landes. Hier steigt die Sierra Nevada aus dem Karibischen Meer, ein Gebirgszug, der später in die Anden übergeht. Im westlichen Teil des Landes sind die Anden der bestimmende Faktor. Bei Leticia, im südöstlichen Zipfel des Landes, beginnt der Amazonas – er entspringt im peruanischen Teil der Anden – seinen 2000 Meilen weiten Weg durch Brasilien. Nördlich von Leticia verläuft der Äquator.

Kolumbiens Hauptstadt, zugleich seine größte Stadt, ist Bogotá. Die Stadt hat 3 Mio. Einwohner und liegt fast 3000 m hoch. Zu den Reichtümern Kolumbiens gehören sein Ackerland, ein vorteilhaftes Klima, Bodenschätze und die beiden Ozeane. Kolumbien ist der Welt größter Exporteur von Smaragden, der Marktanteil bei Smaragden liegt bei beeindruckenden 80%. In der Welt berühmt ist Kolumbien für seinen Kaffee. Über die Wirtschaft und die politische Geschichte des Landes kann man sich am besten auf der Georgetown University School of Foreign Service sachkundig machen. Der Besuch dieser Schule ist zum einen billig, zum anderen kann das Wissen, das man dort erwirbt, der eigenen Karriere förderlich sein. Kolumbien ist, wie die meisten Länder Südamerikas, ein Staat mit Zukunft. Ein Grund mehr, daß die Geschäftswelt der Vereinigten Staaten und der amerikanische CIA Kolumbien soviel Aufmerksamkeit schenken. Für Archäologen und Anthropologen ist die Kulturgeschichte des Landes von Interesse. Bevor die Spanier kamen, lebten hier nur Indianerstämme, die heute die östlichen Tiefländer besiedeln. Bleibt die Vogelwelt. Kolumbien ist ein Paradies für Ornithologen.

Was die Weltbevölkerung unter dreißig angeht, so fällt ihr bei dem Wort Kolumbien immer nur eines ein: Marihuana. In Kolumbien wird das beste Marihuana angebaut, das sich auf der Welt finden läßt. Was die Kokainkomponente des Landes betrifft, so muß man einschränkend sagen, daß Kolumbien zwar nicht ›der‹ große Kokainproduzent des Kontinents ist, wohl aber ist es ›der‹ große Umschlagplatz für die Droge, die Drehscheibe und der Bankenplatz, wo die Gelder fürs Kokain bewegt werden.

Zachary Swan hielt den Finger an die Nase gepreßt, als er in Santa Marta aus dem Flugzeug stieg. Bevor er aus New York abflog, hatte er ein paar großaufgemachte Zeitungsartikel gelesen, wo von der neuen Marihuanawelle die Rede war. Es war eine Welle, die von Kolumbien ausging. Marihuana war ›in‹, und Marihuana aus Kolumbien war dreimal ›in‹, weil es das beste war. Der Handel war aufgeblüht wie der Busen einer Debütantin, die von ihrem ersten Freund befingert wird. Jedes Fischerdorf an der Küste wimmelte von Indios, die Marihuana brachten und verluden. Und auch die Hafenstadt Santa Marta wollte im nationalen Wettkampf, in der Ernte- und Verkaufsschlacht für die Droge, nicht zurückstehen. Zweimal jede Woche stellte das E-Werk den Strom ab, so daß die Schmuggler im Schutz der Dunkelheit die Schiffe mit Marihuana beladen konnten. Die Polizei schloß die Augen, sie war bestochen. In Peru, das Swan zuerst besucht hatte, war das anders gewesen. Es war ein kurzer Aufenthalt. Swan hatte sich mit Titos Onkel unterhalten, dem Besitzer des Restaurants. Der Mann war ein erfahrener Kokainschnupfer, und so wußte er auch über die Beschaffungsmöglichkeiten für die Droge Bescheid. In Peru, so erfuhr Swan, sah es finster aus. Es kam wenig Stoff herein. Und es war schwer, das Zeug wieder außer Landes zu bringen. Die Polizei in Lima, Gott sei's geklagt, sei unbestechlich.

Drei Tage lang war Swan, Finger an der Nase, am Strand herummarschiert. Er war all den Drogensüchtigen begegnet, die hier herumlungerten, der Beat-Generation, traurigen Gestalten, die alle so aussahen, als ob sie an Stirnhöhlenvereiterung litten. Schließlich packte ihn das Mitleid. Diese jungen Leute waren schon so abgefackt, da mußte er ihnen nicht noch mit dem Finger an der Nase entgegenwandeln, zumal das zu seinem übrigen Aufzug im bizarren Gegensatz stand. Er nahm den Finger runter. Es war ja nicht so schlimm, wenn er kein Kokain an Land ziehen konnte. Die Kosten der Reise würden zunächst einmal von American Express aufgefangen werden. Michel Bernier lag falsch. Er hatte sich geirrt, was die Einkaufsmöglichkeiten in Santa Marta anlangte. Und wahrscheinlich hatte er sich auch geirrt, wenn er davon ausging, daß sein bejahrter Freund in Bogotá eine Verbindung zu einem Dealer schaffen konnte. Na wenn schon. Swan beschloß, sich braunbrennen zu lassen. Der dritte Tag seines Aufenthalts war zu Ende gegangen, als Swan ein paar hundert Meter vom Hotel ein offenes Feuer am Strand sah. Er steckte die Hände in die Taschen und ging darauf zu. Er würde sich das einmal aus der Nähe ansehen.

Um das Feuer standen all die Gestalten, die er schon kannte. Junge Leute, die am Strand schliefen, im Zelt oder unter den Sternen. Junges Volk, das hier den Sonnenaufgang oder den Weltuntergang erwartete. Meist war es dann nur die Polizei, die kam und das Abbauen der Zelte anordnete. Menschen, die ihre Zeit vertrödelten, die sich auf die Dauer selbst kaputtmachten. Er sollte solche Gestalten in Kolumbien nocht recht oft zu sehen bekommen. Es war ein Anblick, auf den er nicht vorbereitet gewesen war. Immerhin, er lernte an jenem Lagerfeuer einen gewissen Blackie kennen, der ihm tagsüber am Strand nicht aufgefallen war. Blackie sprach Englisch. Er verfolgte den Plan, eines Tages einmal in einem Land zu leben, wo alle Menschen Englisch sprachen. Und so freute er sich, einen Amerikaner gefunden zu haben, mit dem er sich nach Herzenslust unterhalten konnte. Blackie war um die zwanzig Jahre alt, halb Indio, halb Neger. Er war bei einem Indianerstamm in der Nähe von

Leticia aufgewachsen. Das Leben am Strand von Santa Marta empfand er als Blick über den Zaun. Jenseits des Zauns lebten die Privilegierten. Und eigentlich gehörte er etwas dazu. Er lebte ja jetzt auch hier. Das afrikanische Element war bei Blackie vorherrschend. Ein schlanker, zugleich muskulöser junger Mann. Blackie trug eine Badehose. Um den Hals trug er ein Kettchen, an dem ein silbernes Medaillon hing. Irgendein Aztekenzauber. Blackie gab Swan einen Joint. Santa Marta Gold, das Feinste vom Feinen. Swan fand das richtig gut. Sie wurden Freunde.

Von Blackie erfuhr Swan, daß es in Santa Marta einen Amerikaner gab, der Kokain beschaffen konnte. Ein Texaner namens Paul. Blackie hatte außerdem einen Freund in Barranquilla, der todsicher Kokain liefern konnte. Aber es sei besser, wenn Swan erst einmal mit dem Texaner sprach. Der war in der Nähe. Swan hatte im Hotel Tamaca Quartier bezogen, im Stadtteil Rodadero. Schon am Morgen nach dem Kennenlernen machten sich die beiden auf den Weg zu Paul. Es ging am Strand entlang, Richtung ›Tahiti Estates‹. Wie Blackie ihm erklärte, war dies eine einfache Bungalowsiedlung. Hier wohnten Leute, die »nicht so reich« waren. Und auch Paul wohnte hier. Er verlangte 8000 Dollar für das Kilo Kokain, bei 1000 Dollar Anzahlung. Was sehr teuer war. Swan hatte sich über die Preise lang und breit informiert. Swan sollte später erfahren, daß der Amerikaner ein Betrüger war. Er nahm den Interessenten die Anzahlung ab und verschwand. Davon lebte er. Wenn der Kunde reingelegt worden war, verbarg er sich eine Weile auf Tobago. Wenn die Luft wieder rein war, kehrte er nach Santa Marta zurück. Der nächste Idiot wurde geleimt. Jedenfalls wußte Swan nach der Unterredung mit Paul, daß er nach Barranquilla reisen mußte. Nur dort konnte er Kokain bekommen.

Bevor er sich von dem Texaner verabschiedete, lernte Swan zwei Amerikanerinnen kennen. Junge Frauen. Anfang zwanzig. Schwer einzuordnen. Swan verstand das nicht. Zwei Amerikanerinnen. Die nicht auf den Strich gingen. Was hatten die am Strand von Santa Marta, was hatten die in Kolumbien zu suchen? Die beiden waren gerade dabei, das Mittagessen zuzubereiten, als Swan dazukam. Es gab Fisch. Überall lagen Gräten und Schuppen herum. Furchtbar. Und dann roch es noch nach Gras.

Die ältere der beiden hieß Jane. Sie war großgewachsen. Kräftiger Knochenbau, ein Kaltblut. Dunkelbraunes Haar. Aus einiger Entfernung sah es aus, als ob sie einen Hut trug. Aber es war ihr Haar. Es bedeckte ihre Ohren. Auf der Stirn ein Pony, die Haare reichten ihr bis über die Augenbrauen. Afro-look. Irgendwie sah das Mädchen jüdisch aus, fand Swan. Er war sicher, daß sie die meiste Zeit ihres Lebens in Brooklyn zugebracht hatte. Ihre Freundin stellte sich mit ›April‹ vor. Kleingewachsen. Blond. Keine Locken. Ein Mädchen, das nicht viel hermachte. April spielte Gitarre. Die beiden Frauen trugen lose geschnittene Blusen, und sonst gar nichts.

Er sah ihnen zu, wie sie ihren Fisch verzehrten, sie aßen Psilocybin dazu. Swan fragte sie, wie ihnen der Fisch schmeckte. Eine halbe Stunde lang aßen sie.

Dann sagte April: »Der Fisch schmeckt phantastisch. Wir sind jetzt voll.«

Die beiden zogen ihre Blusen aus und rannten ins Wasser.

»Wer sind die beiden?« erkundigte sich Swan bei Paul, der ihn hergebracht hatte.

Paul erklärte ihm, daß es sich bei Jane und April um zwei Mädchen handele, die mit einer größeren Gruppe nach Kolumbien gekommen waren. 1968 hatte ein ebenso verrückter wie reicher Amerikaner namens Mad Walter fünfzig ausgeflippte junge Leute von der Haight-Ashbury Street aufgesammelt und in ein Charterflugzeug gesetzt. Er war es, der die ganze Reise finanzierte. Der Exodus sollte zunächst zu der westindischen Insel Tobago führen. Mad Walter, der große Gönner, hatte seine Hippies mit Rückflugtickets ausgestattet. Nur zwanzig fanden wieder in die Vereinigten Staaten zurück. Die anderen verkauften ihr Ticket, weil sie Geld für Drogen brauchten. Oder ganz einfach, weil sie nichts mehr zu essen hatten. Sie wollten in Südamerika bleiben. Von Tobago aus bereisten sie Kolumbien und Venezuela, mit dem Zelt, als Rucksacktouristen, als Anhalter. Es ging ihnen dreckig. Sie wurden zusammengeschlagen und beraubt, die Frauen wurden vergewaltigt. Ab und an landeten die wirren Glückssucher im Knast, irgendwo in der Provinz. Der eine oder andere versuchte sich Richtung USA durchzuschlagen. Es gab welche, die mit Gelegenheitsjobs ihren Lebensunterhalt finanzierten. Und es gab verlorene Wesen wie Jane und April, von denen niemand wußte, von was sie lebten.

Swan würde Jane und April in Cartagena wiedertreffen. Er machte sich einen Spaß daraus, Jane als ›June‹ zu bezeichnen. Im Gespräch hieß es dann: Was ist schöner, April oder June? Swan hatte sein Vergnügen mit den beiden. Und doch ahnte er, daß der ganze Spaß auf seine Kosten ging. Was er mit April, June und ihresgleichen erleben würde, konnte man nur noch als Alptraum bezeichnen. Die jungen Leute am offenen Feuer. Ganz Kolumbien war voll von diesen Gestalten, die für einen Menschen wie Swan so schwer einzuordnen waren. Wie alt waren diese Mädchen? Aus welchen Kreisen kam dieser junge Mann? Welchen Berufen waren diese Menschen einmal nachgegangen? Welcher gesellschaftlichen Schicht entstammten sie? Nein, Swan hatte keine Erfahrungen mit dieser Art von Träumern und Aussteigern. Er wußte schon jetzt, daß er den einen oder anderen im weiteren Verlauf aus dem Gefängnis auslösen mußte. Eine Randgruppe. Leute, die geistig meist ganz woanders waren. Einstein-Kinder. Alles war relativ für sie. Die einzige Konstante im Universum ist die Lichtgeschwindigkeit. Ichbezogene Typen. Gestalten, die *Mutability Cantos* entstiegen schienen. Mit ihrer Art zu leben bestätigten sie, was Spencer vorausgeahnt hatte. Alles fließt. Gib mir mal das Meskalin rüber. Was ist das denn? Aspirin? Macht nichts. Ich nehm auch Aspirin. Was auch immer. Oben ist unten. Tag ist Nacht. Es gibt keine Kommunikation mehr.

> All that you touch
> All that you see...
> All that you do...
> All that you say...
> ...Everything under the sun is in tune
> But the sun is eclipsed by the moon.
>
> ›Eclipse‹, aus
> *Von der anderen Seite des Mondes*
> PINK FLOYD

Blackie hatte einen Spezi namens Fernando. Swan sah Fernando zu, wie der einen seiner Spezialjoints drehte. Ein ganzes Time

Magazine, in das eine halbe Unze kolumbianisches Chiba-Chiba eingerollt wurde. Fernando verbrauchte drei Streichhölzer und mußte dann noch mit dem Feuerzeug nachhelfen, um das Riesending in Brand zu setzen. Swan nahm ein paar tiefe Züge. Er verbrachte eine Nacht im Wunderniemandsland, im Kreis seiner neuen Freunde. Am nächsten Morgen brach er auf. Sein Ziel hieß Barranquilla.

Santa Marta ist die früheste europäische Stadtgründung auf südamerikanischem Boden. Die Geschichte der Stadt geht auf das Jahr 1524 zurück. Man lebt von der Landwirtschaft und vom Fischfang. Neun Buchten, dahinter das Panorama der Sierra Nevada. Oberhalb von Santa Marta erheben sich die höchsten Berge von ganz Kolumbien. Die Arhuaco-Indianer hausen an den Hängen dieser Berge. Ewiger Schnee auf den Gipfeln, ein atemberaubender Kontrast zur tropischen Karibiklandschaft, die man im Vordergrund sieht. Wenn Balboa zuerst nach Cartagena gekommen wäre, er hätte auf die Entdeckung des Pazifiks verzichtet. Die Rodadero Beach, jener Strandabschnitt Cartagenas, wo Swan sich eingemietet hatte, liegt auf halbem Wege zwischen Innenstadt und Flugplatz. Ein Strand, der immer beliebter wird. Auf dem Weg nach oben.

Barranquilla ist die zweitgrößte Stadt Kolumbiens. Es liegt etwa 100 Meilen südwestlich von Santa Marta, vor der Mündung des Magdalenaflusses, aber immer noch acht Meilen von der Küste entfernt. Barranquilla vereinigt auf sich alle Nachteile einer südamerikanischen Stadt, ohne auch nur einen einzigen der üblichen Vorteile anzubieten. Eine Stadt, der sich die Kolumbianer schämen. Die Menschen verkommen in ihrem eigenen Schmutz. Krankheiten grassieren. Dickens hätte drei Bücher aus Barranquilla gemacht. Aus amerikanischer Sicht ist die Stadt »mexikanisch, mexikanischer geht's nicht«. Und das, obwohl sie doch sehr kolumbianisch ist. Es gibt da den Schlager ›South of the Border‹, der für Mexiko steht. Nun, Barranquilla ist South of the Border in höchster Potenz. Sehr urban und doch in keiner Weise großstädtisch. Eine Art Notausgabe von Bogotá. Zum Unterschied von Bogotá hat Barranquilla nicht die Skyline der hohen Berge. Aber wer will schon Berge in Kolumbien? Die Kolumbianer wünschen ihre Berge zum Teufel. In den Reiseprospekten, die man in den Vereinigten Staaten in die Hand kriegt, wird Barranquilla nicht erwähnt. Für die Touristen, die Kolumbien bereisen, erweist sich Barranquilla als unbequemer Wartesaal, als unerfreuliche Zwischenstation. Hier verbringt man ein paar alptraumhafte Stunden, bevor man in irgendein anderes Land weiterfliegt. Kein Amerikaner kennt Barranquilla, er lernt es erst kennen, wenn er in der Stadt landet.

Swan reiste in Gesellschaft von Blackie und Fernando. Sie hatten den Bus genommen, der von Santa Marta nach Barranquilla fuhr. Ein Expreß-Bus. Die Fahrt sollte vier Stunden dauern. Zum erstenmal sah Swan, wie es in Südamerika auf dem Lande zuging, wie die Indios lebten. Er lernte zugleich die Armee des Landes kennen. Es gab eine Reihe von Kontrollpunkten, wo der Bus halten mußte. Die Soldaten, die hier Dienst taten, erinnerten Swan an Polizisten, wie er sie in den USA bei der Bundespolizei kennengelernt hatte. Eine Art Zöllner, die ihren Dienst jedoch nicht an den Grenzen, sondern innerhalb des Landes versahen. Zu ihren Aufgaben gehörte die Einschüchterung der langhaarigen Gammeltouristen, die aus dem Ausland hereinschwappten. Soldaten zwangen den Hippies eine Kleiderordnung auf. Sie vergewaltigten die Ausländerinnen, wenn es sich ergab. Und es ergab sich oft. Man konnte sich richtig vorstellen, wie in einem Plakat für den Eintritt in die kolumbianische Armee geworben wurde. *Guter Sold, Beteiligung am Schmuggelgeschäft ohne eigenen Geldeinsatz, Vögeln frei.*

In Barranquilla traf Swan mit Blackies Freund zusammen, einem Mann namens José. José war klein und dick. Er gehörte der unteren Mittelklasse des Landes an. Immerhin hatte er es zu einem eigenen Appartement gebracht. Er sprach etwas Englisch. Was die Belange des Kokainschmuggels anging, war er ein blutiger Anfänger, aber das sollte Swan erst später herausfinden. José versprach, sich nach Stoff umzusehen. Und er erfüllte sein Versprechen. Er zog los, um für Swan eine Probe der Ware zu besorgen. Es sollte sechs Stunden dauern, bis José zurückkam. Swan war mit seinen Nerven am Ende. Die Wohnung, wo man ihn warten ließ, war stickig heiß. Wie es Wohnungen zehn Breitengrade über dem Äquator eben an sich haben. Kokain also. Swan freute sich auf den ›freeze‹, den er sich mit der Warenprobe, die José ranschleppte, verschaffen würde. Die

Prüfung der Ware nahm Swan mit der Unbekümmertheit und Ahnungslosigkeit des Neulings vor. Er hatte einen ›rush‹ erwartet, jene Sofortwirkung, die Kokainschnupfer dem Stoff nachsagen. Und er war enttäuscht, als diese Sofortwirkung ausblieb. Vielleicht hatte er ein ähnliches Gefühl wie bei der Einnahme von Aufputschtabletten erwartet. Jedenfalls war er sauer. Er gab José 100 Dollar für 10 g. 4000 Dollar hatte er mitgebracht. Sein Betriebskapital. Er würde sich anderswo nach gutem Kokain umsehen müssen. Was konnte er mit Stoff anfangen, der keinen ›freeze‹ bewirkte? Danke, sagte Swan, das wär's dann. Auf Wiedersehen, sagte Blackie. Fernando sagte gar nichts. Sie verließen das gastliche Haus. Der letzte Bus nach Santa Marta war schon weg. Sie nahmen ein Taxi.

Am nächsten Morgen war Swan wieder am Rodadero Beach, wo er vier Landsleute kennenlernte. Bill war ein Bookie aus Orleans, ein Buchmacher. Die Freundin, die ihn begleitete, hieß Elaine. Mike war ein amerikanischer Barkeeper, er bereiste Südamerika in Begleitung seiner Freundin Terry. Die beiden Mädchen hatten in den USA als Barmädchen in Cocktailbars gearbeitet. Die vier waren gerade in San André gewesen, das war eine Insel, die vor der Küste Nicaraguas lag, jedoch zum Staatsgebiet von Kolumbien gehörte. Sie machten Ferien. Sie hatten Marihuana dabei und Meskalin. Und sie luden Swan zu einer Drogenparty ein, die in ihrem Hotel stattfinden sollte. Swan nahm an. Er nahm zu der Party den Rest des Kokains mit, das er in Barranquilla gekauft hatte.

Er ließ seine Gastgeber den Koks probieren. Ihre Beurteilung versetzte ihn in Erstaunen. Das Zeug, das ihm José verkauft hatte, so sagten sie, sei von vorzüglicher Qualität. Sie erklärten ihm die Feinheiten des Kokainrausches. Die *connection,* die er sich eröffnet hätte, so sagten sie, sei Gold wert. Swan beschloß, nach Barranquilla zurückzukehren, wenn sich nicht zufällig vorher eine bessere Bezugsquelle in Santa Marta auftat. Er würde das ganze Geld, das er bei sich trug, in Josés Ware investieren. Es ergab sich allerdings, daß er dann nicht allein nach Barranquilla fuhr. Er nahm René Day mit.

René Day war Kanadier, ein großgewachsener, ruhiger Typ. Breite Schultern, gutgeschnittenes Gesicht. Das Haar trug er kurz. Dunkelblonde Locken. Rauchfarbene Augen. René war achtundzwanzig und der intelligenteste Gesprächspartner, den Swan in Kolumbien kennenlernen sollte. Ein Männertyp, der kein Risiko einging, wenn es nicht sein mußte. Zumindest machte er diesen Eindruck. Swan und René sollten gute Freunde werden. Jahre später erst erfuhr Swan, daß René einer reichen Familie aus Quebec entstammte. Er schmuggelte Rauschgift, weil ihm das Spaß machte, nicht weil er es nötig hatte.

Bevor sich René Day dem Drogenhandel zuwandte, hatte er getan, was ihm gerade einfiel. Keine Zwänge. Die Launen des Augenblicks. Als Swan ihn kennenlernte, verfügte der Kanadier über nicht weniger als drei Pässe. Derzeit lebte er davon, daß er Traveller Cheques bei Banken und Spielkasinos einlöste und sie am Tag darauf als gestohlen meldete. Sehr lässig, fand Swan. Ein geschickter Betrüger. René gefiel es bestens in Kolumbien. Er hatte schon ganz Südamerika abgeklappert, als Rucksacktourist. Wenn er in einem Ort ankam, sah er aus wie ein Vagabund, dem man einen Dollar in den Hut legte. Am Abend des gleichen Tages stand er im örtlichen Spielkasino am Spieltisch. Weiße Smokingjacke, das Glas Scotch in der Hand, umworben von den eleganten Damen, die sich als Mittel gegen ihre Langeweile auch etwas anderes als Glücksspiel vorstellen konnten. Er verfügte über eine gute Erziehung, war in jeder Weise erwachsen und nicht geschwätzig. Sein Vater war Engländer, seine Mutter eine *Québecoise*. René sprach fließend Französisch. Er liebte die Frauen. Nicht eine bestimmte, sondern die Frauen als Gruppe, als Einrichtung. Und die Frauen liebten René. Er war ein Mann, der nie lange allein blieb.

Als Swan ihn am Strand von Santa Marta kennenlernte, war er mit einer dreiundzwanzigjährigen Kanadierin zusammen. Eine Jurastudentin. René kannte das Mädchen seit zwei Jahren. Er war zwischendurch in Kanada gewesen und hatte die Jurastudentin nach Kolumbien mitgebracht. Sie hieß Debbie. Etwas Hübsches, Langbeiniges. Dunkelbraune Augen, dunkelbraunes Haar, das ihr offen bis auf die Schultern hing. Debbie war auf besondere Art attraktiv. Sie war auch kurzsichtig. Sie trug eine Brille mit Metalleinfassung, die ihr dauernd die Nase herunterrutschte. Es machte Swan nervös, das zu sehen. Sie ließ die Brille rutschen und tat nichts dagegen. Debbie war Vegetarierin aus Überzeugung, was den Aufenthalt in Kolumbien einigermaßen schwierig gestaltete. Ein geiles Geschöpf. Und eigenwillig. Swan fand, daß ihre Ausdrucksweise an den Ton eines Rechtsanwalts erinnerte. Debbie und René waren gerade in Santa Marta angekommen. Sie wollten hier Freunde besuchen, sagten sie. Swan hatte nichts dagegen.

An den drei Tagen, die der ersten Begegnung folgten, waren Swan und René oft zusammen. Sie unterhielten sich. Wie man an gutes und preisgünstiges Kokain herankommt, das war das Thema. Es sollte eine Zwei-Mann-Operation werden. Jeden Abend traf sich Swan mit René und Debbie zum Abendessen. Tagsüber trafen sie sich am Strand. Blackie hielt sich in der Nähe. Es war ihm verboten, das Hotelgelände zu betreten. Und dann war da noch Fernando, auch er ein Ausgestoßener, der sich zur Verfügung hielt. Mike, Terry, Bill und Elaine waren abgereist. Es war nach einem Abendessen. Swan schnupfte Kokain, reihum mit Debbie und René. Er war der Gastgeber, es war der Stoff, den er aus Barranquilla mitgebracht hatte. Er hatte eine Hundert-Peso-Note zu einem Röhrchen gerollt, das war der Strohhalm, durch den sie das Pulver in die Nase beförderten.

»Gehen wir doch ins Kasino«, schlug René vor.

»Komm' ich denn so rein?« fragte Debbie. Sie trug Jeans.

»Das möchte ich bezweifeln«, sagte Swan.

»Kein Problem«, sagte René.

Er hatte sich auf die Bettkante gesetzt und nahm seinen Rucksack hoch. Er öffnete den Rucksack, ließ die Hand inmitten der dunklen Falten verschwinden und brachte einen vollen Kleidersack aus Zellophan zum Vorschein.

»Probier' mal, ob's dir paßt«, sagte er zu Debbie gewandt.

In dem Kleidersack befand sich ein Cocktailkleid.

»Das ist ja wunderschön, René«, sagte Debbie.

»Meine Trickkiste«, sagte René.

»Perfekt«, befand Swan.

René legte den Rucksack auf den Boden zurück. »Der Mensch lebt nicht vom Brot allein«, sagte er. »Man braucht ein paar Dinge mehr, wenn's Spaß machen soll. Zum Beispiel so was. Im Kasino muß man richtig angezogen sein. Auch die Frau, wenn man eine mitbringt.«

Er war aufgestanden, ging zu seinem Rucksack und kam mit einer Smokinghose zurück.

»Ich warne dich«, sagte Debbie, zu Swan gewandt. »Glaub' ihm kein Wort.«

Swan grinste. »Wie heißt dein Freund eigentlich richtig? Rennie?«

»Er heißt René. Ich nenne ihn Rennie.«

»Klingt gut«, sagte Swan. »Rennie.«

Ihm gefiel der Name wirklich. Aber er nannte ihn anders. Rainy. Es blieb bei dem Namen.

Die Bemühungen, in Santa Marta eine gute *connection* für Kokain aufzutun, verliefen im Sande. Nichts. Swan und Rainy beschlossen, die Fahrt nach Barranquilla anzutreten und mit José zu verhandeln.

Man hatte Swan geraten, ins Hotel del Prado zu gehen. »Man wohnt im Del Prado, wissen Sie. Alle wohnen da. Wenn Rauschgift verkungelt wird, dann wird der Handel im Del Prado abgeschlossen. Es gibt kein Hotel der mittleren Kategorie in Barranquilla. Eine heiße, stickige Stadt. In die Breite gebaut. Große Entfernungen. Wenn Sie einem Geschäftspartner sagen, Sie kommen nach Barranquilla, dann geht er selbstredend zum Hotel del Prado. Er weiß, daß er sie da antrifft. Sie sind entweder im Del Prado oder in der Diskothek gegenüber. Es gibt nichts, wo Sie sonst hingehen könnten.«

Swan schrieb eine Botschaft für José und gab sie Blackie zur Beförderung. Er selbst blieb im Del Prado und wartete. Als er zum Swimming-pool ging, fand er Mike und Bill samt ihren beiden Begleiterinnen. Sie hatten sich gerade ein Abendessen auf der Terrasse des Hotels servieren lassen. In Santa Marta waren sie aus dem Hotel verwiesen worden, nachdem das Management entdeckt hatte, daß sie Marihuana rauchten. Die vier hatten vor, in westlicher Richtung weiterzureisen.

Swan war zuversichtlich, daß er im Laufe des Abends mit José zusammentreffen würde. Er setzte sich zu den Amerikanern an den Tisch und bestellte sich einen Kaffee. Er saß mit dem Rücken zur rückwärtigen Ausgangstür des Hotels. Als der Kaffee serviert wurde, war es bereits dunkel geworden. Zachary Swan hatte gerade die zweite Tasse Kaffee an den Mund geführt, als Terry sagte:

»Schau mal, da kommt dein Lieferant.«

Swan war ganz verdattert. Er stellte die Tasse auf den Tisch zurück und warf einen vorsichtigen Blick über die Schulter. Dann duckte er sich.

»Hm.«

Mike hatte Swan gesagt, daß er auch gern einen Posten Kokain kaufen würde. Nachdem er einen Blick auf den Mann im Portal geworfen hatte, schüttelte er den Kopf.

»Ich hab's mir anders überlegt.«

José hatte drei Schritte nach vorn gemacht. Er blieb stehen und ließ den Blick über die anderen Gäste wandern, von Tisch zu Tisch. Swan sah, wie er an seinen Manschetten zupfte. Mit schlaksigen Bewegungen ging er am Rand des Schwimmbekkens entlang. Er trug eine Sonnenbrille, deren Stege so breit waren, daß man die Augen auch von der Seite nicht erkennen konnte. Er ging an dem Tisch vorbei, ohne Swan anzusehen, und nahm ein paar Tische weiter Platz. Sorgfältig betrachtete er die Szene. Wer ihn nicht kannte, mußte ihn für einen Kokainhändler halten, der einen *Deal* mit fünf Amerikanern vorhatte. Die an dem Tisch da drüben. Swan und seine amerikanischen Freunde waren aufgestanden. Swan ging auf sein Hotelzimmer.

Er bezog am Fenster Posten und starrte hinaus. Fünf Minuten vergingen. Dann erschien José vor dem Hotel. Er stand da und sprach mit einem jungen Kolumbianer. Der junge Mann war blond und gut angezogen. Swan sah, wie sich die beiden verabschiedeten. Wenig später kam Blackie in Sicht. Er sprach ein paar Minuten mit José, dann wurde er von einem Bediensteten des Hotels fortgescheucht. Swan war immer noch auf seinem Zimmer, als Blackie anrief. Er sei in Josés Wohnung, sagte er. Es war spät geworden.

»Was ist passiert?« fragte Blackie.

»Wir treffen uns in einer Stunde«, sagte Swan. »Ich komme runter, auf die andere Straßenseite.«

Blackie war pünktlich. Swan lud ihn in eine Imbißstube um die Ecke ein und bestellte ihm einen Hamburger. Er selbst trank einen Milkshake.

»Ich möchte José umgehen«, sagte er.

Blackie blieb der Bissen im Munde stecken. Er sah ihn an.

»Ich möchte direkt mit dem Lieferanten verhandeln«, sagte Swan. »Mit dem Blonden.«

Blackie aß weiter.

»José ist mein Freund«, sagte er.

Swans Hand war schon nach dem Geld unterwegs.

Der Blonde hieß Emilio. Sein Vater war Franzose. Ein Geldwechsler. Einer von denen, die in Barranquilla das beste Geschäft machten. Tagsüber arbeitete Emilio im Geschäft seines Vaters. Abends handelte er mit Kokain. Über ihn lief 80 % des Kokains, das von Barranquilla in die Vereinigten Staaten geschmuggelt wurde. Swan traf mit ihm noch in der gleichen Nacht zusammen. Als Treffpunkt hatte er mit Blackie die Diskothek gegenüber vom Hotel vereinbart. Emilio verlangte sieben Dollar pro Gramm. Lieferzeit: 24 Stunden. Swan gab die Bestellung auf. Für sich und René. Die Transaktion würde morgen abend stattfinden, im Hotel.

Bevor Swan aus New York abreiste, hatte er mit einem dicken Mann namens Anthony Bekanntschaft geschlossen. Anthony kam aus der Verbrecherszene. Er war ein Profi, von oben gesteuert. Noch jung, gebildet, belesen. Typ ehrbarer Dieb. Ein gefährlicher Mann. Swan beschloß, ihn mit großer Vorsicht zu behandeln. Ellery hatte sie zusammengebracht. Er hatte Anthony versichert, daß man sich auf Swan verlassen könne. Swan hätte seinen Mann gestanden, als Charles Kendricks aufflog. Swan, darauf lief es hinaus, sei ein Kunde, der das geliehene Geld bestimmt zurückzahlen würde. »Swan hat einen Flug vor«, hatte Ellery hinzugefügt. »Richtung Süden.« Der Zufall wollte es, daß Anthony gerade im Süden investieren wollte. Swan brauchte Geld. Es sollten dann noch ein paar Tage vergehen, bis Anthony die druckfrischen Zehndollarscheine in größere Scheine umwechseln konnte. Praktischer bei der Reise. »Vielleicht könnten Sie mir lauter Hunderter geben, Anthony. Scheine, für die man keine Brieftasche braucht. Einfach so im Anzug.« Swan wartete. Anthony hatte, um sicherzugehen, noch mit Nice Mickey, Piratas Freund, gesprochen. Und Nice Mickey hatte gemeint, ein Mensch mit geradezu byzantinischen Geschäftsmethoden wie Swan, das sei nicht unbedingt der Mann, in den *er* sein Geld investieren würde. Aus dem Handel war nichts geworden. Kein Geld. »Tut mir leid«, hatte Anthony gesagt. »Vielleicht das nächste Mal.« Immerhin hatte er Swan dann aber noch gesagt, wie man das Kokain auf seinen Reinheitsgrad prüfen konnte.

Die Übergabe der Ware fand zwei Stockwerke über Swans Zimmer im Hotel del Prado statt. Swan hatte den Raum eigens für diesen Zweck zusätzlich angemietet. Er trug die 3000 Dollar bei sich, als er das Hotelzimmer betrat. Das Geld und ein Leinensäckchen, in dem er den Koks zu verstauen gedachte. Er war nervös. René war bei ihm. Sie hatten drei Minuten gewartet, als sich der Türknauf drehte. Emilio trat ein. Er wurde von einem jungen Mann namens Ricardo begleitet. »Mein Partner.« Emilio war Profi. Er ging nicht allein zu einem Treffen, wenn er Kokain bei sich trug. Er reichte Swan das Kokain. Die Ware war dreifach in durchsichtige Plastikfolie eingewickelt, zum Schutz gegen Feuchtigkeit. Swan führte die beiden Tests durch, die ihm Anthony in New York gezeigt hatte, dann erst machte er die Schnupfprobe.

Der Wassertest bei Kokain wird mit *kaltem* Wasser durchgeführt. Man braucht ein sauberes Glas. Wenn es sich um reines Kokain handelt, lösen sich die Kristalle im Wasser auf, bevor sie den Boden des Glases erreichen. Unreinheiten werden ausgewaschen, sie schweben als sichtbare Stäubchen oder Schlieren in der oberen Wasserschicht. Ein Käufer, der Ahnung hat, wird das Glas persönlich füllen. Er weiß, daß der Dealer *warmes* Wasser nehmen wird, wenn man nicht aufpaßt. Genauso geschah es. Ricardo, Emilios Partner, hatte warmes Wasser für den Test vorbereitet. Swan merkte nichts. Gut genug, dachte er. Es sah ganz ordentlich aus.

Als nächstes kam der Feuertest. Swan häufelte etwas Kokain auf das Folienpapier einer Zigarettenschachtel und verbrannte es, indem er ein Streichholz unter die Folie hielt. Reines Kokain würde Blasen werfen, ein brauner Film würde auf der Folie zurückbleiben. War das Kokain mit anderen Stoffen vermischt, so würde sich die Substanz schwarz färben, es würden sich Klümpchen bilden, keine Blasen. Die Überreste, die nach Swans Feuertest zurückblieben, waren von dunkelbrauner Farbe. Etwas Schaum hatte sich gebildet. Nicht das, was man Klümpchen nennen konnte. Auch die Farbe stimmte. In etwa. Noch bevor Swan den Schnupftest machen konnte, wurde an die Tür geklopft. Er fuhr zusammen.

Emilio ließ die Hand in sein Hemd gleiten, sie kam mit einem wunderschönen Revolver wieder zum Vorschein. Perlmuttbesetzter Griff. Swan war beeindruckt. Emilio war hinter die Tür getreten. Ricardo öffnete. Swan fingerte in den Tiefen seines Leinensäckchens herum und tat, als hielte er dort einen Revolver verborgen. Was wiederum Emilio beeindruckte. Und dann sah Swan, daß René ein Messer aus dem Schuh gezogen hatte. Es war ein bißchen wie im Fernsehen. Ricardo öffnete die Tür. Ein Mädchen stand draußen, mit frischen Handtüchern. »Entschuldigen Sie bitte die Störung, Senor.« Was man so sagte. Sie reichte ihm die Froteetücher und entschwand. Alle Anwesenden waren jetzt von dem Gefühl durchströmt, daß sie wirkliche Profis waren. Sie hatten sich gegenseitig ihre Waffen vorgeführt.

Ricardo griff in die kleine Reisetasche, die er mitgebracht hatte, und holte eine faltbare Apothekerwaage hervor. Eine teure Angelegenheit. Und faltbar. Man sieht so etwas selten. Sehr beeindruckend. Während Ricardo die Waage aufbaute, machte Swan den Schnupftest. Jawohl. Das konnte man spüren. ›Rush‹ hieß das Gefühl, das Dealer reich und Schnupfer glücklich machte. »Ist in Ordnung«, sagte Swan. Er kaufte 300 g. René nahm ein halbes Kilo. Sie verabschiedeten sich von Emilio und Ricardo. Eine halbe Stunde später checkte Swan aus dem Hotel aus. Er war noch unentschlossen, wie es weitergehen würde. Zunächst checkte er in ein billiges Hotel ein. Eines von jenen, wo man den Übernachtungspreis beim Einschreiben ins Buch entrichten mußte. An jenem Abend begann Swan seine Arbeit, die bis in den frühen Morgen dauern sollte. Die Füllung.

300 g. Es war die kleinste Sendung, die Swan je abfertigen würde. Die Verpackung, die für die Sendung Verwendung fand, hatte er aus New York mitgebracht. Eine ziemlich große Schachtel aus Wellpappe. Die Beschaffung in New York hatte mehrere Tage in Anspruch genommen. Sechs Stunden dauerte die Füllung, die Swan in Barranquilla vornahm.

Das Paket hatte die Außenmaße 75×50×50 cm. Zu groß für das Fluoroskop, von dem Tito gesprochen hatte. Aber darauf verließ sich Swan nicht. Es war denkbar, daß der Zoll die Sendung röntgen würde. Also galt es, etwas in das Paket einzubringen, was auf dem Röntgenschirm erscheinen und die Zöllner irreführen würde. Swan hatte sich der Hilfe Alices versichert. Gemeinsam hatten sie eine ganz normale Wellpappschachtel zerrissen. Sie hatten die Abstände zwischen den Rippen der Wellpappe gemessen. Und dann hatte Alice ein Design für ein neuartiges Einwickelpapier gezeichnet. Streifen, die im gleichen Abstand verliefen wie die Rippen der Wellpappe. Schwarz auf weiß. Sehr hübsch. Swan war mit dem Entwurf zu einem befreundeten Hersteller für Verpackungen gegangen. Buntes Einwickelpapier war gedruckt worden, seinen Anweisungen entsprechend. Geschenkpapier. Die Streifen, die Alice entworfen hatte, wurden in flüssigem Metall aufgespritzt.

Die Arbeit im Hotel in Barranquilla bestand im Einfüllen des Kokains in die Hohlräume der Wellpappe. Swan hatte zu diesem Zweck ein rundes Stäbchen mitgebracht, mit dem er nachstopfen konnte. Er war nicht sicher, daß man so etwas in Kolumbien kaufen konnte. Er brauchte sechs Stunden, dann war er fertig. Er legte ein Paket mit Geschenken in die Wellpappschachtel. Geschenke für ein Kind. Es gab eine große Puppe, Kuscheltiere, eine Klapper und zwei große Packungen Johnson's Kinderpuder. Swan durchlöcherte eine der beiden Packungen mit dem Haken eines Kleiderbügels, den er dann dem Paket beifügte. Selbst wenn die kontrollierenden Beamten beim Öffnen der Sendung etwas weißes Pulver fanden, würden sie es für Kinderpuder halten. Es war das innenliegende Paket, das Swan mit dem metallbeschichteten Papier einwickelte. Zeigten sich auf dem Röntgenschirm dunkle oder helle Streifen, weil das in den Hohlräumen verborgene Kokain eine Dichte hatte, die sich von der Dichte der Pappe unterschied, so würden die Beamten das, wie Swan hoffte, auf die Metallstreifen des Geschenkpapiers zurückführen. Es war eine Erfindung, wie sie nur Zachary Swan machen konnte. Wenn ein Zöllner tatsächlich das Kokain entdeckte, würde er einen mittleren Schlaganfall erleiden. Swan wickelte das fertige Paket in braunes Packpapier ein, das er in einem Supermarkt in Barranquilla gekauft hatte. Er klebte die Adresse auf. Dann schnürte er das Paket mit dicker Schnur zu. Jetzt mußte man es nur noch abschicken. Swan saß auf der Bettkante und wartete. Draußen ging die Sonne auf. Aber die Post war noch nicht offen.

Wenige Stunden später checkte Swan aus dem Hotel aus. Er ging auf die Taxifahrer zu, die in der Nähe am Straßenrand herumlungerten. Swan wählte den dritten Wagen in der Reihe. *»Oficina de Correo!«*

Kolumbien hat zwei Postsysteme. Es gibt die regierungseigene Post. Sie befördert alles, was innerhalb des Landes hin- und hergeschickt wird, und außerdem jene Sendungen, die Kolumbien auf dem Landweg oder per Schiff verlassen. Correo Urbano und Correo Nacional heißen die ausführenden Organisationen der regierungseigenen Post.

Als zweites gibt es Correo Aereo. Air Mail. Luftpost. Die ausführende Organisation ist die Avianca Airlines, sowohl innerhalb des Landes als auch im Verkehr mit dem Ausland. Swan versandte sein Paket per Luftpost. Er ließ das den Taxifahrer für ihn besorgen. Er gab dem Mann genügend Geld mit und wartete in Sichtweite der Post, bis der Fahrer wieder in der Tür erschien. Wenn der Mann bei der Ablieferung des Pakets ertappt wurde, hätte Swan immer noch die Möglichkeit gehabt zu fliehen. Warten mußte er, um sicherzugehen, daß der Mann das Paket auch abgeliefert hatte. Er ließ sich den Beleg geben.

Der Taxifahrer hatte ihn gefragt, was in dem Paket drin sei. Es galt eine Erklärung für den Zoll auszufüllen, der Inhalt mußte angegeben werden. »Zapatos«, sagte Swan. Ledersandalen. Dies war der Artikel, den eigentlich jeder amerikanische Tourist in Kolumbien kaufte.

Der Taxifahrer kam zurück. Er hatte das Paket abgegeben, drückte Swan den Schein in die Hand und öffnete ihm den Wagenschlag. Swan ließ sich zum Flugplatz bringen. Eine Stunde später saß er im Flugzeug nach Cartagena.

Er verbrachte drei Tage in Cartagena. Meist am Strand. Er wollte braun werden, und er wurde braun. Dann nahm er die Maschine nach New York. Pan American hatte damals einmal pro Woche einen Flug Cartagena–New York, mit Zwischenlandung in Miami. Es war Mitternacht, als Swan vor der Tür seiner Appartementwohnung stand. Alice öffnete ihm. Sie war sichtlich erleichtert, ihn wohlbehalten wiederzusehen. Daß sie keine Messen für ihn hatte lesen lassen, war alles. Sie huschte in seine Arme und küßte ihn.

»Das Paket ist da. Davis hat Bescheid gesagt.«

Swan fühlte sich, wie Eisenhower sich fühlte, als er europäischen Boden betrat. Großartig.

Davis war Großhändler für Kosmetika. Swans Schulfreund. Seinen Laden hatte Davis am Broadway, in der Nähe der 48. Straße. Das Paket hatte Swan an ›Jorge Enrique Ramos, c/o Firma Davis‹ adressiert. Jorge Enrique Ramos war ein Lagerarbeiter der Firma, von dem Swan wußte, daß er vor einem Jahr den Dienst quittiert und nach Puerto Rico zurückgegangen war. Swan hatte Davis gesagt, daß er eine Paketsendung erwartete. Ramos war in den Lohnunterlagen der Firma verzeichnet. Wenn das Paket beim Zoll auffiel, würde Davis keine Schwierigkeiten haben. Bei den künftigen Reisen nach Kolumbien war es für Swan eine Selbstverständlichkeit, daß er ein Paket an ›Jorge Enrique Ramos, c/o Firma Davis‹ aufgab. Erst als Davis ihn eines Tages anrief und ihm sagte, daß das letzte Paket von einem neuen Postboten abgeliefert worden sei, ließ Swan diesen Kanal versanden.

Während Swan in Cartagena auf den Rückflug nach New York wartete, hatte er René und Debbie wiedergetroffen. Swan stand am Fenster seines Hotelzimmers, die beiden gingen über den Strand. Er lief hinunter. Unterwegs sah er Blackie, der von einem Hotelbediensteten rund um den Swimming-pool gejagt wurde. Er sah, wie Blackie gepackt und der Polizei übergeben wurde.

Wer schwarz ist in Kolumbien oder wer Indio ist, hat Pech gehabt. Schlechtes Karma. Besonders in einem Badeort sollte man nicht schwarz oder Indio sein. Blackie war beides.

Die Verfolgung der Schwarzen und der Indios läuft auf vollen Touren, wenn das Wochenende naht. Die kolumbianische Polizei weiß, daß zum Wochenende die Touristen der Mittelklasse an den Strand kommen. Schon am Freitag beginnt die Reinigung des Strandes. Typen wie Blackie und seine Freunde werden dann abgeerntet, so wie man den Feldhasen bei der Getreideernte die Ohren wegsäbelt. So kommt es, daß die Neger und die Indios zum Wochenende in die Wälder flüchten. Oder sie verfügen sich an abgelegene Strände, zum Beispiel in den Bereich der ›Tahiti Estates‹. Wer gepackt wird, verbringt das Wochenende im Gefängnis. Nicht weil er was ausgefressen hat. Nur so. Die guten Hotels und die Strände sind ›off limits‹ für Schwarze und Indios. Zum Gefängnis gehört, daß man etwas durchgeprügelt wird. Wenn man eine Frau ist, hat man die

Chance, außerdem noch vergewaltigt zu werden. Dieser Vorzug wird einem möglicherweise schon auf dem Weg ins Gefängnis zuteil. Oder aber zweimal. Die Beamten im Streifenwagen fallen über die Frau her, und dann die Vollzugsbeamten im Knast. Aus dem Wege gehen kann die Frau der Vergewaltigung, indem sie sich freiwillig dem Beamten anbietet, der sie verhaftet.

Es gibt Nuancen. Wenn die Verhafteten Amerikaner sind, setzt die kolumbianische Justiz vierstellige Summen für die Freilassung fest. Der unmittelbare Vorgesetzte des verhaftenden Beamten macht das. Er kassiert dann auch gleich den Scheck, der aus den Vereinigten Staaten eintrifft, das Geld, das die Angehörigen des oder der Verhafteten aufgebracht haben. Meist sind es junge Leute, Hippies, die der kolumbianischen Polizei ins Netz gehen.

Nicht immer wird die Erpressung unmittelbar durch Polizeibeamte durchgeführt. Je nach Lage des Falles kann es auch der Verteidiger des Angeklagten sein, der das Lösegeld einsteckt. Er muß es dann mit den Polizeibeamten teilen. Die amerikanischen Konsulate und natürlich die Botschaft der Vereinigten Staaten in Bogotá sagen einem, an welchen Anwalt man sich wenden kann. Dies alles führt dazu, daß man das Lösegeld auch gleich mit dem verhaftenden Beamten aushandeln kann. Dieser ist daran interessiert, daß es erst gar nicht zur Verhaftung kommt. Von dem Lösegeld, das sein Vorgesetzter und der Verteidiger einstecken, bekommt er nämlich, falls überhaupt, nur einen winzigen Anteil. Er wird deshalb immer interessiert sein, mit dem Delinquenten in trautem Austausch der Argumente eine vernünftige Alternative auszuhandeln.

Swan und René warfen Geld zusammen, um Blackie aus dem Knast freizukaufen.

Am Nachmittag jenes Tages saßen sie dann zusammen und diskutierten die Risiken, die sich in der Zusammenarbeit mit Typen wie Blackie ergaben. Sie sprachen nicht über Kokain. Es war, zur Abwechslung einmal, der menschliche Aspekt. Swan vermied es, René nach der Methode zu befragen, mit der er die Weiterbeförderung des Kokains nach Kanada gelöst hatte. Später würde ihm René erzählen, daß er den Stoff einfach in ein Geschenkpaket gesteckt und an das Geschäft seines Vaters in Montreal adressiert hatte. Auf Verdacht.

»Es ist gefährlich, mit Blackie weiterzumachen«, sagte Swan.

René nickte. Swan sah, wie er sich zu Debbie drehte. Er sah sie an und schwieg. Eine Minute verstrich.

»Wir müssen Blackie abschütteln«, sagte er dann.

Debbie sah gar nicht so aus, als ob ihr das paßte. Wütend schüttelte sie den Kopf, daß die Haare flogen.

»Rainy hat recht«, sagte Swan zu ihr. »Wo immer man Blackie hinnimmt, es gibt Trouble.«

»Macht, was ihr wollt«, sagte Debbie. Sie sah René in die Augen. »Ich bleibe bei Blackie«, verkündete sie.

Am Tag darauf verließ sie René. Sie würde mit Blackie die Küste entlangstromern, Richtung Süden. Swan war überrascht.

René nicht. »Sie muß wissen, was sie tut«, sagte er ruhig. »Sie ist alt genug. Ich glaube, wir brauchen uns keine Sorgen um sie zu machen.«

Swan und René nahmen Abschied voneinander. René flog nach Kanada, um sein Kokain zu vermarkten. Drei Wochen nach der Verabschiedung in Cartagena tauchte er in New York auf, mit einer neuen Frau.

7 Wie man den Löffel hält

Das erste, was Zachary Swan nach seiner Rückkehr in die Vereinigten Staaten kaufte, war eine Apothekerwaage. Eine Waage, wie sie in chemischen Laboratorien Verwendung findet. Eine Waage war etwas, das man als Kokainhändler wirklich benötigte. Wenn schon keine automatische Waffe, dann zumindest eine Waage. Swan entschied sich für ein Fabrikat der Marke Ohaus. Mit Schalen aus rostfreiem Stahl. Das Ding kostete 150 Dollar. Eine Waage mit metrischem System. Das Ding maß nicht nach Unzen oder Pfunden. Swan war beeindruckt.

Seit zweihundert Jahren liegen die Amerikaner mit dem Dezimalsystem im Clinch. Es gehört unter den Bürgern zum guten Ton, sich gegen dieses Dezimalsystem, das dem Land vom Rest der Welt aufgedrängt wird, aufzulehnen. Der Schmuggler schimpft darauf. Die Schüler in der Grundschule schimpfen darauf, im Chor mit ihrer Lehrerin. Der Autofahrer, der auf den Highway-Tafeln zwei Zahlen, nämlich Entfernungsangaben in Meilen und Kilometern, sieht, schimpft darauf. Es ist amerikanisch, gegen das Dezimalsystem zu sein. Wir Amerikaner sind stolz auf ein Maßsystem, das in der Welt einzigartig ist. Es ist so einzigartig, daß nicht einmal das altehrwürdige Maßsystem der Engländer daran tippen kann. Wobei man sagen muß, daß es nur wenige Eingeweihte gibt, die den Unterschied zwischen dem amerikanischen und dem englischen System nennen könnten. Weiteren Stolz ziehen wir Amerikaner aus der Tatsache, daß nur wenige von uns wissen, wie das amerikanische Maßsystem überhaupt heißt. Ich will es hier verraten: *U.S. Customary System.*

Das U.S. Customary System ist mindestens so amerikanisch wie *apple pie.* Wir sind tief verwachsen mit den verborgenen Werten, die in Maßen wie *hogshead* (1 hogshead = 238,456 l) verborgen liegen. Und so haben wir nie recht verstehen können, was es mit den Olympiamaßen eines Schwimmbeckens auf sich hat, werden doch diese Olympiamaße metrisch angegeben. Wenn von Verdrängung in Litern die Rede ist, dann muß das nach hiesigem Befinden mit deutschen Autos oder französischen Weinen zu tun haben. Kilometer kommen bei uns nur in Science-fiction-Geschichten vor. So außerirdisch oder exotisch wie eine Elle. Das dezimale Maßsystem des Auslands ist unamerikanisch. Wir wollen *furlongs* und *fathoms,* wobei *furlong* ein sogenanntes Kettenmaß ist. *1 furlong* = 201,168 m. *fathom* wiederum ist ein nautisches Maß. *1 fathom* = 1,829 m. Was nicht *furlong* oder *fathom* ist, muß ausländisch sein. Chemielehrer mögen mit Litern und Tonnen umgehen. Es sind verspielte Menschen, die so etwas brauchen. Wir nicht.

So etwa dachten die Amerikaner bis vor kurzem. Und jetzt sind sie verunsichert. Das metrische System ist da. Über Nacht. Einfach so.

Wirklich über Nacht? Eigentlich nicht. Angeblich, im Prinzip und von Rechts wegen wurde das metrische System bereits in den Jahren 1965 bis 1970 in den Vereinigten Staaten eingeführt. Aber was lesen wir, wenn wir in den Supermarkt gehen und auf die Pakete mit Weizenflocken schauen? Steht da, daß dieses Paket *Spoon Size Shredded Wheat* 340 g wiegt? Nein. Es wiegt *12 ounces,* 12 Unzen.

Die einzigen, die wirklich im metrischen System Bescheid wissen, sind die Drogenkäufer. Vor allem die Jugend des Landes. Jeder setzt seinen Stolz darin, beurteilen zu können, ob das wirklich ein Gramm Haschisch ist, was er da vom Dealer zugesteckt bekommt. Es ist eine Frage des Überlebens geworden, in den metrischen Gewichten Bescheid zu wissen. Und überhaupt. Stellen wir uns einmal vor, wir sind auf einer Party. Und da ist jemand, der jongliert mit Gramm und Unzen, weiß, wie man das umrechnen kann. Wieviel Unzen hat ein Kilo? Dieser Mann weiß das. Die Herzen fliegen ihm zu. Ein Weiser. Man muß also etwas tun. Man muß sich auf den neuesten Stand bringen. Die pharmazeutischen Firmen bedrucken ihre Packungen mit Gramm. Das Ende für das *Avoirdupois,* das 16 Unzen entspricht. Ende auch für das *pound,* dessen Gewicht dem Avoirdupois (453,59 g) entspricht. Die Zeit ist reif für das metrische System. Und so weiß heute jeder über zwölf, daß eine Unze 28,3 Gramm hat. Daß ein Kilogramm 35,2 Unzen oder aber 2,2 Pfund hat. Er weiß vielleicht nicht, wie viele Olympiaschwimmbecken in ein Footballfeld passen, aber er weiß, wie man Drogen kauft. In Gramm. Lehrer: Johnny, stell dir einmal vor, du hast 1 Pfund Äpfel, 1 Pfund Orangen und ⅕ Pfund Kirschen, die willst du verkaufen. Du brauchst aber 600 kolumbianische Pesos, um ein gebrauchtes Fahrrad zu kaufen. Wieviel verlangst du für die Früchte? Schüler: 20 Dollar das Kilo, und wenn ich die Früchte per Unze verkaufe, etwas mehr.

Die besten und schnellsten Rechner in der Welt sind die Drogenhändler.

Als Swan nach New York zurückkehrte, wußte er über die Geheimnisse des Kokainhandels eigentlich nur eines: Kokain wird nach Gewicht verkauft. Bei dem Verkauf der 300 g Kokain, die er aus Kolumbien eingeschmuggelt hatte, lernte er nicht viel dazu. Daß er überhaupt Erfolg im Vertrieb des Stoffs hatte, ist vor allem der Ahnungslosigkeit der Käufer zu verdanken, auf die er stieß. Außerdem konnte er sich auf die Kenntnisse stützen, die er beim Verkauf von Marihuana erworben hatte. Es gab ein Verteilernetz. Kundschaft der Mittelklasse. Leute, die reif waren für die Droge Kokain. Dealer, die per Unze verkauften. Dealer, denen er vertrauen konnte, die auch weiterhin mit ihm zusammenarbeiten würden.

Ellery. Dieser Mann gab sich gütig und bescheiden. Er gab sich ehrlich. Durchschaubar wie ein Kind. Unwahrscheinlich, daß er die Fährnisse des Marihuanahandels überlebt hatte. Sollte man meinen. Und man irrte sich. Ellery war ein kühler Profi. Niemand, der sich für irgend etwas begeistern ließ. Keine Romantizismen. Ellery war einer der besten Dealer, die sich ein Großlieferant vorstellen konnte. Seit Jahren war er in der Kundschaft. Unangefochten. Kein einziges Mal war Ellery festgenommen worden. Große Mengen Marihuana waren durch seine Hände gewandert. Immer gute Ware, darauf hatte er geachtet.

Bemerkenswert scheint, daß Ellery außer dem Drogenhandel nichts Illegales tat. Er ging kein Risiko ein. Er war alles andere als ein Spieler. Er gab sich nicht mit den Travellerschecks-Betrügereien ab, die zum Lieblingsspiel von Swans Freunden gehörten. Er stahl nichts. Er fungierte nicht als Hehler. Ellery hat nie jemanden betrogen. Er handelte mit Drogen, er suchte seinen Profit, basta. Weder Ellery noch Swans übrige Bekannte und Freunde handelten mit Heroin. Mit Ausnahme von Pirata, der mit allem Geld verdiente, was sich auf Gottes Erdboden kaufen und verkaufen ließ. Niemand wußte, welche Befriedigung Ellery darin fand, aber er war der Mann, der peinlich genau jede Verabredung einhielt. Wenn Swan in New York über Verbindungen verfügte, dann hatte er es ausschließlich Honest Ellery zu verdanken.

Charles Kendricks. Er war für Swan das, was für den Gangsterboß der dreißiger Jahre der Leibwächter war. Ein Mann, auf den man sich verlassen konnte. Kendricks agierte unabhängig von Swan. Er war kein Profi im Drogenhandel. Verglichen mit den anderen kleinen Dealern, zeichnete er sich durch Mut und Klugheit aus. Mit seiner Menschenkenntnis allerdings war es nicht weit her. Swan mochte ihn. Er hatte ein ungemütliches Gefühl, wenn Kendricks nicht da war. Nach der Panne in Brownsville hatte Charles den Drogenschmuggel für Swan zunächst aufgesteckt. Er war in die Ferien gefahren und hatte Lillian Giles mitgenommen. Finanziert wurden die Ferien von dem Geld, das Charles für das Beschatten der Lehrerinnen bekommen hatte. Erst nach dem dritten Trip nach Kolumbien stieß Kendricks wieder zu dem Pulk der Dealer, die für Swan arbeiteten. Für den Kleinverkauf der Droge auf der Straße war Kendricks nicht hart genug, das wußte Swan. Er hatte nicht das richtige Gespür, wem man trauen konnte und wem nicht. Ein paarmal wurde er zusammengeschlagen und der Ware beraubt, die Swan ihm anvertraut hatte. Trotz solcher Rückschläge blieb er Swans rechte Hand bei den Operationen. Er war ganz einfach ein Freund. Charles führte meistens ein Messer bei sich, aber Swan sah nie, wie er das Messer gebrauchte. Er nahm selbst Drogen, alles was es gab, außer Heroin. Er rauchte nicht. Ein typischer Australier, fand Swan. Und taufte ihn ›den Ungarn‹. Kendricks war früher Börsenmakler gewesen. Er war in Afrika als Sohn englischer Eltern geboren worden und in früher Jugend, mit der Familie, nach Australien übergesiedelt. Lillian Giles hatte Kendricks in London kennengelernt. Sie hatten sich zusammengetan. Gemeinsames Ziel war Amerika. Sie nahmen einen Flug nach New York. Als Swan und Alice die beiden kennenlernten, wohnten sie auf Long Island. Es war Roger Livingston gewesen, der Swan und Kendricks zusammengebracht hatte.

Roger Livingston. Sein Kodename war Seymour. Er war der Mann, den Charles Kendricks, den Weisungen Swans gemäß, aus dem Gefängnis in Riverhead anrufen sollte. Obwohl Roger Livingston erst dreißig Jahre alt war, war er nahezu kahl. Er trug einen Bart. Er war kurzsichtig. 1,78 m groß. Kräftig, gutaussehend. Ein Mann, der es genau nahm. Ein intelligenter Dealer, für Swan ein wertvolles Absatzinstrument. Swan hatte Seymour über Ellery kennengelernt. Seymour war zu diesem Zeitpunkt heroinsüchtig. Über Seymour setzte Swan den größten Teil der Marihuanasendungen ab, die er aus Mexiko eingeschmuggelt hatte. Er war der einzige von Swans Unzendealern, der sich Kokain intravenös spritzte. Noch heute kündet eine Narbe an seinem rechten Bein von den Verbrennungen, die er erlitt, als er infolge einer Überdosis in seinem Badezimmer zusammenbrach und mit dem Fuß am Heizkörper zu liegen kam. Livingston war ein ausgezeichneter Mechaniker, ein Mann, den technische Dinge faszinierten. Er fuhr einen Jeep und verfügte über genügend Werkzeug und Zubehör, um eine Reparaturwerkstatt für Autos zu eröffnen. Livingston kannte sich im Fotolabor aus, im chemischen Labor, er interessierte sich für alles, was mit Chemie zu tun hatte. Er trug eine Taucheruhr. Ihm genügte ein Taschenmesser als Werkzeug, wenn es sein mußte. Ständig führte Livingston einen großen Schlüsselbund mit sich. Das Spektrum der Dinge, für die er sich interessierte, war weiter gespannt als bei Swans übrigen Dealern. Livingston war auch in anderer Hinsicht eine Ausnahme: Er war nicht eitel. Er war Biologielehrer und lebte mit Angela De Santis zusammen. Angela war eine enge Freundin Alices, sie arbeitete als Designerin für einen Hersteller von Kindermode. Livingston und Angela bewohnten ein Appartement, das sie mit hundert Zimmerpflanzen gefüllt hatten. Es gab ein großes Aquarium mit tropischen Fischen. Es gab ein Terrarium mit Schlangen. Dann und wann verschwanden die Schlangen aus der Wohnung. Livingston fing sie wieder ein. Er war ehrlich, vertrauenswürdig. Der Mann, den man zu sich holte, wenn es brenzlig wurde. Ein Mensch, der immer einen kühlen Kopf behielt. Selbständig, geradlinig. Eine Säule in Swans Geschäft.

Nice Mickey. Ein Ire. Groß, schlank, blond, blaue Augen, eine dunkle, volle Stimme. Das Gesicht eines Chorknaben. Nice Mickey war vorsichtig, intelligent, ein absoluter Profi. Eigentlich der einzige 100%ige Profi, über den Swan für den Absatz seiner Drogen verfügte. Er handelte mit allem, was in New York gehandelt wurde, von gestohlenen Kreditkarten bis Kokain. Mit der Polizei war er noch nie in Konflikt gekommen. Nice Mickey hatte, was den Straßenhandel anging, ein Gespür, um das Swan ihn beneidete. Er war schnell und aufgeweckt. Er roch ganz einfach, wenn Gefahr im Verzug war. Er brauchte nur eine Sekunde, um die gegebene Situation auf einem bestimmten Straßenstück einzuschätzen. Er wußte sofort, ob ihm jemand folgte oder nicht. Swan schätzte ihn nicht als besonders gefährlich ein, jedenfalls bedeutete er keine Gefahr für ihn, den Lieferanten. Im Ernstfall freilich war er ein Mann, den man nicht zu packen kriegte. Er war bekannt für sein genaues Timing. Eben noch war er da, eine Sekunde später war er verschwunden. Nice Mickey verfügte über eine scharfe Beobachtungsgabe. Seine Koordination war Spitze. Ihn konnte niemand an der Nase herumführen. Er war ein ausgezeichneter Spieler und ein guter Sportler. Nice Mickey schoß den Vogel ab, was auch immer er tat. Kartenspiel, Dartwerfen, Backgammon, Golf, Billard. Ein Fälscher und Betrüger von hohen Graden. Im Sommer betätigte er sich als Konzessionär für Spielbuden, die an den Stränden aufgestellt wurden. Er war selbstsicher, von guten Manieren und eleganter Erscheinung. Er trug teure Kleidung. Zu seiner Ausstattung gehörten 30 Paar Schuhe, von denen jedes über 75 Dollar gekostet hatte. Nice Mickey war jetzt vierunddreißig. Er lebte immer noch bei seiner Mutter, die lange Jahre als Köchin in wohlhabenden Familien gearbeitet hatte. Nice Mickey hatte sie dort oft besuchen dürfen. Sie hatte ihm Kochen beigebracht, er hätte jederzeit als Chef de Cuisine eines guten Restaurants arbeiten können. Er war sehr eng mit Pirata befreundet, ebenso mit Ellery. Von Swans kleinen Dealern war Nice Mickey derjenige, der sich am meisten abkapselte. Man erfuhr nicht viel von ihm. Man wußte, daß er wenig Drogen nahm. Weniger als die anderen Dealer. Die Menschen, mit denen er zu tun hatte, hatten Respekt vor ihm. Sie bewunderten ihn. Wenn er etwas anging, dann tat er es als Profi. Er war der einzige von Swans Dealern, der nie zurückstecken mußte.

Dr. Moses Wellfleet. Dr. W. war fünfunddreißig Jahre alt. Eine beeindruckende Gestalt, 1,90 m groß, 100 kg schwer. Er war Schwarzer, mit einer Weißen verheiratet. Zu seinen Freunden gehörten Sly Stone, Miles Davis und Flip Wilson. Moses gehörte nicht zum Kreis derer, die über Swans Geschäfte genauestens Bescheid wußten. Aber er war ein Dealer, der einen beträchtlichen Teil des Marktes versorgte, ein Mann, den Swan bei der Vermarktung seines Kokains nicht außer acht lassen durfte. Als Swan ihn kennenlernte, war Moses schon Jahre im Geschäft. Von Moses kam der erste Hinweis, daß die Ware, die Swan aus Kolumbien mitgebracht hatte, nichts taugte. So etwas, befand der Schwarze, würde er seinen Kunden gar nicht erst anbieten, die seien so anspruchsvoll, daß sie sich mit einer solchen Mischung nicht zufriedengeben würden. Erst bei der zweiten Lieferung, die Swan nach New York einschmuggelte, griff Moses zu. Diesmal hatte Swan reines Kokain beschafft. Moses war der typische schwarze Dealer. Er verkaufte nicht nach Gewicht. Wenn man neben dem fahrenden Auto hergeht und die Ware durchs Wagenfenster reicht, kann man nicht mit einer Waage herumhantieren. Einen großen Teil seiner Geschäfte wickelte Moses in Bars ab. Maßeinheit für ihn war der Löffel. Gemeint war ›spoon‹, ein gestrichener Eßlöffel Kokain. Äquivalent für einen ›spoon‹, was das Gewicht angeht, ist ein ›quarter‹. Vier ›spoons‹ ergeben ein ›piece‹, das ist etwas mehr als eine Unze. Wenn Moses seine Ware bei Swan abholte, dann war das eine Angelegenheit, die sich über Stunden erstreckte. Moses saß da, schnupfte Kokain, redete und redete. Er brachte immer ein halbes Dutzend Löffel mit. Moses kaufte immer nach Volumen, nie nach Gewicht.

Während all der Jahre, wo Swan sich als Großhändler für Kokain in der New Yorker Szene betätigte, hat er sich nie darum gekümmert, in welchem Reinheitsgrad die Ware an den Endverbraucher gelangte. Es interessierte ihn einfach nicht. Er verkaufte nach Gewicht. Er hielt sich von der Straße fern. Er ahnte, daß Moses die Ware, die er ihm verschaffte, in kleine und kleinste Portionen aufteilte. Bei alldem blieb beeindruckend, welche Mengen Moses verkaufte. Moses war Geschäftsführer zweier Bars in Manhattan. Wie Swan vermutete, wickelte er über die Kunden dieser Bars den größten Teil seiner Verkäufe ab. Er und Swan hatten wenig gemeinsam. Trotzdem waren sie gern zusammen. Moses war ein Dealer, mit dem sich gut auskommen ließ. Ein ernsthafter Geschäftspartner.

Anthony. Einer der Jüngsten im Team. Ein schlimmer Ruf ging Anthony voran. Was immer man über ihn sagen konnte, ein Unzendealer war er nicht. Swan schätzte ihn so ein. Gut, Anthony zum Freund zu haben. Und schlecht, sehr schlecht, ihn zum Feind zu haben. Mr. Big nannte ihn Swan scherzweise. Er war zu Anthony gegangen, als er Geld brauchte, Ellery hatte die beiden zusammengebracht. Das war vor Antritt der ersten Reise nach Kolumbien gewesen. Anthony hatte Swan erklärt, wie man Kokain auf seine Reinheit prüfen konnte. Swan hatte es zunächst bedauert, daß es nicht zum Geschäft gekommen war. Nice Mickey hatte dazwischengefunkt und Anthony gewarnt. Als Swan aus Kolumbien zurückkam, sah er die Dinge anders. Hätte er das Geld von Anthony genommen, hätte er ihm die Ware zum Weiterverkauf anbieten müssen. Was unweigerlich zu Schwierigkeiten geführt hätte, weil das Zeug stark mit anderen Substanzen vermischt war. Unter dem Strich war es dann Anthony, der den Nachteil hatte. Er mußte Swan, als die nächsten Sendungen reines Kokain kamen, Spitzenpreise bezahlen. Dabei hätte er, wenn er zu Beginn mehr Vertrauen gehabt hätte, als Partner mitmischen können. Anthony kaufte Menge. Jedes Mal ein Kilo. Anthony hatte keine Waage im Haus. Er hatte, wie Swan fand, eigentümliche Geschäftsmethoden. Wenn Swan die Ware brachte, fragte Anthony nur: »Ist es ein *key*?« Ein *key,* das war ein Kilo, in der Sprache der Dealer. Wenn Swan sagte, jawohl, es ist ein key, nun, dann *mußte* es wohl ein key sein. Anthony war schnell. Er ließ die Kunden in dem einen Raum seiner Wohnung warten, während er in dem anderen das Rauschgift von Swan übernahm. Noch bevor Swan ging, waren die Kunden mit ihrem Stoff verschwunden. Anthony hatte drei Waffen und ein Radio, das ständig auf Polizeifunk eingestellt war. Er hatte Leibwächter. Er hatte Geschäftspartner, die das Geld ›reinwuschen‹. Anthony legte Wert darauf, daß sein Einkommen aus legalen Quellen stammte. Swan war für Anthony nur einer von sechs oder sieben Lieferanten. Anthony hätte nie daran gedacht, selbst Kokain über die Grenze zu bringen. Swan wußte, daß er seine Gewinnspanne verbessern konnte, wenn er sein Kokain unmittelbar an die Endabnehmer verkaufte, wenn er Anthony umging. Aber das widersprach der Taktik, die er sich vorgenommen hatte. Es war wichtig, die Ware nicht lange in der Wohnung herumliegen zu haben. Wenn er eine große Lieferung aus Kolumbien herübergeschmuggelt hatte, dann war Anthony der Mann, der sich fürs Geschäft anbot. Scheine auf die Hand, keine Fragen, keine Probleme und 500 % Profit.

Nur sehr selten dachte Zachary Swan darüber nach, daß er als Kokainschmuggler zur ›Szene‹, zur Subkultur gehörte. Er sah sich nicht als wagemutigen Gangster, als schillernden Abenteurer. Er sah sich als Geschäftsmann.

Die Gesetze, die für den Kokainhandel galten, waren die gleichen, die sonstwo im Geschäftsleben zu beachten waren. Ein Kokainschmuggler ist, sobald er die Grenze passiert hat, ein Großhändler, der über eine begehrte Ware verfügt. Wieviel er verdient, hängt zunächst einmal vom *Volumen* ab, das er umzuschlagen in der Lage ist. Dann von der *Schnelligkeit*, mit der die Ware *umgeschlagen* wird.

Recht bald stellt sich die Frage: Kilo oder Unzen? Im Unzenverkauf kann der Kokainschmuggler mehr Geld verdienen als im Verkauf per Kilo. Noch mehr Geld könnte er machen, wenn er die Ware per Gramm verkauft. Aber dann säße er monatelang in New York fest, ihm bliebe kaum noch Zeit, neue Ware aus Südamerika heranzuschaffen.

Unzen also. Das geht natürlich langsamer als der Verkauf per Kilo. Aber der Gewinn ist verlockend. Man braucht vielleicht zwei Wochen, um 1 kg Kokain per Unze zu verscherbeln. Der

Mehrerlös, auf 3 kg berechnet, liegt allerdings bei 50000 Dollar. Was ja für ein paar Wochen Arbeit nicht schlecht ist. Oberhalb der Kilomenge gibt es keine Rabatte. Während nach unten hin – vom Kilo zur Unze und von der Unze zum Gramm – immer mehr aufgeschlagen wird, zahlt man für 3 kg Kokain dreimal soviel wie für ein 1 kg, und für 5 kg fünfmal soviel wie für 1 kg.

Unzengeld, so heißt es in der Szene, ist besser als Kilogeld. Und doch sagt kaum ein Schmuggler nein, wenn er Gelegenheit hat, seine Ware kiloweise loszuwerden. Der schnelle Umschlag ist wichtig. Lebenswichtig sogar. Warum? Swan wußte es nicht, als er ins Geschäft einstieg. Aber Kokain ist ein sehr vergänglicher Stoff. Er zerfällt an der Luft. Je älter Kokain ist, um so schlechter die Qualität. Es wird schlecht. Wenn die Ware mit fremden Substanzen vermischt worden ist, beschleunigt sich dieser Prozeß.* Schon deshalb kann es sich ein Kokainschmuggler nicht leisten, die Ware lange herumliegen zu lassen.

Es gibt noch andere Gründe, die für einen raschen Umschlag der Ware sprechen. Swan sollte sie bald kennenlernen. Sagen wir, das Kokain, das ein Schmuggler auf Lager hat, stellt einen Wert von 1000 Dollar dar. Nehmen wir weiter an, die Ware wird beschlagnahmt, weil irgend etwas schiefläuft. Der Schmuggler erleidet einen Verlust, den er verschmerzen kann. Gemessen an dem Einkommen, das er sich verschafft, sind 1000 Dollar Kleingeld. Er schreibt die Beschlagnahme als Verlust ab und vergißt die Sache. Anders sieht es aus, wenn der Schmuggler eine Menge von 3 kg Kokain auf Lager hält. Nehmen wir an, ein Gangster, der einen Tip gekriegt hat, nimmt ihm mit Gewalt den Vorrat ab. Nicht nur das Geld ist weg. Wenn ein Gangster sich zu einem Kokainschmuggler begibt, um ihm Koks wegzunehmen, dann nimmt er sein Schießeisen mit. Die Sache findet auf der Hardware-Ebene statt, weil viel Geld auf dem Spiel steht. Der Gangster weiß, daß er mit Gegenwehr rechnen muß. Bei 3 kg Kokain hat er es mit einem Profi zu tun. Ein Menschenleben ist dann plötzlich nicht mehr viel wert. Je höher der Wert der Ware

---

* Die Experten sind sich in diesem Punkt nicht einig. Oft hört man die Meinung, daß sich Kokain weder im Kontakt mit der Luft noch durch Beimengung fremder Substanzen zersetzt. Borax, einer der beliebtesten Stoffe, um Kokain zu ›verlängern‹, stellt vielleicht eine Ausnahme dar.

ist, um so leichter wird geschossen. Wenn der Schmuggler Glück hat, bekommt er den Stoff nicht von einem Gangster, sondern von einem Beamten der Bundesbehörden abgenommen. Es kommt dann sehr darauf an, wieviel Kokain bei ihm gefunden wird. Ist es nur eine Unze, muß der Schmuggler mit ›heat‹ rechnen. Trouble. Ärger. Es wird Zeit und Geld kosten, sich da rauszuwinden. Anwälte. Vielleicht eine Kaution. Aber es ist zu machen. Anders, wenn er 3 kg Kokain im Schrank liegen hat. Er riskiert eine lebenslängliche Gefängnisstrafe. Man braucht nicht viel Fantasie, um sich vorzustellen, daß ein Schmuggler in dieser Situation recht schnell mit dem Schießeisen bei der Hand ist. Er hat nichts mehr zu verlieren, nur noch zu gewinnen.

Zachary Swan war kein Feigling, aber er war auch niemand, der unkalkulierbare Risiken auf sich nahm. Jedes Blutvergießen war schlechte Public Relations. Es war einfach nicht attraktiv, ein paar Jahre in Leavenworth einzusitzen. Swan war nicht ängstlich. Im Gegenteil. Er sollte später entdecken, daß er zu ganz erstaunlichen Bravourstücken fähig war. Aber Swan war nicht sehr belastbar. Seine Frustrationsschwelle war niedrig. Es brauchte wenig, um Swan ein Geschäft zu verleiden. Er würde die Sache mit dem Kokain einmal ausprobieren. Aber es war ein Geschäft, das zu seinen Bedingungen über die Bühne gehen mußte. Er war bereit auszusteigen, wenn das Geschäft allzu hart wurde. Auch wenn große Risiken ins Haus standen. Risiken für ihn oder für jene, die von ihm abhingen.

Swan war überzeugt, daß es einen vernünftigen Weg gab, wie man Probleme lösen konnte. Alle Probleme, Methoden, die man vor sich selbst verantworten konnte. Wenn Swan erlebte, daß jemand ein Schießeisen zog, dann sorgte das bei ihm erst einmal für den üblichen Adrenalinstoß. Zum zweiten erlitt Swan in einem solchen Moment das, was wir einen philosophischen Fieberanfall nennen wollen. Swan war in der amerikanischen Marine nicht das gewesen, was man im Western als ›tough guy‹ bezeichnet. Wenn er den Wunsch verspürte, sich mit Männlichkeitssymbolen zu umgeben, dann trank er ein Glas Whiskey on the rocks. Er ließ die Eiswürfel klirren und sah markant in die Gegend. Man brauchte keine Waffe, um sich männlich zu fühlen. Swan nicht. Allenfalls konnte man einen Extraschuß

Männlichkeit atmen, indem man etwas Kokain in die Nase einzog. Waffen fand Swan ganz einfach pervers. Im Laufe seiner Schmugglerkarriere milderte er diesen Standpunkt. Vorübergehend freundete er sich mit der Idee an, einen Revolver tragen zu müssen, wenn er Ware übernahm. Zunächst aber war er entschlossen, sehr vorsichtig vorzugehen. Er wollte auf sicher gehen. Deshalb auch der Verkauf per Kilo. Es war eine Frage der Sicherheit. Wenn man an Abnehmer verkaufte, die das Zeug per Kilo bezogen, dann hatte man mit Menschen zu tun, die zu verantwortlichem Handeln fähig waren. Vor allem hatte man mit *weniger* Menschen zu tun, auch das verringerte das Risiko. Je höher Swan in der Schmugglerhierarchie stieg, um so weniger Kontakte mußte er bedienen. Der Verkauf auf der Straße, sein Gesicht unbekannten Kunden zu zeigen, sich der Verfolgung durch Junkies, Erpresser, Zwischenhändler und Polizisten auszusetzen, das war nicht Swans Sache. Jeder Schmuggler weiß, die Straße ist der Dschungel, wo alles möglich ist. Hier sind die Risiken am größten. Die Kunden und die kleinen Dealer sind leichtsinnig und dumm. Gewalttätigkeiten sind an der Tagesordnung. Swan war fest entschlossen, nach Gewicht zu verkaufen. Menge. Er war entschlossen, die Sache als anständiger Kaufmann durchzuziehen. Er würde niemanden betrügen.

Nachdem er seine erste Sendung an den Mann gebracht hatte, änderte er seine Taktik. Er bewahrte die Ware jetzt nicht mehr zu Hause auf. Nur das Auspacken des Pakets fand in der Wohnung statt. Gleich danach bezog Swan in einem Hotel Quartier. Meist im piekfeinen St.-Regis-Hotel. Exklusiv und sicher. Dort, im Hotelzimmer, nahm Swan die Mischung vor. Das normale Mischungsverhältnis war 6 g Traubenzucker oder Milchzucker auf 1 Unze Kokain. ›Twenty-two-and-six-cut‹ nannte Swan das. Wenn das Kokain sehr gute Qualität war, konnte es auch eine Behandlung ›twenty-and-eight‹ vertragen. Über ein Verhältnis von ›eighteen-and-ten‹ ging Swan nie hinaus, es hatte keinen Sinn, den Stoff allzu dünn zu machen. Dann kam der Tag, als Swan davon erfuhr, daß es so etwas wie Borax gab. Es ermöglichte ihm, weniger Volumen beizumischen. Borax war schwer, das Gewicht stimmte immer. Selbst wenn der Kunde darauf bestand, daß man die Ware in seiner Gegenwart mit der Waage abwog. Ein weiterer Vorteil bei Borax war, daß es sich gut mit

Kokain vermengen ließ. Traubenzucker erwies sich als wenig sinnvoll. Der Abnehmer konnte das süße Zeug leicht herausschmecken, was den Preis beeinträchtigte. Laktose (Milchzukker) war bei weitem nicht so süß wie Dextrose (Traubenzucker), ließ sich jedoch nicht so gut mit den Kokainkristallen vermischen. Wenn der Käufer was von der Sache verstand, zeigte er einem die unterschiedlich großen Kristalle und handelte einen Preisnachlaß heraus. Hinzu kam, daß Laktose und Dextrose in New York wegen des Heroinproblems kaum zu bekommen waren. Wenn man so was brauchte, mußte man es schon auf dem schwarzen Markt oder außerhalb New Yorks kaufen. Borax brachte Gewicht, ohne die Rechnung durch großes Volumen zu beeinträchtigen. Swan verwandte Borax, bis er *Mannite* entdeckte. Er kam später dann doch wieder auf Borax zurück, weil das italienische Produkt, wiewohl von vielen Kunden als das Nonplusultra der Verdünnersubstanzen geschätzt, nicht immer zu kriegen war. Beim Verkauf per Unze gab es keinen Deal, wo Swan auf die Beimengung fremder Substanzen verzichtete. Nur Anthony bekam reines Kokain von ihm. Allerdings nahm Anthony immer ganze Kilos.

Swans Standardprozedur war über lange Zeit hinweg immer die gleiche. Er packte das Paket aus, in dem das Zeug eingeschmuggelt worden war. Zuerst wurde Anthony bedient. Er bekam soviel Kilo Kokain, wie er brauchen konnte. Dann zog Swan ins Hotel um. Das Aufteilen, Abwiegen und Mischen begann. Swan sorgte dafür, daß er immer einen gewissen Vorrat an fremden Substanzen hatte, die zur Verdünnung des Produkts Verwendung finden konnten. Beim Borax war das eine arbeitsintensive Angelegenheit. Zuerst einmal mußte es gekocht werden. Dann mußte man es in eine Kuchenform geben, wo man es erkalten ließ. Zum Auskristallisieren. Ein weißes Pulver blieb übrig. Allerdings nicht mehr so fein wie vorher. Die körnige Masse mußte mit einer Kuchenrolle auseinandergewalzt und gebrochen werden. Dann mußte man das Zeug in ein Teesieb geben. Die größeren Klümpchen blieben im Sieb, sie wurden weggeworfen. Was durch das Teesieb gerieselt war, wurde aufs neue mit der Kuchenrolle bearbeitet. Sodann wurde die Masse durch einen Nylonstrumpf gefiltert. Eine langwierige Prozedur, der sich Swan nur ungern widmete. Aber er hatte wohl keine andere Wahl. Als er sich das Borax einmal versuchsweise von jemand anderem zubereiten ließ, bekam er prompt Schwierigkeiten mit seinen Abnehmern. Sie beklagten sich, die Qualität des Kokains, das er ihnen verkauft hatte, sei nicht so gut wie üblich.

Sobald das Kokain in kleine Portionen aufgeteilt war, begann das Wiegen. Die abgewogenen Mengen wurden in kleine Plastikbeutelchen eingefüllt. Das Plastikbeutelchen wurde in ein Beutelchen von etwas robusterer Konsistenz gesteckt. Das so entstandene Päckchen wurde mit Gummibändern umschnürt. Swan verwendete verschiedenfarbige Gummibänder, je nach dem Grad der Verfälschung, die er dem Produkt hatte angedeihen lassen. Er wußte, daß Dealer wie Roger oder Ellery ein oder zwei Gramm aus dem Päckchen herausnehmen und durch Hinzufügen von Fremdstoffen ergänzen würden. Nice Mickey hingegen, der Profi, ließ die Ware, wie sie war. Er nahm den Stoff, besuchte seine Kunden, übergab die Ware und steckte das Geld ein. Swan gab Nice Mickey immer die schlechteste Mischung.

Zu Beginn verkaufte Swan an seine Dealer für 700 Dollar die Unze. Später stieg der Preis auf 850 Dollar. Als Swan von seiner dritten Reise zurückkehrte – er hielt sich jetzt immer nur einen Monat in New York auf, bevor er wieder nach Kolumbien flog –, war er auf einem Umsatzniveau von 3 Unzen pro Tag angelangt. Er sollte im weiteren Verlauf noch einen besseren Durchschnitt erzielen. Recht oft verkaufte er auf Kredit. Vor allem an Roger, Ellery und Mickey. An Charles gingen alle Lieferungen gegen Kredit. Moses brauchte keinen Kredit.

Es gab ein paar Freunde, an die Swan gelegentlich Kokain per Unze verkaufte. Aber Umsatz brachte das nicht. Kunden wie Anthony, die brachten Umsatz. Und der erprobte Stamm. Ellery, Roger, Mickey. Nicht selten saß Swan in *Victor's Café* und kassierte. Die drei Dealer waren seine Gäste. Unter dem Tisch wurde ihm das Geld zugesteckt. Jedes Mal wechselten so ein paar tausend Dollar den Besitzer. Es war ein eingespieltes Team. Swan war zufrieden. Er hatte immer nur mit den gleichen Leuten zu tun. Keine neuen Gesichter. Als er das *Victor's Café* leid war, zitierte er seine Dealer in die Wohnung. Oft gab er eine Party für sie, um die guten Geschäfte gebührend zu feiern. Am Silvesterabend 1972 spendierte Swan Kokain für 1000 Dollar, zur Verfügung der Gäste. Zehn Personen schnupften eine Unze Koks. Reinen Stoff.

Keinem der Beteiligten, auch Swan nicht, fiel es auf, daß es eigentlich wenig Frauen gab im inneren Ring, der sich um Swan gebildet hatte. Am anderen Ende der Pipeline, in Bogotá, gab es überhaupt keine Frauen. Es war wohl traditionell so, daß Frauen im Rauschgifthandel nichts zu bestellen hatten.

Im Vergleich zu anderen Schmugglern verhielt sich Swan gegenüber Frauen recht fair. Auch heute noch. Im Gespräch mit Frauen gab er sich gelegentlich etwas vorsintflutlich. Aber das war nicht böse gemeint. Meist war er verständnisvoll, ja galant. Im Drogengeschäft bewertet man Frauen, so will es die Tradition, eigentlich nur im Zusammenhang mit den Männern, zu denen sie gehören. Es ist typisch für die Branche, daß man Frauen, die der Polizei ins Netz gehen, sitzenläßt. Und es sind nicht wenig Frauen, die der Polizei ins Netz gehen, sie werden ja als ›mules‹, als Tragtiere für die Beförderung der Droge, eingesetzt. Der Schmuggler regt sich in solchen Fällen vor allem über den Verlust der Ware auf. Frauen gibt es genügend, sie kosten nicht soviel. Wenn Swan für seine Operationen nie Frauen einsetzte, dann war dies nicht so sehr seiner Achtung vor dem anderen Geschlecht zu verdanken, sondern seinem Widerwillen davor, überhaupt anderen Personen das Risiko aufzubürden. Er sorgte immer dafür, daß jene, die für ihn arbeiteten, ein Schlupfloch hatten, durch das sie sich den Nachstellungen der Obrigkeit entziehen konnten. Jedenfalls kann man Swan keine Diskriminierung des schwachen Geschlechts vorwerfen. Frauen wurden von ihm nicht schlechter und auch nicht besser behandelt als die Männer, mit denen er geschäftlich zu tun hatte. Was Sex anging, so war Swan ein Mann seiner Generation. Nicht das, was man als aufgeklärt bezeichnen konnte. Aber je länger er in der Szene verkehrte, um so schneller vollzog sich die Wandlung, die seiner unverkrampften Grundeinstellung zu der Beziehung Mann/Frau entsprach. Eine der Frauen, die den positiven Trend noch verstärkte, war Alice Haskell.

Alice gehörte zu jener emanzipierten Sorte Frauen, die in den siebziger Jahren Furore machten. Sie war durch und durch Feministin, wenngleich sie bei der Verfechtung ihrer Rechte nicht so konsequent vorging wie Angela De Santis. Alice war, von ihrem Temperament her, eine gemäßigte Persönlichkeit. Keine Ausbrüche, wie man sie bei Angela erleben konnte. Trotzdem war sie es, die Swans Sinn für Fairneß und Gerechtigkeit auf eine harte Probe stellte. Sie kam und ging, wann sie wollte. Es war ihr egal, wie Swan, der mit einer geradezu archaischen Erziehung an das Ganze heranging, darauf reagierte. Ob ihre Unabhängigkeit sein Ego ankratzte oder nicht, Alice kümmerte sich nicht darum. Wenn Swan als Zweiundvierzigjähriger sich einen Bart zulegte und sich in Baumwollkleidung, der Mode der Szene entsprechend, warf, dann war das Alices Einfluß zuzuschreiben, nicht so sehr der Subkultur, zu der Swan als Drogenlieferant Kontakt bekam. Als sich Alice 1969 einem Protestmarsch nach Washington anschloß – es war die Zeit des Vietnamkriegs – tat sie das mit Swans Segen. Er, der zeit seines Lebens in der Denkmaschinerie der Wallstreet gedacht hatte, gab ihr seine besten Wünsche mit auf den Weg. Es war nicht einmal zynisch gemeint. »Demonstriere gleich für mich mit, Alice. Gib's ihnen.« Wenige Monate später fand sich Swan bei einem Protestmarsch auf dem Broadway wieder. Einmal mehr ging es gegen die Kriegstreiber, die den Vietnamkrieg entfachten. Swan hielt eine Kerze in der Hand und stimmte in die Sprechchöre seiner Gefährten ein. Von da bis zu der Erkenntnis, daß Alice, Swan-Originalton, mehr zu bieten hatte als ›zwei wirklich bemerkenswerte Titten‹, war nur ein kleiner Schritt.

Es gab in New York nur drei Frauen, die für Swans Schmuggelgeschäfte mehr oder weniger von Bedeutung waren. Angela De Santis, Alice Haskell und Lillian Giles. Angela De Santis war eher das, was man als Hemmschuh bezeichnen mußte. Sie übte fortwährend Druck auf Swan aus, den Rauschgifthandel an den Nagel zu hängen. Es war dann Alice, die Swan den Mut gab, wirklich auszusteigen. Lillian Giles war die aktivste der drei und die einzige, die wirklich mitmachte. Swan wußte, daß sie die Mutigste unter jenen Personen war, die für ihn in der vordersten Reihe kämpften. Lillian gab den Ausschlag, als Charles Kendricks sich aus dem Geschäft zurückzog und als Dealer für Swan ausfiel.

Swan hatte keine der drei Frauen als Unzendealerin losgeschickt. Alice war zur Hand, wenn er die Pakete auspackte.

Gelegentlich setzte Swan sie als Botin ein. Sie stellte kleine Lieferungen zu. Oder sie holte Geld für ihn ab. Alice verband solche Aufträge mit einem Nebenerwerb, den sie ausgeklügelt hatte. Die Anzeige lautete: *ALICE HOUNDS Professional Dog Walking Service; East Side Care, West Side Cost, Bonded, Insured, Loving.* Etwa: ALICE führt Ihren Hund spazieren. Erstklassiger Service zu Vorzugspreisen. Verläßlich und liebevoll.

Nur sehr selten ließ Swan sie Kokain befördern. Meist fungierte sie als Kassiererin. Einmal ergab es sich, daß Alice von einem solchen Besorgungsgang, nachdem sie das Geld kassiert hatte, in die gemeinsame Wohnung heimkehrte, ohne die Hunde Gassi zu führen, die man ihr anvertraut hatte. Draußen regnete es. Die Hunde indes hatten ein trockenes Fell, so daß offenbar werden würde, sie war mit den vierbeinigen Lieblingen, erstklassiger Service hin, erstklassiger Service her, gar nicht draußen gewesen. Da keine Zeit mehr blieb, um die Hunde auf der Straße einzunässen, steckte Alice sie in der gemeinsamen Wohnung in die Badewanne. Swan half ihr dabei, er unterbrach dazu sogar sein Pokerspiel. Er fand es wunderbar, wie Alice solche Dinge improvisierte.

Nicht so wunderbar fand Swan, was ihm bei der ersten Einkaufsreise nach Kolumbien unterlaufen war. Zum ersten Mal in seinem Leben war er nach Strich und Faden aufs Kreuz gelegt worden. Nicht nur Moses sagte das. Auch René Day. Der Kanadier war in New York, kaum daß vierzehn Tage vergangen waren. Er war aus Kanada eingeflogen, sein Kokain, das er im Beisein Swans in Kolumbien gekauft hatte, trug er bei sich.

»Ich kann den Stoff nicht verkaufen«, sagte er. »Die Junkies in Montreal wollen's nicht haben.«

»Dann sind deine Kunden anspruchsvoller als meine. Bei mir flutscht der Verkauf, obwohl ich noch 25 % Borax dazumische.«

»Womit der Stoff dann nur noch 15 % Kokain enthält.«

Swan und René würden bei anderer Gelegenheit von Ricardo, Emilios Leibwächter, bestätigt bekommen, was die Kunden dem Kanadier vorgeworfen hatten. Was er da anbot, war kein Kokain, sondern eine fürchterliche Mischung, die nur noch 40 % Kokain enthielt. Das übrige war Borax, Aufputschtabletten,

Aspirin. Die Probe, die Swan von José bekommen hatte, war reines Kokain gewesen. Nachdem José gesehen hatte, daß Swan der Stoff nicht schmeckte, hatten die Verkäufer jede Menge Aufputschtabletten hinzugefügt. Wenn Swan bei der Übernahme der Ware die Schnupfprobe machte, würde er im Nu ›high‹ sein. Ein erfahrener Schmuggler hätte sich nie in dieser Weise reinlegen lassen. Spätestens bei den Reinheitstests wäre die Fälschung aufgeflogen. Wenn es Swan trotz der qualitativen Mängel gelang, die Mischung loszuwerden, dann, weil seine Endabnehmer ebensowenig Ahnung hatten wie er.

Als René in New York auftauchte, war Swan gerade mit der Vorbereitung seiner zweiten Südamerikareise beschäftigt. Sie verabredeten sich in Santa Marta für die nächste Woche. Swan übernahm zwei Unzen von Renés Kokaingemisch. Er verkaufte den Stoff, noch bevor er in Richtung Süden aufbrach. René flog voraus. Er wartete eine Woche im Tamaca Hotel in Santa Marta. Als Swan immer noch nicht kam, reiste René nach Bogotá weiter, auf der Suche nach einem neuen Lieferanten. Er hatte von Ricardo einen Tip bekommen. Wie Swan vermutete, hatte René es ohne Erfolg in Barranquilla versucht. So war es auch. Aber René war nicht nur nach Barranquilla gefahren, um eine neue *connection* aufzutun. René Day hatte sein Kokain nach Kolumbien zurückgeschmuggelt. Er hatte Emilio den Stoff zurückgegeben und sein Geld zurückverlangt. Emilio hatte gezahlt. So cool war René.

8 Schnee in Cartagena

Uta Dietrische war die beste Public Relations Managerin der westlichen Hemisphäre. Und Swan war ihr einziger Kunde. Der einzige, dem der Ertrag ihrer mit femininer Inbrunst zelebrierten Kampagnen zufloß. Wie man es auch drehte und wendete, Uta Dietrische war ein Augenschmaus. Wer sie sah, war geblendet. Männer blieben auf der Straße stehen, starrten sie an und fragten sich, was sie ihr ganzes Leben lang falsch gemacht hatten. Warum hatten sie nicht gewartet, bis diese Frau aufkreuzte? Die Tatsache, daß Uta Dietrische verrückt in Potenz war, tat der Beachtung, die sie mit ihrem Auftreten einheimste, keinen Abbruch. Im Gegenteil. Jeder Mann spürte, daß er es mit einer Frau zu tun hatte, die sich nicht beherrschen konnte. Wie schön. Uta war eine fleischgewordene Hymne auf die Widersprüchlichkeit der Frau. Ein sinnbetörendes Bouquet aus Charme und Wunden.

An dem ersten Abend, den sie gemeinsam verbrachten, waren Swan und Uta zu Mike Riordan gegangen, der eine Cocktailparty gab. Mike hatte sie zum Abendessen eingeladen, ins *Orsini's*, seine Freundin war mit von der Partie. Alle vier waren betrunken, als sie im Restaurant ankamen. Sie bestellten sich noch ein paar Drinks vor dem Essen. Bald stand fest, daß sie ein paar Amylnitrate einwerfen mußten. Swan entschuldigte sich und eilte nach Hause, um den Stoff zu holen. Als er zurückkehrte, stand Mike Riordan vor dem Restaurant auf der Straße. Er unterhielt sich mit zwei Polizisten, die in einem Streifenwagen saßen.

»Was ist passiert?« fragte Swan.

»Du wirst es nicht glauben«, sagte Riordan.

»Wo ist Uta?«

»Sie haben Uta ins Roosevelt Hospital gebracht.«

»Aber warum denn?«

»Du wirst es nicht glauben, wenn ich's dir sage.«

»Sag mir's.«

Die drei hatten das Essen bestellt, sie hatten nicht länger auf Swan warten wollen. Uta hatte verkündet, sie hätte Hunger. Jetzt. Sie war so hungrig, daß sie ihre Fettucini mit den Händen aß. Der Oberkellner war gekommen. So ginge das nun aber wirklich nicht. Uta war aufgesprungen. Sie hatte dem Oberkellner die Fettucini ins Gesicht geschmissen. Mit Schwung. Mike hatte sie aus dem Restaurant gezerrt, seine Begleiterin half ihm, so gut es ging. Als sie draußen waren, bekam Uta einen Tobsuchtsanfall. Und dann war eine Frau dahergekommen, die Uta zu kennen schien. »Ich weiß, wie man sie wieder zur Vernunft bringt«, hatte die Frau gesagt. »So.« Sie hatte Uta eine hinter die Kiemen gehauen. Ein todsicheres Mittel. Uta hatte zurückgeschlagen. Die Angreiferin war bewußtlos auf dem Bürgersteig gelandet. Dann war die Polizei gekommen und hatte Uta eingeladen. Mit heulender Sirene war sie fortgebracht worden. Der Streifenwagen, der jetzt vor dem *Orsini's* stand, bildete die Nachhut. Die Brandwache, die am Ort des Feuers zurückblieb.

Sie kannten sich eine Woche, als Uta zu Swan zog. Sechs Jahre sollten sie zusammenbleiben. Sie war mit Michel Bernier zusammen, als Swan seine erste Reise nach Kolumbien machte. Als Swan zurückkehrte, zog sie zu ihm. Zwei oder drei Jahre lang, so erfuhr er, war Uta die Geliebte einer Angestellten der Lufthansa gewesen.

Als Swan beschloß, Uta auf die zweite Reise nach Kolumbien mitzunehmen, hatte er drei Dinge im Auge. Zunächst einmal gab es ihm den Anschein eines Touristen, wenn er in Begleitung einer Frau reiste. Er hatte vor, mit ihr zwei Wochen auf der Insel San André zu verbringen, ein abgelegenes Plätzchen, das ihm von den Amerikanern empfohlen worden war, die er in Santa Marta kennengelernt hatte. Mit einer Tauchausrüstung würden sie in die Staaten zurückkehren. Mit einem Sonnenbrand. Und mit Kokain. Zweitens war da Gabrielle, das Lufthansa-Mädchen. Sie war immer noch in Uta verschossen, und das war gut so. Sehr gut sogar. Gabrielle würde ans Flugzeug kommen und Uta abholen. Das hatte sie schon oft getan. Freilich hatte Uta früher kein Kokain bei sich getragen. Jedenfalls würde Gabrielle ihre Geliebte unangefochten durch den Zoll bringen. Die beiden würden die Tür benutzen, die dem Personal der Luftverkehrsgesellschaften vorbehalten war. Es gab einen dritten Grund. Uta selbst. Nur ein Narr würde der Versuchung widerstehen, Uta auf die Reise mitzunehmen.

Swan traf René Day in Santa Marta. René war unterwegs nach Bogotá, wo er mit dem Kontaktmann zusammentreffen wollte, den Ricardo ihm empfohlen hatte. Swan und René trafen eine Verabredung. Swan würde mit Uta in San André bleiben. René würde versuchen, Kokain zu kaufen. Genügend, so daß Swan einen tüchtigen Anteil abbekam. Gelang es René nicht, die neue *connection* aufzutun, würde Swan mit ihm nach Bogotá fliegen und Michel Berniers Freund Vincent aufsuchen. Sie verabschiedeten sich. Swan und Uta flogen nach San André. Mit Zwischenlandung in Barranquilla.

San André war damals noch ganz im Anfang. Unberührt. Naturbelassen. Eine wunderschöne tropische Insel. Naturbelassen? Nun, es gab, was sich der Mensch von einem jungfräulichen Eiland erwarten durfte. Hotels. Saubere, gemütliche Hotels. Nicht de Luxe, aber doch sehr gut. Auch sehr ordentliche Restaurants. Der Strand bestand aus scharfgekerbtem Korallensand. In den Hotels gab es kein Heißwasser. Es gab wenig Touristen auf der Insel. Jedenfalls nicht die Mengen, die einem in Santa Marta über die Füße liefen. Aber es gab ein Spielkasino. Swan und Uta hatten den *Hanser Club* als Unterkunft gewählt. Ein Bungalowhotel. Ihr Häuschen war in der ersten Reihe. Blick auf den Strand.

Der erste Abend. Sie saßen beim Abendessen, als ein gutgekleideter Amerikaner an ihren Tisch trat. Ob Swan Fotograf sei. Und ob Uta nicht Fotomodell sei. Jedenfalls wollte er sie zu einem Drink einladen. Danke, sagte Swan. Danke, nein. Aber setzen Sie sich doch. Er lud den Amerikaner zu einer Tasse Kaffee ein. Auch den Begleiter des Amerikaners, einen sonnengebräunten jungen Mann, der zunächst am Tisch gegenüber sitzengeblieben war.

Der Amerikaner, der sie zu einem Drink hatte einladen wollen, war Angestellter der Avianca Airlines. Sein Name war Arnold Noel. Uta würde ihn hinfort ›Mr. Christmas‹ nennen. Sein Freund, so erklärte er, sei Unterwasserfotograf. Sie drehten gerade einen PR-Film für Avianca Airlines. Es ging ums Tauchen. Der Film würde drüben in den Staaten in den Tauchclubs vorgeführt werden. Damit, so sagte Noel, wollte man die Amerikaner zum Besuch Kolumbiens animieren. Das Land hatte schließlich wunderbare Inseln. Wie San André, wo der Film gedreht wurde. Aber natürlich würden sie auch in den anderen Badeorten filmen. Man hatte ihnen zugesichert, daß sie die Boote an den Stränden gratis benutzen durften. Ob Swan und Uta nicht mitmachen wollten. Als Modelle. Uta war so hübsch, daß selbst eingeschworene Nichtschwimmer in Richtung San André aufbrechen würden, wenn sie auf der Leinwand erschien. Zachary Swan vernahm das Angebot mit Genugtuung. Was bisher nur eine Ahnung gewesen war, wandelte sich zur Überzeugung. Gott hielt seine schützende Hand über die Kokainschmuggler. Danke, sagte Swan. Danke, ja. Wir nehmen gerne an.

Die Filmaufnahmen sollten schon am nächsten Tag beginnen. Sie bestiegen das Boot. Uta und Swan waren vorzügliche Schwimmer. Es machte Spaß, in dem glasklaren Wasser herumzuspritzen. Es war eigentlich keine Arbeit. Nur Vergnügen. Das reine Zuckerschlecken. Sie lernten an jenem Tage *El Commandante No Barco* kennen, den Oberkommandierenden des in San André stationierten kolumbianischen Marinekorps. Der Commandante war aufs Boot gekommen, weil er auf jedes Boot kam, das vor San André herumkurvte. Das war sein Privileg als Commandante. Er hatte einen Namen, den Swan und Uta alsbald wieder vergaßen. Sie tauften ihn *Commandante No Barco,* weil er kein eigenes Boot hatte. Die Marine hatte zwar ein Marinekorps, aber sie hatte kein Boot. Zumindest keines, das man benutzen konnte. Es sollte eines geben, wie Swan erfuhr. Aber das war in Reparatur. Seit langem schon. El Commandante teilte seine Zeit gerecht zwischen seinem Korps und der höchstpersönlich vollzogenen Inspektion des Strandes auf. Den halben Tag lang drillte er sein Korps, den Rest der Zeit verbrachte er auf den Booten der Touristen. Eben auch auf dem Boot der Filmleute, die den Streifen für die Avianca Airlines drehten. El Commandante hatte zweihundert Mann, die er kräftig marschieren ließ. Er liebte das Wasser ebenso wie Swan und Uta. Am Abend des ersten Drehtages lud er Swan zu einem Aguardiente ein. So hieß der kolumbianische Anisschnaps. Swan leerte das Glas. Dann warf er ein Dragee Gelusil nach. Gelusil war damals seine Lieblingsdroge.

El Commandante No Barco war an Bord, als sie am Morgen darauf Richtung Jonny Kay aufbrachen. So hieß ein Korallenriff mit vorgelagerter Palmeninsel. Ein Idyll, das nur 1,5 km vor der Küste lag. Sie filmten das Barbecue, und sie filmten Uta, wie sie zwischen den Korallen herumtauchte. Und Swan. Uta fand ein duftes Stück Treibholz. Echt schön. Am gleichen Tag traf René auf San André ein. Er hatte in Bogotá ein halbes Kilo Kokain einkaufen können. Er hatte die Droge in seinen Golfschlägern versteckt. Die Schäfte waren hohl. Es sah lustig aus, wie er mit einem Arm voll Golfschläger aus dem Flugzeug stieg. Es gab keinen Golfplatz auf San André. *Wie in Gottes Namen kommen Sie nach Marrakesch?... Meine Gesundheit, Sie verstehen. Ich will hier eine Badekur am Meer machen... Welches Meer? Wir sind hier im Gebirge, Mann... Hm. Da hat man mich wohl falsch informiert.* Swan wollte weiterfilmen. Jetzt, wo es so schön war. Er erklärte René, wie er das Kokain nach New York einzuschmuggeln gedachte. Ob René nicht wieder nach Bogotá fliegen würde. Wir brauchen Kokain. Mehr. Ein halbes Kilo genügt nicht. Du machst den Einkauf. Wir teilen die Menge, die du auftreibst. Befördert wird das Zeug durch Uta. Gabrielle wird's schon richten. Ja, sagte René. Das gefiele ihm recht gut. Es sei doch schade, wenn seine Schläger im Zoll hängenblieben. Er erklärte Swan, was er in Bogotá über den Preis in Erfahrung gebracht hatte. Kokain koste derzeit 7 Dollar pro Gramm. Was bedeutete, daß es zwischen 6 Dollar und 6,50 Dollar pro Gramm kostete. Swan gab ihm 5000 Dollar und ließ sich die kokaingefüllten Golfschläger aushändigen.

Ein paar Tage später rief René an. Aus Bogotá.

»Ich hab' das Mädchen gefunden,« sagte er.*

---

* Siehe Anhang VI

René hatte Kokain kaufen können. Er gab Swan die Flugnummer und die Ankunftszeit seines Flugzeugs in San André. Er sagte Swan auch, daß er sich etwas Sorgen machte.

»Das Mädchen ist ziemlich dick.«

»Das macht doch nichts«, sagte Swan. »Uta und ich kommen zum Flugplatz, wir holen euch ab.«

El Commandante ließ es sich nicht nehmen, sie in seinem Wagen zum Flugplatz zu bringen. Er fuhr bis auf die Piste und brachte den Wagen erst zehn Meter vor dem Flugzeug zum Stehen. Zwei bewaffnete Marinesoldaten saßen im Wagen. René brauchte nicht einmal ins Abfertigungsgebäude zu gehen. Er marschierte vom Flugzeug zum Auto und stieg ein. Durch ein maschendrahtbewehrtes Tor, das die Flughafenbediensteten beim Nahen des Wagens aufrissen, verließen sie den Flugplatz. René kam mit aufs Boot. Er war beim Filmen dabei. Die Aufnahmen sollten noch zwei Tage dauern.

Dann flog das Filmteam weiter, nach Cartagena. Mit Swan, Uta und René. El Commandante no Barco blieb zurück.

Der alte Plan war gewesen, von San André nach Santa Marta zu fliegen, sagte der Mann von Avianca Airlines. Cartagena ist viel schöner, sagte Swan. Santa Marta ist nicht mehr ›in‹. Und in der Tat ist Cartagena die schönste Stadt, die Kolumbien zu bieten hat. Vielleicht sogar die schönste Stadt Südamerikas. Von dicken alten Mauern umgeben. Die Stadtmauer ist an die acht Kilometer lang und zehn Meter dick. Stammt aus dem 17. Jahrhundert. Im Inneren der Stadt Kopfsteinpflaster und weißgekalkte Häuser mit blumenüberwucherten Balkons. Die Stadt hat zu Zeiten Simon Bolivars einer Belagerung der Spanier widerstanden, die immerhin 106 Tage dauerte. In Cartagena wurden die Schätze aufbewahrt, bevor sie auf die Schiffe der spanischen Krone geladen wurden. Das war vor Bolivar. Cartagena ist oft von Piraten angegriffen worden, was der Stadtmauer wenig ausmachte. Sir Francis Drake hat Cartagena geschleift. Eine hübsche Halbinsel, mit Hotels und herrlichen Stränden. Das Filmteam, bestehend aus den beiden Amerikanern, Swan, Uta und René, nahm in Cartagena Quartier.

Vor dem Hotel Caribe lag ein Jachthafen. Es gab eine kleine Flotte von Jachten, die den Filmleuten für ihre Aufnahmen zur Verfügung standen. Auf einer dieser Jachten lernten Swan und

Uta einen einundzwanzigjährigen Kolumbianer kennen. Sein Name war Ramón Greco. Ramón Greco hatte in den Vereinigten Staaten studiert. Wie sich herausstellte, entstammte er einer der reichsten Familien des Landes. Sein Vater »machte in Smaragden«, so Grecos Hinweis auf die Quelle des Reichtums. Zu allem Überfluß war Ramón Greco auch noch ein sehr gutaussehender Mann.

Uta schnupfte mehr Kokain, als sie vertragen konnte. Sie rauchte Marihuana. Sie trank Johnny Walker Black. Und Scotch. Es muß wohl alles etwas viel gewesen sein. Jedenfalls machte sie einen ziemlich verstörten Eindruck. Sie schnupfte Kokain noch vor dem Aufstehen. Swan und René sprachen darüber. Es sah nicht gut aus. »Das wird sie nicht durchhalten.« In der Tat. Uta schwebte zwischen Traum und Wirklichkeit. Nicht die Frau, der man ein Vermögen anvertrauen konnte. René war der erste, der das Handtuch warf. Er traute ihr nicht mehr über den Weg. Eines Tages verschwand er, mitsamt seinen Golfschlägern. Er hinterließ einen Zettel für Swan. Er würde anrufen, sobald er in Montreal ankam. Am gleichen Abend verschwand Uta. Und zwar mit Ramón Greco. Zum Frühstück war sie wieder da. Swans Ego war angekratzt. Das war's wohl, dachte er. Er würde allein heimfliegen müssen.

Uta verabschiedete sich, sie zog zu Ramón Greco, auf die Ranch der Familie. Ein Jahr später war sie wieder in Cartagena am Strand. Swan nahm die 600 g Kokain, die er von René bekommen hatte, kaufte etwas Bindfaden, ein Stecheisen, Leim und Sandpapier. Er höhlte das Stück Treibholz aus, das Uta ihm hinterlassen hatte. Er hatte nichts anderes, wo er das Kokain hätte verstecken können. Er verschloß den Hohlraum mit dem Holzspan, den er aufbewahrt hatte. Die Fugen bestrich er mit Leim. Er benutzte das Sandpapier, um Holzstaub und Sägemehl zu bekommen. Er streute den Holzstaub und das Sägemehl auf die Fugen. Dann schlang er den Bindfaden um das Holz und wartete, bis der Leim, mit dem er den Span wieder eingefügt hatte, getrocknet war. Es war ein schönes Stück Treibholz. Zu Hause würde er es zerspalten.

Mit einem Flugzeug der El-Condor-Linie flog er nach Barranquilla, wo er auf eine Maschine der Avianca Airlines umstieg. Wenige Stunden später landete er in New York. Er trug ein weißes Jackett *Pierre Cardin,* dunkelblaue Hosen und Krawatte. Sonnenbrille. Der Urlauber. Und dann tat er etwas, was er nie wieder tun würde. Er brachte sein Kokain durch den Zoll. Er trug das Stück Treibholz auf der Schulter, ebenso die Tauchausrüstung. Er sah aus, wie ein reicher Sporttaucher aussehen sollte. Ausgeruht. Graue Schläfen. Er hatte im Flugzeug drei Bloody Marys getrunken. Er hatte eine Dosis Kokain geschnupft. Sein Adrenalinspiegel war hoch. Sein Puls raste. Er lernte, was es heißt, den Stoff an den Zollbeamten vorbeizutragen. In Zukunft konnte er genau bemessen, wieviel Rauschgift ein Schmuggler einnehmen mußte, damit er der nervlichen Belastung standhielt. Er wußte, was er den Boten, die den Stoff für ihn schmuggelten, sagen mußte, um ihre Ängste zu beschwichtigen. Es war eine harte Schule. Er bestand die Prüfung.

Swan mischte die 600 g Kokain mit 200 g Borax, René hatte ihm dazu geraten. Dann ging er zu Anthony. Er bot ihm 500 g für 10500 Dollar an. Anthony nahm das Muster, das er ihm gab, und steckte es in die Tasche. Er würde später am Tag probeschnupfen, versprach er. Sie aßen zusammen einige Hamburger, dann leerten sie ein paar Gläser Wodka. Sie unterhielten sich gut. Es war gut, sich auszusprechen. Nach einer Stunde gingen sie auseinander. Es war Abend geworden, als Anthony ihn im St.-Regis-Hotel anrief.

»Nicht ganz das, was ich mir erhofft hatte«, sagte er.

Sie verabredeten sich im Hotel, auf Swans Zimmer. Sie wurden sich bei 9000 Dollar einig. Swan hatte seine Waage zusammengebaut, er wog Anthony die 500 Gramm ab. Jeder von ihnen nahm eine Prise.

»Wir könnten beide mehr Geld verdienen, wenn du das Zeug nicht mischst«, sagte Anthony.

»Ich hab' nur ein bißchen Borax dazugegeben.«

»Reines Kokain läßt sich besser verkaufen.«

Swan dachte nach. Schließlich nickte er.

»Okay. Das nächste Mal kriegst du reines Kokain. Ich hole dich dazu, bevor ich das Paket aufmache.«

Anthony gab ihm achtzig Hunderter, den Rest bezahlte er in Fünfzigdollarscheinen. Sie sprachen über ihr erstes Zusammentreffen. Der Kredit, über den sie damals verhandelt hatten, hätte aus Zehndollarscheinen bestanden. Beide mußten lachen. Sie verabschiedeten sich.

Das Kokain, das von der Operation übriggeblieben war, verkaufte Swan an Ellery, Mickey und Roger innerhalb von drei Tagen. Die drei Dealer bezahlten ihm 7000 Dollar. Damit lag der insgesamt erzielte Verkaufspreis bei 16000 Dollar. Mit 10000 Dollar flog Swan wenig später nach Kolumbien zurück, um die nächste Sendung zu holen.

Die Gesetze, mit denen sich Kokainschmuggler wie Swan in den späten sechziger und in den frühen siebziger Jahren herumzuschlagen hatten, waren ein Netzwerk, das von verschiedenen Bundesbehörden gewoben worden war. Wenn Swan Kokain ins Land brachte, dann verstieß er zunächst mal gegen den *United States Code Annotated* 21 USC (A). Dieses Gesetz stellt den Besitz, Verkauf, die Beförderung und die Einfuhr von Rauschmitteln unter Strafe, im amerikanischen Bürokratenjargon werden diese Rauschmittel mit dem Begriff ›Controlled Substances‹ umschrieben. Welche Substanzen gemeint sind, ist im *Comprehensive Drug Abuse Prevention and Control Act,* einem Gesetz, das 1970 erlassen wurde, näher erläutert. Für die Strafverfolgung und die Aufklärung der Tatbestände waren damals das *Federal Bureau of Narcotics and Dangerous Drugs* (BNDD), eine Unterabteilung des Justizministeriums, und das *Bureau of Customs,* eine Unterabteilung des Schatzministeriums, verantwortlich. Die Beamten des BNDD kümmerten sich hauptsächlich darum, was innerhalb des Landes geschah. Das *Bureau of Customs,* der Zoll, überwachte die Grenzen. Die Kompetenzen überlappten sich, die Beamten gerieten aneinander. Die üblichen Eifersüchteleien. Das *Treasury Department* zog den kürzeren. Es war dann Richard Nixon, der mit dem *Presidential Reorganization Plan Number One* die Kompetenz für die Bekämpfung des Drogenhandels dem Justizministerium übertrug. Eine neue Behörde wurde gegründet. Sie erhielt den Namen *Drug Enforcement Administration* (DEA).

Inzwischen zeigt auch die DEA schon gewisse Alterserscheinungen. Man muß sich daran erinnern, daß die Gründung von immer neuen Drogenbekämpfungsbehörden unter immer neuen Namen in den Vereinigten Staaten eine lange Tradition hat.

1914 war die Kompetenz dem *United States Customs Bureau* zugewiesen worden, einer Zollbehörde. Zwischen 1932 und 1967 hatte sich das *Federal Bureau of Narcotics* (FBN), mit wechselndem Erfolg, um die Drogenschmuggler gekümmert. Administrativ gesehen hatte alles eine gewisse Logik. Obendrüber hockte das Schatzministerium, ihm waren die Zollbehörden unterstellt. Trotzdem. 1967 wurde alles anders. Das FBN wurde dem Justizministerium unterstellt. Zugleich wurde es in BNDD umgetauft. Die Zeiten für die Schmuggler wurden härter. Der Justizminister und der *Secretary of the Treasury,* der amerikanische Finanzminister, überboten sich in dem Bestreben, den Drogenhändlern das Handwerk zu legen. Und dann gab es noch die örtliche Polizei, die Bullen in den Städten. Wenn es irgendwo nach Gras roch, kam eine Hundertschaft Beamte angelaufen und trat sich auf die Füße.

Richard Nixon hatte sich politisch einiges davon versprochen, wenn er den Drogenschmugglern auf die Finger klopfte, und er verfolgte diesen Weg mit aller Zielstrebigkeit. 1970 gründete er eine neue Behörde, die er *Special Action Office for Drug Abuse Prevention* nannte. Damit nicht genug. Er holte seinen Busenfreund Myles Ambrose, einen Republikaner, der von 1962 bis 1972 die Zollbehörden geleitet hatte, und machte ihn zum Leiter einer neugeschaffenen Behörde, die den Namen *Office of Drug Abuse Law Enforcement* (ODALE) erhielt. Unter Ambroses Kontrolle arbeiteten jetzt eine Reihe ausgesuchter BNDD-Männer, Zollbeamte und Beamte der örtlichen Drogenfahndung. Die administrative Bouillabaisse, die damit entstanden war, wurde zur Nährlösung für die *Drug Enforcement Administration* (DEA), die seitdem hauptamtlich ihre Blicke über das Heer der Drogenschmuggler schweifen läßt.

Die DEA, gegründet im Jahre 1973, beschäftigte zunächst etwa 1200 frühere BNDD-Beamte sowie 500 frühere Zollbeamte. Schon ein Jahr später war der Stab auf insgesamt 2200 Mann angewachsen. In den Organisations-Charts des Justizministeriums ist die DEA ein administratives Gegenstück zum FBI, dem *Federal Bureau of Investigation.* Der Leiter der DEA ist dem Justizminister berichtspflichtig. Myles Ambrose verschwand in der Versenkung, als er in einer Spendenaffäre die Finger in die Tür bekam. Anscheinend auf Nixons Veranlassung hin hatte er mit einem Herrn in Texas verhandelt. Ob da nicht eine Spende für die Republikaner möglich wäre. Wie es der Zufall wollte, stammte das Einkommen, aus dem die Spende finanziert werden sollte, aus dunklen Quellen. So dunkel waren diese Quellen, daß sich einige Beamte der Zollbehörden für den Mann aus Texas zu interessieren begonnen hatten. Myles Ambrose, der eigentlich der Leiter der DEA werden sollte, mußte abtreten. Nixons oberster Drogenpolizist, in der Szene ›top narc‹ genannt, war zu einer politischen Unperson geworden.

Mit der Gründung der DEA wurden die Aufgaben des Zolls neu definiert. Die Beamten hatten sich jetzt auf die Kontrolle der Grenzen zu beschränken. Sie dürfen die Schmuggler nur noch festnehmen. Sie dürfen sie nicht mehr anklagen, und sie dürfen auch keine weiteren Ermittlungen führen. All das nimmt ihnen die DEA ab. Die DEA unterhält zwischen 200 und 250 Agenten im Ausland. Diese Agenten unterstehen dem jeweiligen amerikanischen Botschafter in dem Land, wo sie tätig sind. Berichtspflichtig sind sie jedoch dem Leiter der DEA in Washington. Die DEA-Agenten verfügen zu diesem Zweck über besondere Nachrichtenkanäle. Der Definition nach haben die DEA-Agenten in Übersee beratende Funktion. Sie sollen außerdem Informationen sammeln. Einschreiten sollen sie nicht, obwohl einige Gastländer das sehr begrüßen würden. In Südamerika gibt es 12 Niederlassungen der DEA.

Es ist logisch, daß die DEA-Büros mit den anderen amerikanischen Behörden zusammenarbeiten, die an der Beobachtung und Eindämmung des Drogenhandels ein Interesse haben müssen. Überwacht und koordiniert wird das Heer der Schmugglerschrecks von einer Behörde, die dem Außenminister der Vereinigten Staaten unterstellt ist. Die Behörde heißt *The President's Cabinet Committee for International Narcotics Control* (CCINC). Ein Mitspracherecht bei der Leitung der Behörden haben der Landwirtschaftsminister und der Verteidigungsminister. Die Behörde kann Beamte des Außenministeriums benennen, die dann in den Zielländern als *Narcotics Control Officers* agieren. Damit es für die Beamten nicht ganz so einfach ist, mischen CIA, AID und DEA mit. Es war vorauszusehen, daß Henry Kissinger als Vorsitzender des CCINC nur einen recht begrenzten Tatendrang entfalten würde. Die Beamten der *Central Intelligence Agency* wiederum lassen gelegentlich durchblicken, sie hätten Dringenderes zu tun, als mit den Typen vom DEA Kaffee oder was auch immer trinken zu gehen. Gesagt werden muß hier, daß die CCINC-Beamten das nötige Kleingeld haben, um eine zweite Tasse Kaffee zu bestellen. So wurden im Fiskaljahr 1974 beispielsweise 43 Mio. Dollar für das CCINC ausgewiesen. Das Geld ging, wie es in dem entsprechenden Bericht der Regierung heißt, hauptsächlich für die Ausrüstung und Schulung des ausländischen Personals drauf. So werden in Südamerika Schulungsseminare für die örtliche Drogenpolizei der Gaststaaten abgehalten. Mit dem Geld werden auch Funkgeräte, Waffen, Fahrzeuge und Flugzeuge gekauft. Die Mexikaner haben vom CCINC eine Reihe Helikopter erhalten. Betrachten wir das Gesetz mit dem Namen USC (A) einmal näher. In Absatz 21, Ziffer 800 geht es um die Definierung der Tatbestände beim Besitz, Verkauf oder Transport von Rauschmitteln. Ziffer 900 behandelt die illegale Einfuhr von Rauschmitteln. Nicht nur die Tat ist verboten, auch die Planung. Mit dem Tatbestand der Planung befassen sich auch Gesetz 21 USC 846 und 963 sowie ein flankierendes Bundesgesetz, das 18 USC 371. In 50 Bundesstaaten haben wir ergänzende oder überlappende Antidrogengesetze. Die Exekutive bei der Durchsetzung der bundesstaatlichen Antidrogengesetze sind die örtlichen Polizeibehörden der Bundesstaaten. So wurde Zachary Swan in Amagansett aufgrund eines Begehrens des örtlichen Staatsanwalts unter Anklage gestellt. Was den eigentlichen Schmuggel angeht, so sehen die Bundesstaaten dafür keine Sanktionen vor. Der Schmuggel von Drogen ist eine Straftat, deren Verfolgung den Bundesbehörden obliegt. Wer wegen Schmuggel angeklagt wird, kommt vor einen *Federal Court,* vor ein Bundesgericht. Andere Drogendelikte werden entweder vor dem Bundesgericht, vor einem Gericht des Bundesstaates oder vor beiden Gerichten verhandelt. Es kommt im Einzelfall darauf an, welche Behörde den Täter festgenommen hat und wie schwer der strafbare Tatbestand ist. Die Höhe der Strafen sind in den einzelnen Bundesstaaten unterschiedlich. Oft sind sie höher als jene Strafen, welche die Bundesgesetze für das gleiche Delikt vorsehen. Im Staat New York gilt zum Beispiel das sogenannte Rockefeller-Gesetz, das im September 1973 erlassen wurde. Es stellt sowohl den Handel mit Heroin, Morphium und Kokain als auch den Versuch, eines dieser drei Rauschgifte in Handel zu bringen, unter Strafe. Das Strafmaß: Lebenslänglich. Es gibt keine mögliche Abstufung nach unten. Lebenslänglich, egal ob der Täter mit 20 g oder mit 20 kg ertappt wurde. Im Unterschied dazu ist die gleiche Tat im Bundesrecht nur mit 15 Jahren bewehrt, wenn es sich um einen Ersttäter handelt.

Zachary Swan war kein Schmuggler aus Neigung. Er schmuggelte Kokain, weil er damit Geld verdienen konnte. Was seine Kontakte zu Helfershelfern anbetraf, so mußte ihm daran gelegen sein, sich eine reine Weste zu bewahren. Der Druck, den die nach Amerika entsandten Agenten der amerikanischen Drogenbehörden ausübten, war ihm nicht verborgen geblieben. Und dieser Druck nahm zu, je mehr junge Amerikaner in Südamerika getötet, ausgeraubt oder beim Drogenhandel ertappt wurden. Es war sehr einfach, die Amateure von den Profis auszusondern. Die Amateure provozierten durch ihr Verhalten geradezu, daß sie überfallen, ausgeraubt, getötet wurden. Swan und seine Freunde nahmen sich der einen oder anderen Gestalt an, die ihnen da am Strand entgegenwankte. Soweit es möglich war, sorgten sie dafür, daß die jungen Leute heil in die Vereinigten Staaten zurückkamen. Mit ihrem Kokain. Ein paar dieser verlorenen Söhne setzten sie ins Flugzeug nach New York oder Miami. Sie benachrichtigten die Eltern der Gestrandeten. Sie wußten, daß diese Menschen, wenn man ihnen nicht half, hinter Gittern oder auf einem kolumbianischen Friedhof enden würden.

Die Agenten der amerikanischen Drogenbehörden lassen sich zu Gesprächen mit Gefährdeten nicht herab. Sie sprechen erst mit ihnen, wenn diese bereits im Knast sitzen. Es wäre ja denkbar, daß so ein Beamter, der einen potentiellen Drogenschmuggler in Kolumbien trifft, seine Dienstmarke zückt und sagt: Mein lieber Junge, was du vorhast, wird nicht funktionieren, laß es lieber sein, sonst verbrennst du dir die Finger. Aber nein. Diese Agenten, die vom amerikanischen Steuerzahler bezahlt werden, sehen zu, wie sich die jungen Leute mit dem örtlichen Abschaum zusammentun. Sollen sie doch koksen, wenn sie wollen. Festnehmen kann man sie immer noch – sobald sie wieder in die Staaten einfliegen. *Warum dem*

Schmuggel vorbeugen, wenn man ihn bestrafen kann? Wozu sind schließlich die Gefängnisse da? Was hinter dieser Philosophie steckt, wird klar, wenn man das Beförderungssystem der Rauschgiftfahnder kennt. Es funktioniert nach dem ›Body count‹-Prinzip. Je mehr Verhaftungen, um so höher steigt der Beamte, der die Verhaftungen vornimmt. Nach diesem System sind drei Schüler, die man mit einem Joint ertappt, drei Mal so viel wert wie ein Diplomat, der mit 6 kg Heroin im Aktenköfferchen angetroffen wird. Nachdem der Rauschgifthandel schwunghaft zugenommen hatte, schickten die kolumbianischen Behörden eine ganze Menge Leichen Richtung USA. Hier habt ihr eure Hippies wieder. Die jungen Menschen, die aus der verbrecherischen Szene in Kolumbien ungeschoren davongekommen waren, warfen sie ins Gefängnis.*

Die Gefängnisse in Kolumbien sind exakt so schlimm, wie man sie sich gemeinhin vorstellt. Wer Ratten und Seuchen überlebt, hat es immer noch mit den Gefängnisbeamten zu tun. Oder mit den Zellengenossen. Fernando, Blackies Freund, wäre von Mitgefangenen beinahe umgebracht worden. Der junge Mann, Abkömmling einer wohlhabenden kolumbianischen Familie, war bei einer der Freitagsrazzien am Strand festgenommen worden. Er wurde ins Gefängnis geworfen. Während er schlief, merkte er, wie ein Mitgefangener in seinen Hosentaschen nach Geld suchte. Als er sich wehrte, fügte ihm der Zellengenosse mit dem Rasiermesser eine tiefe Schnittwunde im Oberschenkel zu. Swan setzte den Jungen in den Zug nach Bogotá. Blackie war wieder aufgetaucht. Sein Medaillon war verschwunden. Auch das Mädchen, das er René abgenommen hatte. Debbie war nach Kanada zurückgeflogen. Sie hatte ihm das Medaillon gestohlen. Blackie hatte einige Zeit im Gefängnis zugebracht. Er war kahlgeschoren worden.

»Er sah aus wie eine Französin, der die Typen von der Résistance die Haare abgesäbelt haben«, sagte Swan.

Als sie mit dem *Filmteam* nach Cartagena kamen, hatten Swan und René *El Medico* aufgesucht. So wurde der örtliche Arzt genannt, von dem Blackie behauptete, er könnte Kokain besorgen. In der Tat war *El Medico* ein Drogendealer. Er bot ihnen

---

* Siehe Anhang VII

seine Ware an. Das Kokain war in einer Pappschachtel. Swan nahm eine Probe. Er stellte fest, daß der Stoff, den El Medico anbot, stark mit Prokain vermischt war. Swan und René zahlten für ihren Besuch mit einem Betrag, der einer Behandlungsgebühr entsprach. Dann verließen sie die Praxis.

Immerhin hatte Swan von *El Medico* einen interessanten Hinweis bekommen. Blackie betätigte sich als Spitzel für die Polizei. Er verriet die Schmuggler, die sich an ihn wandten, gegen ›plata‹, gegen Geld. Swan beschloß, die Verbindung zu Blackie endgültig abzubrechen. Bei seiner dritten Reise nach Südamerika sollte er so viele neue Kontakte knüpfen, daß Blackie, Fernando, El Medico und all die anderen Gesichter von Barranquilla wie Schemen der Fantasie hinter ihm zurückblieben.

9 Was der Schreiner sagte

Mit wohlgefüllter Brieftasche kehrte Zachary Swan nach Kolumbien zurück, um seinen dritten Fischzug zu starten. Er hatte zwei wichtige Entschlüsse gefaßt. Zum einen war ihm klargeworden, daß Holz ein sehr gutes Material war, um Kokain darin zu verstecken und nach Amerika einzuschmuggeln. Seine Zukunft hieß Holz. Holz war billig. Es war leicht zu kriegen, leicht zu bearbeiten. Der letzte Transport, das Kokain in dem Stück Treibholz, das hatte tadellos funktioniert. Er würde das System weiter ausbauen. Der zweite Entschluß war ein Vorsatz , der sich auf seine eigene Person bezog. Nie wieder durfte er selbst Kokain durch den Zoll schmuggeln. Tat er das, so war abzusehen, wann er scheitern würde.

Er trug 10000 Dollar bei sich, als er zum dritten Mal in Kolumbien auftauchte. Er hatte einen Flug nach Bogotá genommen. Vier Wochen hatte er an seinem neuen Plan herumgefeilt. Ein sehr vernünftiger Plan, fand Swan. Es gab zwei Adressen in New York, an die er Kokain im Paket schicken konnte. Zwei Empfänger, die dichthalten würden. Er wollte Renés *connection* aufsuchen. Das Kokain sollte in Souvenirs aus Holz versteckt werden, wie er sie bei seiner letzten Reise am Flughafen gesehen hatte. Wenn es überhaupt ein Problem gab, dann erst in New York.

Es war ein Mann mit dem Kodenamen Lothario, der Swan die zweite Adresse besorgt hatte. Ein Mann von eher konventionellen Ansichten. Intelligent und gerissen. Hatte einen ziemlichen Drive drauf, fand Swan. Als Unzendealer wäre er allerdings nicht der richtige gewesen. Kein Mann für die Straße. Lothario war als Kind sehr verwöhnt worden, das merkte man ihm an. Bedürfnisse aufschieben aufs nächste Jahr, das konnte er nicht. Er lebte in den Tag hinein, verdiente viel und gab viel aus. Er nahm das Leben, wie es kam. Vor allem kein Risiko. Außer beim Geld. Lothario war ein Spieler, ein guter Spieler sogar. Aber auch gute Spieler verlieren. Wenn Lothario verlor, dann vierstellig. Wenn er knapp bei Kasse war, half Lothario in Adrians illegalem Spielkasino aus. Adrian zahlte ihm 100 Dollar pro Nacht. Einfach nur, damit er im Kasino rumhing und so tat, als ob er ein ganz normaler Kunde sei. Adrian bezahlte ihn, damit er auf bestimmte Spieler Wetten abschloß. Was Lothario in solchen Nächten beim Spiel verdiente, mußte er, wenn die Sonne aufging, an Adrian abliefern. Swan und Lothario hatten oft am Spieltisch zusammengesessen. Kennengelernt hatten sie sich beim Würfelspiel.

Schwer zu sagen, ob Lothario je in seinem Leben gearbeitet hatte. Seine Familie besaß eine guteingeführte und gutverdienende jüdische Bäckerei in Manhattan. Lothario, der sich immer als Playboy empfunden hatte, schämte sich das zu sagen. Das Geld, das die Bäckerei abwarf, nahm er allerdings ganz gern. Swan und Lothario kannten sich ein paar Jahre, als Lotharios Vater starb. Der Sohn mußte das Geschäft übernehmen. Aber immer noch war Lothario nicht bereit, sich zu seiner Bäckerei zu bekennen. Wenn ihn jemand fragte, was er beruflich so machte, sagte er nur: »Ich habe ein Geschäft in New York.«

Lothario war liebenswürdig. Seine Freunde mochten ihn, auch die Frauen. Er hatte eine Schwäche: Namen. Große Namen mußten es sein. Seht her, wen ich alles kenne. Die Spieler, die in Adrians Spielhölle verkehrten, erfuhren über Lothario sehr wenig. Über die Prominenten, die Lothario angeblich oder wirklich kannte, erfuhren sie alles. Lothario kannte eine Reihe Leute in Hollywood. Zweite Wahl, pflegte Swan zu sagen, wenn die Rede auf diese Bekanntschaften kam. Ich bin mit Joey Heatherton ausgegangen, pflegte Lothario zu sagen. Lothario log nicht. Aber er unterstrich die Wahrheit in einer Weise, daß einem Zweifel kamen. Zu einer Party, wo Lothario sich mit Swan traf, brachte er eine Schauspielerin mit, die eine Rolle in ›The Lawyers‹ spielte. »Na und?« war Swans Kommentar.

Jene, die Lothario näher kannten, sprachen lang und breit darüber, daß er braune Zigaretten rauchte. *Nat Sherman's Cigarettellos* hieß die Marke. Diese Zigaretten wurden in New York hergestellt. Auf der East Side rauchte man so etwas. Jawohl. Es war Alice, eine klarsichtige Frau, die eines Tages die Quintessenz der Verspieltheiten dieses Mannes erfaßte:

»Er fährt einen MG mit Rechtssteuerung.«

Das Leben eines Vikars führte Lothario nicht, darüber waren sich seine Freunde einig. Die Mädchen, die er um sich scharte, bestätigten es. Er war ein As im Bett. Er war Mitte Dreißig, großgewachsen, mit gutgeschnittenem Gesicht, von angenehm altmodisch anmutender Eleganz. Wenn er abends ausging, dann mit drei hochbezahlten Modemädchen auf einmal. Das war die Art, wie er sich das große Leben vorstellte. Ein Mann und drei Frauen. Das war Klasse. Lotharios New Yorker Freunde waren beeindruckt.

Swan hatte erfahren, daß Lothario beim Pokern verloren hatte. Er hatte Schulden und brauchte Geld. Swan schlug ihm ein Geschäft vor.

»Und was ist drin für mich?« fragte Lothario.

»Fünfhundert Dollar pro Sendung.«

»Na gut. Aber ich möchte die Pakete nicht in die Hand nehmen. Ich möchte damit nichts zu tun haben.«

»Brauchst du auch nicht. Du hast doch die Schlüssel zu den Appartements der Mädchen, oder?«

»Das schon.«

»Dann brauchst du mir nur die Tür zu öffnen. Alles andere mache ich.«

»Du kommst am besten, wenn sie am Arbeiten sind.«

»Hab' doch nicht solche Angst.«

»Ich will keinen Trouble. Kann ich nicht gebrauchen.«

»Bist du je in Kolumbien gewesen?«

»Nein.«

»Dann bist du doch fein aus dem Schneider. Niemand kann dir nachweisen, daß du mit dem Paket was zu tun hast. Deine Fingerabdrücke sind nicht drauf. Es gibt keinen Absender. Du weißt von überhaupt nichts. Du bleibst vollkommen sauber bei der Sache.«

»Und das Mädchen?«

»Was soll schon sein. Das Mädchen steht alle paar Tage auf dem Titel irgendeines Magazins. Die bekommt doch Briefe und Postsendungen aus aller Welt. Das interessiert sie doch gar nicht, wenn ein Paket aus Kolumbien ankommt.«

»Was ist, wenn sie das Paket gar nicht annimmt? Oder wenn sie es wegwirft?«

»Du mußt eben darauf achten, daß sie den Mülleimer nicht leert. Es ist doch ganz einfach. Du sagst ihr, sie soll die Sendung annehmen, das ist alles.«

»Und den Rest machst du.«

»Tagsüber, während sie weg ist. Du bleibst in ihrer Nähe, wenn das Paket zu erwarten ist. Und ruf mich an, wenn es wirklich da ist, vergiß das nicht.«

»Wieviel kriege ich?«

»Fünfhundert.«

Bogotá, politisch, wirtschaftlich und kulturell die Hauptstadt Kolumbiens, liegt auf dem 74. Breitengrad nördlich des Äquators, 4802 km südlich von New York. Es liegt genau westlich Liberia, nur ist der Atlantische Ozean dazwischen. Die Stadt entstand in einer Höhe von 2640 m, sie wurde auf einer Hochebene in den kolumbianischen Anden errichtet. Das Land, auf dem die Stadt gebaut wurde, wurde am 6. August 1538 seinen ursprünglichen Eignern, den Chibcha-Indianern, auf legale Weise weggenommen. In den 400 Jahren, die seit der Gründung der Stadt verstrichen sind, ist die Bevölkerung auf 3 Millionen angewachsen. Die meisten davon sind spanischen Ursprungs. Die Lebensqualität in der Stadt hat über die Jahrhunderte hinweg kontinuierlich abgenommen, sie sinkt immer noch.

Bogotá ist vor allem eines: schmutzig. Auf den Straßen wimmelt es von verwahrlosten Jugendlichen und streunenden Hunden. Die Luft in dem 3056 Quadratkilometer umfassenden Stadtgebiet ist von Industrie- und Autoabgasen verpestet. Wenig Sauerstoff: Bogotá liegt ziemlich hoch. Es ist dort kühler als an den Stränden im Norden des Landes. Die durchschnittliche Tagestemperatur liegt bei 30° Celsius, es gibt nicht das, was man Jahreszeiten nennt. Der kolumbianische Geschäftsmann trägt einen Poncho über seinem Anzug, wenn er in der Stadt herumläuft, um irgendeinen Auftrag für seine bankrotte Firma zu ergattern. Abends bleibt man zu Hause. Jeder in Kolumbien warnt den Fremden, abends einen Fuß vor die Tür zu setzen. Die Straßen sind *muy peligroso,* sobald es dunkel wird. Sehr gefährlich. Seit vielen Jahrzehnten schon geht es wild zu in Kolumbien, insbesondere in der Hauptstadt. Ein Menschenleben kostet nicht viel. Es ist schlimm. So schlimm, daß es selbst einen amerikanischen Gangsterboß schockieren würde.

Bogotás Straßennetz besteht aus *Carreras* und *Calles.* Mit Carreras bezeichnet man die Straßen, die parallel zu den Bergen verlaufen, Calles sind die Straßen, die abschüssig, quer zu den Carreras, verlaufen. Nimmt man einen Stadtplan zur Hand, so fällt einem zunächst auf, daß Norden links ist, nicht oben. Wie auch immer, der Flugplatz Bogotás, Eldorado International Airport genannt, liegt am westlichen Stadtrand, auf der Karte unten, man erreicht ihn von der Innenstadt aus in zwanzig Minuten Taxifahrt. Die meisten Geschäfte sowie die großen Hotels liegen *downtown. En el centro,* wie die Kolumbianer sagen würden. Hier spielt sich erwartungsgemäß auch das Nachtleben ab, oder das, was die Touristen unter Nachtleben verstehen. Tritt man vor das Hotel, so wird man von einem Schwarm wenig vertrauenswürdiger Gestalten bedrängt. Man bekommt Smaragde angeboten, Mädchen, günstige Wechselkurse für den Dollar und natürlich Kokain. Die gleichen Gestalten bilden eine Art Empfangskomitee, wenn der Tourist, vom Flugplatz kommend, aus dem Taxi steigt und dem Eingang des Hotels zustrebt. Man weiß dann gleich, wie Handel und Wandel in dieser Stadt funktionieren. Zachary Swan, dem eben dieses Erlebnis zuteil wurde, sah seinen Weizen blühen. Er würde fündig werden. Ein Kribbeln machte sich in seiner Magengrube bemerkbar. Erregung, gemischt mit Angst. So hatte er sich gefühlt, als er zum ersten Mal ein Bordell betrat.

Swan nahm ein Zimmer im Hotel Tequendama. Das Hotel gehört der kolumbianischen Regierung und zeichnet sich durch ein Übermaß an Personal aus. Das Tequendama war das Hotel, wo man wohnte, wenn man Bogotá besuchte. Sechs Monate nach Swans drittem Kolumbien-Trip wurde dann das Bogotá Hilton eröffnet, es würde allen anderen Hotels den Rang ablaufen. Das Tequendama hatte 800 Zimmer. In der Lobby wimmelte es von Dealern und Spitzeln der Drogenpolizei. Zu den Vorteilen, die das Hotel bot, gehörte der Coffee Shop, der rund um die Uhr geöffnet war. Dort konnte man zwar keine Transaktionen tätigen, aber man bekam die Informationen, die man brauchte. Der eigentliche *Deal* fand dann in sicherer Entfernung vom Hotel, außer Sichtweite der Polizeispitzel, statt. Zwei Tage nach seiner Ankunft in Bogotá traf sich Swan mit René Day im Coffee Shop des Hotels.

»Wie sieht's aus?« erkundigte er sich.

»Zunächst mal ist Vorsicht geboten«, murmelte René. Er hielt den Blick gesenkt. »Der Bärtige da drüben ist ein *narcotic agent* aus den Staaten. Und dann gibt es im Hotel noch einen zweiten Agenten, der gerade aus New York eingeflogen ist. Der Mann trägt einen Ohrring, daran kannst du ihn erkennen. Auch an seinen Jeans und an seiner Art zu reden. Benimmt sich wie ein Süchtiger. Sehr durchsichtig das Ganze.«

»Eigentlich logisch«, meinte Swan. »Nur Schmuggler tragen Anzüge. Wie steht's mit deiner connection?«

»Schlecht. Der Traum ist aus. Der Mann ist letzte Woche aufgeflogen. Ich hab' keine Ware. Nichts. Ich dachte, ich könnte von dir was abbekommen.«

»Alles, was ich habe, ist ein Name«, sagte Swan. »Vincent van Klee.«

René lehnte sich in seinem Stuhl zurück. »Ruf ihn an«, sagte er.

»Warum nicht.« Swan stand auf, um zur Telefonkabine zu gehen. Fünf Minuten später kam er an den Tisch zurück.

»Ich hab' mich für morgen mit ihm zum Mittagessen verabredet. Hotel Continental. Van Klee hat dort eine Suite gemietet.«

»Weiß er, wer du bist?«

»Nur über Michel Bernier. Michel hat mich bei ihm angemeldet. Er weiß, wie ich heiße und daß ich ihn sprechen will. War recht höflich am Telefon.«

»Was weißt du über den Mann?«

»Daß er mit einer Cocastaude im Mund geboren worden ist. Er nimmt Kokain, und er handelt damit. Genügt das?«

»Warum kaufst du nicht gleich Ware für ein paar Trips? Ich habe genügend Geld dabei.«

»Gut«, sagte Swan. »Das macht die Dinge einfacher.«

Am Morgen darauf ließ sich Swan im Taxi zum Hotel Continental bringen, das an der Avenida Jimenez, fünfzehn Straßenzüge vom Tequendama Hotel entfernt lag. In der Nähe des Gold-Museums. Er ging zur Rezeption, nannte seinen Namen und sagte, daß er Mr. van Klee sprechen wollte.

»Mr. van Klee erwartet Sie oben.« Man nannte ihm die Nummer der Suite, ein Boy geleitete ihn zum Fahrstuhl. Vincent van Klee empfing ihn an der Tür seiner Suite.

Ein gutaussehender Mann. Reich, mit guten Manieren. Nicht besonders groß. Auch nicht mehr ganz jung. Aber von jugendlicher Ausstrahlung. Wie viele Kolumbianer der gutverdienenden Schicht gab er sich sehr europäisch. Sein Haar war weiß, die Augen braun. Gepflegt. Das war wohl das Wort. Swan betrachtete ihn mit unverhohlener Neugier. Vincent van Klee war ein Mann, der etwas darstellte. Agil, muskulös, unternehmungslustig. Grazie in den Bewegungen. Er sprach leise. Ein höflicher Gastgeber. Ein gewinnendes Lächeln. Sein Englisch war locker und fließend. Die Stimme eines Mannes, der gern zuhörte, der den andern sprechen ließ. Smaragdfarbene Schmuggleraugen. Swan wußte, daß er van Klee vertrauen konnte.

Vincent van Klee war zweiundsiebzig. In seinen Jugendjahren war er Schwarzhändler gewesen. Smaragde waren damals *der* Artikel gewesen. Inzwischen hatte er sich diskreteren Geschäften zugewandt. Er entstammte einer alten, wohlhabenden Familie. Er schnupfte Kokain in bescheidenen Mengen. Zu den Vergnügen, die er sich leistete, gehörte der Genuß erlesener Weine und Spirituosen. Er verkehrte mit ausgewählten Freunden, ausschließlich mit jenen, die in der Wirtschaft und im politischen Leben des Landes den Ton angaben. Vincent van Klee war Kunstsammler. Er besaß eine Reihe wertvoller präkolumbianischer Stücke. Er handelte mit Grundstücken und Häusern. Im sexuellen Bereich konzentrierte sich sein Interesse auf gutaussehende junge Männer. Ein wohlerzogener älterer Herr. Intelligent. Ein vielgereister Gentleman, der fünf Sprachen beherrschte. Swan und van Klee sollten Freunde werden.

»Ich habe viel über Sie gehört«, sagte er.

»Und ich über Sie«, erwiderte Swan.

Später, als sie sich besser kannten, beschlossen beide, auf solche Lügen zu verzichten.

Vincent ließ das Essen zur Suite hochbringen. Seezunge. Während sie warteten, bot ihm Swan von dem Kokain an, das er von René bekommen hatte. Sie nahmen beide eine tüchtige Prise. Swan fühlte sich wohl. Vincent hatte ihm einen *Aguardiente* kommen lassen, er prostete Swan zu. Dann verfiel er ins Erzählen. Er erzählte Swan von den Azteken und den Inkas. Er sprach über Kokain, über Schmuck aus der präkolumbianischen Epoche. Schließlich kam er auf das Thema Schwarzmarkt. Früher, so erzählte er, sei er Smaragdschmuggler gewesen.

»Ich werde Sie einmal auf den schwarzen Markt begleiten«, versprach er Swan. »Ich werde Ihnen zeigen, wie man Smaragde kauft.«

(Swan kaufte einen Smaragd anläßlich seiner vierten Reise nach Kolumbien. Er hielt den Stein im Mund, als er den Zoll passierte. Als sicher war, daß er durchsucht werden würde, schluckte er ihn hinunter. Die Art und Weise, wie er den Stein dann aus der WC-Schüssel fischen mußte, entsprach so gar nicht den romantischen Vorstellungen, die er vom Smaragdschmuggel gehabt hatte. Nachdem die Sache ohnehin nur einen Profit von 150 Dollar beschert hatte, beschloß er, sich nicht weiter auf diesem Feld zu betätigen.)

Sie koksten. Swan hatte Kokain für eineinhalb Stunden mitgebracht. Vincents Pupillen hatten sich auf Blende 4 eingependelt. Noch bevor sie den Blendenwert 5,6 erreichten, sagte Swan den entscheidenden Satz: »Ich würde gern noch mehr Kokain für uns kaufen.«

Vincent verzog keine Miene. Er ließ Weißwein nachfüllen. Als der Kellner gegangen war, rief er seine *connection* an.

Vincent van Klees connection war ein kleiner Gauner namens Lallo. Klein, was seine berufliche Einbettung in die Straßenkriminalität Bogotás anging, nicht klein von Gestalt. Ein ziemlicher Kontrast zu van Klee. Lallo war 28, von sportlicher Erscheinung. Die Hautfarbe war schwarz. Afro-Look. Ein kleiner Gangster, mit langsamen, geschmeidigen Bewegungen, ein Mann, der kaum sprach. Swan war sicher, daß er ein Messer bei sich trug. Und er wunderte sich, daß das Hotelpersonal den Schwarzen überhaupt in den Fahrstuhl gelassen hatte. Lallo hatte eine Probe mitgebracht. 10 g Kokain. Swan bezahlte ihm den für den

Straßenhandel gültigen Preis. 100 Dollar. Er bot Lallo an, zusammen mit ihm eine Prise zu schnupfen. Lallo war erstaunt. Aber er nahm die Einladung an.

Der Koks war in weißes Papier eingeschlagen. Die übliche Verpackung. Die Handelsmarke, soweit der Stoff in Bogotá auf der Straße verkauft wurde. Swan schüttete sechs Linien auf das aufgefaltete Papier. Er nahm eine Prise und wartete.

»Ich hätte da einen Freund«, sagte er nach einer Weile.

Natürlich. Immer gibt es einen Freund. Lallo verstand das. Er nickte.

»Mein Freund wäre an Menge interessiert«, fügte Swan hinzu.

Ja. Lallo verstand auch das. Er nickte. Das würde sich wohl machen lassen.

Sehr höflich und mit sorgfältig ausgewählten Worten kam Swan dann auf einen Punkt zu sprechen, der ihm sehr am Herzen lag. Sein Freund, so sagte er, wollte direkt vom Großhändler kaufen.

»Natürlich gibt es einen vernünftigen Bonus für Sie«, versprach er.

Lallo nickte. Sie verabredeten sich für den nächsten Tag. Lallo verschwand. Swan und Vincent nahmen eine weitere Prise, beide waren inzwischen berauscht.

Draußen war es dunkel geworden. Vincent hatte das Abendessen bestellt. Sie schnupften und warteten. Vincent hatte ein paar Roberta-Flack-Platten, die sie sich dann anhörten. Er schenkte Swan aus einer Flache *Aguardiente* ein. Wie gut sich dieser Mann ausdrücken konnte. Swan fand ihn einfach Spitze. Und so rüstig. Von dem Kokain und dem Alkohol war ihm nichts anzumerken. Wahrscheinlich würde der alte Herr nach dem Abendessen noch eine Diskothek aufsuchen. Alles war möglich. Das Essen wurde serviert. Es war spät geworden. Sie beschlossen die Mahlzeit mit einem Kaffee. Dann verabschiedete sich Swan von seinem Gastgeber. Vincent zog sich um. Swan kehrte in sein Hotel zurück. Er hatte ein gutes Gefühl. Erfreuliches stand ins Haus. Fast sicher.

Swan traf Lallo am Tag darauf im Coffee Shop des Tequendama-Hotels. Er gab ihm 200 Dollar als Bonus. Und dann brachte Lallo ihn mit dem Lieferanten zusammen. Armando hieß der Mann.

Armando war Kubaner. Um die fünfzig. Über 1,80 m groß, über 100 kg schwer, ein Muskelpaket. Die Haut war hell, das Haar dunkel, mit Geheimratsecken, die bis zum Hinterkopf reichten. Was an Haar blieb, war krausgelockt. Swan sollte später in Erfahrung bringen, daß Armando ein früherer Baseballspieler war. Er hatte in den Staaten gespielt, in den großen Clubs. Jetzt war er nur noch Kokaindealer. Swan empfand es als angenehm, daß Armando ihn zu der Verhandlung in sein Haus eingeladen hatte. Wenn alles so ging, wie er es sich vorstellte, dann brauchte er nicht mehr in schummrigen Bars herumzusitzen und mit Straßenräubern zu verhandeln. Die Geschäfte würden im großbürgerlichen Rahmen diskutiert werden.

Swan stellte klar, daß er größere Mengen kaufen würde. Okay, sagte Armando. Er forderte einen Preis von sechs Dollar pro Gramm. Das günstigste Angebot, das Swan je bekommen hatte. Er wäre nicht Zachary Swan gewesen, wenn er nicht trotzdem versucht hätte, einen Nachlaß herauszuschlagen. Man kann Kokain auch für fünf Dollar pro Gramm bekommen, sagte er aufs Geratewohl. Fünfeinhalb Dollar, sagte Armando. Und so wurden sie sich für fünfeinhalb einig. Es war die beste *connection,* die Swan je aufgetan hatte. Ein ehrlicher Dealer. Armando war früher im Gebrauchtwagengeschäft gewesen. In Kuba, als Batista noch das Sagen hatte. Sie schüttelten sich die Hand. »Bis nächste Woche«, sagte Armando. Als Beweis seiner Sympathie schenkte er ihm ein Päckchen Marihuana. Es war das beste Gras, das Swan je geraucht hatte. Er kehrte ins Tequendama-Hotel zurück und setzte René ins Bild.

»Bestens«, sagte René. »Hat er dir einen guten Preis gemacht?«

Swan nickte. »Sechs Dollar pro Gramm.«

Die *connections* im Kokainhandel kommen auf ganz ähnliche Weise zustande wie die Verbindungen im sonstigen Geschäftsleben auch. Was die Ebene angeht, gibt es keinen Unterschied. Wohl aber was die Richtung betrifft, in welche die Bemühungen der Beteiligten zielen. Im legalen Handel mit Gütern und Dienstleistungen geht die Richtung vom Kunden über den Zwischenhändler zum Großhändler. Der Zwischenhändler hat eine Kundenliste. Er lebt davon, daß er dem Großhändler einen Absatzweg für die Produkte oder Dienstleistungen eröffnet. Im

Kokainhandel geht es anders herum. Der Kokaindealer lebt davon, daß er das Kokain des Großhändlers seinen Kunden zugänglich macht. Es ist sehr selten, daß ein Dealer seine Einkaufsquellen verrät. René hatte Swan Kokain verschafft, das – wie Swan vermutete – um die sechs Dollar gekostet hatte. Berechnet hatte er ihm sieben Dollar. Armando würde René mit Kokain beliefern und sechs Dollar pro Gramm verlangen. Der Unterschied von 50 Cent war Swans Reibach. Ein Gewinn von 500 Dollar pro Kilo, der in Swans Tasche landete. Später erst würden Armando und René Freunde werden. Swans Gewinnquelle versiegte. René wußte, daß Swan einen Gewinn für sich abzweigte. Keiner von beiden verlor ein Wort darüber. Es war ein stillschweigendes Einverständnis unter Profis.

Das Warten begann. Bogotá. Swan und René waren selten zusammen in jenen Tagen. Jeder hatte seinen Freundeskreis. René ging aus, traf die Leute, die er kannte. Swan hielt sich die meiste Zeit bei Vincent van Klee auf.

Nach dem Treffen mit Armando hatte Swan den alten Herrn angerufen und ihn zum Essen eingeladen. Swan hatte vorgeschlagen, daß sie in ein einfaches Restaurant gingen. Würzige Küche. Kolumbianisches. Nein, sagte Vincent. Man bekäme keinen richtigen Service, wenn man in die Niederungen der Gastronomie eintauchte. Er schlug das Restaurant *El Zaguán de las Aguas* in der Calle 19 vor. Dies sei eines der wenigen Restaurants, wo man überhaupt hingehen könnte. Swan bestellte *Ajiaco con pollo.* Eine Art Eintopf aus Hühnerfleisch, Avocados, verschiedenen Arten von Kartoffeln, Mais mit Kapern und saurer Sahne. *Muy tipico,* meinte der Kellner, der die Bestellung aufnahm. Vincent hatte Swan zu diesem Gericht geraten. Es sollte Swans Lieblingsessen werden. Er bestellte *Ajiaco con pollo,* als er zwei Jahre später im gleichen Restaurant zu Abend aß. Wieder brannte das Feuer im Kamin. Die gleiche Musik. Nur daß ihm nicht Vincent gegenübersaß, sondern Lillian Giles, die für ihn das Rauschgift in die Staaten beförderte.

Muy tipico war auch der Nachtklub, den Swan in Begleitung von Vincent besuchte. Swan kannte ihn nicht. Aber er hatte davon gehört. Die Touristen, die nach New York zurückkamen, sprachen davon. Und dann stand da auch etwas im Reiseführer. Unter der Rubrik ›Night life‹.

Prostituierte, wohin man sieht... Auch Strichjungen für den einsamen Herrn... Sie bekommen Ihren Drink, ein Cocablatt schwimmt obenauf... Kokain... Mädchen, die zu allem bereit sind... Marihuana... Aguardiente... Erst am nächsten Morgen um zehn gehen solche Partys zu Ende... Aber niemand hat dann noch die Kraft aufzustehen. Alle liegen am Boden, im Rausch... Die Taschendiebe machen die Runde... Die Straßenräuber... Es ist normal, daß man in Kolumbien überfallen wird, es gehört dazu... Die Touristen lieben das. Es ist eben tipico.

Es war dunkel im Nightclub. Und voll. Ein Orchester spielte. Viel Blech. Rauchgeschwängerte Luft. Und der schwere Moschusgeruch der Sünde. Vincent hatte sich einen *Aguardiente* bestellt. Er hatte schnell Freundschaft mit einem jungen Mann geschlossen, der an der Bar stand und herübergeschlendert kam, als er Vincents Blick bemerkte. Swan entschied sich für ein Mädchen. Er verschwand mit ihr auf eines der Zimmer, das der Nightclub für solche Fälle bereithielt. Er schlief mit ihr. Erinnerungen, und zwar keine guten. Es war etwas peinlich. Aber auch entspannend. Der innere Frieden des Südamerika-Touristen. Nostalgie. Als Swan an den Tisch zurückkehrte, war die Unterhaltung zwischen Vincent und dem jungen Mann noch im Gange. Aber der Ton war abgeschlafft. Alles in allem wurde es ein gelungener Abend. Vincents Armbanduhr war gestohlen worden. Nun gut. Inzwischen war es sechs Uhr früh. Zeit, nach Hause zu gehen. Sie steuerten auf den Ausgang zu, als sich ihnen ein Kellner in den Weg stellte. Er reichte Vincent die Rechnung, die auf einem Tablett lag.

»Ihre Nutte«, sagte Vincent, zu Swan gewandt.

Vergeblich versuchte Swan den Betrag auf der Rechnung zu entziffern. Seine goldgeränderte Brille war schon recht früh am Abend gestohlen worden. Er gab die Rechnung Vincent, der sie auf Armlänge weghielt. »Sechshundert Pesos«, sagte er. Und dann erklärte er Swan, daß der Nightclub ihm fünfhundert Pesos für das Mädchen berechnet hatte.

Swan schüttelte den Kopf. »So geht das nicht.«

»Sehr richtig«, sagte Vincent. »Das ist doch lächerlich, fünfhundert Pesos für das Mädchen. Das bezahlen wir nicht.«

Swan warf Vincent einen fragenden Blick zu. Wirklich nicht? Wir bezahlen das nicht? Also gut. Vincent ließ sich auf den Stuhl sinken, und auch Swan faßte sich in Geduld. Die Polizei wurde gerufen. Die würde schon fertig werden mit dieser schwulen Sau und dem Amerikaner. Die beiden saßen da. Die Kellner standen an der Theke und starrten sie an. Swan grinste sie an. Vincent war in Schweigen verfallen. Swan begann nervös zu werden.

»Es ist besser, wir zahlen und verschwinden«, sagte Swan.

Nein, sagte Vincent. Kommt gar nicht in Frage. Er nahm die Rechnung vom Teller, zerknüllte sie und warf sie dem Keller an den Kopf. Inzwischen war die Polizei erschienen. Ein erfahrener Beamter. Er sprach erst gar nicht mit Vincent und Swan. Er wußte, was die Kunden in solchen Fällen sagen. Sie sahen, wie er mit dem Manager des Nachtklubs verhandelte. Dann kam er zu ihnen.

»Zweihundertfünfzig«, sagte er.

Vincent würdigte ihn keines Blickes. Und Swan verlor die Geduld. Es war eine lange Nacht gewesen. Das Kokain wanderte in seinem Körper herum. Marihuana. Das Mädchen. Und überhaupt.

»Dos cientos cincuenta pesos!« hörte er Vincent sagen. *»No es Brigitte Bardot!«*

Nein. Das Mädchen, das mit Swan ins Bett gestiegen war, war nicht Brigitte Bardot. Das mußte das Management des Klubs einsehen. Sie einigten sich auf hundertfünfzig Pesos. Swan bezahlte. Dann verließ er, gefolgt von Vincent, die gastliche Stätte.

Der Tag, der dem nostalgischen Erlebnis folgte, war schlimm. Swan war wie gerädert. Sehnsüchtig dachte er an die Appetithemmer, die er in früheren Jahren genommen hatte, wenn er *down* war. Wie dumm ich bin, dachte er. Er hatte das Rezept nicht erneuert. Er verbrachte den Tag im Bett. Abends ging er zu der Party, zu der ihn Vincent eingeladen hatte. Die kleine Feier fand in Vincents Hotelsuite statt, im Continental. Swan kam eine Stunde zu spät. Vincent eilte auf ihn zu.

»Wie schön, daß Sie gekommen sind«, empfing er ihn.

»Sie beeindrucken mich, Vincent«, sagte Swan. »Sie sehen frisch aus wie nach einem Urlaub.«

»Sie schmeicheln mir.«

»Wirklich nicht. Sie sehen blendend aus.«

»Ich bin nur auf einen Sprung gekommen, Vincent. Ich kann nicht lange bleiben.«

»Sie werden doch nicht aufbrechen, bevor die Party richtig begonnen hat.«

»Ich dachte, ich bin spät dran.«

»Im Gegenteil. Die Nacht ist jung.«

»Ich bin noch etwas durchgedreht von gestern abend«, sagte Swan. »Am besten, ich gehe erst einmal auf die Terrasse und schöpfe frische Luft.«

»Su casa«, sagte Vincent.

Swan verbrachte ein paar Minuten auf der Terrasse, dann wanderte er in der Suite umher. Er hatte die falsche Tür erwischt und landete in der Küche. Er fand einen Schreiner vor, der gerade einen Hängeschrank befestigte. Ein junger Mann. Der Schreiner grinste, als Swan hereinkam, dann wünschte er ihm einen guten Abend. Ende Zwanzig mußte er wohl sein. Offenes Gesicht, offenes Lachen. Der Mann machte Überstunden, wie er Swan sagte. Swan quittierte diese Eröffnung mit einem wissenden Lächeln, dann trat er den Rückweg zum Wohnbereich an. Er sah das Kokain, das Vincent für die Gäste auf dem Couchtisch auf einem Papier aufgehäufelt hatte. Er nahm eine Prise. Interessant, dachte er. Er trat zum Fenster und ließ seinen Gedanken freien Lauf. Nach einer halben Stunde war er wieder in der Küche. Der Schreiner war immer noch mit der Befestigung des Schränkchens beschäftigt.

»Hello«, sagte Swan. »Hello«, sagte der Schreiner. Sie verständigten sich in einem Gemisch von Spanisch und Englisch. »Gute Arbeit, die Sie da machen«, sagte Swan. Der junge Mann hatte ihm erklärt, daß er den Schrank selbst angefertigt hatte. Kommunikation. Der Schreiner bedankte sich für das Komplement. Swan strahlte ihn an. Der Schreiner strahlte zurück. Und dann war alles ganz einfach. Sie unterhielten sich, so gut es ging. Jeder sagte ein paar Artigkeiten. Swan war sehr angetan. Auch der Schreiner schien bester Laune. Zum Schluß ließ Swan die Katze aus dem Sack.

»Ich habe da einen Freund, der...«

Ein Freund. Wie sich herausstellte, hatte der Schreiner auch einen Freund. Ein junger Mann namens Rudolpho. Und der Zufall wollte es, daß sich Rudolpho auf der Party befand. Er war im Wohnzimmer. Schon nach den ersten Sätzen, die Swan mit Rudolpho austauschte, war klar, daß er auf den richtigen Mann gestoßen war. Rudolpho war im Kokaingeschäft.

Als Rudolpho noch jünger war, war er mit Vincent van Klee durch Frankreich und Italien gereist. Und immer noch dauerte die Liebe an. Rudolpho war Vincents Nummer eins. Inzwischen hatte er sich mit einer jungen Frau verheiratet, mit einer Näherin. Die beiden hatten zwei Kinder. Evelyn hieß die Frau. Aber weil Evelyn wenig verdiente und weil Rudolpho wenig Geld nach Hause brachte, kümmerte sich Vincent um das Finanzielle in der Familie. Er tat das, indem er seinen Freund von Fall zu Fall mit Geld für dessen Geschäfte versorgte. Rudolpho verplemperte das Geld. Wenn alles verbraucht war, kehrte er zu Vincent zurück. Ein ewiger Kreislauf. Das letzte Verlustunternehmen, das die beiden gestartet hatten, war eine Ranch gewesen.

Swan sollte dies alles erst nach Monaten erfahren. Er ahnte noch nicht, daß Rudolpho über seine Abhängigkeit von Vincent nicht besonders glücklich war. Aber eines wußte er bereits, Rudolpho hatte es ihm gesagt. Rudolpho und Michel Bernier waren Freunde. So bot sich gemeinsamer Gesprächsstoff. Swan sprach über Michel, Rudolpho hörte ihm zu. Der junge Mann sprach Englisch ganz ordentlich. Er war gut angezogen. Ein Kokser, unverkennbar für Swan, der in der Einschätzung der Kokainkonsumenten einige Erfahrung hatte. Swan war erfreut zu hören, daß Rudolpho, der Freund des Schreiners, für Michel Bernier Falschgeld in Umlauf brachte. Fünfzigdollarscheine.

»Und dann sind Sie auch noch mit Angel, dem Schreiner, befreundet, nicht wahr?« beendete Swan die Unterredung.

»Ja«, sagte Rudolpho.

»Wie schön«, erwiderte Swan.

Die Tatsache, daß er einen Schreiner kennengelernt hatte, eröffnete schöne Perspektiven. Trug er sich doch ohnehin mit dem Plan, den Werkstoff Holz beim Kokainschmuggel viel intensiver zu benutzen als bisher. Noch bevor er mit Angel, so hieß der Schreiner, Einzelheiten erörtern konnte, lernte er neue Freunde kennen. Wieder ebnete Vincent ihm den Weg.

Vier Tage waren seit seiner Ankunft in Bogotá vergangen. Swan wartete auf das Kokain, das er bei Armando bestellt hatte. Es sei besser, wenn er aus dem Tequendama-Hotel auszog, hatte ihm Vincent geraten. Swan befolgte den Rat. Er nahm ein Zimmer im Hotel Continental. Vincent legte ihm ausführlich dar, warum es so wichtig gewesen war, daß er aus dem Tequendama auszog. Dieses Hotel, so urteilte er streng, sei eine Dreckbude. Swan wußte nicht recht, was er zu dieser Feststellung sagen sollte. Aber er widersprach nicht. Er war zwölf Stunden im Continental, als Michel Bernier auftauchte. Swan ließ ihn aufs Zimmer kommen. Michel stand eine Weile ratlos herum. Er hatte Kokain geschnupft. Was er sagte, war nur schwer zu verstehen. Ohnehin hatte Swan mit Michel nie guten Kontakt gehabt. Man kannte sich, guten Tag und guten Weg. Wie es denn Uta so ginge, fragte Michel. Dann unterhielten sie sich eine Weile über Michels Freund van Klee. Swan sagte seinem Besucher, daß sich Uta in Cartagena befand. Und Vincent sei wirklich *un homme formidable*. Dann kam Michel zur Sache. Er wollte 1000 Dollar. Er sei ein bißchen knapp bei Kasse, wich Swan aus. Michel zauberte ein feines Lächeln in seine Mundwinkel. Swan, so meinte er, hätte ihn wohl nicht richtig verstanden. Er wolle kein Darlehen. Sondern Schweigegeld. O ja. Jetzt verstand Swan. Er ließ seinen Blick durch den Raum schweifen. Nein. Es gab wohl kein Versteck, wo man Michels Leiche unterbringen konnte. Das Zimmermädchen, das abends die Betten aufdeckte, würde Zeter und Mordio schreien. Und dann traf Swan eine Vereinbarung mit Michel. Er gab ihm hundert Dollar Anzahlung. Morgen, so versprach er, würde er den Rest zahlen. Okay, sagte Michel. Er würde morgen kommen und sich den Rest abholen. Michel ging. Eine Stunde nach dieser Unterredung checkte Swan aus dem Continental aus. Er zog in ein Hotel am anderen Ende der Stadt, dem Oriole-Hotel. Er sollte sich später zu diesem Entschluß beglückwünschen. Er hatte sich aus einer Zwickmühle befreit. Ein goldenes Zeitalter brach an.

Das Oriole-Hotel war Eigentum eines jungen Kolumbianers namens Juan Carlos Ramirez, der zugleich als Manager des Hotels fungierte. Ein gutaussehender Typ, wie Swan fand. Schon eine Stunde, nachdem Swan sich eingetragen hatte, waren sie Freunde. Juan Carlos Ramirez war ein Gesprächspartner, den Swan nur bewundern konnte. Intelligent, ausgewogen. Und wohlhabend dazu. Ramirez war achtundzwanzig. Er hatte in

Kanada studiert und sprach ein untadeliges Englisch. Vom Hotelgeschäft hatte er nur wenig Ahnung. Swan verstand sich von Anfang an gut mit ihm. Wenig später machte er seinen neuen Freund mit Vincent bekannt. Ihm war aufgefallen, daß die beiden gewisse Gemeinsamkeiten hatten. Ganz abgesehen von der Vorliebe für Roberta-Flack-Titel, die schließlich auch von Swan, der gleichgeschlechtlichen Liebe eher abhold, geteilt wurde. Ramirez hatte Swan in die Suite eingeladen, die er im eigenen Hotel bewohnte. Alte amerikanische Poster. Die Helden der Drogenszene. Ramirez war der Mann, der eine Party nach der anderen schmiß. Ein Zeitgenosse ganz nach Vincents Geschmack. Zu den Gästen, die bei seinen Partys freigehalten wurden, zählten die jungen Amerikaner und Kanadier, von denen es in diesem Hotel besonders viel zu geben schien. Zwei von ihnen, das fand Swan bald heraus, waren Kokainschmuggler. Einer dieser beiden hieß Canadian Jack.

Canadian Jack war um die Fünfundzwanzig, blond, blauäugig. Er hatte eine Vorliebe für Rock and Roll. Seit über einem Jahr schon unternahm er regelmäßige Einkaufsflüge nach Kolumbien. Wenn er nicht gerade in Bogotá auf Ware wartete, hing er auf Jamaika herum. Er rauchte Marihuana mit den Freaks in Strawberry Fields. Zugleich nutzte er seine Kontakte, um neue Absatzkanäle für sein Kokain zu eröffnen. Es mußte ja nicht unbedingt New York sein. Das Kokain, das auf dem Woodstock Festival geschnupft wurde, hatte Canadian Jack beschafft. Es war nicht viel, wie man zur Ehre der Rockmusik sagen muß. Zwischendurch hatte es auch einmal Ärger gegeben. Canadian Jack war ertappt worden, als er einen größeren Posten Haschisch türkischer Herkunft über den Flughafen Toronto nach Kanada einführen wollte. Er war auf Kaution freigekommen. Inzwischen gab es in Kanada einen Haftbefehl gegen ihn. Seinen Lebensunterhalt bestritt er vom Kokainschmuggel. Er führte kleine Mengen Koks nach Kanada und in die Vereinigten Staaten ein, wobei er einen falschen Paß benutzte. Oft setzte er auch Mädchen oder junge Männer als ›Tragtiere‹ ein. Jack verfügte über wertvolle Verbindungen in Bogotá. Und über gute Informationen. Für Swan war er kein Profi, von dem man etwas lernen konnte. Wie es schien, hatte er bisher ganz einfach Glück gehabt, wenn man von der kleinen Panne in Toronto absah. Swan mochte ihn auf den ersten Blick, für ihn war Canadian Jack ›a good kid‹, ein Prachtkerl. Sie freundeten sich rasch an. Wenig später brachte Swan seinen neuen Freund mit Armando zusammen. Und das, ohne einen Bonus für sich zu vereinbaren. Jack hatte wenig Geld. Es war nicht recht, wenn man ihm ein oder zwei Dollar Provision aufbrummte.

Über Canadian Jack lernte Swan einen weiteren Gast des Oriole-Hotels kennen. Black Dan war Amerikaner, er stammte aus San Francisco. Wie Swan erst viel später herausbekam, war er Kokainschmuggler. Er schmuggelte Koks in Mengen, die selbst einen kühlen Unternehmer wie Swan in Erstaunen versetzten. Black Dan hatte ein Ein-Mann-Unternehmen aufgezogen. Er war der abgefeimteste Schmuggler, den Swan in Bogotá kennenlernen sollte. Er war dreiunddreißig. Seit fast zwei Jahren war er im Drogengeschäft. Seine Route führte quer durch Mexiko, nordwärts. Er band sich den Stoff einfach mit Gummibändern ans Bein. Eine tollkühne Methode, fand Swan. Ein normaler Zeitgenosse wäre wohl schon beim ersten Trip aufgeflogen. Aber Dan war alles andere als ein normaler Zeitgenosse. Früher einmal war er Schwergewichtsboxer gewesen. Er war der stärkste Mann, den Swan je kennengelernt hatte. Groß gewachsen. Sein Gewicht mußte irgendwo jenseits der hundert Kilo liegen. Seine Arme erinnerten Swan an die Stahlkabel einer Hängebrücke. Er sprach nicht viel. Black Dan war nicht die Art von Mann, mit der ein Zöllner am Grenzübergang oder an der Paßkontrolle im Flughafengebäude gern aneinandergeraten würde. Immerhin gab er sich Swan gegenüber freundlich. Ein Gefährte, mit dem man in aller Ruhe zusammensitzen und koksen konnte. Die meisten, die Black Dan kennenlernten, hatten Angst vor ihm. Es würde eine Weile dauern, bis Swan Zutrauen zu ihm faßte.

Eine Woche war verstrichen. Swan hatte Armando, dem Kokslieferanten, zwei neue Kunden zugeführt. Immer noch wartete er auf die Ware, ebenso wie Jack und René. Die übliche Verzögerung. Swan würde alsbald die Gründe kennenlernen. Alles hing an Raoul, Armandos Helfer. Raoul war es, der die Lieferungen koordinierte. Er hielt den Kontakt zu den Indiofrauen, die das Kokain über die Anden schleppten. Der Stoff kam aus Ekuador. Raoul mußte sich zur Übernahme der Ware an die

Grenze begeben. Dort traf er sich mit den Indiofrauen. Jede Trägerin bekam zwanzig Dollar. Er übernahm das Kokain und brachte es zu Armando nach Bogotá. Bevor er die Rückreise antrat, pflegte er sich noch etwas mit den Indiofrauen zu amüsieren. Es waren junge, gutaussehende Frauen, die Raoul für den Job aussuchte. Man hatte Kokain. Raoul machte sich einen flotten Urlaub. Die Kunden in Bogotá kauten an den Nägeln und warteten. Raoul war ein Mann mit Humor.

Er war klein und dick, Mitte Vierzig. Meist trug er einen zerknitterten Anzug. Swan vermutete, daß er den Anzug nicht einmal nachts auszog. Vom Gesicht her war Raoul eine Kreuzung zwischen illegalem Bookie und Wasserleiche. Er war Kubaner, und er war stolz darauf. Er hatte schon zahllose Operationen zur Zufriedenheit Armandos durchgeführt. Seine ›Tragtiere‹ und die Zwischenhändler traf er in Eiscafés, das war seine Schwäche. Wer sich mit Raoul traf, wurde an den Tisch plaziert und mußte zusehen, wie dieser zwei große Portionen innerhalb weniger Augenblicke verputzte. Fanden die Zusammenkünfte in einem Hotelzimmer statt, so hielt der Meister andere Zerstreuungen für seine Gesprächspartner parat. Um was es sich dabei handelte, sollte Swan erfahren, als er Raoul in seinem Zimmer im Hotel Continental empfing. Raoul war gekommen, um ihm ein Kilo Kokain anzubieten.

Der Stoff ist nicht rein, monierte Swan. *»No es pura.«* Raouls Augen blitzten. *»Pura!«* sagte er heiser. *»Es pura!«* Er deutete auf das Kokain. Swan schüttelte feierlich den Kopf. *»No es pura.«* Raoul quittierte den Einwand mit Mißvergnügen. Er fuhr mit den Fingerspitzen in die offene Packung und streute sich eine Prise auf die Stirn. Er stand da, den Kopf in den Nacken gelegt, und ließ das weiße Pulver auf seine Stirn niederrieseln. Er schnupfte, prustete, hustete. *»Pura!«* stammelte er. *»Es pura!«* Wieder schüttelte Swan den Kopf. Raoul fuhr mit seiner Weihrauchnummer fort. Mit dem Unterschied, daß diesmal auch Swan etwas von dem weißen Segen abbekam. Swan mußte lachen. Er verband das mit der Bemerkung, daß Raoul wohl ein bißchen verrückt geworden sei. Ein Einwurf, auf den jener reagierte, indem er Mund und Nase in dem Paket vergrub. Vogel Strauß, wie er kokst und lacht. Er sah aus wie ein Mann, der mit dem Gesicht in einem Rosenstrauß verschwindet, weil er dem Aroma nicht widerstehen kann. Als Raoul wieder hochkam, wackelte er mit dem Kopf. Dann lief er, kleine Kreise vollziehend, durch den Raum und schrie *»Pura! Pura! Pura!«* Ein Ausruf, der nicht mehr an Swan, sondern an die ganze Menschheit gerichtet war. Wie auch immer, Swan hatte nicht die Absicht, sich für seine Einwände zu entschuldigen. Er hatte den Stoff nicht bestellt. Er konnte kaufen oder nicht kaufen. Seine Sache. Allerdings hatte er inzwischen Gefallen an der Show gefunden, die Raoul abzog. So fuhr er fort, den Kopf zu schütteln. *»No es pura.«*

Raoul tanzte durchs Hotelzimmer, schließlich kehrte er im weiten Bogen zu Swan zurück und stellte sich so nahe vor ihn hin, daß sich ihre Nasenspitzen berührten. Er sah aus, als wäre er gerade von einem Wochenende in Vermont zurückgekehrt. Sein Schnurrbart, seine Augenbrauen, alles war weiß bestäubt. *»Pura!«* winselte er. *»Es pura!«* Swan wartete, bis er wieder bei Atem war. »Scheiße«, sagte er dann. »Was du mir da anbietest, ist Scheiße.« Raoul reagierte mit einem Wutgeheul. Der Dialog ging weiter: Swan, der das Produkt als wertlos bezeichnete; Raoul, der tanzend und schimpfend die Vorzüge der Ware beschrieb. Schließlich blieb der Kubaner stehen. Er hielt die Hände über der Brust gekreuzt. Er schien vollkommen erschöpft. Swan reichte ihm ein Glas Wasser. Er sah ihm ernst in die Augen. Da nickte Raoul. Er nahm das Paket und setzte seinen Hut auf. Er verabschiedete sich höflich. Swan war an die Tür seines Hotelzimmers getreten. Er sah dem Kubaner nach, wie er »pura, pura, pura« murmelnd den teppichbelegten Gang entlangtrabte. Raoul war unterwegs ins nächste Eiscafé.

Es war Raoul, der Swan bei anderer Gelegenheit mit einem wichtigen Gesetz der Branche bekanntmachte. »Zwei Jahre ist das Maximum, Swan. Du kannst das nicht länger als zwei Jahre machen. Wenn du das durchgestanden hast, steig' aus.« Swan hatte zwei Jahre lang Kokain geschmuggelt, als er im Gefängnis von Riverhead landete. Erst einige Zeit später erzählte ihm ein gemeinsamer Freund, daß Raoul ihm den Rat aus bitterer Erfahrung gegeben hatte.

Seit der Party, die Vincent gegeben hatte, war eine Woche vergangen. Swan besuchte Rudolpho auf der Ranch. Er war eingeladen worden. Er wußte, daß er Evelyn, Rudolphos Frau, und die Kinder treffen würde. Und so hatte er Geschenke mitgebracht. Blumen für Evelyn, Bonbons für die Kinder. Rudolpho schenkte er zwei Nudelhölzer. Eine geschäftliche Investition, sozusagen. Es gab zwei Dinge, die Rudolpho und Swan miteinander verbanden. Die beiden Männer verfolgten Ziele, die sich gegenseitig bedingten. Rudolpho brauchte Geld. Swan brauchte Angel, den Schreiner. Angel war Rudolphos Freund. Rudolpho bekam, was er brauchte. Und Swan bekam mehr, als er erwartet hatte.

Angel war ein überdurchschnittlich guter Schreiner. Ein Meister seines Fachs, der vier Gesellen beschäftigte. Seine Werkstatt lag in einem Vorort von Bogotá. Eine große Garage, die Angel für seine Zwecke umfunktioniert hatte. Es gab zwei Hobelbänke, eine Tischsäge, Schleifmaschinen, Bohrmaschinen und jede Menge Werkzeug. Nachdem Swan den Schreiner für Sonderaufgaben eingespannt hatte, brachte Angel einen Teil seiner Maschinen und Werkzeuge zu Rudolphos Ranch, wo er ungestört arbeiten konnte. Im weiteren Verlauf der Operationen wurden auch die restlichen Maschinen zur Ranch transportiert. Rudolpho und Angel bekamen 1000 Dollar für jedes Kilo Kokain, das Swan aus Kolumbien herausbrachte. Angel war zuständig für das Holz, Rudolpho für den Versand, für den ganzen Papierkram, der damit zusammenhing. Rudolpho gab die Pakete auf. Es war wichtig, daß jeweils nur ein einziges Paket eingeliefert wurde. Ebenso wichtig war, daß man jedes Mal ein anderes Postamt nahm. Für den Fall, daß es bei der Einlieferung Ärger gab, hatte Swan seinen Postboten mit einem 100-Dollar-Schein ausgestattet. Das würde genügen, um sich freizukaufen.

Es gab noch einen Bereich, wo die beiden Swan wichtige Dienste leisteten. Die Übernahme der Ware vom Lieferanten. Die beiden gingen mit, betätigten sich als Leibwächter, halfen bei der Qualitätsprobe. Rudolpho hatte Erfahrung mit Kokain, er konnte sagen, ob man reinen Stoff oder eine Mischung bekam. Rudolpho sprach etwas Englisch, das hatte ihm Vincent beigebracht. Eine Weile lang fungierte er als Swans Übersetzer. Ein Übersetzer war nicht nur bei der Übernahme der Ware notwendig, sondern auch zur Verständigung mit Angel, dessen Englischkenntnisse sich auf ›Yes‹ und ›No‹ beschränkten.

Verpackungsstation für die Kokainpakete, die in die Staaten gingen, war ein großer Raum im ersten Stock der Ranch. Nicht nur die Maschinen zur Holzbearbeitung standen dort. Swan hatte auch eine Presse gekauft. Ein Monstrum von 1,80 m Höhe, aus Gußeisen. Angel baute die Presse um, so daß sie zur Bearbeitung des Kokains verwendet werden konnte. Es war eine gute Investition. Swan hatte das Ding in einem Fachgeschäft für Druckereibedarf gesehen. Achtzig Dollar hatte er bezahlt. Gemeinsam mit Rudolpho und Canadian Jack versuchte er das Gerät in den bereitstehenden Wagen zu hieven. Es war gut, daß in diesem Augenblick Black Dan vorbeikam. Ohne sichtbare Anstrengung wuchtete er die Maschine auf den Rücksitz. Sie hatten die Sitze herausgenommen, damit das sperrige Gebilde überhaupt hineinpaßte. Für die Operationen, die Swan plante, war die Presse von großer Bedeutung. Es gelang ihm, das Volumen der Ware für den Transport um 50 % zu reduzieren. Was auf eine Verdoppelung des Umsatzes hinauslief.

Nach den ersten Versuchen mit Nudelrollen, die Swan auf dem Markt erstanden hatte, war klar, daß die handelsüblichen Fabrikate als Schmuggelbehälter für Kokain wenig geeignet waren. Die gefüllte Rolle war zu schwer. Man mußte ein Holz wählen, das besonders leicht war. Man mußte die Rollen nach Maß anfertigen. Angel konstruierte eine Nudelrolle aus Madeiraholz. Die massive Rolle wurde der Länge nach durchgesägt, ausgehöhlt und mit einer Plastikwandung versehen. Die beiden Hälften wurden mit Kokain gefüllt und mit Hilfe von Schraubzwingen aufeinandergeleimt. Dann wurde das Holz gespachtelt und bemalt, so daß die Fugen verschwanden. Bei der Entnahme der Ware in New York stellte sich dann heraus, daß es mindestens so schwer war, die beiden Hälften voneinander zu lösen, wie sie zusammenzuleimen. Noch mehr Arbeit machte allerdings das Pressen und Einpacken des Kokains. Der Stoff, den Swan bei Armando bestellt hatte, war eingetroffen. Er kaufte *un kilo y medio,* 1500 Gramm. Er brachte die Ware zur Ranch, dann gingen er, Angel und Rudolpho an die Arbeit.

Der Raum hatte ein Atelierfenster, sobald die Sonne schien, verwandelte er sich in ein wahres Treibhaus. Bogotá liegt zwar sehr hoch. Aber es liegt nahe am Äquator. Wenn es Mittag wurde, schien die Sonne fast im rechten Winkel durch das verglaste Dach. Das Pressen und Verpacken der 1500 Gramm nahm mehrere Stunden in Anspruch. Die künftigen Sendungen, die Swan nach den USA abfertigen würde, wogen drei Kilogramm. Mindestens. Sie standen da, betätigten die Hebel der Presse, ächzten und stöhnten. Der Schweiß lief ihnen über die Gesichter. Sie trugen Handschuhe, damit keine Fingerabdrücke auf der Ware zurückblieben. Bevor sie die Nudelrollen füllten, verpackten sie den Stoff in Plastik. Sie tranken ein Bier nach dem anderen, um den Flüssigkeitsverlust auszugleichen. Mehrere Male brachen die Hebel, mit denen die Presse betätigt wurde. Sie setzten sich hin und warteten, bis Angel mit den Ersatzteilen zurückkam. Als die Rollen fertig bemalt vor ihnen lagen, begann das Paketpacken. Sie verwendeten Blockschrift, um Adresse und Absender aufzutragen. Es war nicht gut, wenn jemand ihre Handschrift erkannte. Sie wechselten sich ab beim Schreiben. Du ein Buchstabe, ich ein Buchstabe, er ein Buchstabe. Den Paketen, die an Lothario gingen, mußten Liebesbriefe beigefügt werden. Das besorgte Rudolpho. Die Pakete wurden einzeln aufgegeben, damit erhöhte sich die Chance, daß zumindest drei oder vier durch die Maschen des Zolls schlüpften.

Swan wiederholte die Prozedur bei den künftigen Einkaufsreisen nach Kolumbien. Nur zweimal machte er eine Ausnahme. Inzwischen war ihm klargeworden, daß Angel und Rudolpho für den Fluß der Geschäfte mindestens so wichtig waren wie die Dealer in New York. Als Vorteil erwies sich, daß Armando weiterhin puren Stoff lieferte. In den Monaten, die der ersten Nudelholzoperation folgten, zehrten Canadian Jack und Black Dan von Swans Einfallsreichtum. Er stellte ihnen auch sein Werkzeug und Angels Maschinen zur Verfügung. Einige Male kam Raoul und bot Ware an. Pura. Sie war wirklich pura. Swans Freundschaft mit Vincent war jetzt so eng, daß er ihn jedes Mal hinzuzog, wenn es eine neue Lieferung zu prüfen galt. Ein Jahr später stieß Michel Bernier zu dem illustren Klub. Es folgte das Ding mit dem Boot, an dem Swan seinen Freund René Day, den Spieler, beteiligte. Bei seinem ersten Coup war es Swan gelungen, 300 g Kokain in die Staaten einzuschmuggeln. Dann 600 g. Der Umsatz, der sich aus der dritten Einkaufsreise ergab, betrug 1,5 kg reines Kokain. Bei allen späteren Transfers waren 3 kg die Mindestmenge. Swan flog in die Staaten zurück. Es konnte nur noch aufwärtsgehen.

10 Alkaloid-Annie und die Macht der Presse

Swan passierte den Zoll bei der Ankunft in New York mit drei Nudelhölzern im Gepäck. Die Rollen waren rot, weiß und schwarz bemalt. Duplikate jener Stücke, die er in Bogotá mit Kokain gefüllt und per Luftpost nach New York adressiert hatte. Der Beamte, der sein Gepäck kontrollierte, würdigte die drei Rollen keines Blickes. Er war kaum in seiner Wohnung, als Davis anrief. Davis war in eine Telefonzelle gegangen, um diesen Anruf zu tätigen.

»Ich hab' Besuch bekommen«, sagte Davis.

Das Paket war angekommen. Swan nahm die U-Bahn, um zu Davis zu fahren. Er nahm einen Sack aus blauem Segeltuch mit. Mit dem zusammengeknüllten Sack unter dem Arm betrat er das Bürogebäude. Er durchquerte die Eingangshalle und betrat die Fahrstuhlkabine. Er fuhr bis zum achten Stock. Dann verließ er die Kabine und ging die Treppe bis zum zehnten Stock hoch. Er inspizierte die möglichen Fluchtwege, dann ging er die Treppe zum neunten Stock hinunter, wo Davis sein Büro hatte. Er sah sich das Paket, das Davis ihm gab, genau an. War der Bindfaden aufgeknotet worden? Waren die Klebebänder gelöst worden? Anscheinend nicht. Bevor er mit dem Paket im Sack das Büro verließ, machte er einen Probelauf. Er legte einen schweren Versandhauskatalog in den Sack, nahm den Fahrstuhl, verließ das Gebäude und machte einen Spaziergang um den Block.

Nichts geschah. Swan kehrte in Davis' Büro zurück, tauschte den Versandhauskatalog gegen das Paket aus und beförderte sein Kokain nach Hause.

Noch bevor er das Paket öffnete, rief er Anthony an. »Ich bin gerade heimgekommen«, ließ er ihn wissen. »Aus dem Süden.« Es würde noch genügend Zeit bleiben, um die anderen beiden Pakete einzusammeln, die er in Bogotá aufgegeben hatte. Er verabredete sich mit Anthony. Am nächsten Morgen rief Lothario an. »Warum kommst du nicht mal rüber und besuchst mich?« schlug er vor.

Er nannte Swan eine Adresse an der West 90th Street. Ganz in der Nähe. Swan ging zu Fuß hin. Er gab Lothario 500 Dollar in bar, dann tauschte er die Nudelhölzer aus.

»Was hat sie gesagt, als das Paket ankam?« fragte Swan.

»Nicht viel. War für sie eine ganz alltägliche Sache. Sie kriegt oft irgendwelche Geschenke von Unbekannten zugesandt.«

»Hab' ich mir gedacht.«

»Wieviel ist die Ware wert?« wollte Lothario wissen.

»Das werd' ich bald wissen«, sagte Swan und steckte die gefüllten Exemplare in seinen Sack.

»Wenn du's herausgefunden hast, sagst du mir Bescheid?«

»Ist versprochen. Ich sag' dir Bescheid.«

Es war dann nicht zu verhindern, daß Lothario vom wahren Wert der Waren erfuhr. Seine Gebühr stieg auf 650 Dollar an. Swan hatte jetzt zwei Pakete zu Hause. Er startete die Operation Öffnung. Er entnahm eine Probe für Anthony, der nur pures Kokain wollte. Den Rest der Ware mischte er mit Borax. Pro Kilo Kokain fügte er 300 g Borax hinzu. Dann verpackte er die Ware unzenweise in Plastikbeutelchen. Er nahm ein Zimmer im Lincoln Square Motel. 45 Unzen lagen zur Abholung durch die Dealer bereit. Nach einer Woche machte Swan Kasse. 31 500 Dollar waren übriggeblieben. (Er hatte das Kokain zu 700 Dollar die Unze verkauft. Später verlangte er 850 Dollar die Unze. Der Preis würde innerhalb eines Jahres auf 1000 Dollar steigen.)

Das dritte Paket ließ auf sich warten. Lothario rief Swan an. Er sprach von einer Appartementwohnung in der East 79th Street. Die Wohnung gehörte einer jungen Dame. Lothario war verliebt. Das Mädchen war ein *Top model,* sie hatte sich auch als Schauspielerin versucht. Eine junge Dame, die Post aus aller

Herren Länder bekam. Auch Geschenke. Es gab wirklich kein Risiko. Zumal Lothario hell entbrannt war. Er verbrachte die meiste Zeit bei seiner Angebeteten. Kaum Gefahr, daß Swans Paket unbemerkt im Müllschlucker verschwand. Lothario empfing ihn am Eingang der Wohnung. Swan trat ein. Die Lieblingsfarbe der jungen Dame war Rot. Rote Wände, rote Teppiche. Die Kuchenrolle war ausgepackt worden. Sie lag auf dem Heizkörper. Nicht gut.

»Das Schlimmste, was sie tun konnte.«

»Tja«, sagte Lothario. »Ich hatte keine Ahnung.«

Beide starrten auf die Rolle.

»Die Hitze macht das Zeug kaputt, Mensch.«

»Tut mir wirklich leid.«

Swan nahm die Kuchenrolle und warf sie auf das Sofa. Er schüttelte den Kopf.

»Verdammte Scheiße!«

Die Rolle fühlte sich heiß an. Und Lothario tat es leid. Swan konnte sich nicht mehr beherrschen. Er fluchte, daß es eine Freude war. Als er sein Herz erleichtert hatte, klopfte er Lothario auf die Schulter. »Du hast keine Schuld. Ich bin schuld. Vergiß es.«

Swan gab Lothario, was er ihm versprochen hatte. Dann ging er schnurstracks zu Anthony. Der vereinbarte Preis war 11 000 Dollar für 500 g. Bedingung: Die Lieferung mußte der Probe entsprechen, die Swan vorab gesandt hatte. Swan erklärte, was passiert war. Peinlich. Gemeinsam öffneten sie das Behältnis. Swan hatte Anthony versprochen, daß er beim Öffnen der Sendung dabeisein konnte. Sie gingen in Anthonys Billardzimmer, legten die Kuchenrolle auf den Boden und zerspalteten sie mit Hilfe eines Hammers und eines Stecheisens. Was zum Vorschein kam, war deprimierend. Das Kokain hatte eine bräunliche Farbe angenommen. Noch fünf Stunden auf dem Heizkörper, und es hätte sich in eine dunkelbraune Paste verwandelt. Sie legten eine Zeitung auf den Boden und schütteten das Pulver auf die Zeitung. Dann richteten sie den Schein eines Heizstrahlers auf das Kokain. Es gelang ihnen, die Substanz zu trocknen. Etwas besser sah sie schon aus als vorher. Aber es war immer noch braun und verkrustet. Anthony ging ans Telefon. Zwanzig Minuten später betrat ein Interessent für die

Ware die Wohnung. Anthony verhandelte mit ihm im Wohnzimmer, Swan wartete im Billardzimmer. Wenig später ging die Tür auf. Anthony kam ins Billardzimmer. Er schüttelte den Kopf.

»Und nun?« fragte Swan.

»Warten«, sagte Anthony. Er ging ins Wohnzimmer zurück. Er kam und ging, verhandelte und fragte. Der Preis sank von 11 000 Dollar auf 9000, schließlich auf 7000. Swan war einverstanden. 7000 Dollar.

»Da wäre noch etwas«, sagte Anthony.

Swan hob den Kopf.

»Er will die Kuchenrolle.«

»Was zum Teufel will er mit der Kuchenrolle anfangen?« Es war alles nicht so einfach. Besonders dieses Mal nicht. Die Sache begann ihm über den Kopf zu wachsen.

»Er wundert sich, daß Sägemehl in seinem Kokain ist«, sagte Anthony. »Er will die Kuchenrolle sehen.«

»Scheiße.«

Swans Gesamtprofit bei der *kilo y medio*-Operation betrug 38 500 Dollar. Den größten Teil des Geldes packte er in einen Banksafe. Je länger er mit Kokain handelte, um so mehr Zeit vertat er mit dem Verstecken des Geldes. Er hatte verschiedene Schließfächer bei Banken in der City angemietet. Aber eine richtige Lösung war das alles nicht. Keiner dieser Safes war sicher, wenn die Polizei kam. Swan überlegte. Und erfand ein *cash-system,* das auf seiner Liebe zum Holz basierte. Er versteckte das Geld in Holzscheiten.

In seinem Appartement in New York gab es einen offenen Kamin. Auch in den Häusern, die Swan auf Long Island zu mieten pflegte, gab es einen offenen Kamin. Und so ging Swan vor. Er betrachtete die Scheite, die neben dem Kamin gestapelt waren. Er wählte ein Scheit aus, das ihm sympathisch schien. Er entfernte die Rinde. Ein schönes Stück Arbeit. Dann füllte er die Badewanne und legte das Scheit hinein. Zwei oder drei Tage ließ er es im Wasser. Die restliche Rinde löste sich. Alle paar Stunden ging Swan ins Bad, um die Operation zu überwachen. Inzwischen sah das Holzscheit wie eine Wassermine aus. Eine Mine, die ihre Kette verloren hatte. Spätestens am vierten Tag nahm Swan das Scheit heraus. Er stemmte ein Loch aus, das in seiner Größe den Geldscheinen entsprach, die er in dem Holz verstekken wollte. Als er fertig war, betrachtete er sein Werk. Sah aus wie ein ausgeraubtes Grab. Er verstaute die Scheine in ihrem Grab und leimte das Stück Holz, das er ausgestochen hatte, wieder auf, nachdem er die Dicke verringert hatte. Die Ritzen bestreute er mit Sand und Sägemehl. Dann legte er das Scheit auf den Stapel zurück. Wenn es aus Versehen verbrannt wurde, war er 30000 Dollar ärmer. Einige Male versteckte er Rauschgift in der gleichen Weise.

»Ich hatte Alpträume damals. Jemand stand vor dem Kamin und verbrannte mein Holzscheit. Ich hatte damals nur eine Sorge. Niemand durfte uns besuchen und sich am Kamin zu schaffen machen. Niemand durfte das Scheit mit dem Geld verbrennen.«

Es gab nicht wenige, die Swan für verrückt hielten. Aber die Sache mit den 30000-Dollar-Holzscheiten sollte nicht seine einzige Verrücktheit bleiben. Sein nimmermüder Geist ging dunkle Wege, er ging sie besonders gern. Raoul, der Mann mit dem Speiseeistick, hatte Swan erzählt, daß einer der Kellner in Victor's Café ihm 80000 Dollar schuldete. Victor's Café war die kubanische Eisdiele in Manhattan, die Ellery zu seinem Hauptquartier umfunktioniert hatte. Swan ging sehr gern dorthin. Als er von Raouls Problem hörte, beschloß er dem Freund zu helfen. »80000 schuldet er dir. Wofür?« Nicht für Eiscrem, sagte Raoul ausweichend.

Swans Bemühen, das Geld einzutreiben, war kein Erfolg beschieden. »Ich habe versucht, mit dem Mann darüber zu sprechen. Ich wollte, daß Raoul wieder zu seinem Geld kommt. Seitdem kriege ich in Victor's Café nur noch schlechte Tische.«

Swan hatte sein Geld mit der Luftpost gemacht. Die Pakete, die für ihn von Kolumbien nach New York geflogen wurden, waren die Basis seines Geschäfts geworden. Er kam sich ein bißchen wie Sears Roebuck vor, das große amerikanische Versandhaus. Zu jedem Zeitpunkt, auch wenn er in New York war und, sagen wir, 4 kg Kokain verscherbelte, zu jedem Zeitpunkt waren für ihn Pakete von Kolumbien unterwegs. Einige Male delegierte er die Aufgaben, die in Südamerika wahrzunehmen waren, an Rudolpho. Der Mann war tüchtig. Er konnte sich auf ihn verlassen. Er schickte ihm das Geld, und basta. Schon mehr

Sorgen machten die Adressen, wo er die Pakete einsammelte. Und dann waren da die Dealer, um die man sich kümmern mußte. Der Vertrieb. Was die Adressen anging, war Davis die große Säule. Lothario war wichtig. Aber es gab noch andere.

Eines der Pakete, das Swan aus Kolumbien in die Staaten schickte, war an die *Iona Prep,* eine Privatschule in New Rochelle, adressiert. Das Paket enthielt eine Statue der heiligen Anna. Das Geschenk eines ehemaligen Schülers. Swan ließ sich von Charles Kendricks nach New Rochelle begleiten. Schließlich wollten sie die wunderschöne Skulptur fotografieren, die ein kolumbianischer Schnitzer geschaffen hatte. Sie hatten erwartet, die Statue in der Kapelle der Schule vorzufinden. Aber sie hatten sich geirrt. Aus irgendeinem Grund war das Ding im Speisesaal aufgebaut. Sie mußten warten, bis das Mittagessen zu Ende war, dann erst konnten sie ans Werk gehen. Sie machten ihre Fotos. Dann tauschten sie die Statuen aus. Das Original endete noch am gleichen Abend unter den wuchtigen Hammerschlägen, die Swan dem Stechmeißel versetzte. Das Duplikat hat inzwischen den gebührenden Platz in der Schulkapelle gefunden.

Etwas verworren ging es zu, als Swan eines seiner hölzernen Souvenirs an eine abergläubische Freundin Lotharios adressierte. Statt der üblichen Kuchenrolle hatte er den Kopf eines Stammeskriegers gewählt. Furchterregend sah der Bursche aus. So düster, daß das gute Mädchen ihn beinahe aus dem Fenster geworfen hätte. Aber Lothario war zur Stelle. Er konnte in letzter Sekunde den Fenstersturz verhindern. Es gab bei diesem Mädchen dann noch ein Problem. Swan war nicht in der Lage gewesen, zwei genau gleiche Stammeskrieger aufzutreiben. Das Original, in dem das Kokain versteckt war, fletschte die Zähne. Das Double lächelte freundlich und mild. Lothario brauchte Stunden, bis er seine Freundin überzeugt hatte, daß man seiner Erinnerung eben *nicht* trauen konnte.

Zachary Swan war auf der Suche nach der Wunderformel. Wie kriege ich den Stoff sicher von Kolumbien nach New York? Er hatte genügend Lehrgeld bezahlt. Inzwischen glaubte er keine der Legenden mehr, die in der Kokainszene umgingen. Eine dieser Legenden besagte, daß reines Kokain kristallisierte Brokken enthalten muß.

Soweit die Legende. Die Wahrheit ist, daß solche Klümpchen sowohl beim reinen Kokain als auch bei einer Mischung aus Kokain und anderen Stoffen zu sehen sind. Man sieht sie beispielsweise auch im Zucker, wenn der Löffel naß geworden ist. Aber die Kokainschnupfer, die Szene, die Dealer auf der Straße, sie alle schwören Stein und Bein, daß solche Kristalle die Reinheit des Stoffes verbürgen. Ein Dealer wird die Brocken nie zerstoßen. Er wird immer dafür sorgen, daß in seinem Briefchen ein paar kristallisierte Bröckchen enthalten sind. Läßt sich der Kunde eine Probe zeigen, so wird ihn der Dealer auf die Bröckchen besonders hinweisen.

Das Kokain der pharmazeutischen Industrie – im Jahre 1969 wurden in den Vereinigten Staaten 1057 kg Kokain legal hergestellt und zu einem Verkaufspreis von 20 Dollar pro Unze in den Handel gebracht – wird oft in kristallisierter Form in die Packung gefüllt. Häufig bekommt die Apotheke oder das Krankenhaus einen einzigen kristallisierten Brocken Kokain, 100 % reines Kokain. Auch illegal hergestelltes Kokain kristallisiert, aber es entstehen selten so große Kristalle wie bei der legalen Herstellung. Chemisch gesehen, besteht auch pulverförmiges Kokain aus Kristallen. Meist wird Kokain in Form von Flocken angeboten. Oft saugt das Kokain, wenn es Kristalle bildet, die Unreinheiten oder etwaige Beimengungen, die sich in der Ware befinden, an. Zachary Swan lernte das recht bald. Er war erstaunt, als er feststellte, daß Dr. Moses Wellfleet, einer seiner neuen Dealer, nichts davon wußte. Moses, so sagte er, glaubte mit geradezu religiöser Inbrunst an die Bröckchen-Theorie. Bröckchen sind gut. Fehlen die Bröckchen, dann ist es Aspirin.

Moses hatte jahrelang Kokain gehandelt. Auf der Straße. Er verstand sein Geschäft. Ihm konnte niemand erzählen, daß Kristalle ohne Bedeutung für die Reinheit des Produkts waren. Es kam, wie es kommen mußte. Swan, der sein Kokain in Bogotá zu harten Klumpen gepreßt hatte, bekam Schwierigkeiten mit Moses. Beim Preßvorgang zerbarsten die Kristalle. Keine Klümpchen mehr. Swan half sich, indem er neue Klümpchen produzierte. Die Ware für Moses wurde mit Klümpchen bestreut, die Swan einer anderen, nicht gepreßten, Partie entnahm. Es war nur eine Geste, aber für Moses war das sehr wichtig. Wenn es ihn glücklich machte, bitte schön. Moses kam, sah und dankte.

Keiner seiner Kunden beschwerte sich. Die anderen Unzendealer allerdings hatten Fragen zu beantworten. Nicht, daß die Kunden nicht zufrieden gewesen wären. Aber sie waren neugierig. Insgesamt ermittelte Swan, was die Nachteile des Pressens anging, den Faktor 5. Die Geschäftseinbuße beim Verkauf komprimierten Kokains infolge der psychologischen Vorbehalte der Kundschaft lagen bei 5 %.

Swan dazu: »Die meisten Leute wissen sowieso nicht, was sie sich da in die Schleimhäute donnern. Trotzdem tun sie furchtbar mißtrauisch, wenn sie die Droge kaufen. Sagen wir, du verkaufst puren Stoff. Der Kunde wird immer sagen, du verkaufst ein Gemisch. Vor allem dann, wenn das Produkt auch noch etwas anders aussieht, als er gewöhnt ist. Also gibst du Borax dazu. Jetzt ist der Kunde zufrieden. Er mäkelt nicht mehr am Preis. Er kauft und zahlt.«

Zwischen Winter 1971 und dem Sommer, in dem Swan die Brown-Gold-Operation durchführte, unternahm er zwei Reisen nach Kolumbien. Beide Male waren ihm Angel und Rudolpho bei der Beschaffung und beim Verpacken des Kokains behilflich. Beide Male schickte Swan 3 kg pures Kokain an seine Deckadressen in New York.

11 Windstille

»BROWN GOLD COFFEE wird von der Andes Coffee Corporation in Palisades Park, New Jersey, importiert und abgefüllt.« So steht es auf dem Etikett. Und dann gibt es noch einen Zusatz in dicken Lettern: ›100% kolumbianisch.‹ Die Firma weist weiter darauf hin, daß es sich bei den für die Herstellung dieses Pulverkaffees verwendeten Sorten um *Medellin Excelso* und um *Armenia Excelso* handelt. Der Geschmack dieses Kaffees, so schließt der Lobspruch auf der Packung, ist Gold wert. Sein Gewicht in Gold wert ist Kokain, eine Mischung aus alkaloiden und neutralen Kristallen, meist ebenfalls zu 100% kolumbianisch. Und zwar hat Kokain diesen Wert schon, bevor es die kolumbianischen Grenzen passiert. Die mathematischen Schlußfolgerungen aus der höchst unterschiedlichen Bewertung der beiden Substanzen Kaffee und Kokain gingen Zachary Swan durch den Kopf, als er beim Frühstück den Reiseteil der *New York Times* überflog.

»Perfekt«, sagte er.

»Was ist?« fragte Alice.

»Die Avianca Airlines bieten eine Zehntagereise nach Santa Marta, Barranquilla und Cartagena an. Der Flug startet von New York. Sogar die Hotels sind in der Anzeige aufgeführt.«

»Wie schön.«

Alice war der einzige Mensch, den Swan in seinen neuen Plan einweihen würde. Zur Ausführung mußte er sich noch der Hilfe von Davis und Canadian Jack versichern. Er brauchte außerdem ein Büro, ein Telefon, ein paar Gläser Pulverkaffee, einen Stapel Geschäftskarten, Briefbögen und Formulare sowie Glück. Er war entschlossen, die Operation unverzüglich in die Wege zu leiten.

Das Büro, das er anmietete, befand sich in der Nähe des Restaurants *Lüchow's* auf der 14th Street. Er machte einen Vertrag mit monatlicher Kündigung. Er ließ einen alten Schreibtisch ins Büro bringen, außerdem ein neues Aktenregal, einen Drehstuhl und eine Kaffeemaschine. Es dauerte ein paar Tage, bis das Telefon angeschlossen wurde. Swan nutzte die Zeit, um sich die Geschäftspapiere drucken zu lassen, die er für die Operation benötigte. Er löste dieses Problem mit leichter Hand. Jahrelang hatte er als Geschäftsführer in einer Firma gearbeitet, die Kartonagen herstellte. Er war in dieser Stellung sehr oft mit drucktechnischen Fragen befaßt worden. Einen Teil des Materials besorgte er sich vom Hersteller des Kaffees, der Firma ›Andes Coffee‹, zum Beispiel die Aufkleber, ein paar Werbeposter und Papier zum Verpacken der Ware. Alles trug den Schriftzug der Firma: ANDES COFFEE CORP., S.A. Schonbrunn & Co., Inc., Palisades Park, N. J. 07650. Briefbögen des Herstellers besorgten ihm Geschäftsfreunde, die ihn noch von seiner früheren Tätigkeit in der Kartonagenfabrik kannten. Sie wußten, wo das Unternehmen ›Andes Coffee‹ sein Geschäftspapier drucken ließ. Was dann noch fehlte, ließ Swan drucken. Wichtigstes Mosaiksteinchen in dem Ganzen war eine kleine Faltbroschüre, in der nicht nur der Original-Schriftzug des Kaffeeherstellers, sondern auch Swans neue Büroadresse mit Telefon vermerkt war.

Er stattete das Büro mit all den häßlichen Dingen aus, die er zum Zweck der Täuschung zusammengetragen hatte. Die Werbeposter heftete er an die Wände. Er dekorierte den Tisch mit einer der kitschigen Kaffeekannen, die in Büros Verwendung fanden. Das Displaymaterial der Firma war auf dem Regal ausgestellt. Nachdem er alles noch mit selbsthaftenden Firmenaufklebern versehen hatte, kaufte er ein paar Gläser Pulverkaffee und schloß sich in seinem neuen Büro ein. Eine der wichtigsten Phasen der Operation hatte begonnen. Und eine der schwierigsten. Erst nach mehreren Versuchen gelang es Swan, die Vakuumversiegelung eines Glases mit gefriergetrocknetem Kaffee zu lösen, ohne die Folie zu zerstören. Das Glas enthielt 4 Unzen Kaffee. Er steckte die vorbereitete Faltbroschüre in den Hohlraum zwischen Ware und Deckel, klebte die Versiegelung mit einer Spezialklebemasse fest, schraubte das Glas wieder zu und fuhr nach Queens, um sein Meisterstück in die Regale eines Supermarkts zu stellen. Er machte eine interessante Entdeckung. Die Preise in dem Supermarkt, den er ausgewählt hatte, waren niedriger als in Manhattan. Bohack verkaufte den gleichen Kaffee billiger als D'Agostino's. Das Gesetz der freien Marktwirtschaft. Swan ließ sich von solchen Schwierigkeiten nicht ins Boxhorn jagen. Er vertauschte die Klebeetiketten, dann stellte er das präparierte Glas Kaffee an den vorderen Rand des Regals. So einfach war das. Swan war nicht gewillt, die Dinge dem Zufall zu überlassen. Nachdenklich verließ er das Geschäft. Ein paar Sekunden lang kam er sich wie ein Ladendieb vor. Aber war dem Supermarkt ein Schaden entstanden? Eigentlich nicht. Swan kehrte in sein Büro zurück. Das Warten begann. Es sollte einige Tage dauern.

Es war an einem Nachmittag gegen halb fünf, als Swan den Anruf einer gewissen Mrs. Vagelatos entgegennahm.

»Hier Brown Gold Company.«

»Hello.«

»Hello.«

»Mein Name ist Mrs. Vagelatos.«

»Ja, bitte, Mrs. Vagelatos. Was kann ich für Sie tun?«

»Ich habe den Teilnahmeschein Nr. 21-27-37-31-32.«

»Rufen Sie wegen dem Preisausschreiben an, Mrs. Vagelatos?«

»Ja. Ganz recht. Wegen dem Preisausschreiben.«

»Und wie war noch einmal Ihre Nummer, Mrs. Vagelatos?«

»Teilnahmeschein Nr. 21-27-37-31-32.«

»Ich fürchte, ich habe Sie nicht ganz verstanden, Mrs. Vagelatos. Würden Sie Ihre Nummer bitte noch einmal wiederholen?«

Mrs. Vagelatos wiederholte die Nummer. Swans Trick bei dieser Operation war ganz einfach. Es gab nur eine einzige Nummer, die bei diesem ›Preisausschreiben‹ gewann. Jene Nummer, die Swan auf die Faltbroschüre hatte drucken lassen. Wer das präparierte Glas Kaffee kaufte, hatte ›gewonnen‹. Nur eine einzige Faltbroschüre war in dieser Weise bedruckt worden. Hätte Swan nicht den Anruf von Mrs. Vagelatos erhalten, hätte er noch einige Tage abgewartet, um ein weiteres Exemplar der Broschüre mit einer neuen Gewinn-Nummer in Umlauf zu bringen. Es war nicht gut, fand Swan, wenn zu viele Exemplare der Broschüre kursierten.

»Mrs. Vagelatos, ich beglückwünsche Sie! Sie haben gewonnen. Sie haben einen Preis gewonnen. Den ersten Preis sogar. Sie haben eine Zehntagereise nach Kolumbien gewonnen.«

Mrs. Vagelatos sagte, sie sei schon etwas alt für einen solchen Flug, ihr Mann sei nicht mehr berufstätig. Ja, ihr Mann wäre wohl auch schon zu alt für einen Flug nach Kolumbien. Sie sprach nur gebrochen Englisch. Immerhin, so fand Swan im Gespräch heraus, lebten sie und ihr Mann schon seit einer Reihe von Jahren in den Vereinigten Staaten.

»Kann ich den Preis nicht in Geld bekommen?« fragte sie.

Swan erklärte ihr die Regeln des Preisausschreibens. Dann kam er auf den Punkt zu sprechen. »Eine Vergütung in Form von Geld ist leider nicht möglich, Lady.« Mrs. Vagelatos sagte, sie müßte sich das überlegen. Einen Tag später rief sie wieder an. Sie hätte die Sache mit ihrem Mann durchgesprochen. Sie beide seien einverstanden. Sie würden den Flug antreten.

»Es wird Ihnen gefallen, Mrs. Vagelatos. Eine herrliche Reise. Jawohl. Wie sagen Sie? Aber natürlich. Nicht nur Flug und Aufenthalt sind bezahlt. Es gibt außerdem schöne Geschenke und Souvenirs für Sie.«

Natürlich.

Swan eröffnete ein Scheckkonto auf den Namen der Firma S. A. Schonbrunn & Co., Inc. Dann kaufte er Flugtickets bei Avianca Airlines, ausgestellt auf den Namen von Mr. und Mrs. Vagelatos. Er steckte die beiden Tickets in einen Firmenumschlag des Kaffeeherstellers, fügte ein Glückwunschschreiben und eine Übersicht über den Reiseablauf hinzu und adressierte den Umschlag an die Anschrift des alten Ehepaares im Stadtteil Queens.

Die Stationen in Kolumbien lagen fest. Santa Marta, Barranquilla und Cartagena. Auch die Daten waren bekannt, wann sich die Teilnehmer an dieser Package-Tour in welchem Hotel aufhalten würden. Swan wußte also, wo man das Ehepaar Vagelatos während seines Aufenthaltes in Kolumbien antreffen konnte. In dem Begleitschreiben zu den Flugscheinen hatte er die beiden darauf hingewiesen, daß sich der Beauftragte von Brown Gold in Cartagena mit ihnen in Verbindung setzen würde. Er würde ihnen die Geschenke überreichen. Swan führte dann ein Telefongespärch mit Armando. Er sagte ihm, daß er in einer Woche nach Kolumbien fliegen würde. Armando sollte ihm drei Flaschen Chanel besorgen.

»Das ist äußerst wichtig, Armando. Drei Flaschen Chanel. Kauf sie für mich, und bewahr sie für mich auf. Ich komme ganz bestimmt.«

Zwei Wochen später nahm Swan 22000 Dollar aus seinem Banksafe an der East Side. Er trat den Flug nach Bogotá an. (Wenn Swan größere Summen Bargeld zu transportieren hatte, trug er eine Jacke, die Alice für ihn geschneidert hatte. Einige Male verwendete er die Jacke auch für den Kokainschmuggel. In die Jacke waren einige Geheimtaschen eingenäht, im Bereich des Rückens und seitlich. Die Verschlüsse der Taschen bestanden aus selbsthaftendem Band. Man preßte die beiden Bänder aufeinander, die Tasche war zu. Man löste die Bänder mit einem Ruck voneinander, die Tasche war auf. Eine der Segnungen des Raumfahrtzeitalters. Besser als ein Reißverschluß. Besser als Knöpfe.)

Armando lieferte. Er berechnete Swan 6000 Dollar pro Kilo. Auf den alten Grammpreis von 5,50 Dollar hatte er 50 Cents aufgeschlagen. Zum einen, weil er die Ware ein paar Tage lang für Swan aufbewahren mußte. Zum anderen, weil damals der Preis für Kokain in Bewegung geraten war. Und zwar nach oben. Überall in der Welt hatte Kokain angezogen. Angel und Rudolpho halfen Swan beim Einfüllen des Kokains in die für den Transport vorgesehenen Behältnisse. Swan suchte und fand Canadian Jack. Er gab ihm 200 Dollar und ein paar Gramm Kokain für den eigenen Gebrauch. Außerdem stattete er ihn mit einem Flugticket aus. Flugziel war Cartagena. Sie flogen gemeinsam. In Swans Fluggepäck befanden sich die Andenken, die er für den Transfer der Ware zu verwenden gedachte. Canadian Jack trug eine brandneue Polaroidkamera um den Hals.

Das *Caribe Hotel,* wo das Ehepaar Vagelatos vom Reiseleiter der Package-Tour untergebracht worden war, liegt in einem Stadtteil Cartagenas, der sich Bocagrande nennt, an der äußersten Spitze einer Halbinsel, die die Bucht von Cartagena vom Karibischen

Meer trennt. Vom Hotel zur Altstadt ist es ein ziemliches Stück Weg. Der ganze Hafen liegt dazwischen. Auch architektonisch unterscheidet sich der Strandabschnitt von Bocagrande heute deutlich von der Altstadt Cartagenas. Bocagrande ist zum Meer hin orientiert. Hier ist alles auf die Touristen abgestellt. Auf der Halbinsel reiht sich ein Betonblock an den anderen. Was in den Hotels nicht aus Beton ist, ist aus brennbarem Kunststoff. Es sind regelrechte Feuerfallen, die sich die Architekten da ausgedacht haben. Die Hotels haben so wohlklingende Namen wie Americar, Flamingo, El Dorado und Las Vegas. Die Zimmer sind mit Walnußmöbeln ausgestattet. Blick auf den Strand. Als Swan die Stadt Cartagena zu seinem südamerikanischen Stützpunkt erkoren hatte, befanden sich die neuen Hotels noch im Bau. Inzwischen sind sie unübersehbare Realität, ein steingewordener Alptraum, der den Südamerikanern die Illusion gibt, sie hätten den Anschluß an den Rest der Welt gefunden. Den Touristen aus den Staaten geben diese Kästen die Illusion, sich in Miami zu befinden. Die Idee, die hinter der Konstruktion derartiger Hotels steckt, entspricht der gastronomischen These, daß ein Tourist, der Bordeaux besucht, vor allem eines will: Coca-Cola trinken. Soziologen nennen das Fortschritt.

Das *Caribe Hotel* unterschied sich von den gesichtslosen Kästen, die später entstanden, in wichtigen Punkten. Es lag im Schatten alter Bäume, auf einem ausgedehnten Grundstückskomplex. Die Architektur war spanisch inspiriert. Ein Bau, der Tradition ausstrahlte. Beeindruckend. Heute noch ist dieses Hotel eine Institution, die es mit dem Umweltschutz ernst meint. Die tropischen Gärten, die das Hotel umgeben, werden gehegt und gepflegt. Man achtet darauf, daß die Tierwelt, die im Park existiert, erhalten bleibt. Ein großer Teil der Früchte, die im Hotel Caribe serviert werden, sind auf dem eigenen Grundstück angebaut worden. Ein weitläufiger Park, der allem Anschein nach nur zu einem einzigen Zweck angelegt wurde: den Gästen des Hotels Vergnügen zu bereiten. Auf der Rückseite des Parks öffnet sich ein Tor auf den Strand. In südöstlicher Richtung gibt es einen Jachthafen. Das Hotelgebäude ist nicht so groß wie die benachbarten Betonklötze auf der Halbinsel. Dafür bietet es den Gästen mehr Komfort und ein Wohngefühl, das in den meisten Hotelneubauten nicht mehr zu finden ist. Architektonisches

Zentrum aller Anlagen des Hotel Caribe ist ein großes Schwimmbecken. Es gibt zwei Gründe, warum das Schwimmbecken für ein Hotel in dieser Lage so wichtig ist. Zum einen ist die Karibische See, wo sie den Strand der Halbinsel beleckt, recht seicht. Kein Mensch kann sich ins Wasser begeben und aufrecht stehend, mit Blick auf Cartagena, ertrinken. Solange er Cartagena sehen kann, hat er Grund unter den Füßen. Der Strand hat, aus der Sicht des Touristen, noch andere Nachteile. Er ist unsicher. Abends den Strand entlanggehen, ist in Kolumbien kein empfehlenswertes Freizeitvergnügen. Wie überhaupt das abendliche Spazierengehen in südamerikanischen Städten eine lebensgefährliche Angelegenheit ist. So hat denn das Hotel Caribe einen Swimmingpool mit Olympiamaßen. Das Becken ist von hohen Palmen umgeben. Auf einer Seite des Schwimmbeckens befindet sich der verglaste Speisesaal. Auf der anderen Seite gibt es ein Open-air-Restaurant. Swan wählte das Open-air-Restaurant als Rahmen, in dem die Übergabezeremonie der Geschenke stattfinden sollte.

Er und Canadian Jack waren mit dem Frühflug angekommen. Es war Mitte der Woche. Sie kamen aus Bogotá und checkten im Hotel Caribe ein. Swan ließ sich von seinem Zimmer mit dem Ehepaar Vagelatos verbinden. Er verabredete sich mit den beiden am Schwimmbecken, dort würde er ihnen die Geschenke überreichen. Zur Feier des Tages hatte sich Swan mit einer dunklen Brille ausgestattet. Außerdem trug er einen Vollbart. Er verwickelte den Kellner in ein längeres Gespräch und erkundigte sich, im Beisein seiner beiden Gewinner, daß der Kaffee, der nach dem Essen serviert wurde, wirklich ›100 % kolumbianisch‹ sei. Alle lachten, vor allem Mrs. Vagelatos und ihr Mann. Mit großer Geste überreichte er ihnen die vorbereiteten Geschenke. Canadian Jack umkreiste den Tisch mit seiner Sofortbildkamera. Wie üblich stand er unter Kokain. Ebenso Swan. So fiel es keinem der beiden auf, das Canadian Jack überhaupt keine Filmkassette eingelegt hatte.

Swan beschenkte das Gewinnerpaar mit einer Anzahl Nudelhölzer. *Muy tipico.* Zu den Souvenirs ›Made in Colombia‹, die er auf dem Tisch ablud, gehörten auch geschnitzte Statuen, Wandteppiche, Hängematten, Tischtücher, Ruanas, Strohhüte und Handtaschen aus Leder. Das ganze Sammelsurium wog fast

20 Kilo, Swan hatte 150 Dollar dafür ausgegeben. In den Vereinigten Staaten würden die Gegenstände einen Wert von über 500 Dollar darstellen. Wenn man von der Füllung einmal absah. Swan hatte die Gegenstände in zwei überdimensionalen Plastikbeuteln bis ins Open-air-Restaurant befördert. Von jedem Stück gab es ein Doppel, das er in seinem Zimmer aufbewahrte. Er bat die beiden alten Herrschaften, eine Vereinbarung zu unterzeichnen. Sie würden mit den Geschenken im Arm in New Yorker Büro der Firma fotografiert werden. So war es nun einmal beim Preisausschreiben. Swan flocht noch eine launige Bemerkung ein über die Griechen, die ja schon immer als Götterboten aufgetreten seien. Mr. und Mrs. Vagelatos unterschrieben. Er überließ ihnen die Durchschrift der Vereinbarung. Dann wünschte er ihnen noch einen schönen Aufenthalt und eine glückliche Heimkehr nach New York. Er verabschiedete sich.

Der Zeitplan der Package-Tour sah vor, daß die Reiseteilnehmer zwei Tage später den Rückflug nach New York antreten würden. Swan flog voraus, er kam einen Tag vor dem alten Ehepaar in New York an. Mit den Duplikaten der Geschenke im Gepäck. Anstandslos passierte er die Zollkontrolle. Souvenirs? Ja, Sir. Swan hatte Mrs. und Mr. Vagelatos gebeten, ihn im Büro anzurufen, sobald sie zurück seien. Aber es kam kein Anruf. Swan wartete. Und machte sich Sorgen. Dann entschloß er sich, nachzufragen. Er wählte die Nummer an, die Mrs. Vagelatos ihm gegeben hatte. Sie war selbst am Apparat. Wir sind beide etwas müde von der Reise, ließ sie ihn wissen. Jawohl, sie seien pünktlich zurückgekehrt. Probleme? Keine Probleme. Swan entfuhr ein Seufzer der Erleichterung. Er rief ein Taxi an, gab dem Fahrer das Geld im voraus und beauftragte ihn, Mr. und Mrs. Vagelatos in ihrer Wohnung abzuholen.

Davis machte die Fotos. Die Gewinner mit den Geschenken. Dann führte Swan Mrs. und Mr. Vagelatos zum Essen ins ›Lüchow's‹. Die Geschenke blieben im Büro zurück, so daß Davis den Austausch vornehmen konnte. Nach dem Essen begleitete Swan seine beiden Gäste ins Büro zurück, händigte ihnen ihre Geschenke wieder aus, wünschte ihnen Gesundheit, Wohlstand und langes Leben. Er ging mit ihnen auf die Straße hinunter, rief ein Taxi, bezahlte den Fahrer und gab ihm den Auftrag, das Ehepaar heimzufahren. Am Tag darauf kündigte er den Mietvertrag für das Büro und zog aus. Er sah Mrs. und Mr. Vagelatos nie wieder.

Quidquid id est, timeo Danaos et dona ferentis... Aber der Beamte an der Zollkontrolle hatte wohl nie Vergil gelesen.

Im nachhinein war Swan geteilter Meinung, was die *Brown-Gold*-Operation anbetraf. War er nicht von seinem Prinzip abgewichen, daß er seine ›Tragtiere‹ nicht der Gefahr einer Verhaftung aussetzen durfte? Er hatte sich eines ahnungslosen alten Ehepaars bedient. Mrs. und Mr. Vagelatos waren Einwanderer aus Griechenland. Leute, die Amerika für das gelobte Land hielten. Menschen, die an die amerikanischen Institutionen glaubten, an Recht und Ordnung allemal. Auch daran, daß in den Supermärkten nicht geschmuggelt wurde. Die beiden hatten volles Vertrauen in die Firmen, die Pulverkaffee aus Kolumbien anboten. Nie wären sie auf den Gedanken gekommen, einen Zollbeamten am Flugplatz hinters Licht zu führen. Amerikaner waren gute Menschen, die man nicht enttäuschen durfte. Weder durfte man einen Zollbeamten belügen noch Persönlichkeiten wie Richard Nixon oder Zachary Swan, in seiner Eigenschaft als New Yorker Niederlassungsleiter der *Andes Coffee Corporation,* den Respekt verweigern. Wozu sich, zusammenfassend, sagen läßt, daß es eine ganze Reihe entlastender Momente für Swan gab.

Zunächst einmal waren Mrs. und Mr. Vagelatos ja wirklich unschuldig. Dies allein war schon eine gute Voraussetzung, die Zollkontrolle ungehindert zu passieren. Das Risiko, daß sie durchsucht wurden, war gering. Sie reisten mit einer Reisegruppe. Wer die amerikanischen ›Tours‹ kennt, weiß, daß die Teilnehmer meist mittleren Alters sind und, soziologisch betrachtet, zur Mittelklasse gehören. Jeder Schritt, den solch ein Reiseteilnehmer im Ausland tut, wird von den Reiseleitern überwacht. In den Hotels wird ein Netz über das Gepäck dieser Reisegruppen geworfen. Neben dem Netz nimmt der Reiseleiter oder sein Beauftragter Aufstellung.Wenn überhaupt ein Flugreisender eine Chance hatte, unkontrolliert den New Yorker Zoll zu passieren, dann Mrs. und Mr. Vagelatos. Davon ging Swan aus. Er konnte kein Interesse haben, daß die beiden im Knast landeten. Ziel seines Plans war es, das Kokain durch den Zoll zu kriegen. Und trotzdem. Es gab das Risiko, daß der Zoll das Gepäck der beiden alten Leutchen kontrollierte. Blieben zwei Möglichkeiten. Die Dinger gingen als Geschenke durch. Wir haben bei einem Preisausschreiben gewonnen. Sehen Sie mal die Fotos, Officer. Die zweite, unwahrscheinliche Möglichkeit: Der Zoll zersägte die Nudelrollen und die Holzstatuen, Uncle Sam fand das Kokain. Es sprach, wie gesagt, wenig für diese Möglichkeit. Swan war nicht kontrolliert worden, als er seine Andenken, die äußerlich haargenau den Souvenirs des alten Ehepaares entsprachen, nach New York einschleuste. Aber wenn der unwahrscheinliche Fall eintrat – wie konnten sich Mrs. und Mr. Vagelatos aus der Affäre ziehen?

Swan war der Überzeugung, daß seine beiden ›Tragtiere‹ unter den gegebenen Umständen alsbald wieder freikommen würden. Er hatte ihnen eingeprägt, daß sie den Teilnahmeschein des Preisausschreibens aufbewahren mußten. Es war anzunehmen, daß Mrs. Vagelatos auch das Glas aufbewahrt hatte, in dem sie ihren Gewinn vorfand. Zudem konnten die beiden Flugtickets vorweisen, die mit einem Scheck der Firma S. A. Schonbrunn & Co. Inc., von der Niederlassung an der 14th Street, bezahlt worden waren. Mrs. Vagelatos führte das Schreiben der Kaffeefirma mit sich, in dem das Ehepaar zu dem Gewinn beglückwünscht wurde. Es gab ein Reiseprogramm, das auf einem Briefbogen der Firma getippt war. Und schließlich gab es eine schriftliche Vereinbarung, von der Mrs. Vagelatos eine Kopie in ihrer Handtasche hatte. Die Vereinbarung besagte, daß die beiden bald nach ihrer Rückkehr in die Vereinigten Staaten mit den Geschenken ›Made in Colombia‹ im Büro der Kaffeefirma zu erscheinen hatten. Wenn all das noch nicht verfing: Es gab an die dreißig Zeugen, die bestätigen konnten, daß Mrs. und Mr. Vagelatos im Open-air-Restaurant des kolumbianischen Hotels vom Vertreter einer Firma Geschenke überreicht bekommen hatten. Ein Fotograf war dagewesen. Welch ein Wirbel. Die amerikanischen Touristen, die Zeuge der Szene wurden, hatten ihr Essen kalt werden lassen, so sehr fesselte sie die Angelegenheit. An entlastenden Momenten für das alte Ehepaar gab es also keinen Mangel. Die beiden waren unschuldig, sie konnten es sogar beweisen. Wenn Mrs. und Mr. Vagelatos überhaupt einen Nachteil erlitten, dann bestand er in der Aufregung, die eine

Durchsuchung des Gepäcks mit sich brachte. Vielleicht würden sie ein paar Stunden in Haft verbringen, während der Zoll ihre Angaben nachprüfte. Dafür, so fand Swan, waren sie schließlich auch in den Genuß einer schönen Urlaubsreise nach Kolumbien gekommen. Tatsache war, daß sowohl er als auch die beiden ›Tragtiere‹ bei dem Geschäft gut abschnitten. Nur Uncle Sam, vertreten durch den Zoll am New Yorker Flughafen, schaute durch die Röhre.

Es ging dann stürmisch aufwärts mit Swans Geschäften. Die *Brown-Gold*-Operation war ein überwältigender Erfolg. Swans Selbstvertrauen stieg. Er schmiedete neue Pläne. Wagemutige Pläne. So viele waren es, daß er sie gar nicht alle in eigener Regie durchführen konnte. Die meisten Pläne blieben unverwirklicht. Einer allerdings verhalf zwei Freunden zu einem ungeahnten Erfolg. Die Sache lief ohne Wissen Swans. Es war an einem regnerischen Abend in Bogotá. Swan hatte Canadian Jack und Black Dan dargelegt, welches die unbegangenen Wege beim Kokainschmuggel waren. Die beiden hatten gut zugehört. Was nicht einfach war, weil der Kokainexpreß, auf dem alle drei fuhren, gerade mit voller Geschwindigkeit durch eine Kurve donnerte.

Black Dan wohnte schon seit zwei Jahren im *Hotel Oriole,* als Swan ihn kennenlernte. Ihm gefiel es in Bogotá. Alle sechs Wochen verschwand er für ein paar Tage. Eine unliebsame Unterbrechung. Dann ging das schöne Leben weiter. Ziel seiner Abstecher war San Francisco. Erst nachdem sie sich schon ein Jahr kannten, beichtete Black Dan seinem Freund, was ihn alle sechs Wochen in die Heimat führte. Von sich aus war Swan gar nicht auf die Sache zu sprechen gekommen. Ihm war klar, daß es sich bei Black Dan um einen Rauschgiftschmuggler handeln mußte. Jeder in Bogotá war Rauschgiftschmuggler, wenn er nicht nachweislich einem anderen Beruf nachging. Ein erster Hinweis auf Dans Aktivitäten war die Tatsache, daß er immer über Kokain für den eigenen Bedarf verfügte. Dann war da auch sein Fachwissen. Es war Dan, der Swan den Tip mit dem *Mannite* gegeben hatte. Ohne ihn wäre Mannite für Swan nur eines von zig italienischen Abführmitteln geblieben. Indes handelte es sich um den idealen Stoff, mit dem man reines Kokain strecken konnte. Dan streckte sogar das Kokain, das er selbst schnupfte, mit Mannite. Es war Swan rätselhaft, warum er das tat, aber er tat es. Dan hatte noch andere exotisch anmutende Gewohnheiten. Zum Beispiel schnupfte er den Stoff immer aus dem Löffel. Eine Angewohnheit, die Swan auf Dans Erfahrungen in den Bars des *Mission District* zurückführte.

Dans engster Freund in Bogotá war Canadian Jack. Es war eine Freundschaft, die durch ihre Kontraste auffiel. Nicht nur, daß Dan dunkelhaarig war und Canadian Jack blond. Sie hatten auch ganz verschiedene Schmuggelmethoden. Black Dan war ganz der sorgfältige Profi. Er fand es nicht nötig, im Gespräch mit seinesgleichen durchblicken zu lassen, daß er Rauschgift schmuggelte. Nicht einmal mit Swan sprach er darüber, zumindest nicht in der ersten Zeit ihrer Freundschaft. Dabei mußte Dan klar sein, daß es sich bei Swan um einen Kollegen handelte. Nur ein Schmuggler zeigte jenes diskrete Gebaren, das zu den hervorstechenden Eigenschaften Swans gehörte. Black Dan war Berufsschmuggler, er war schon seit Jahren dick im Geschäft. Er machte Umsatz. Wirklich Umsatz. Im Unterschied zu Canadian Jack,der nur kleine Mengen schmuggelte. Dan war beständig wie ein Hoch über der Sahara. Immer der gleiche Rhythmus. Alle sechs Wochen bestieg er in Bogotá das Flugzeug und flog nach Mexico City, das Kokain mit Gummibändern an die Beine gebunden. In Mexico City stieg Dan auf eine Maschine nach Matamoros oder Tijuana um, je nachdem, wo er die Grenze in die USA zu überqueren gedachte. Er passierte den Grenzübergang immer zu Fuß, inmitten der Grenzgänger, die am Wochenende vom Besuch eines Stierkampfes in Mexiko auf die andere Seite heimkehrten. Kam es wirklich vor, daß ihn ein Zöllner prüfend ansah, dann war es Dan noch immer gelungen, den Beamten durch seine bullige Erscheinung einzuschüchtern. Er war ein Mann, der sein Vorhaben geradlinig und zielstrebig verfolgte. Mit den Behörden bekam er nur ein einziges Mal zu tun. Und auch das nur, weil er sich aus freien Stücken bereitgefunden hatte, Canadian Jack aus der Patsche zu helfen.

Es war an einem Abend im Frühsommer 1971, sechs Monate nach jenem Tag, als Dan Swans sündhaft schwere Presse in Rudolphos Auto gewuchtet hatte. Erst ein halbes Jahr später würde Dan, Swan gegenüber, die Katze aus dem Sack lassen und ihn über die Vorteile der mexikanischen Lösung aufklären. Black Dan, Swan und Canadian Jack hatten sich in Dans Suite im *Hotel Oriole* versammelt. Grund des Treffens: Sie wollten gemeinsam die Kokainproben testen, die ihnen von einem Großlieferanten angeboten worden waren. Die Sommerspiele in Cali standen bevor. Es war Swan, der das Gespräch auf dieses Thema brachte.

»Die Drogenschmuggler werden sich in Cali auf die Füße treten«, sagte er.

»Wieso?«

»Denk doch mal nach. Es wird sehr viel Geld bewegt bei den Spielen. Schon allein die Taschendiebe. Die sammeln die Brieftaschen der Touristen ein, und das erste, was sie mit dem Geld tun, ist, sich eine Prise Koks kaufen. Die Spiele sind ein Publikumsmagnet. Ideal für die Taschendiebe. Die Verbrecher im ganzen Lande sind zur Stelle, wenn's in Cali losgeht, verlaß dich drauf. Eine Million Touristen, plus eine Million Menschen, die so oder so mit den Spielen zu tun haben. Nicht gerechnet die Kolumbianer. Cali ist die große Drehscheibe für bares Geld. Die Verdienstspanne für die Drogenschmuggler verdoppelt sich, und das fast ohne Risiko.«

»Ich fürchte, ich kann dir nicht ganz folgen«, sagte Canadian Jack.

»Dann versetz dich mal in Gedanken ins Büro von American Express, vor dem Beginn der Spiele. Die Amerikaner stehen Schlange, bis zur Tür. Und warum? Jeder Boy aus Kentucky und jedes Girl aus der Bronx läßt sich neue Traveller Cheques ausstellen. ›Ich bin gerade erst in Cali angekommen, da hat man mit meine Traveller Cheques gestohlen.‹ Die Leute vom American Express haben gar keine Zeit mehr, Fragen zu stellen. Und auch keine Lust. Wozu auch? ›Natürlich hat man Ihnen Ihre Traveller Cheques gestohlen. Wir sind ja in Kolumbien.‹ Was tut also der Drogenschmuggler? Er nimmt sein Betriebskapital, kauft Traveller Cheques, unterschreibt, verkauft die Schecks, oder er bezahlt was damit, und dann meldet er sie als gestohlen. Er bekommt Ersatz, und weiter geht's. Er kann Tag für Tag auf diese Tour reiten. Die Banken können das in der kurzen Zeit und bei dem herrschenden Andrang gar nicht überprüfen. Barclay's Bank, Bank of America, First National City Bank, Cook's, alle werden Geld verlieren bei dem schönen Spiel. Aber du gewinnst. Du verdoppelst dein Kapital, oder du verdreifachst es, bevor du dann zum Koksgeschäft übergehst.«

»Ich sehe einen weiteren Vorteil in Cali«, sagte Dan. »Die Kontrollen der Zöllner werden lascher sein.«

»Oder strenger«, sagte Jack.

»Dann nimmst du eben ein Tragtier, das dein Zeug am Zoll vorbeischleppt. Oder du kaufst dir 'ne bunte Jacke und machst einen auf Fan. Du stinkst nach Bier und gehst durch den Zoll, einfach so. Du kannst den Koks natürlich auch in einem Fußball verstecken. Oder du füllst es in einen Startblock.«

»In einen was?« fragte Dan.

»In einen Startblock. Du kennst doch die Dinger, wo die Läufer ihre Schuhe reinstemmen beim Start. Die sind ideal zum Kokainschmuggeln. Hast du schon mal von einem Zöllner gehört, der einen Startblock zersägt? In so einem Block kannst du ein paar Kilo unterbringen. Leicht.«

»Na großartig«, sagte Dan.

»Laß uns noch eine Prise nehmen«, schlug Canadian Jack vor.

Sie hatten sich über die *Brown-Gold*-Operation unterhalten. Einfach phantastisch, fand Canadian Jack. Das Raffinierteste, was ihm bisher untergekommen sei. Er verlieh Swan einen Spitznamen, der diesem für Jahre anhaften sollte. Wenn in der Elite der Drogenschmuggler das Gespräch auf Swan kam, fiel der Name ›Silver Fox‹. Silber, weil Swan graue Schläfen hatte. Und Fuchs, weil Canadian Jack ihn für einen Fuchs, für einen ausgewachsenen Profi, hielt.

Sagt Swan: »Das Gefühl, wenn du den Coup geschafft hast, ist unbeschreiblich. Vorher haben sie mich alle ausgelacht. Sie haben mich verspottet, weil ich Pläne zeichnete und Rechnungen aufstellte. Vinnie, Mickey, alle haben gedacht, ich sei ein verfluchter Anfänger, der bald auf der Nase liegen würde. Und nachher, als sie sahen, was ich fertiggekriegt habe, da haben sie sich alle die Finger nach mir geleckt. Jeder hat für mich arbeiten wollen, auf einmal. Ich hatte nach der ersten Reise so viel Ideen, daß ich sie gar nicht alle selbst verwerten konnte. Ich hab' sie verschenkt, so wie man jemand einen Rat gibt. Kauf Wells Fargo, verkauf Chrysler.«

Um die Wahrheit zu sagen: Swan hat seine Ideen nicht immer gratis unter die Leute gebracht. Bei der Sache mit Adrian zum Beispiel hatte er ganz schön kassiert. Die meisten seiner Geistesblitze allerdings verschenkte er an Freunde. So verriet er Canadian Jack seinen Koffertrick.

Erinnert sich Swan: »Es war mir damals nicht wichtig, daß die anderen von meinen Einfällen profitierten. Ich war mit den Gedanken schon ganz woanders. Nämlich bei der Boot-Operation.«

Bevor Swan Richtung New York losflog, wo er dem griechischen Ehepaar den Koks abnehmen würde, traf er am Strand zwei alte Bekannte. Er war nach Cartagena gefahren, weil er schöne Erinnerungen an diesen Ort hatte. Er erkannte sie schon von weitem. Jane und April. Als sie näher kamen, erschrak er. Sie sahen aus wie Wesen aus einer anderen Welt. Hohlwangig. Leer der Blick. Er sah sofort, daß sie seit Tagen nichts als Aufputschtabletten zu sich genommen hatten. Es gelang ihm, die beiden an dem Kontrollposten des Hotels vorbeizuschmuggeln. Er lud sie zum Abendessen ein. Er sah zu, wie sie die Proteine in sich reinschaufelten.

Jane sah besonders schlecht aus. Aprils Stimme war seit dem letzten Treffen eine Oktave tiefer geworden. Das ging ja noch. Aber Jane saß da wie ein Zombie. Swan vermeinte kleine Grabsteine in ihren Pupillen zu erkennen. Sie hatte am Strand ein Paar alte Schuhe gefunden und eine zerbrochene Muschel. Wohin sie auch ging, sie schleppte die Schuhe und die Muschel mit sich. »Die sind für meinen Bruder«, sagte sie. »Zum Geburtstag.« Sie erklärte ihm, daß ihr Bruder in Brooklyn lebte.

»Warum fliegst du nicht mit nach New York?« bot ihr Swan an. »Ich zahl' dir das Ticket.«

Jane sagte nein.

Sie wollte, daß ihr Bruder sie in Kolumbien abholen kam. »Sag' ihm, wo ich bin, uns sag' ihm, er soll mich holen kommen.«

»Bitte«, sagte Swan. »Komm mit nach New York.«

»Nein.«

Sie gab ihm einen Zettel, den sie für ihren Bruder geschrieben hatte. Und sie gab ihm die alten Schuhe und die zerbrochene

Muschel. Swan steckte das Zeug zu den Souvenir-Duplikaten. In New York angekommen, rief er ihren Bruder an. Er kam zu Swan und holte seine Geburtstagsgeschenke ab. Swan sagte ihm, wenn er seine Schwester lebend wiedersehen wollte, müßte er sich beeilen.

Janes Bruder schüttelte den Kopf. »Sie wissen ja, wie sie ist. Die ist doch schon mit fünfzehn von zu Hause weggelaufen. War ihr damals ganz egal. Mir ist es inzwischen auch egal, was sie macht. Haben Sie ihr etwa Geld gegeben?«

Swan konnte gar nichts mehr sagen.

»Wenn Sie ihr Geld gegeben haben, dann hat sie sich wahrscheinlich Rauschgift davon gekauft. So ist sie eben.«

»Dann werden Sie also nicht runterfliegen und sie holen?«

»Nein.«

12 Warum hast du meinen Namen in den Schnee geschrieben?

Als Zachary Swan zum ersten Mal mit Harry Morgan zusammentraf, mußte er lachen.

»Was ist so fürchterlich lustig?« fragte Sea Gull Billy.

Sea Gull Billy hieß der Mann, der die Boote und Jachten im Jachthafen des Hotel Caribe versorgte. Ein vielbeschäftigter Bursche. Wer ihn brauchte, fand ihn am Kai oder irgendwo auf dem weitflächigen Hotelgelände. Sea Gull Billy hatte immer irgendein Ding am Laufen. Entweder fädelte er gerade eine neue *connection* ein. Oder er saß da und wartete, daß eine bereits eingefädelte connection ihre Früchte trug. Billy war ein Mann, der alles in Bewegung hielt. Wenn man im Hotel Caribe Urlaub machte, war er der Mann, mit dem man Kontakt halten mußte. Billy wußte immer bestens Bescheid. Er wußte, wo was lief, wann es lief und wer die Party überhaupt veranstaltete. *Tag. Ich heiße Sea Gull Billy. Wenn Sie was brauchen, kommen Sie einfach zu mir. Ich kümmer' mich um die Sache. Ich werd' Sie nicht linken, wirklich nicht. Ist nicht meine Art. Sie werden anständig bedient. Sie brauchen eine Frau? Billy beschafft sie Ihnen. Bißchen Gras? Kein Problem. Ich beschaffe Ihnen auch Smaragde. Sogar Koks. Sie brauchen sich um gar nichts kümmern. Fragen Sie einfach nach Sea Gull Billy.*

Swan hatte Sea Gull Billys Dienste bei einigen Gelegenheiten in Anspruch genommen. Als Uta mit Ramón Greco verschwunden war, hatte er Billy zweihundert Dollar gegeben. »Ich muß jetzt nach New York. Gib das Geld Uta, wenn sie wieder auftaucht.« Billy hatte den Auftrag getreulich ausgeführt. Und er erwies sich auch zur Lösung anderer Probleme als nützlich. Wenn Swan wissen wollte, wo sich Canadian Jack oder René gerade herumtrieben, Billy tigerte los und machte sie ausfindig. Wenn Swan aktuelle Informationen über das Drogengeschäft brauchte, was so lief in Cartagena, wieviel Ware die anderen Schmuggler bewegten, ob die kolumbianische Regierung sich irgendwelche neue Überwachungsmaßnahmen hatte einfallen lassen, wie man eine bestimmte Verbindung anknüpfen konnte – Billy war der Mann, der einem in solchen Fällen aus der Patsche half.

Billy war Kolumbianer, ungefähr fünfundvierzig Jahre alt. Er war von gedrungener Gestalt. Wettergegerbtes Gesicht. Lebendige braune Augen, die ständig die Umgebung abtasteten. Er trug eine Brille mit gefärbten Gläsern. Er sprach recht gut Englisch und nahm keine Zigarette an, es sei denn, es war zufällig seine eigene Marke. Da war er eigen. Man konnte ihn schon von weitem erkennen, weil er immer die gleiche Schiffermütze trug. Er trug einen Khakianzug und Turnschuhe, als er am Schwimmbecken vorbeiging. Mit einer Handbewegung rief Swan ihn zu sich. Ihre Unterhaltung war nur kurz.

»Billy, ich brauche einen Skipper.«

Billy nickte. Er warf einen prüfenden Blick in die Runde. Anscheinend hatte er gegenüber, am Rande des Beckens, erspäht, wonach er gesucht hatte. Wieder nickte er. Sein Blick kehrte zu Swan zurück.

»Morgen früh um acht im Jachthafen«, sagte er. Dann war er fort.

Eine schwüle Brise strich über die Bucht. Die Boote und Segeljachten dümpelten im Hafenbecken des Hotels. Über den Planken schillerte die Luft. Die Temperatur ging auf 35° zu. Swan stand an der Pier, in Badehose, Handtuch über der Schulter. Billy stand vor ihm und starrte ihn fragend an. Und dann war da noch Harry Morgan. Er hatte sich eine Chesterfield ins Gesicht gesteckt. Er ahnte vermutlich, was der Amerikaner so lustig fand.

»Sagtest du, der Skipper heißt Harry Morgan, Billy?«

Billys Blick ging zwischen Swan und Morgan hin und her. »Yeah.«

»Und Harry Morgan ist ein Skipper.«

»Yeah.«

»Schippert in der Karibik rum?«

»Yeah.«

»Deshalb mußte ich vorhin so lachen, Billy. Harry Morgan ist nämlich ein sehr berühmter Skipper.«

»Harry ist nicht berühmt«, sagte Billy.

»Nicht dieser Harry. Ein anderer Harry«, sagte Swan.

»Und das finden Sie lustig?«

»Ich hab's mir anders überlegt, Billy. Ich find's nicht mehr lustig. Danke.«

Swan gab ihm einen Geldschein. Billy zog ab. Und dann lud Swan Harry Morgan zu einem Drink an der Hotelbar ein.

Bei der Sache mit dem Kunden aus Miami hatte Harry Morgan nicht viel verdient. Harry war fünfunddreißig. Ein erfahrener Skipper. Aber mit dem Kunden aus Miami war irgend was schiefgelaufen. Und jetzt war da ein Gangster aus New York, der ihn für irgendeinen Job anheuern wollte. Ob dabei wohl einigermaßen Geld raussprang? Harry hörte sich an, was Swan zu sagen hatte. Harry war Amerikaner. Er stammte aus Florida. Aus einem Ort, der gar nicht weit entfernt war von Coral Gables, wo Swan aufs College gegangen war. Er war auf einer Reihe von Jachten gefahren, bevor er nach Cartagena kam. Jahrelang hatte er als Kapitän auf gecharterten Jachten gedient. Die Kunden waren Sportfischer, die zwischen Miami und Bimini hin und her pendelten. Gruppen von Sportfischern. Swan fand diesen Teil aus Harrys Biographie besonders interessant. Hier, in Cartagena, stand Harry in den Diensten eines Amerikaners, der mehrere Jachten besaß. Harrys Aufgabe war es, die Jachten zu verchartern. Die Kunden waren Sporttaucher und Sportfischer. Hochseeangeln hieß ihr Hobby. Harrys Boß war ein cleverer Typ. Verstand was von der Sache. Außer den Jachten, die von Harry verchartert wurden, gab es noch eine, auf der Harrys Boß den Skipper machte. Die Jacht startete jeweils von Miami. Ein 24 m langer Schoner. 40000 Dollar hatte den Amerikaner diese Jacht gekostet. Er hatte sie für die Schatzsuche umgebaut. Es gab

Romantiker, die in der Karibik nach versunkenen Schätzen tauchen wollten. Bitte schön, dort unten liegt Ihr Schatz, Sir. Nachdem der Umbau der Jacht beendet war, hatte sich der Amerikaner nach New York begeben, wo er ein Büro eröffnete. Sitz seiner neugegründeten Gesellschaft. Die Gesellschaft finanzierte er durch den Verkauf von Anteilen. Als das Geld in der Kasse war, segelte der Amerikaner nach Kolumbien. Er kaufte alte Goldmünzen, verrostete Anker, antike Scherben, die aus dem Meer geborgen worden waren. Er brachte das Zeug auf die Jacht, fuhr aufs Meer hinaus, warf die gekauften Fundstücke über Bord. Dann barg er sie wieder. Und berichtete den Anteilseignern in New York von seinen fabelhaften Funden. Er sorgte für Publizität, so daß die Anteile seiner Gesellschaft an der Börse einen großen Sprung nach oben machten. Danach hatte er voll zu tun. Er war so beschäftigt, daß er sich kaum noch um die Jachten kümmern konnte, die in Cartagena lagen. Das machte Harry. Aber es gab ein Problem. Die Schecks, die der Amerikaner seinem Skipper in Kolumbien sandte, trudelten mit drei Wochen Verspätung ein. Harry war knapp bei Kasse. Und deshalb war er ganz interessiert, als aufgrund von Sea Gull Billys Vermittlung ein Job in Sicht kam.

Swans Interesse war die ganze Zeit lang auf den Schmuggel per Boot gerichtet gewesen. In Gedanken hatte er das alles sehr oft durchgespielt. Aber es mußte sich lohnen. Der große Coup, wenn schon. Als sich abzeichnete, wie die Sache verwirklicht werden konnte, besprach er sich mit Anthony. Er wollte Rückendeckung, auch finanziell. Anthony würde das Geld für ein Kilo Kokain auf den Tisch legen. Plus einen Vorschuß von 1000 Dollar für die Unkosten der Operation. Außerdem würde Anthony den Absatz der ersten 1000 g garantieren, die Swan in die Staaten reinbrachte. Wenn alles nach Plan lief, würden sie den Gewinn in die nächste Operation investieren und so weiter. Es konnte nur noch aufwärtsgehen, meinte Swan. Er war sehr zuversichtlich. Es war im Sommer 1971, als er den Plan in allen Einzelheiten entwickelte.

Schlüsselperson bei der Verwirklichung war Harry Morgan. Erst einmal kannte der die Gewässer vor der kolumbianischen Küste. Er kannte sich aber auch vor Florida und bei den Bahamas aus. Da gab es die Insel Bimini. Das Paradies der Sportfischer und Sporttaucher. Bimini würde die notwendige Tarnung für die Operation hergeben. Irgendwo an der Küste Floridas, vielleicht nördlich von Miami, würde man die Ware an Land bringen. Swan plante, das Kokain in Holz zu verstecken. In den Gaffeln der Jacht, in den Pinnen und Bootshaken. Je nachdem, welche Versteckmöglichkeiten sich im konkreten Fall anboten. Es würde ein ziemliches Unternehmen werden, die Jacht würde recht lange unterwegs sein. Dafür konnte man aber auch eine ordentliche Menge Kokain an Land bringen. Die Vorbereitungen würden viel Arbeit erfordern. Aber es war eine gute Investition. Wenn alles klappte, konnte man das Unternehmen wiederholen.

Anthony hörte sich das alles geduldig an. Einen Änderungswunsch brachte er ein. Das sei für ihn sehr wichtig, sagte er. Ein Mann seines Vertrauens mußte auf der Jacht mitfahren. Ein Mann, der die Ware im Auge hielt. Anthony wußte auch schon, wer das sein würde. Jimmy hieß sein Vertrauter. Jimmy war Bootsmann in Miami. Wenn der mitfuhr, das würde Swan nicht einen Dollar kosten. Anthony würde Jimmy bezahlen, weil der seine Interessen wahrnahm. Swan gab sein Einverständnis. Dann brach er Richtung Florida auf, um die Sache unter Dach und Fach zu bringen.

Jimmy war ein junger Mann. Wohlgenährt, wohlgelaunt, gemütlich. Swan gefiel er. Und nicht nur Swan. Wenn es im Jachthafen in Miami nicht mehr viel zu tun gab, wenn die Saison zu Ende ging, dann verlagerte Jimmy seine Aktivitäten vom Pier in die Stadt. Er spielte Banjo, wo immer man einen guten Banjospieler brauchte. In den Nightclubs. Swan suchte Jimmy in seiner Wohnung auf. Er verlor keine Zeit. Er unterwarf den jungen Mann seiner ganz speziellen Qualitätskontrolle. Eine Prüfungsprozedur, die Swan in eigener Regie entwickelt hatte. Die Durchleuchtung mußte die Antwort auf die Gretchenfrage bringen: War Jimmy ein Komplize, auf den man sich verlassen konnte? Welche Risiken gab es? Eine Art Pinkerton-Check up. Nicht ganz die Methode, die der FBI anwendet. Besser gesagt, das Gegenteil. Swan verließ sich bei der Sache auf seinen Instinkt, auf seine Erfahrung und vor allem auf jene Grundregeln, die ihm von seinem Selbsterhaltungstrieb vorgegeben waren. Das Besondere in diesem Fall: Es mußte sehr schnell gehen.

Jimmys Frau arbeitete als Kellnerin. Sie brachte Swan mit einer jungen Frau namens Nina zusammen. Es war Swan, der den Abend finanzierte. Abendessen zu viert. Er würde Gelegenheit haben, Jimmy unter den verschiedensten Blickwinkeln zu beobachten. Swan hatte für die bessere Stimmung etwas Koks beigesteuert. Und Jimmy hatte etwas Marihuana mitgebracht. Eigenbau. Die Sorte hieß Gainesville Green, Jimmy zog das hinter seinem Häuschen, zwischen den Tomatenstauden. Swan war inzwischen schon sehr angetan von diesem jungen Mann. Sie aßen und tranken, koksten und haschten. Ein schöner Rausch. Der Strand, die Nightclubs, Miami by night. Der Abend wurde ein voller Erfolg. Es war schon spät, als Jimmy und seine Frau sich von Swan verabschiedeten. Swan nahm Nina mit in sein Hotel und verbrachte die Nacht mit ihr. Als er am Morgen danach die zweite Tasse Kaffee getrunken hatte, stand sein Urteil fest. Jimmy war genau der Richtige für die Operation.

»Jimmy war hundertprozentig vertrauenswürdig. Man sieht das einem Menschen doch sofort an, ob er einen aufs Kreuz legen will oder nicht... Wenn man bei einem Partner schon zu Anfang Zweifel hat, dann soll man's besser gleich sein lassen. Wenn man da nicht auf seine innere Stimme hört, kann man böse reinfallen... Man landet im Gefängnis oder auf dem Friedhof. Ich kenne zum Beispiel ein paar Burschen, denen könnte man 10000 Dollar bieten, die würden mich nicht umlegen. Aber für 15000 Dollar, da würden sie's tun. Was Jimmy anging, hatte ich keine Zweifel.«

Die nächsten Wochen vergingen mit der Suche nach einem geeigneten Boot. Jimmy und Swan machten das gemeinsam. Zur Diskussion standen ein paar alte Fischerboote. Aber die meisten dieser Boote waren nicht fahrbereit, man hätte sie mit entsprechendem Aufwand überholen müssen. Es gab ein weiteres Problem. Swan konnte keines dieser Fischerboote kaufen, ohne daß sein oder Jimmys Name in die Bootspapiere Eingang fand. Swan dachte über die Alternativen nach, die sich anboten. Er beriet sich mit Jimmy. Dann faßte er den Entschluß, das Boot für die Operation in Kolumbien zu besorgen. Was eine Änderung des Plans bedeutete. Swan rief das örtliche Büro der Avianca Airlines an und buchte zwei Tickets nach Bogotá. Bis zum Flug waren noch drei Tage Zeit. Sie saßen zusammen. Jimmy war eingefallen, daß es für den Erfolg nicht nur auf ihn, den Skipper, ankam. Sondern auch auf Swan.

»Kannst du mit einem Schießeisen umgehen?« fragte Jimmy.

»Hab' keins mehr in der Hand gehabt, seit ich bei den Marines diente«, sagte Swan.

»Dann schlage ich vor, daß wir etwas üben.«

»Okay«, sagte Swan.

Aber sicher.

Jimmy kannte sich aus. Er fuhr mit Swan zu einem Schießstand am Tamiami Trail. Ein Schießstand, wo jeder, der wollte, für zwei Dollar pro Stunde rumballern konnte. Munition extra. Jimmy hatte die Waffen besorgt, aus dem eigenen Bestand. Er hatte vier Gewehre, drei Revolver und eine Selbstladepistole mitgebracht. Er wollte, daß Swan alle Waffen ausprobierte. Zu dem Schießstand gehörte ein Klubhaus. Swan fühlte sich an die Atmosphäre in einem Golfklub erinnert. Es gab jedoch Unterschiede. Hier gingen keine Typen mit Golfschlägern Marke Slazenger oder Spaulding herum. Hier hantierten die Kunden mit Colts und Smith & Wesson-Revolvern. Es war Spätnachmittag. Immer noch heiß und drückend. Sie gingen zum Schießstand hinaus. Swan nahm die Waffe. Er schoß aus der Hüfte.

»Nicht mal 'ne Fahrkarte«, sagte er, als er das Magazin geleert hatte. Sie sahen sich die Zielscheibe an. Swan hatte sechs Schüsse abgegeben. Kein einziger hatte getroffen. Nicht einmal die Zielscheibe hatte er erwischt.

»Schau gut zu, wie ich's mache«, sagte Jimmy.

Er ging in die Hocke, streckte den rechten Arm aus, der den Revolver hielt, umklammerte das Handgelenk mit der Linken und zielte. Dann drückte er ab. Vor Swan erstand die Erinnerung an die Filme, die er gesehen hatte. Filme, die gedreht worden waren, nachdem Jimmy Cagney schon weg vom Fenster war. Es waren Filme, in denen Polizisten die Helden waren.

»Das ist ja alles gut und schön, Jimmy«, sagte Swan. »Aber ich brauche unheimlich lange, bis ich die Waffe überhaupt in Anschlag bringe. Ich erwische höchstens jemanden, wenn er in drei Meter Entfernung vor mir rumspringt. Ich glaube, ich kann's vergessen.«

»Schau mal«, tröstete ihn Jimmy. »Ich weiß genau, was dir fehlt. Du gehst jetzt zum Wagen und führst dir einen Joint zu

Gemüte. Du bist eingeladen. Guter Stoff. Aus Kolumbien. Du rauchst deinen Joint, und dann kommst du wieder auf den Schießstand. Dann sieht die Welt schon anders aus.«

Swan war niemand, der sich der Einladung zu einem Joint versagt hätte. Er ging zum Parkplatz hinüber.

»Bring mir auf dem Rückweg noch etwas Munition mit«, rief ihm Jimmy nach.

Swan nickte. Dann war er am Wagen. Er suchte und fand den Joint, Jimmy hatte ihn in einer Radkappe versteckt. Er stellte sich in den Schatten einer Palme, steckte den Joint an und rauchte. Er starrte in die rote Sonnenscheibe, die auf den Horizont sackte. Swan mochte Florida. Wahrscheinlich weil ich die See so liebe, dachte er. Er würde nie irgendwo im Landesinneren leben können. Zu langweilig. Eines Tages werde ich eine Insel kaufen. Wenn ich genügend Geld habe. Falls ich nicht vorher erschossen werde. Er lauschte den Schüssen, deren Hall von der sanften Brise zum Parkplatz getragen wurde. Er sah den Rauchkringeln nach, die zu den Palmzweigen emporstiegen. Der Himmel begann sich zuzuziehen. Vielleicht würde es regnen. Er trat die Kippe mit dem Absatz aus und ging ins Klubhaus, um Munition zu kaufen. Am Schalter, wo die Munition abgegeben wurde, standen vier Polizisten in Uniform. Er strahlte sie an. Er war dabei, wie die vier ihre Pakete in Empfang nahmen. 38er Kaliber. Er nahm die Munition entgegen, die der Verkäufer ihm gab und kehrte zum Schießstand zurück.

»Nun?« fragte Jimmy.

Swan nickte nur. Er nahm sich mehr Zeit zum Zielen als vorher. Wieder schoß er aus der Hüfte.

»Nicht schlecht«, sagte Jimmy.

»Nicht schlecht«, sagte Swan. »Wirklich nicht schlecht. Ich kann die Kugel sehen, wie sie den Lauf verläßt. Immerhin. Ich seh' die Kugel, und ich fühl' die Kugel.« Er ließ den Revolver sinken. »Jimmy«, sagte er, »ich schieße wirklich gut.«

Jimmy grinste. »Du machst es sehr ordentlich, Junge.«

Swan war ganz schön high.

»Jimmy, was tun die verdammten Polizisten da drüben? Was haben die da zu suchen?«

»Die Polizei hält hier ihre Schießübungen ab. Die haben ein paar Bahnen für sich reserviert. Immer.«

In Swans drogenumnebeltem Gehirn brannten ein paar Sicherungen durch.

»Willst du mich auf den Arm nehmen?«

»Nein.«

»Schau mal, Jimmy, auf der Bahn nebenan schießt der Typ, von dem wir gestern Koks gekauft haben.« Swan deutete auf einen Schützen in Zivil.

Jimmy folgte seinem Blick. »Yeah«, sagte er. Es klang nicht sehr überzeugt.

»Hast du dir schon die beiden Typen angesehen, die auf der dritten Bahn schießen, Jimmy? Sehen auch nicht aus wie Hüter des Gesetzes. Was meinst du?«

»Sehen nicht so aus«, sagte Jimmy, ohne den Blick von der Zielscheibe zu nehmen.

»Jimmy, ich hab' eine Idee. Weißt du was ich jetzt machen werde?«

»Nein.«

»Ich gehe jetzt rüber zu den Bullen. Ich werde ihnen sagen, wenn Ihr mich vor der Flinte habt, schießt nicht auf mich. Ich will ja niemanden umbringen, das verspreche ich. Ist alles nur Spaß. Ich schieße nicht auf euch. Machen wir einen Handel. Ich tu euch nichts, ihr tut mir nichts. Ich meine, man muß doch mit den Leuten reden, wenn man was von ihnen will.«

Jimmy lachte. Und dann lachte Swan auch. Sie feuerten. Und die Polizisten, ein paar Bahnen weiter, feuerten ebenfalls. Die Dunkelheit senkte sich über das Gelände.

Zwei Tage später checkten Swan und Jimmy zum Flug nach Südamerika ein.

»Dort unten liegt Bogotá«, sagte Swan.

Swan hatte Jimmy hinaufgenommen zum Monserrate, einem der beiden Berge, die die Skyline der Stadt bestimmen. Sie standen auf den Stufen der Kirche. Von hier ging der Blick nach Westen. Guadalupe war zu sehen. Nur auf dem Rücken eines Maultiers konnte man dorthin gelangen. Anstrengende Sache. Sechshundert Meter unter ihnen lag Bogotá. Ein paar Raubvögel kreisten in der Luft. Jimmys Blick glitt an dem Kabel der Seilbahn entlang. Etwas seitlich waren die *barrios,* die Armenviertel der Stadt, zu erkennen. Eine Smogschicht lag über Bogotá. Hier oben, auf dem Gipfel, war die Luft klar und rein. Über ihnen war blauer Himmel. Eine blitzende Sonne.

»Ist schon ganz was anderes, als da unten«, befand Jimmy. »Wirklich wunderschön. Man kann durchatmen. Der Smog da unten, das ist ja unglaublich. Ich meine, sieh' dir das doch mal an.«

»Da unten leben drei Millionen Menschen«, sagte Swan. »Und jeder dieser drei Millionen glaubt, er wäre was, wenn er einen 58er De Soto fährt. Von Abgasentgiftung und Umweltschutz haben die noch nie etwas gehört. Und dabei gibt's in 2400 m Höhe sowieso nicht viel Sauerstoff. Damit fängt's schon mal an. Die haben hier wirklich ein Problem am Hals. Und wir denken immer, Los Angeles leidet unterm Smog.«

»Drei Millionen, sagtest du?«

»So ist es. Heute abend werd' ich dich mit einer kleinen Auswahl bekanntmachen.«

Jimmy nickte.

»Hast du's eilig, wieder in die Stadt runterzukommen?« fragte er.

»Nein.«

»Dann werd' ich ein paar Fotos machen.«

»Laß dir Zeit.«

»Ist die zweite Seilbahn noch in Betrieb?« fragte Jimmy. Er deutete auf ein Seil, das in einiger Entfernung, parallel zu der Bahn, mit der sie hinaufgefahren waren, in die Tiefe führte.

»Das ist die alte Bahn«, sagte Swan. »Die fährt nur, wenn viel Betrieb ist.«

Jimmy brachte die Kamera in Anschlag.

»Funiculi, Funicula«, trällerte Swan.

Am Abend jenes Tages brachte Swan seinen Begleiter mit Juan Carlos Ramirez und Canadian Jack zusammen. Sie trafen sich im Hotel Oriole. Nachdem Jimmy und Juan Carlos ein Gespräch begonnen hatten, zog Canadian Jack Swan zur Seite. Er sprach mit gesenkter Stimme. Swan hörte ihm aufmerksam zu. Einige Male nickte er. Schließlich nahm Canadian Jack in einem Sessel Platz. Swan blieb in einiger Entfernung stehen. Er gab Jimmy, der an der Bar stand, ein Zeichen. Jimmy kam langsam herbeigeschlendert.

»Jack will, daß wir etwas Ware für ihn mitnehmen«, sagte Swan zu Jimmy.

Jimmy sah zu dem Kanadier hinüber, der sich mit Juan Carlos unterhielt.

»Mr. Big wird das aber gar nicht mögen«, sagte Jimmy.

»Er braucht's ja nicht zu erfahren«, erwiderte Swan.

Jimmy sah ihm ernst in die Augen. Dann schüttelte er den Kopf. »Kommt nicht in Frage«, sagte er. »Das ist ja noch ein Kind.«

Swan zuckte die Achseln. Er war nicht zum Streiten aufgelegt. Er stand auf, ging zu Jack hinüber und legte ihm die Hand auf die Schulter. Jack folgte ihm, als er die Bar verließ.

»Tut mir leid«, sagte Swan.

»Und warum nicht?«

»Ich bin in New York beklaut worden. Ich habe kein Geld mehr. Ich arbeite jetzt im Auftrag. Jemand, den du nicht kennst. Der Auftraggeber hat keinen Platz mehr für deine Ware, verstehst du. Tut mir wirklich leid, Jack.«

Jack seufzte. »Was soll ich jetzt tun?«

»Was hattest du denn vor zu tun?«

»Ich hätte da ein Mädchen.«

(Die Zöllner waren inzwischen darauf gekommen, daß in vielen Fällen Frauen für den Transport von Rauschgift benutzt wurden. Die Untersuchungen waren sorgfältiger geworden.)

»Du hast ein Mädchen. Und?«

»Ich steck' ihr den Stoff in den Hintern. Oder in die Punze.«

»Wie gut kennt Ihr euch?«

»Gut genug. Seit ein paar Jahren.«

»Hält das Mädchen dicht, wenn es ertappt wird?«

»Weiß nicht. Sie ist etwas nervös geworden.«

»Du steckst in der Klemme, habe ich recht?«

»Yeah.«

Swan kratzte sich das Kinn. Er war ratlos. Er mochte Jack. Er schämte sich, daß er ihn belügen mußte.

»Ich will dir was sagen, Jack. Ich muß jetzt erst einmal meine Operation hinter mich bringen, damit Geld ins Haus kommt. Danach sehen wir weiter. Ich werd' überlegen, ob für dich was drin ist. Laß mich drüber nachdenken. Treffen wir uns morgen abend hier im Hotel. Okay?«

»Okay.«

Swan wandte sich zum Gehen.

»Und danke«, sagte Jack.

»Nichts zu danken«, entgegnete Swan. Er winkte ihm zum Abschied zu und ging ins Hotel zurück.

Jimmy wollte, daß Swan ihn mit dem Lieferanten des Kokains bekanntmachte. Swan lehnte das ab. Er wußte, daß er Jimmy von Armando fernhalten mußte. Wenn die beiden sich erst einmal kannten, würde Armando sich mit Hilfe von Jimmy mit Anthony kurzschließen. Anthony wiederum war für Swan ein Markt, auf den er nicht verzichten konnte, er verkaufte den Löwenanteil des Stoffs, den Swan nach New York schaffte. Er hatte also keine andere Wahl, als seinen Lieferanten vor Jimmy geheimzuhalten. Aber Jimmy gab keine Ruhe. Er wollte einen direkten Kontakt zum Lieferanten knüpfen. Swan entschloß sich, ihn mit Luís zusammenzubringen.

Die Verbindung zu Luís hatte Swan bei einer früheren Reise nach Bogotá geknüpft. Luís war einer von Rudolphos Freunden. Ein Großhändler. Swan hatte eine einzige Sendung von ihm bezogen. Nur ein Kilo. Armando hatte nicht liefern können. Luís war im Hauptberuf Ersatzteilhändler für die Marke Ford. Er war bestrebt, im Kokainhandel Fuß zu fassen. Des öfteren hatte Swan ihm *muestras,* Proben, abgekauft. Luís war nicht so zuverlässig wie Armando. Und er konnte auch nicht die Qualität liefern, die Swan brauchte. Aber als Notnagel war Luís besser als gar nichts. Wenn man dringend ein Kilo Kokain brauchte, er hatte es. Swan brachte Luís und Jimmy zusammen. Er kaufte Luís das Kilo Kokain ab, das er Anthony geben würde. Und er beteiligte Jimmy mit 50 % an diesem Kilo. Er hatte Luís gebeten, 500 Dollar auf den Preis aufzuschlagen. Er ließ sich das Geld von Luìs unterderhand geben. Dann ging Swan zu Armando. Allein. Er kaufte 3 kg Kokain.

(Swan hatte mehrere Lieferanten in Bogotá. Nachdem er die ersten beiden Operationen erfolgreich hinter sich gebracht hatte, kaufte er nur noch in Bogotá ein. Die Händler kannten ihn. Er bekam eine Probe nach der anderen zugesteckt. Wenn er abends ins Hotel heimkehrte, waren seine Jackentaschen voll von den weißen Briefchen. Swan war recht erschöpft, wenn er den ganzen Tag herumgelaufen war. Er pflegte sich dann in Vincents Suite zu begeben. Sie setzten sich gemütlich hin und schnupften die Proben, die Swan tagsüber eingesammelt hatte. Swan sollte noch einen weiteren Kauf bei Luís tätigen. Bei seiner letzten Operation bezog er Stoff von Jago. Das war The Hawks Leibwächter. Sein Hauptlieferant in Bogotá sollte Armando bleiben. Es gab gute Gründe, wenn er sich auf diese *connection* stützte. Swan: »Bei ihm stimmte das Gewicht. Bei ihm stimmte die Qualität. Ein paar Mal bekam ich bessere Qualität, als ich überhaupt bestellt hatte. Bei ihm gab's Marihuana gratis. Er gab mir Joints, soviel ich wollte.«)

Von Armando erfuhr Swan, daß René Day nach Bogotá zurückgekehrt war. René, so sagte Armando, würde heute abend in der Marguerita Bar sein. Auf dem Weg zur Marguerita Bar suchte Swan seinen Freund Canadian Jack auf.

»Ich bin gekommen, um dir einen Trick zu verraten«, sagte er.

»Ich hol' mein Mädchen rein«, sagte Jack. Die Tür ging auf.

Swan wandte sich um. Er stand abgewandt von der Tür. »Ich möchte niemanden sehen«, sagte er.

Aber Susan war nicht mehr zu übersehen. Sie umrundete ihn. Er sah auf. Susan war klein und schlank. Ein bißchen größer als 1,50 m, schätzte Swan. Ein wunderschönes Mädchen. Große braune Augen. Swan erinnerte sie an ein Gemälde von Keane, das er sehr liebte. Er schüttelte den Kopf.

»Okay«, sagte er. »Wenn sie schon mal da ist.«

All the things you say you 're never going to do, dachte er. Susan hatte sich auf die Bettkante gesetzt. Sie saß da und schwieg. Swan betrachtete sie ausgiebig. Dann glitt sein Blick zu Canadian Jack. Die beiden waren ziemlich am Ende.

»Paß gut auf«, sagte Swan. »Der Trick, den ich dir verraten werde, ist hundertprozentig.«

Jack grinste.

»Das Mädchen wird das Ding drehen, nicht du«, sagte Swan, zu Jack gewandt. »Wir müssen also dafür sorgen, daß sie eine Entschuldigung hat, wenn sie auffliegt.«

»Eine Entschuldigung?«

Swan nickte. Und dann trat der Ausdruck barer Verzweiflung auf sein Gesicht. Er starrte Jack an. Susan war aufgesprungen und tanzte im Zimmer umher. Was sie sang, klang wie ein Abzählreim. »Silver Fox gibt uns eine Entschuldigung... Silver Fox... Silver Fox...«

»Sag' ihr, sie soll damit aufhören«, knurrte Swan.

Susan kehrte auf ihre Bettkante zurück. Aus Jacks Gesicht war das Grinsen verschwunden.

»Ich werd' euch jetzt erklären, wie man's macht«, sagte Swan.

Und dann verriet er Canadian Jack den Koffertrick, den er sich ausgedacht hatte. Wie alle Tricks, die Swan je erfunden hatte, war auch dieser vor allem darauf angelegt, den Schmuggler abzusichern, nicht so sehr die Ware. Das Kokain wird in einem ausgehöhlten Stück Madeiraholz versteckt. Madeiraholz sollte es sein, weil dieses Holz ein hohes spezifisches Gewicht hat. Der Zöllner, der es in die Hand nimmt, wundert sich nicht, daß es so schwer ist. Es ist von Natur aus so schwer. Eine Nudelrolle aus Madeiraholz, die man ausgehöhlt hat, fühlt sich nicht hohl an, wenn man sie in die Hand nimmt. Füllt man den Hohlraum mit Kokain, so bekommt das Holz sein ganz normales Gewicht zurück. Deshalb verwandte Swan Madeiraholz, so oft es nur ging. Die Bearbeitung des Materials überließ er Angel. Der war der Fachmann. Angel lieferte immer tadellose Arbeit.

Der Stoff steckt also in dem Hohlraum. Gut versiegelt. Die Chancen, damit durch den Zoll zu kommen, sind gut. Gewiß, in keinem Schmugglerhandbuch der Welt ist von einer Erfolgsgarantie die Rede. Man kann einfach nicht davon ausgehen, daß der Zoll alle Andenken oder Gepäckstücke, die der Tourist mitschleppt, ohne nähere Untersuchung passieren läßt. (Das ist auch der Grund, warum Sizilianer und Korsen, die Heroin zentnerweise handeln, den Zoll ganz umgehen.) Was veranlaßt einen Zöllner im Einzelfall, ein Gepäckstück näher unter die Lupe zu nehmen? Oder was hält ihn davon ab? Da ist natürlich zunächst einmal die eigene Faulheit. Die Zeit, die so etwas in Anspruch nimmt. Vor allem aber kommt es auf die Person an, der das Gepäckstück gehört. Wenn es sich bei dieser Person nicht um eine vollendete Schauspielerin oder um einen ebenso perfekten Schauspieler handelt, muß man eben etwas nachhelfen. Man muß sie oder ihn in die richtige Stimmung versetzen, ihnen Mut einflößen. Man kann das tun, indem man der Person, bevor sie durch den Zoll geht, Kokain gibt. Man kann dem

Schmuggler auch Selbstvertrauen einimpfen, wenn man ihm klarmacht, daß die Methode, die man für ihn ausgeklügelt hat, narrensicher ist. Es gibt noch andere Methoden. Das Ziel ist immer das gleiche. Der Schmuggler muß sich sorglos geben, selbstsicher, natürlich. Und unauffällig. Bringt man es fertig, daß sich der Schmuggler, der den Stoff für den Auftraggeber durch den Zoll schleppen soll, sich in der gewünschten euphorischen Stimmung befindet, dann wird das Gesetz des Zufalls wirksam. Die Zöllner werden kein besonderes Augenmerk auf dieses oder jenes Gepäckstück haben. Sie werden die entsprechende Person normal abfertigen. Nun zum Kokain. Hier liegen die Dinge etwas speziell. Vertraut man das Kokain einem ›Tragtier‹, einem Beauftragten, an, so muß man sich darüber im klaren sein, daß die Art und Weise, wie derjenige oder diejenige die Waren am Körper versteckt, im Ernstfall das Problem nicht lösen kann. Swan: »Du kannst nicht behaupten, du wußtest nichts davon, wenn du dir den Stoff mit einem Gummiring um den Oberschenkel gebunden hast.« Ein Problem. Hier nun kommt der Koffertrick zum Tragen. Die perfekte Lösung.

»Du kaufst also zwei gleiche Koffer«, sagte Swan, zu Canadian Jack gewandt. »Sie müssen wirklich genau die gleichen sein.«

»Verstanden«, sagte Jack.

»Du läßt Angel und Rudolpho den Stoff in die Andenken einfüllen. Ein geschnitzter Kopf, eine Kuchenrolle, was auch immer. Die beiden füllen dir das Zeug ein, wie es sich gehört. Es muß wirklich wie ein Andenken aussehen, das du mit in die Staaten nehmen willst. Ein Souvenir. Verstehst du?«

Jack nickte.

»Wichtig ist weiter, daß es sich um einen normalen Koffer handelt«, fuhr Swan fort. »Scharniere an der Längsseite. Normale Schnappschlösser. Kein Reißverschluß. Jetzt stell' dir vor, das Mädchen steht da. Der Koffer liegt vor ihr. Flach. Die Schlösser sind auf der Seite des Zöllners. Sie öffnet den Koffer. Was geschieht? Der Deckel klappt auf. Der Deckel ist jetzt zwischen ihr und dem Zöllner. Sie sieht nicht, was der Zöllner tut. Ich spreche von einem ganz normalen Koffer. Du kannst bei diesem Trick keine ausgefallenen Modelle gebrauchen. Ein scheißnormaler Koffer muß es sein. Zwei gleiche.«

»Okay.«

»Okay. Das Mädchen packt ihre persönlichen Siebensachen alle in einen der beiden Koffer. Ihre Kleider, ihre Schuhe, ihr ganzes Zeug. Gegenstände, die sie jederzeit identifizieren kann. Sachen, die nachweislich ihr gehören. Kleidung mit eingestickten Initialen zum Beispiel. Briefe, die an sie adressiert sind. In der Richtung. Vor allem Kleidung. Sachen in ihrer Größe. Und *nur* Sachen in ihrer Größe. Sie selbst packt den Koffer. Okay?«

»Verstanden.«

»Sehr schön. Kommen wir zum Duplikat. Das Kokain kommt in den zweiten Koffer. Du packst diesen Koffer, nicht das Mädchen. Auf dem zweiten Koffer dürfen keine Fingerabdrücke von ihr sein, nicht innen, nicht außen, nicht am Griff. Den zweiten Koffer füllst du mit Damenkleidung, das Souvenir mit dem Kokain wird in diese Damenkleidung eingewickelt. Amerikanische Größe zehn würde ich sagen. Susan, was hast du für eine Kleidergröße?«

»Sechs«, sagte sie.

»Gut. Die Sachen in dem zweiten Koffer sind also alle Größe zehn. Und die Schuhe sind natürlich auch drei Nummern größer. Du packst ein Kosmetika rein. Was eine Frau eben so mit sich führt, wenn sie verreist. Du sorgst dafür, daß Susan diese Sachen nicht berührt. Nirgendwo dürfen Fingerabdrücke von ihr sein. Verstanden?«

»Verstanden«, sage Canadian Jack.

»Okay. Du nimmst den gleichen Flug wie das Mädchen. Aber du sitzt im Flugzeug nicht neben ihr. Wie es so kommt, aber nicht neben ihr. Vor dem Einchecken habt Ihr den Koffer, der das Kokain enthält, mit einem feinen Kratzer markiert. Mit dem Fingernagel macht man so was. Koffer mit Kratzer, Koffer mit Kokain. Ankunft am Zielflughafen. Gepäckband. Susan, du nimmst den Koffer, der das Kokain enthält, vom Band und bringst ihn zur Zollkontrolle. Es ist das erste Mal, daß du diesen Koffer berührst, Susan. Du gehst also zum Zoll. Jack, du bist ganz weit hinten, im Rudel der übrigen Passagiere versteckt. Susan hat ihren Koffer auf den Abfertigungstisch gestellt. Nehmen wir an, der Zöllner fordert sie auf, den Koffer zu öffnen. Die Scharniere des Koffers sind auf deiner Seite, Susan. Du greifst um den Koffer herum und öffnest die Schlösser. Der Deckel geht hoch. Du kannst den Inhalt des Koffers nicht sehen, der Deckel ist dazwischen. Du siehst auch nicht, was der Zöllner mit seinen Händen tut.« Swan warf einen prüfenden Blick auf Susan. »Sie ist klein, das hilft. Die Abfertigungstische beim Zoll sind meist ziemlich hoch. Während der Zollbeamte den Koffer durchwühlt, spielt sie mit ihrer Handtasche herum und dem Handgepäck. Sie jongliert. Mein Gott, wenn mir das nur nicht hinfällt. Sie achtet nicht darauf, was der Zöllner tut. Wenn der Zöllner den Koffer durchgehen läßt, nimmst du, Jack, ihren richtigen Koffer. Den, wo sie ihre persönlichen Sachen reingepackt hat. Du nimmst den Koffer und bringst ihn durch den Zoll.

Wenn der Zöllner aber auf die Idee verfällt, das Andenken zu zersägen, *wenn* er das Kokain findet, dann hast du diesen Koffer noch nie in deinem Leben gesehen, Susan. »Das ist nicht mein Koffer, *Officer.* Das da drüben, das ist meiner. Sehen Sie mal, der Koffer, der da auf dem Band in die Runde fährt.« Und wirklich. Auf dem Gepäckband liegt Susans Koffer. Der einzige, der übriggeblieben ist. Er liegt noch dort, weil du, Jack, ihn nicht weggenommen hast. Du würdest ihn erst wegnehmen, wenn du siehst, daß Susan den Zoll passiert hat. Alles paßt wunderbar zusammen. Sie können dir nichts nachweisen, Susan. In dem Koffer mit dem Kokain sind keine Fingerabdrücke von dir. Auch keine Kleidung, die dir paßt. Du bist das unschuldige Opfer. Irgend jemand hat sich einen üblen Scherz erlaubt. Du bist ahnungslos. Keine Vorstrafen. Sie lassen dich laufen. Fertig.«

Schweigen erfüllte den Raum.

»Nun, wie findest du das?« sagte Swan, zu Jack gewandt.

»Einfach Spitze.«

»Gefällt dir, wie?«

»Gefällt mir, jawohl.«

»Ich schenk' dir den Trick. War so ein Geniestreich. Hab's mir gestern abend ausgedacht.«

»Ich sehe nichts, was da schiefgehen könnte«, sagte Jack.

»Nichts kann schiefgehen«, sagte Swan.

(Und es ging auch nichts schief. Das Kokain passierte unentdeckt den Zoll. Wäre es konfisziert worden, hätten Jack und Susan den Versuch mit zwei neuen Koffern wiederholen können. Sie hätten es weiter versuchen können, bis das Geld ausging. Der Koffertrick ist narrensicher. Mag sein, daß die Ware beschlagnahmt wird. Der Person, die den Koffer zur Kontrolle hinstellt, kann man nichts nachweisen.)

Swan verabschiedete sich von Canadian Jack und Susan. Er traf sich mit Jimmy. Gemeinsam machten sie sich zur Diskothek Marguerita auf den Weg. Eine regelrechte Höhle, wie alle Diskotheken in Kolumbien. Es war sehr laut, sehr dunkel und sehr voll. Der richtige Ort, um sich gehenzulassen. Der richtige Ort auch, um Anschluß zu finden. Die Drinks waren schlecht. Die Akustik war schlecht. Die Lichterspiele funktionierten nicht richtig, etwas mit der Spannung stimmte nicht. Die Südamerikaner kriegen Dinge, die mit Strom zu tun haben, nur schwer in den Griff. Die Marguerita-Diskothek der sechziger Jahre war eine Fundgrube für drittklassige Filmproduzenten, die dort nach neuen Filmsternchen fahndeten. Jedenfalls war sie keine Umgebung, von der sich jemand wie René Day sehr beeindruckt zeigte.

René erwartete Swan und seinen Begleiter an der Bar. Er hatte ein Glas Scotch vor sich stehen. Scotch war an diesem Getränk nur die Rechnung, die man René später präsentieren würde. René trug einen dunklen Anzug. Keine Krawatte. Er sah gelöst und heiter aus. Swan freute sich, ihn wiederzutreffen.

»Tag, Rainy.«

»Tag, alter Junge. Schön, daß du wieder da bist.«

»Schön, daß *du* wieder da bist.«

Sie schüttelten sich die Hände.

»Darf ich vorstellen, Jimmy. Ein Freund von mir.«

»Sehr angenehm.«

»Freut mich, Sie kennenzulernen«, sagte Jimmy.

»Wann bist du angekommen?« fragte Swan.

»Gestern abend.«

»Ich habe schon mit Armando gesprochen.«

René sah zu Jimmy hinüber. Zu Swan gewandt, sagte er: »Ich habe vor, Freitag zu Armando zu gehen.«

»Du hast Sehnsucht nach dem Norden, wie?«

René nickte.

»Was trinken Sie da?« erkundigte sich Jimmy.

»Bestellt habe ich Scotch. Aber ich würde keine Wetten darauf abschließen, daß es wirklich Scotch ist.«

Jimmy lud sie zu einem Drink ein, er gab die Bestellung auf.

»Trinken wir auf eine gute Reise!« sagte er, als die Gläser kamen. Sie prosteten sich zu.

Nach dem Treffen in der Diskothek verlor Swan seinen Verbündeten für zwei Tage aus den Augen. Er verließ die Räucherhöhle.

Achtundvierzig Stunden später tauchte Jimmy wieder auf. Was bemerkenswert ist, weil viele, die in Bogotá verschwinden, *nie* wieder auftauchen. Jimmy war in Begleitung von René. Swan verließ gerade einen Nightclub, als die beiden ihm entgegenkamen. Schwer zu sagen, wer von beiden schlimmer aussah. Ob sie nur betrunken waren oder ob sie auch gekokst hatten, war nicht auszumachen. Zumal Swan auch nicht mehr das hatte, was man einen klaren Kopf nennt. Er hatte mehr geladen als die beiden zusammen.

»Jimmy... Rainy... Rainy... Jimmy...«

Swan fummelte mit den drei Hotelschlüsseln herum, die er aus seiner Jackentasche hervorgezogen hatte. Er hatte ein bißchen die Orientierung verloren. Und es war ja auch nicht leicht. Er schlief im Tequendama, den Koks kaufte er im Continental, das Geld bewahrte er im Hilton auf. Zu allem Überfluß hatte er die Schlüsselanhänger mit dem Namenszug des Hotels von den Schlüsseln abgenommen.

»Ganz schön schwierig«, murmelte er.

»Was du brauchst, ist ein Drink«, sagte René.

Jimmy nickte. »Ein Drink bringt dich wieder auf die Beine.«

Swan machte auf dem Absatz kehrt. Gemeinsam betraten sie den Nachtklub.

»Rainy möchte bei der Operation mitmachen«, sagte Jimmy und griff nach seinem Glas.

Swan sah Jimmy an. Dann musterte er René.

»Ich hab' ihm gesagt, das geht in Ordnung«, fügte Jimmy hinzu. Er leerte sein Glas in einem Zug.

Swan zuckte die Achseln. Dann wandte er sich zu René, hob sein Glas und grinste: »Ahoi!«

Angel hatte das Holz besorgt. Rudolpho war nach Barranquilla geflogen. Seine Aufgabe war es, die Gaffeln und Bootshaken zu besorgen, die ausgehöhlt und mit Kokain gefüllt werden sollten.

Während das Kokain für die Operation vorbereitet wurde, schickte Swan seinen Freund Jimmy nach Cartagena. Er gab ihm einen Brief für Harry Morgan mit. Harry hatte inzwischen das richtige Boot gefunden. Eine 16,5 m lange Ketch mit zwei Hilfsmotoren. Dieselmotoren. Die Jacht hörte auf den schönen Namen *Buccaneer.* Sie lag im ›Club de Pesca‹ in Cartagena vor Anker. Der Eigner war bereit, sie für 1500 Dollar pro Monat zu verchartern. Es gab einige bürokratische Schwierigkeiten. Irgendwie hatte es damit zu tun, daß zuviel Alkohol an Bord war. Schlimm. Aber Harry löste den Knoten. Er kannte den Hafenmeister näher. Und er kannte die Formalitäten, die bewältigt werden mußten, bevor ein Boot auslaufen durfte. Er wäre in der Lage gewesen, jedes Boot aus Cartagena rauszukriegen. Jedes. Jimmy hatte für den Chartervertrag Harry Morgan eingeschaltet. Er charterte die *Buccaneer* für den Zeitraum von zwei Monaten. Es gab einen Passus im Vertrag, wo man den Zweck des Turns einsetzen mußte. »Schatzsuche« schrieb Jimmy. Als Angel mit dem Einfüllen des Kokains fertig war, transportierte Rudolpho die Gaffeln, die Bootshaken und das Zubehör auf einem gemieteten Klein-Lkw mit offener Ladefläche von Bogotá nach Cartagena. Die Fahrt sollte zum Abenteuer werden. Rudolpho hatte ein Gefährt erwischt, das schon zwanzig Jahre auf dem Buckel hatte. Renés 1000 g mit eingerechnet, transportierte Rudolpho 5 kg Kokain. In einem der wenigen Augenblicke, wo er bei klarem Verstande war, ertappte sich Swan bei dem atemberaubenden Gedanken, daß jede Gaffel drei Cadillacs wert war. Er saß auf dem Beifahrersitz, während Rudolpho das Steuer umklammerte und die donnernde Rostlaube durch die Serpentinen zwang. Für die letzten 400 km brauchten sie zwei Tage. Als sie die Küste erreichten, war die *Buccaneer* fertig zum Auslaufen. René Day trug sich in den Papieren als Erster Maat ein. Und dann gab es zwei tüchtige Hilfskräfte an Bord. Jimmy hatte das Ruder übernommen. Swan und Harry Morgan bestiegen das Flugzeug nach Miami.

In Miami angekommen, verbrachte Swan ein paar Tage bei seiner Schwester. Harry Morgan besuchte seine Tante, die nördlich von Matheson Hammock ein Haus hatte. Keine der beiden Frauen war besonders erstaunt über den Besuch. Swans Schwester hatte noch nie Fragen gestellt, wenn ihr Bruder hereinschneite. Und Harrys Tante kümmerte sich nicht groß um ihren Neffen. Es war recht, daß er sie besuchte, aber er sollte seinen Tageslauf selbst gestalten. Vor Jahren einmal hatte Harry in diesem Haus Urlaub gemacht. Eine schöne Zeit war das gewesen. Entspannung. Ganz anders jetzt. Harry wartete auf die Ankunft der *Buccaneer.* Die Tage wurden ihm lang. Die Zeit vertropfte, zäh wie Honig, den man im Kühlschrank vergessen hat. Als die Jacht eine Woche überfällig war, verlor Swan die Geduld. Er rief Anthony in New York an.

»Anthony, wo bleibt die Jacht?«

»Hab' noch nichts gehört.«

»Nicht mal ein Zwischenbescheid?«

»Nichts.«

»Na ja. Ich mach' mir Sorgen.«

»Dazu besteht kein Anlaß. Jimmy wird das Schiff schon schaukeln.«

»Es sind jetzt drei Wochen vergangen. Die sollten doch planmäßig nur zwei Wochen unterwegs sein.«

»Und was sagt der Käptn dazu?«

»Er sagt, zweieinhalb Wochen, das ginge noch. Aber drei findet er komisch.«

»Jimmy hat Anweisung, mich sofort anzurufen, wenn es irgendwelchen Ärger gibt. Wenn er überhaupt noch lebt, wird er sich melden.«

»Sehr tröstlich.«

»Jimmy ist ein ausgezeichneter Skipper. Er wird's schaffen.«

»Viel Wasser draußen, Anthony. Und tief.«

»Jimmy kann das.«

»Kann er überhaupt schwimmen?«

»Mach dir deswegen keine Sorgen.«

Fünf Tage später ging das Telefon. Jimmy war dran.

»Wo steckst du?« fragte Swan.

»Wo glaubst du wohl?«

Jimmy hatte die Insel Bimini erreicht. Das Boot lag im Jachthafen.

»Wir kommen«, sagte Swan und legte auf.

Harrys Tante hatte ihr Haus auf einer der vielen Landzungen errichtet, die auf die Biscayne Bay hinausreichen. Nur 100 m von ihrem Haus entfernt gab es einen kleinen Jachthafen. Wie die meisten Nachbarn, so besaß auch Harrys Tante ein Boot. Eine Chris Craft, ein Kabinenkreuzer. Der Plan sah vor, daß Swan und Harry an Bord des Kabinenkreuzers nach Bimini fahren sollten. Dort würden sie das Kokain von der *Buccaneer* übernehmen. Dann würden sie, mit dem Kokain auf dem Kabinenkreuzer, Matheson Hammock ansteuern. Es durfte eigentlich keine Schwierigkeiten geben. Harry war recht oft von Bimini nach Miami gesegelt. Sogar nachts. Er kannte jede Untiefe. Mehr als einmal hatten ihn die Zollbeamten im Hafen verwünscht, wenn er um drei Uhr morgens bei ihnen auftauchte. Legen Sie an, und kommen Sie morgen früh wieder, zum Einchecken, *verdammt nochmal.* Harry hatte das so oft gespielt, daß es zur Standardprozedur geworden war. Und jetzt hatten Swan und Harry den Kabinenkreuzer mit Hochseeangeln und jeder Menge Ausrüstung beladen. Sie hatten Eis gebunkert. Sie hatten Köder gekauft. Sie nahmen Kurs auf Bimini.

»Warum hast du so lange gebraucht, Jimmy?«

Jimmy schien einen kleinen Rausch zu haben. Er hob abwehrend die Hand. Dann nahm er das Glas, das vor ihm stand, führte es zum Mund und leerte es.

»Es hat Trouble gegeben«, sagte er.

»Was für Trouble?«

Swan hatte sich ein Glas eingeschenkt. Er trank aus.

»Wir waren kaum eine Stunde aus dem Hafen, da hat uns ein Patrouillenboot gestoppt.«

Swan bestellte zwei Martinis nach.

»Und was wollten die von dir?«

»Langsam, langsam. Ich werd's dir der Reihe nach erzählen. Die haben uns sauber sechs Stunden lang an die Kette gelegt. Haben den Mast angebohrt. Sie haben die Schwimmwesten zerschnippelt. Dann haben sie den Stauraum inspiziert, jeden Zentimeter. Ich frage mich nur, was die überhaupt suchten.«

»Das möchte ich auch gern wissen«, sagte Swan und zuckte die Schultern.

Die Martinis kamen.

»Jedenfalls sind wir dann eine andere Route geschippert, als wir ursprünglich vorhatten. Ich wollte nicht, daß wir noch einmal eine Scheißkontrolle erleben. Wir sind einen ziemlichen Umweg gesteuert, weißt du. Ein Motor ist ausgefallen. Einen

Sturm hat's auch gegeben. Na ja, rechne das mal alles zusammen, dann weißt du, wie die Verspätung zustande kommt.«

»Jimmy, ich schwöre dir, wir haben gedacht, Ihr seid abgesoffen.«

»Mir geht's bestens«, grinste Jimmy. »Ich hab' nicht mal 'ne Schramme abbekommen.«

»Bin ich erleichtert! Ich bin so froh, daß alles gutgegangen ist.«

Swan hob das Glas. Harry Morgan sah auf seine Uhr.

»Jimmy, du bist dran mit der Wache.«

Jimmy nickte. Er trank aus und ging zum Pier, wo er René ablöste, der die Ware bewacht hatte. Die vier Männer verbrachten einen feuchtfröhlichen Abend. Als die Bar schloß, gingen sie auf die Boote.

Die *Buccaneer* und der Kabinenkreuzer lagen nebeneinander. Die Entfernung von Bordwand zu Bordwand betrug 2,40 m.

Als es hell wurde, begann das Umladen der Gaffeln und Ruderhaken. Mit dicken Köpfen machten sich Swan, Harry, René und Jimmy an die Arbeit. Sie machten das ganz cool. Was war schon besonderes daran, wenn Zubehör von einem Boot aufs andere gebracht wurde? Vertun doch Angler und Skipper erfahrungsgemäß die meiste Zeit mit der Pflege der Ausrüstung, mit dem Herrichten, Instandhalten und Säubern des Bootes. Ein Hobby also. Wenn den Gestalten, die da über das Pier wankten, die nötige Begeisterung fehlte, dann lag es wohl daran, daß sie am Vorabend zu tief ins Glas geschaut hatten. Der Blick aus den Augen war stumpf und abgeschlafft. Und kam insofern der Ausstrahlung der Anglerfreaks ziemlich nahe. Swan hatte keine Mühe, blöd aus der Wäsche zu schauen. Wer um sechs Uhr früh schon arbeiten muß, dem steht die nackte Verzweiflung ins Gesicht geschrieben.

Irgendwann fiel es Jimmy ein, daß er die *Buccaneer* ja noch nach Cartagena zurücksegeln mußte.

»Ach du liebe Scheiße. Allein bis Cartagena.«

»Du denkst zu weit voraus, Jimmy«, sagte Swan. »Erst müssen wir die Ladung noch sicher an Land bringen. Harry wird uns durch den Zoll lotsen.«

René stand da. Sein Blick war in die Ferne gerichtet. Er dachte an das Kilo Koks, das ihm gehörte.

Sie verabschiedeten sich von Jimmy in Bimini. Um acht Uhr passierte der Kabinenkreuzer Matheson Hammock die Gegend, wo Swan zum College gegangen war. Als es dunkel wurde, liefen sie in den kleinen Jachthafen in der Nähe von Harrys Tante ein. Die alte Dame lud sie zu einem Glas Martini ein. Wie der Fischfang in Bimini denn so verlaufen sei, erkundigte sie sich. Swan verzog keine Miene. »Ganz phantastisch«, sagte er. Als sie schlafen gegangen war, entluden sie das Boot. Harry hatte sich von seiner Tante den Kombiwagen geborgt. Sie luden die Gaffeln und Bootshaken in den Kombiwagen. Swan hatte ein Zimmer im Key Motel in Coconut Grove gemietet. Sie öffneten die Gaffeln und Bootshaken und holten das Kokain heraus. Jeder schnupfte etwas, zur Feier des Tages. René packte sein Kilo zur Seite. Er hatte schon einen Abnehmer für die Ware, sagte er. In Miami. Ein Kubaner. »Meine *connection.*«

»Sieh dich vor«, sagte Swan. »Sind ein paar gefährliche Burschen drunter.«

»Meine *connection* hat einen Vorteil«, meinte René. »Der Mann zahlt einen Spitzenpreis.«

»Eben drum«, sagte Swan. Sie nahmen Abschied.

Als Harry Morgan mit den Bootspapieren beim Zoll eincheckte, saß Swan bereits im Zug nach New York. Nina war in seinem Abteil. Das Mädchen, das ihm Jimmys Frau vorgestellt hatte. Er hatte sein Kokain im Gepäck versteckt. Zuvor hatte er es in Plastikbeutel umgepackt. Bei der Ankunft am Bahnhof hatte er das Gepäck einem Träger übergeben. Er hatte den Mann nicht aus den Augen gelassen. Die Reise im Zug, fand Swan, war vorteilhafter als im Flugzeug. Er konnte hier das Gepäck beaufsichtigen, während er beim Einchecken zum Flug den Koffer aus den Augen verlor. Außerdem hätte er im Flugzeug die Waffen nicht transportieren können, um die ihn Anthony gebeten hatte.

Swan zog die Tür des Schlafwagenabteils hinter sich zu. Ein breites Bett, gegenüber ein Spiegel, der die ganze Wand bedeckte. Und dann gab es noch eine Reihe Haltegriffe, oben, links, rechts, unten, in verschiedenen Höhen. Es waren eben diese Haltegriffe, die Swans sexuelle Phantasie beflügelten. Er umfing Nina mit einem hingebungsvollen Blick und lächelte. Unser Spielzimmer, dachte er. Was für Spiele Nina wohl kennt? Sie sah auf, als sie seinen Blick auf sich ruhen spürte. Sie lächelte zurück.

Später erkundeten sie die Wagen des Zuges. Aufregend. Für den Abend, so war auf einem Aushang zu lesen, war eine Modenschau vorgesehen. Im Salonwagen fand eine Cocktailparty statt. *Alle Reisenden sind recht herzlich eingeladen.* Sie ließen es sich nicht nehmen, zu der Party zu gehen. Es gab sogar Bingo. Nina gewann einen Riesenbeutel mit Orangen. Sie tranken und lachten und prosteten den Mitreisenden zu. Ältere Leute zumeist. Leute, die Angst vorm Fliegen hatten. Der Zug von Miami nach New York. Swan und Nina genossen es. Sie schnupften eine Prise nach der anderen. Sie waren high. Swan probierte einen Handgriff nach dem anderen aus. Es ergaben sich mehr Möglichkeiten, als er zunächst errechnet hatte. Und Nina hatte ein gutes Gedächtnis, was gewisse Spiele aus ihrer Jugendzeit anging. Auf halber Strecke zwischen Miami und New York kam sich Swan einmal wie ein Trapezkünstler vor. Sie hatten das Fenster einen Spalt geöffnet. Ihre Liebesseufzer wurden durch den Spalt nach draußen gesaugt, wo sie sich über die ahnungslose amerikanische Landschaft breiteten.

Driving' that train, high on cocaine
Casey Jones, you'd better watch your speed
Trouble ahead, trouble behind
And you know that notion just crossed my mind.
›Casey Jones‹, aus Workingman's Dead
THE GRATEFUL DEAD

Mit 4 kg Kokain im Gepäck traf Swan in New York ein. Er hatte auch die drei Revolver dabei, die Anthony telefonisch bestellt hatte. Und ein paar Schachteln Munition. Wer den Koffer hochhob, renkte sich den Arm aus. Swan verabschiedete Nina. Dann suchte er Anthony auf. Er gab ihm die Revolver und 1 kg Kokain. Anthony gab ihm 25 000 Dollar.

»Erstklassige Ware«, sagte Anthony, nachdem er eine Prise zur Probe geschnupft hatte.

Die Operation Buccaneer war zu Ende.

Swan verkaufte die 2 kg, die ihm noch blieben, über seine Dealer. Er machte einen guten Schnitt.

Zwei Monate später bekam Anthony eine Botschaft von Jimmy. Er informierte Swan.

Erzählt Swan: »Ich hatte mich von Rainy verabschiedet. Im Key Motel war das. Er wollte los und sein Kilo verkaufen. Ich glaube, es war gegen Mitternacht, als er wegfuhr. Er hielt das Paket unter den Arm geklemmt. Das war's dann. Ich habe ihn nie wiedergesehen. Jimmy erfuhr erst davon, als er in Cartagena ankam. Und dann auch nur vom Hörensagen. Wenn ich eine Ahnung hätte, wer Rainy umgelegt hat, ich glaube, ich würd' mich um den kümmern. Ich mochte Rainy nämlich sehr gern...«

Drei Stunden, nachdem René Day das Key Motel in Coconut Grove verlassen hatte, wurde er erschossen aufgefunden. Seine Leiche lag in einer dunklen Seitenstraße, im kubanischen Viertel von Miami. Rainy trug seinen weißen Anzug. Er fand die *connection,* auf die er so große Hoffungen gesetzt hatte. Der Schuß traf ihn mitten ins Gesicht. Er starb mit seinem Messer im Stiefel. Das letzte, was er sah, war die Mündung einer Pistole.

BLIND-
FLUG

13 Rückkehr zur Grenze

Die Operation Buccaneer war eine Zäsur. Die Sache war Anfang Herbst 1971 über die Bühne gegangen. Swan war jetzt ein Jahr im Kokaingeschäft. Während der vergangenen zwölf Monate war er sechsmal in Kolumbien gewesen. Bei jeder Operation war die geschmuggelte Menge größer geworden. Swan war nicht ein einziges Mal in Schwierigkeiten geraten. Weder war er bei den amerikanischen Bundesbehörden angeeckt noch bei der örtlichen Polizei. Er war nicht bestohlen oder beraubt worden, auch dies gehörte zu den Risiken, die ein Schmuggler einging. Keine der Personen, die er als ›Tragtiere‹ benutzt hatte, war aufgeflogen. Weder in den USA noch in Kolumbien. Swan hatte eine echte Erfolgssträhne. Er verdiente eine Menge Geld. Er gab auch viel aus. Er verschwendete das Geld mit vollen Händen. Er verschenkte Geld an Freunde oder an Menschen, die ihm sympathisch waren. Er legte nur sehr wenig auf die hohe Kante. Was übrig war, gab er für Kokain aus, für den Eigenbedarf. Er schnupfte.

In Bogotá funktionierte jetzt eine perfekte Organisation, die sich für ihn um die Beschaffung der Ware, um die Verpackung und den Versand kümmerte. Am Anfang des kolumbianischen Fließbandes stand der verläßliche Armando, am Ende stand Rudolpho. Nachdem die Sache mit dem Kokain im Treibholz so gut geklappt hatte, konzentrierte sich Swan ganz auf Holz. Angel war sehr einfallsreich, was die Souvenirs anbetraf. Die Produktion ausgehöhlter Nudelhölzer lief auf vollen Touren. (Angel hatte es auch einmal mit hohlen Schachfiguren ausprobiert. Es ging. Aber die Herstellung der Figuren machte so viel Arbeit, daß kein Verdienst übrig blieb.) Der Apparat in Bogotá funktionierte so reibungslos, daß sich Swan in einigen Fällen auf die Überweisung des Geldes beschränken konnte. Er schickte Rudolpho das Geld und übermittelte ihm Anweisungen, wie das Kokain zu verpacken sei und wo die Pakete aufgegeben werden sollten.

In jenem Jahr hatte Swan sein Augenmerk auf die Straffung des Absatznetzes gerichtet. Er stand in engem Kontakt mit den Dealern, die für ihn arbeiteten. Was Anthony nicht haben wollte, ging an Ellery, Roger, Mickey, Moses und Charles. Die Nachfrage nach Kokain hatte inzwischen stark zugenommen. Der Preis kletterte in schwindelnde Höhe, beiderseits der Grenze. 1 kg Kokain in Bogotá kostete jetzt 7000 Dollar frei Hotel in Bogotá. In New York wurde 1 kg Kokain mit 30000 Dollar gehandelt. Swan sorgte für raschen Umschlag des Bestandes. Wenn er Zeit hatte, experimentierte er. Es waren kostspielige Experimente. So investierte er 1000 Dollar in ein Taschentuch, das er mit einer Kokainlösung tränkte. Eine Fehlinvestition. Das Zeug verwandelte sich in eine klebrige Masse, die sich nicht mehr aus dem Stoff herauslösen ließ. 20 g Kokain, die er abschreiben konnte. Der Plan, der dahintersteckte, hatte Swan fasziniert. Er würde seine Kleider mit der Kokainlösung tränken und warten, bis sie wieder trocken waren. Dann würde er, im weißen Anzug, mit einem breitkrempigen weißen Hut, durch den Zoll gehen. Mit einer weißen Feder auf dem Hut, und natürlich würde er auch diese Feder mit einer Kokainlösung tränken. Es funktionierte nicht. Dabei war der Versuch mit einer Kochsalzlösung ganz zufriedenstellend verlaufen. Swan hatte dann noch versucht, Kokain mit verschiedenen Flüssigkeiten zu mischen und danach wieder zu destillieren. Die Versuche waren fehlgeschlagen. In Baranquilla hatte man ihm einmal einen geradezu teuflischen Drink kosten lassen. Alkohol mit einer Kokainlösung. Der Erfinder des Gemisches, so erfuhr Swan, hatte das Problem der Rückgewinnung noch nicht zu lösen vermocht. Das Zwischenprodukt verkaufte der gute Mann, um die Kosten aufzufangen, an Kunden, die sich die Mischung injizierten. Und an Kunden, die das Zeug ganz einfach tranken. »Das Zeug hebt dich aus den Schuhen«, berichtete Swan später. Wie die Mischung zustande gekommen war, die genaue Zusammensetzung des Gesöffs und den Namen, den der stolze Erfinder seinem Produkt gegeben hatte, all das ließ sich zu Swans Enttäuschung nicht in Erfahrung bringen.

Swan hatte die siebte Reise nach Kolumbien angetreten. Der Plan sah vor, daß er nur sehr kurz in Kolumbien bleiben würde. Er hatte eine Adresse in New York vorbereitet, an die das Paket gesandt werden konnte. Lotharios Vorrat an Mannequins war aufgebraucht worden. Swan hatte eine Ersatzadresse ausfindig gemacht, um den Engpaß zu überbrücken. Er wollte dieses Mal insgesamt 4 kg Kokain in Kolumbien kaufen. Die Hälfte würde er Davis schicken, die zweite Hälfte an die neue Adresse. Eine junge Frau, die ganz in der Nähe wohnte. Swan kannte sie noch von der Zeit, als er mit Marihuana gehandelt hatte. Danach hatte er ihr, in größeren Abständen, Kokain per Unze verkauft. Ein paarmal waren sie auch miteinander ausgegangen. Gegenüber von der Kundin, auf dem gleichen Flur, wohnte ein junger Mann, der meist verreist war. Wenn er verschwand, gab er seiner Nachbarin die Schlüssel der Wohnung. Sie ging dann einmal am Tag rüber, gab den Katzen Wasser in die Näpfe und goß die Pflanzen. Auch der Portier des Appartementhauses hatte einen Schlüssel zur Wohnung. Er hatte die Angewohnheit, die Post jeden zweiten oder dritten Tag nach oben zu bringen, auch die Pakete, die für den verreisten Mieter ankamen. Er mochte es nicht, wenn sich das alles in dem kleinen Gepäckraum stapelte, der zur Portiersloge gehörte. Swan hatte nur auf das richtige Timing zu achten. Die Luftpostpakete mußten so in Kolumbien aufgegeben werden, daß sie zu einem Termin in New York eintrafen, wenn der junge Mann verreist war. Die Cat Lady, so hatte Swan die hilfreiche junge Frau getauft, ging dann rüber und holte das Paket ab, das der Portier für den Mieter abgegeben hatte. Wenn das Paket vom Zoll geöffnet wurde und wenn der Zoll die Spur bis zum Empfänger verfolgte, stand die Cat Lady porentief rein da. Sie wußte von nichts. Swan zahlte ihr für jedes Paket, das auf diese Weise zu ihm fand, 500 Dollar.

Beim siebten Trip nach Kolumbien hatte er sich im Hotel Bacata eingemietet, einem Luxushotel in der Calle 19. Es war ein angenehmes, ruhiges Haus, Swan fühlte sich wohl. Während er auf Armando und die Ware wartete, geschah etwas Unvorhergesehenes. Uta tauchte wieder in Bogotá auf. Er hatte sich am Strand von Cartagena von ihr verabschiedet, das war jetzt eine

Weile her. Er sah sie noch vor sich, wie sie allein dastand und ihre Zehen in den Sand bohrte. Eine ganz ähnliche Szene hatte sich ein Jahr früher ergeben. Damals war Uta mit Ramón Greco verschwunden, nachdem die beiden Hand in Hand über den Strand geschlendert waren.

Uta war nicht die einzige Überraschung, die Swan zu verkraften hatte. Sie hatte Vinnie Pirata mitgebracht. Hätte man Swan mitten in der Nacht aufgeweckt, um ihn zu fragen, welchen Menschen auf der Welt er mit Bestimmtheit nicht sehen wollte, dann hätte er sich die Augen gerieben, eine Minute nachgedacht und den Namen Vinnie Pirata genannt. Hätte man ihm die gleiche Frage jetzt gestellt, wo er im Erdgeschoß seines Hotels vor dem Fahrstuhl stand, dann hätte er geantwortet: »Wen ich *nicht* sehen möchte, ist Vinnie Pirata, wie er die Lobby meines Hotels betritt und eine Frau am Arm führt, die eine übernatürliche Ähnlichkeit mit dem Geschöpf hat, mit dem ich sechs Jahre zusammengelebt habe.« Hätte man Swan eine volle Stunde zum Nachdenken gegeben, so hätte er hinzugefügt: »Was ich wirklich *nicht* erleben möchte, ist Vinnie Pirata in Begleitung von Uta, der mich wegen einer Lieferung Kokain anmacht.«

Pirata, so erfuhr Swan, hatte 6000 Dollar in der Tasche. Das Geld stammte von einem kleinen Gangster in New York. Der Mann hieß Crazy Leslie.

»Ich möchte ein Kilo Kokain kaufen«, sagte Pirata.

»Na herrlich«, sagte Swan.

Er brachte Pirata mit Luís zusammen. Außerdem organisierte er zwei Spielzeugpuppen für ihn, die als Schmuggelbehältnis geeignet waren. Er besorgte Pirata auch eine Schneiderin, die die Stoffpuppen wieder zunähen konnte. Er ließ sich von Luís eine Vermittlungsprovision von 1000 Dollar geben, die dieser auf den Preis der Ware aufschlug. Auch die Schneiderin hatte Pirata den dreifachen Preis berechnet. Schon einen Tag nach dem überraschenden Treffen in der Lobby des Hotels kam Armando mit der Lieferung für Pirata. Die Füllung wurde gemacht. Als sie mit der Füllung fertig waren, tauchte Michel Bernier in Bogotá auf. Die alten Gesichter, Swan kam sich vor wie auf einem Veteranentreffen der Marine. Wie Swan schon geahnt hatte, waren Bernier und Pirata eine gefährliche Mischung. Das Gesetz des Dschungels forderte seine Opfer. Als die

Woche zu Ende ging, hatte Bernier versucht, Pirata das Kokain zu stehlen. Pirata hatte versucht, Swan das Kokain zu stehlen. Swan hatte versucht, den Staub Bogotás von seinen Füßen zu schütteln. Und zwar in Begleitung von Uta. Das drehbuchreife Geschehen kulminierte in einer mitternächtlichen Autofahrt zu den Hängen des Monserrate. Rudolpho steuerte das Fahrzeug, einen uralten De Soto. Mit von der Partie waren Swan und Uta. Wie Uta Swan verraten hatte, war irgendwo in den Bergen das Versteck, wo Pirata das Kokain vergraben hatte. Die Suche dauerte sechs Stunden und verlief erfolglos. Übernächtigt und klatschnaß vom Regen kehrten sie ins Hotel zurück. Swan nahm ein Taxi zum Flugplatz. Uta verließ Pirata. Pirata blieb nur noch Bernier als möglicher Helfer beim Versand seines Pakets. Er begleitete Bernier zur Post und stand dabei, als jener das Paket über den Schalter schob. In wenigen Sekunden war alles vorbei. Ein paar Stunden später verließ Pirata die Stadt.

Swan sammelte die Pakete ein, die in New York für ihn angekommen waren. Er gab Anthony ein Kilo pures Kokain. Den Rest der Sendung vermengte er in bewährter Manier mit Mannite. Dann bezog er ein Zimmer im St. Regis. Der Verkauf an die Dealer begann. In jedem anderen New Yorker Hotel hätte Swan das Kokain im Bad verstecken müssen. Er hätte es in einem solchen Falle in eine etikettierte Flasche Badesalz geschüttet, um es zu tarnen. Er hätte die Flasche auf den rückwärtigen Teil des Waschbeckens gestellt. Das war wichtig, weil er dann noch eine Chance hatte, das Beweismittel wegzuspülen, falls die Polizei kam. Im St. Regis waren dergleichen Vorsichtsmaßnahmen nicht vonnöten. Es gab keine Diebstähle in diesem Hotel. Noch nie war ein Gast des St. Regis festgenommen worden. Die Zimmermädchen waren ehrlich. Auch die Pagen, die das Gepäck aufs Zimmer brachten. Auch die Boten. Mustergültig. Im St. Regis konnte Swan das Kokain im verschlossenen Koffer lassen.

Er brauchte nur eine Woche, um den größten Teil der Lieferung an die Dealer zu verkaufen. Der Rest, der ihm blieb, waren 45 Unzen. Swan zog aus dem St. Regis aus und nahm in einem Hotel gegenüber vom Central Park Quartier. Als er noch im St. Regis wohnte, hatte er regelmäßig die Chanticleer Bar besucht, die nur wenige Häuserblocks entfernt lag. Dort verkehrte Moses. Es war zur Routine geworden, daß Swan ihn vormittags zu Hause anrief. Er fragte ihn, wieviel Unzen er brauchte. Nachmittags wurde die Lieferung dann übergeben. Und jedesmal gingen Swan und Moses zu diesem Zweck in die Küche. Der Verkauf an die übrigen Dealer, im Schutz der Mauern des St. Regis vollzogen, war recht zügig vonstatten gegangen. Aber Swan fand, eineinhalb Wochen an der gleichen Adresse war genug. Das Hotel am Central Park, das er zu seiner nächsten Basis machte, hieß Essex House.

Es war am Abend des ersten Tages im Essex House, als Swan in seinem Hotelzimmer das Fernsehgerät anstellte. Er schaltete die Reportage eines Footballspiels ein. Nice Mickey saß neben ihm. Sie sahen sich das Footballspiel an, dann gingen sie runter und ließen sich ein Taxi kommen. Swan war mit Alice, Roger und Angela in einem chinesischen Restaurant am Broadway zum Abendessen verabredet. Sie waren an der 79th Street angekommen, als Nice Mickey die Hand hob. Er wollte aussteigen. Nun gut. Sie verabschiedeten sich. Swan traf seine Freunde. Er war etwas zerstreut während des Essens. Er verzichtete auf den Nachtisch, entschuldigte sich bei seinen Freunden und nahm ein Taxi zurück zum Essex House Hotel. Er kam zu spät. Das Türschloß zu seinem Zimmer war aufgebrochen worden. Auch das Schrankschloß. Auch die Kofferschlösser. Fort war das Kokain, das einen Wert von 45 000 Dollar darstellte.

»Das Spiel geht so. Du mußt laufen, so schnell du kannst, damit du auf der gleichen Stelle bleibst. Wenn du vorankommen willst, mußt du doppelt so schnell laufen, wie du kannst.«
Die Rote Königin im Garten der lebenden Pflanzen.
Aus ›Through the Looking Glass‹.
Von Lewis Carroll.

Swan hatte auf der Bettkante Platz genommen. Sein Adrenalinspiegel war hoch. Angst, Verzweiflung und Ärger befielen ihn. Er saß da und starrte auf seinen leeren Koffer. Er zitterte vor Wut. Er war beraubt worden. Ausgetrickst. Die Schonzeit war vorüber. Ab jetzt würde alles anders werden. Sie hatten seinen Nerv getroffen. Er war verletzlich, das war offenbar geworden. Sie waren in sein Territorium eingedrungen. Sein Stolz war angekratzt, auch seine Männlichkeit.

Möglicherweise steckte Pirata dahinter. Wahrscheinlich sogar. Schlimm genug. Noch schlimmer war die Erkenntnis, daß es Nice Mickey war, der ihn verraten hatte. Eigentlich hatte nur Nice Mickey gewußt, daß er sich im Essex House Hotel aufhielt. Die anderen Dealer hatte Swan von seinem Umzug noch nicht verständigt. Er dachte nach. Es war nur eine Annahme, daß Nice Mickey seinen Aufenthaltsort verraten hatte. Aber sicher war, niemand außer Nice Mickey wußte, daß er das Essex House Hotel verlassen hatte, um mit seinen Freunden zum Abendessen zu gehen. Swan beschloß, mit Ellery zu sprechen. Man würde feststellen, ob Mickey Unzen anbot. Tat er das, so konnte Swan zupacken.

Ellery verabredete sich mit Mickey in Victor's Café. Swan blieb in seinem Wagen sitzen, in Sichtweite des Eingangs. Er sah, wie Ellery das Café betrat. Er behielt die Tür im Auge. Eine halbe Stunde verging. Dann öffnete sich die Tür. Nice Mickey kam heraus. Er kam ohne Hast auf Swans Wagen zu, öffnete die Beifahrertür und setzte sich zu Swan.

»Ich weiß, wie dir zumute ist«, sagte er.

Swan hätte wissen müssen, daß er Mickey nicht überrumpeln konnte. Mickey hatte ihn sofort bemerkt, als er auf die Straße trat. Er hatte einen Blick für so etwas. Swan war rot geworden. Mickeys Gesichtsausdruck erinnerte ihn an Leslie Howard. Es war eine ungemütliche Situation.

»Ich weiß, was du denkst«, sagte Mickey. »Aber ich war's nicht. Wenn ich dich nur überzeugen könnte.«

Swan mochte Mickey. Sehr sogar. Seit die Sache passiert war, hatte er gehofft, einen Beweis für Mickeys Unschuld in die Hand zu kriegen. Aber Mickey hatte ja recht mit dem, was er da sagte. Es gab keinen Beweis für seine Unschuld. Swan mußte ihm glauben, oder er mußte es sein lassen. Er wußte, daß Mickey und Pirata gute Freunde waren. Sinnlos, ihn zu fragen, ob Pirata den Raub auf dem Kerbholz hatte. Immerhin beschloß Swan, mit Mickey über eine andere Hypothese zu sprechen. Ellery. Wie vertrauenswürdig war Ellery? Kaum daß er die Frage gestellt hatte, bereute er seine Worte. Er wußte, wie Ellery den Sonntag verbracht hatte. Ellery hatte ein Alibi für jede Stunde, für jede

Minute. Ellery hatte ihn noch nie betrogen. Er tat es auch jetzt nicht. Und er würde es nie tun.

»Ellery scheidet aus«, war Mickeys Antwort.

»Und Vinnie?« fragte Swan. Es war nur so ein Gedanke.

»Schwer zu sagen«, antwortete Mickey.

Es war eine vielsagende Antwort. Pirata war der Schuldige. Swan würde nie herausbekommen, ob Mickey ihm den Tip gegeben hatte. Das blieb im Raum stehen. Es hatte keinen Zweck, sich deswegen in allen möglichen Mutmaßungen zu ergehen. Was im Netz blieb, war Pirata.

Es gab mehrere Möglichkeiten, wie Swan jetzt vorgehen konnte. Swan traf eine folgenschwere Entscheidung. Um sich für Essex House zu rächen, mußte er die romantischen Gefilde verlassen, in denen er bisher gewandelt war. Der kalte Wind, der im Kokainhandel wehte, blies ihm ins Gesicht. Er beriet sich mit Pepe, einem Glied in der scheinbar endlosen Kette der Maîtres, die in ›Maxwell's Plum Restaurant‹, New York East Sides Gegenstück zu Versailles, Dienst taten. Pepe ging zum Telefon. Das Gespräch, das er mit einem Unbekannten führte, war kurz.

»Ich habe da einen Freund. Ist gerade aus dem Süden zurückgekommen. Und jetzt stellt er fest, er hat was verloren.«

Es entstand eine Pause. Pepe schaute in die Gegend, nickte und hängte ein. Er wandte sich zu Swan, der mit Uta gekommen war. Uta war immer gut, wenn man PR für sich machen mußte. Und Swan brauchte PR.

»Er fährt gleich los. Wir treffen uns später. Nicht hier.«

Eine Stunde später saßen sie in einer Bar an der 34th Street zusammen. Swan, Pepe und Uta.

»Wenn er reinkommt, gehst du hin und sprichst mit ihm«, sagte Pepe.

»Wie weiß ich denn, ob er es ist?« fragte Swan.

»Du erkennst ihn, verlaß dich drauf.«

»Meinst du?«

»Ganz sicher.«

Ganz sicher. Als der Mann die Bar betrat, gab es keinen Zweifel mehr. Er ging an ihrem Tisch vorbei, ohne sie eines Blickes zu würdigen. Nicht einmal in den schlechteren Filmen von Walt Disney kommt ein Gesicht vor, das so bösartig, gefährlich und bedrohlich aussah wie das dieses Mannes. Ein durch und durch verkommenes Subjekt. Der Mann nahm an einem der hinteren Tische Platz. Swan warf Pepe einen fragenden Blick zu.

Pepe sagte: »Nun geh schon hin.«

Swan schluckte. Bevor er aufstand, sprach er mit Pepe über dessen Anteil bei dem Geschäft. Sie verhandelten über die Prozente. Nachdem sie sich einig geworden waren, stand Swan auf. Uta folgte ihm. Sie gingen auf den Tisch zu.

»Tag«, sagte Swan.

»Tag.«

Keine Namen.

Der Mann wartete, bis sie sich gesetzt hatten. Uta sah er gar nicht erst an. Eine Frau. Er fixierte Swan aus seinen kleinen dunklen Augen. Sein Tonfall, als er sprach, war bedächtig.

»Damit wir uns nicht vertun, wir sind hier nicht im Kindergarten. Ich werd' Ihnen jetzt erklären, wie es läuft...«

Furchtbar. Ein richtiger Metzger. Swan überlief ein kalter Schauder.

»... wenn der Bursche das Zeug hat, hol' ich's mir. Aber wenn er's nicht hat, sehen Sie den Typen nie wieder. Ich hinterlasse keine Zeugen.«

Kurz und knapp. Swan wand sich. »Nun ja, ich muß das erst noch mit Uta durchsprechen. Wir reden noch mal drüber.« Sehr clever, Swan. Eine prächtige Vorstellung hast du da gegeben. Idiot. Uta mußte ihn am Arm führen, als er zu Pepes Tisch zurückging. Kein Geschäft.

»Pepe, kennst du nicht jemanden, der die Leute nicht gleich in Zement einsargt? Ich meine jemanden, der den Dieb nur tüchtig durchprügelt?«

Pepe war dabei, als sie ›Pemble's‹ aufsuchten, eine Bar am anderen Ende der Stadt. Pepe machte Swan und Uta mit Mike bekannt. Ein Halbschwergewicht. Mike nahm ein paar Prisen von dem Kokain, das Swan ihm anbot. Ja, sagte er dann. Er und sein Partner Frank würden den Job gerne übernehmen. Swan gab Pepe das Geld für den Job, der gab es Mike. Schon zwei Tage später konnten Mike und Frank mit einem wichtigen Zwischenergebnis aufwarten. Sie hatten herausbekommen, wer den Einbruch begangen hatte und wie die Tat ausgeführt worden war. Ein Typ namens Joey war der Täter. Joey war später in Gesellschaft von Pirata gesehen worden. Die beiden waren Freunde. Pirata hatte in einem Wagen gewartet, der vor dem Essex House parkte. Und zwar während der Zeit, als der Einbruch ausgeführt wurde. Wie auch immer, das Kokain war verkauft, und das Geld, das Pirata damit verdient hatte, war bereits ausgegeben. Pirata hatte es beim Pferderennen verwettet.

»Ich glaube, Sie brauchen einen Partner«, sagte Mike. »Sie möchten doch sicher nicht, daß so was noch einmal vorkommt.«

Swan hatte den Satz schon mal gehört. Im Fernsehen. Viele Male sogar.

»Darüber muß ich erst mit Pepe sprechen«, sagte er. Er hatte rasch geschaltet.

Das verstehen Sie doch sicher. Pepe ist schließlich mein Partner. Er hat die Verbindungen nach Disneyland.

Mike verschwand und kam nicht wieder. Swan sagte ein stilles Gebet, wobei er Schwierigkeiten hatte, sich an den Text zu erinnern. Er beschloß, die Sache auf sich beruhen zu lassen. Er würde den Verlust als Lehrgeld abschreiben. Er hatte einen Blick in die Wirklichkeit des Kokaingeschäfts getan. Er hatte die dicke Luft zu atmen bekommen, die in den Hinterzimmern waberte. Mr. Romantico, wir heißen Sie willkommen in New York City. Nicht in der Stadt, von der Sie träumen. Im wirklichen New York City. Hier gibt es zwei Sorten Menschen. Die ganz Schnellen und die Toten. Friß, oder du wirst gefressen. Oder aber du ziehst nach Pennsylvania.

Es war ein bitteres Erwachen. Swan öffnete die Augen. Sein Blick fiel auf ein Ungeheuer, das sich als amerikanischer Traum verkleidet hatte. Und dabei hatten Swans Schwierigkeiten gerade erst begonnen.

Zwei Monate später kam Michel Bernier. »Wie hast du's eigentlich gemacht?« fragte ihn Swan. Und Bernier antwortete ihm: »Es war ganz einfach.« Er hatte einen gummierten Aufkleber vorbereitet, mit seiner Anschrift. Den hatte er in seiner Brusttasche versteckt. So war er zur Post gegangen, um Piratas Paket aufzugeben. Am Schalter angekommen, hatte er sich so hingestellt, daß Pirata das Paket nicht sehen konnte. Er hatte den vorbereiteten Aufkleber aus der Tasche gezogen, abgeleckt und Piratas Anschrift damit überklebt. »Es war wirklich ganz einfach«, wiederholte Bernier. »Eine Sache von drei Sekunden.« Swan grinste. Er war beeindruckt. »Fein hingekriegt«, sagte er.

Vinnie Pirata hatte vergeblich auf sein Paket gewartet. Wie Swan vermutete, war das der Auslöser für den Einbruch gewesen. Wobei man sagen mußte, daß Pirata einen auch dann beklaute, wenn man ihm kein Motiv gab. Jedenfalls erklärte das Ding, das Bernier mit Pirata abgezogen hatte, wieso ein Krimineller namens Crazy Leslie auf Swan angesetzt wurde. Swan hatte über drei Ecken in Erfahrung gebracht, daß Crazy Leslie ihm nachspionierte. Seit einer Woche ging das so. Swan hielt sich zu Hause auf. Er hatte sich eine Woche Ferien vom Kokaingeschäft verordnet. Vielleicht würde er zwischendurch rasch nach Bogotá fliegen. Er legte keinen Wert darauf, seine New Yorker Freunde zu treffen. Alice war die Ausnahme. Sie war gerade von einer längeren Europareise zurückgekehrt. Unmittelbar vor dem Einbruch in Swans Hotelzimmer im Essex House war sie zurückgekommen. Was den geheimnisvollen Gangster anging, der ihm nachstellte, so erinnerte sich Swan daran, vor Jahren einmal einen Typ namens Leslie kennengelernt zu haben. Mean Mickey hatte sie miteinander bekannt gemacht, richtig. Crazy Leslie.

Mean Mickey trug seinen Namen zu Unrecht. Er war nicht bösartig. Genaugenommen, war er ein kleiner Dealer, der sich sein Schwarzbrot sehr hart verdienen mußte. Ursprünglich war Mickey im Anzeigengeschäft tätig gewesen. Er stammte aus einer wohlhabenden New Yorker Familie. Hartgesottene WASP-people. White, anglo-saxon, protestant. Aber Mickey war abgesackt. Er war achtunddreißig, als sein Bekanntenkreis praktisch nur noch aus betrügerischen Buchmachern, Prostituierten und Gangstern bestand. Leute, die ihren Lebensunterhalt finanzierten, indem sie anderen die Kreditkarten stahlen. Mickey fühlte sich in dieser Gesellschaft ganz wohl. Er war stolz auf sein Vorstrafenregister. Ganz zu Beginn hatte er sich als Betrüger versucht. Er hatte obskure Wertpapiergeschäfte abgewickelt. Eigens zu diesem Zweck war er einer Sekte beigetreten, die ihn dann zum Priester ernannt hatte. Mean Mickey wurde, angetan mit einem Priestergewand, verhaftet, als er das Flugzeug verließ.

Er hatte ein Kilo Kokain nach New York einschmuggeln wollen. Mickey hatte dann noch die Stirn, einen Prozeß gegen die Stadt New York anzuzetteln. Er wollte sein Kilo Kokain zurückhaben.

Hinter Gitter geriet Mickey, als er gestohlene Wertpapiere zu verkaufen versuchte. Zufällig gehörten diese Wertpapiere zwei jungen Frauen, die als Wasserleichen in einem Fluß in Florida aufgefischt worden waren. Mickey gab nicht preis, wie er an die Wertpapiere der beiden Frauen gekommen war. Was ihm in Verbrecherkreisen einiges Ansehen einbrachte. Mickey war der Mann, der nicht sang. Er wurde zu einer Gefängnisstrafe von vier Jahren verurteilt. Er saß fünfzehn Monate ab, dann wurde er auf Bewährung freigelassen. Während er im Gefängnis einsaß, waren Zeitungsberichte über ihn erschienen. Einer der Reporter hatte ihm einen Spitznamen verpaßt. Mean Mickey. Der Name blieb kleben. Mickey war stolz darauf. Er verwahrte die Zeitungsausschnitte und zeigte sie bei Partys herum. Als Moses die Freunde aus der Szene zum Epiphaniasfest ins Chanticleer einlud, ging Mean Mickey mit seinem Stoß Zeitungsausschnitte herum. Jede Nutte und jeder Dealer bekam die Artikel unter die Nase gehalten. Seht her, was für ein tüchtiger Verbrecher ich bin. Nach seiner Freilassung aus dem Gefängnis bereitete Mean Mickey einen Raubüberfall auf den Geldboten von Maxwell's Plum Restaurant vor. Aber die Sache verlief im Sande. Crazy Leslie, der das Fluchtauto in Long Island City gestohlen hatte, geriet auf der Brücke in einen Verkehrsstau. Als er schließlich vor dem Restaurant auftauchte, war es zu spät. Der Geldbote war weg. Immerhin gelang es Mean Mickey dann aber, die Spielhölle auszurauben, die Adrian eröffnet hatte. Der Raubüberfall machte dem Mythos ein Ende, der da besagte, daß Adrians Spielhölle unter dem besonderen Schutz der Mafia stand. Ike und Freddy hießen die beiden Schutzengel, die Adrians Spielhölle zu beschützen hatten. Als der Überfall geschah, glänzten sie durch Abwesenheit.

Es war Mean Mickey, der Swan und Moses zusammenbrachte. Er hatte Swan auch mit Pepe bekannt gemacht. Nachdem Pepe seinen Job im Maxwell's an den Nagel gehängt hatte, eröffnete er ein Reisebüro an der 34th Street. Er verkaufte Charterflüge für Ziele jenseits des Atlantiks. Als er genügend Anzahlungen zusammen hatte, verschwand er von der Bildfläche. Seine Passagiere saßen auf den Flugplätzen in Europa fest. Die zivile Luftfahrtbehörde machte dem Spuk ein Ende, sie sorgte dafür, daß Pepe das Handwerk gelegt wurde. Mean Mickey war der Mann, der gern heraushängen ließ, daß er mit einer bekannten Jazzsängerin, einer Farbigen, befreundet war. Zwischendurch versuchte er sich in der Ehe. Er heiratete ›ein Mädchen der guten Gesellschaft‹. Wenig später ließ sich die Frau von ihm scheiden. Sie hatte einen Trainer im Kentucky Derby kennengelernt, der ihr besser gefiel. Swan brachte Mean Mickey mit Mike Riordan zusammen. Im weiteren Verlauf sollte sich allerdings erweisen, daß die beiden kein gutes Paar waren. Jeder versuchte den anderen zu linken, und es war einfach keine Einigung zu erzielen, wer denn nun den kürzeren ziehen sollte. In den Kokainjahren hatte Swan mit Mean Mickey nur am Rande zu tun. Mickey bekam hie und da ein paar Unzen zum Straßenverkauf. Es gab bei alledem zwei Querverbindungen zwischen Swan und Mickey. Zum einen fühlte sich Swan in gewisser Weise verpflichtet, weil Mean Mickey ihm die Idee eingegeben hatte, einen seiner Dealer Nice Mickey zu taufen. Und zum anderen hatte Mean Mickey indirekt Anteil daran, daß Swan mit Crazy Leslie zu tun bekam.

Crazy Leslie war ein Mensch ohne Besonderheiten. Wie sein Name besagte, war er verrückt, aber das sah man ihm nicht an. Nachdem er eine Woche lang hinter Swan hergeschlichen war, kam es zu einem Gespräch unter vier Augen. Thema war das Paket. Piratas Paket, das in Bogotá aufgegeben worden, aber nie in New York angekommen war. Swan sagte Crazy Leslie alles, was er wußte. Leslie hörte ihm aufmerksam zu. So ganz befriedigt war er nicht. Er verabschiedete sich, um die Sache mit Pirata durchzusprechen. Swan trat den geplanten Flug nach Südamerika an. Am 8. November um 18.00 Uhr landete er wieder auf dem New Yorker Flughafen. Ein Montag. Am Tag darauf, mittags um zwei, ging er zur Bank, um das Kokain ins Schließfach zu legen. Alice war daheimgeblieben. Sie hatte Wasser aufgestellt, weil sie eine Tasse Pulverkaffee trinken wollte. Swan hatte ein Vorgefühl. Er fragte sich zu einem Münzfernsprecher durch und rief Alice an. Der Ruf ging durch, Alice nahm nicht ab. Sie saß auf dem Sofa und starrte in die

Mündung von drei Revolvern. Drei Männer waren in die Wohnung eingedrungen. Einer davon sehr muskulös. Ein Verrückter. Crazy Leslie. Die Party war zu Ende. Jetzt wurde die Rechnung vorgelegt.

Alice Haskell war an einem Frühlingstag des Jahres 1949 auf die Welt gekommen. In Zachary Swans Urteil gab es nur eine Besonderheit, die Alice von anderen Mädchen unterschied. Sie war ausgesprochen hübsch. Während sie noch an der Brust ihrer Mutti suckelte und sich mit Kalzium vollpumpte, lag Swan mit einer Stewardeß in Coral Gables im Bett. Er wußte, daß er sich im weiteren Verlauf des Abends betrinken würde. Die Stewardeß wußte, daß sie gebumst werden würde. Verbindendes Moment zwischen Swan und Alice, wenn man die Sache von sehr hoch oben betrachtete, war die Tatsache, daß beide sehr auf die weibliche Brust fixiert waren. Beide wurden zur gleichen Zeit fündig.

Swans Hang zum weiblichen Busen war eine Eigenschaft, die er auch in späteren Jahren nie ablegen würde. Anders Alice. Sie wuchs heran, wurde zwanzig und war dann ganz das wohlerzogene Mädchen der Mittelklasse, das von seinen liebenden, treusorgenden Eltern in die schnöde amerikanische Wirklichkeit entlassen wird. Ein gesundes, attraktives Geschöpf, ein Mädchen, das sich zu benehmen wußte. Etwas ruhiger veranlagt als die gleichaltrigen Freundinnen. Fast scheu. Konservativ in ihren Ansichten. Nach der High School schrieb sie sich bei einem College ein, das vom Elternhaus bequem zu erreichen war. Es gefiel ihr dann nicht besonders auf diesem College. Sie brach die Sache ab. Eine Weile dachte sie darüber nach, was sie überhaupt machen sollte. Wie es bei jungen Leuten so ist. Die Zeit verstrich. Und dann wurde Alice zur Aussteigerin. *Splitting* nannte man das damals, wenn Tochter oder Sohn von zu Hause auszogen. Ein populärer Sport in den sechziger Jahren. Als Alice zur New Yorker Szene stieß, war Präsident Lyndon B. Johnsons Stern schon im Sinken.

Alice lernte Swan über Ellery kennen. Sie hatte Ellery auf der Straße kennengelernt. Es hatte sich so ergeben. Wer in Manhattan West Side zwischen der 116th Street und dem Tunnel wohnt, muß früher oder später Ellery in die Arme laufen. Alice war ein

Mädchen, das sich nicht zu Betrügereien hergab. Sie stahl nicht. Sie hat nie gelernt zu lügen. Als sie in New York ankam, konnte sie nur eines: verteufelt hübsch aussehen. Swan genügte das. Sie kannten sich erst kurze Zeit, als er sie bat, zu ihm zu ziehen. Sie tat ihm den Willen.

Swan war damals auf der schiefen Ebene. Es ging abwärts mit ihm, nicht nur weil er einen Joint am anderen ansteckte. Er trank auch zuviel. Gin war das Getränk. Alles schien in Bewegung geraten. Swan bewohnte ein piekfeines Appartement in einem Brownstone-Haus in der 88th Street, mitten in New York. Er führte das Leben eines Landedelmanns. Er ging sehr wenig aus. Meist hing er tatenlos in seiner Wohnung herum, trank und rauchte Joints. Mit Alice war ein ganzes Rudel Hunde eingezogen. Wenig später kam noch ein Schwung Katzen hinzu. Swan achtete dann gar nicht mehr darauf, was durch den Türspalt huschte, er hätte auch einen Eisbären hereingelassen.

»Wenn es nach Alice gegangen wäre, hätten wir einen richtigen Zoo aufgemacht. Es gab zum Beispiel eine dreizehn Pfund schwere Schildkröte, die ihren Platz unter dem Spülbekken in der Küche hatte. Ich frage mich, was Crazy Leslie wohl gedacht hat, als der die Schildkröte gesehen hat. Das Tier ernährte sich von Küchenschaben. Alice wollte nicht, daß wir Ungezieferspray verwendeten. Das sei schlecht für die Tiere, sagte sie. Und auch schlecht für uns. Aber daß die Schaben in der Küche rumliefen, das war nicht schlecht.«

Mag sein, daß Crazy Leslie etwas perplex war, als er die Schildkröte und die Hunde kennenlernte. Noch erstaunter war Alice. Sie konnte sich einfach nicht vorstellen, was Crazy Leslie und seine beiden Begleiter von ihr wollten. Alices Reise nach Europa war eine Art Fluchtversuch gewesen. Sie hatte aus New York ausbrechen wollen, aus dieser Stadt, wo es nur Verrückte zu geben schien. Nach ihrer Rückkehr aus Europa hatten sich die Kontakte zu den Drogenfreaks intensiviert. Zwei Jahre lang ging es immer weiter bergab. Die Beziehung zwischen Alice und Swan war in dieser Zeit vom Zufall geprägt. Jeder kam und ging, wie er wollte. Gewiß, wenn sie zusammentrafen, schliefen sie auch miteinander. Aber was unter dem Strich blieb, waren aneinandergereihte Abenteuer, ein unverbindliches Spiel mit dem anderen und mit sich selbst. Alice fühlte sich in ihrer

Weiblichkeit bestätigt, wenn sie Männer benutzen konnte. Swan profilierte sich vor sich selbst, indem er beim neuen Sport der Schönen und Reichen mitmachte: Er schnupfte Kokain. Keiner von beiden hatte ein Ziel, weder Swan noch Alice. Sie saßen in einem Zug, der zu irgendeinem vergessenen Land unterwegs war. Gelegentlich hielt der Zug. Dann traten die beiden auf den Bahnsteig und betrachteten den Himmel, der nun bald einfallen würde. Die ersten Risse im Firmament zeigten sich, als Crazy Leslie und seine Männer die Wohnung betraten.

Alice stellte den Wasserkessel auf die elektrische Platte. Dann öffnete sie das Fenster, damit die Hunde in den Garten konnten. Das Appartement befand sich zu ebener Erde. Von diesem Fenster aus hatte Swan in früheren Jahren sein Marihuanageschäft abgewickelt. Die Kunden aus der Nachbarschaft waren zu ihm gekommen, um sich ihre Ration abzuholen. Die Türglocke ging. Alice ging auf den Flur und spähte durch den Spion. Draußen standen zwei unbekannte Typen. Alice rannte los, um das Fenster im Wohnzimmer zu schließen. Sie kam zu spät. Crazy Leslie kam gerade hereingeklettert.

»Es ist jemand an der Tür«, sagte er. Er grinste. »Willst du nicht aufmachen?«Leslie war ein unangenehmer Mensch, besonders, wenn er sich als Komiker versuchte.

Sie versuchte ihn von der Fensterbrüstung in den Garten zurückzustoßen. Vergebens. Er drängte sie zur Seite. Als er drinnen stand, packte er sie bei den Schultern. Sie hatte zu schreien begonnen. Leslie zog seine Pistole.

»Halt die Schnauze, oder es knallt.«

Die Waffe sah kalt und blau aus wie das Auge einer Schlange. Die Mündung zielte auf Alices Schläfe. Ich werde nie mehr LSD nehmen, beschloß Alice.

»Mach die Wohnungstür auf!« herrschte Leslie sie an. Alice brach in Tränen aus.

Sie sah, wie er das Fenster zum Garten schloß. Er zog die Vorhänge vor. Alice ging zur Wohnungstür und öffnete. Die beiden Männer überquerten die Schwelle, der zweite schloß die Tür. Alice war nicht geistesgegenwärtig genug, um sich das Äußere der Burschen einzuprägen, dazu war sie zu erschrocken. Die Männer hatten ihre Pistolen gezogen. Sie zerrten Alice ins

Wohnzimmer und warfen sie auf das Sofa. Sie sollte gefälligst zu heulen aufhören, sagten sie. Aber es gelang Alice nicht, ihren Tränenfluß zu stoppen. Immer wieder sagten die drei, sie sollte zu flennen aufhören, und Alice beantwortete das mit immer neuen Schluchzern. Schließlich kamen die drei auf den Grund ihres Besuchs zu sprechen. Wo Swan denn wohl wäre.

»Ich weiß es nicht«, sagte Alice unter Tränen.

Die Männer durchsuchten die Wohnung. Ihre einzige Ausbeute war ein Briefchen Kokain. Eine Probe. Sie hatten Alice angewiesen, die Hunde ins Bad zu sperren. Alice gehorchte. Eine Stunde war vergangen, als Crazy Leslie vom Sofa aufstand. »Paßt gut auf sie auf«, sagte er. »Sie schaut so oft zum Fenster«. Alice hörte, wie die Wohnungstür ins Schloß klickte. Fünf Minuten später war Crazy Leslie wieder da. Er hatte eine Packung Kekse und eine Tüte Milch gekauft. Er bot Alice von den Keksen an. Sie saß da, die Beine hochgezogen, die Knie am Kinn. Die drei Männer hatten von der Wohnung Besitz ergriffen. Sie staksten um Alice herum, fuchtelten mit ihren Revolvern und erwähnten wieder und wieder, daß sie Swan umbringen würden. Zur Abwechslung bekam Alice dann auch mal die Mündung der Waffe ins Genick gedrückt. Es war immer mindestens ein Revolver auf sie gerichtet. Die Männer hatten es sich gemütlich gemacht. Sie hatten das Stereoradio angestellt und lauschten der Musik. Als sie keine Musik mehr mochten, schalteten sie den Fernseher an. Welches Programm. Die Männer wurden sich da bald einig. Ein Film. Ein Werbespot war eingeblendet worden, als das Telefon läutete.

»Sag ihm, er soll nach Hause kommen.«

Alice nahm den Hörer ab. Swan meldete sich. Was denn los sei, fragte er. Sie sagte, es ist alles okay, aber komm bitte nach Hause. Als er seine Frage wiederholte, unterbrach sie ihn mitten im Satz. Sie legte auf. Einer von Leslies Typen ging raus und setzte sich ins Auto. Der andere blieb neben Alice stehen, mit gezogener Waffe. Leslie nahm im toten Winkel der Wohnungstür Aufstellung. Sie warteten.

Swan blieb stehen, bevor er die Tür aufstieß. Er dachte nach. Schließlich ließ er die Tür aufschwingen. Er rief zwei Mal Alices Namen. Sie begann laut zu schluchzen. Leslie trat hinter der Tür hervor, richtete die Waffe auf Swan und forderte ihn auf, den Mund zu halten und die Tür zuzumachen. Er stieß ihn vor sich her ins Wohnzimmer. Swan wurde auf die Couch geworfen. Leslie wartete, bis sein Gehilfe aus dem Wagen in die Wohnung zurückkehrte.

»Ist er allein gekommen?« fragte Leslie.

»Ich hab' jedenfalls keinen Begleiter gesehen«, sagte der Mann.

»Hast du die Tür zugezogen?«

Der Typ nickte.

Leslie wandte sich zu Swan.

»Bist du allein gekommen?«

Swan sagte, ja, er sei allein gekommen. Leslie versetzte ihm einen rechten Haken mit dem Revolver.

»Bist du wirklich allein gekommen?«

Swan schüttelte den Kopf. Wieder schlug Leslie zu, diesmal traf er die Augenbraue. Er wiederholte die Frage noch ein paarmal. Swan gab immer die gleiche Antwort. Ja, ich bin allein gekommen. Inzwischen war sein Gesicht blutverschmiert. Und dann steckte Leslie den Revolver in den Halfter. Er holte ein Nudelholz aus der Küche und begann damit auf Swan einzudreschen. Die Unterhaltung drehte sich jetzt um Kokain. Wo er sein Kokain versteckt hätte.

Swan sagte ihm, daß er sein Paket aus Kolumbien erst in zwei Tagen erwartete. Dann könnte Leslie soviel Stoff haben, wie er wollte. Leslie nahm ihm das nicht ab. Swan sei ein Lügner, meinte er. Als ihnen dann der Gesprächsstoff ausging, ließ Leslie das Nudelholz sinken.

»Du kommst mit uns«, verkündete er.

Und dann erklärte er Swan, daß sie ihn in einer Garage anketten würden, bis das Paket eintrudelte.

»Du kannst mitkommen, wenn du willst«, sagte Leslie, zu Alice gewandt. Die schluchzte immer noch.

»Na ja«, meinte Leslie gemütlich, »du würdest vermutlich nur stören. Mach dir ein paar schöne Tage.«

Swans Kleider waren blutverschmiert. Er sollte sich umziehen, ordnete Leslie an. Der Portier des Appartementhauses mochte nicht, wenn die Leute mit blutigen Kleidern an ihm vorbeigingen. Swan saß auf der Couch. Er lehnte sich vor. Das

Blut tropfte auf die Schuhe. Nun mußte er sich auch noch frische Schuhe anziehen.

Sie führten Swan hinaus. Alice warf sich aufs Sofa. Sie schluchzte, und dann sagte sie ein Stoßgebet. Sie ging zum Telefon und versuchte Trude Daniels zu erreichen. Vielleicht hatte die eine Ahnung, wohin sie Swan verschleppt hatten. Aber Trude nahm nicht ab.

Alice hatte kaum den Hörer auf die Gabel zurückgelegt, als das Telefon klingelte. Swan meldete sich. Er war seinen Entführern entkommen.

»Schau mal nach, ob du Zeug zum Mischen findest. Was du findest, packst du ein. Pack deinen Koffer und geh zu Jeannie rauf. Ich bin gleich zu Hause, ich hol' dich dann dort ab. Wir ziehen aus der Wohnung aus.«

Alice fand ein halbes Kilo Borax. Sie packte ihren Koffer. Vor allem Kleidung. Dann ging sie zu Jeannie. Das war die Freundin, die einen Stock höher wohnte. Zwanzig Minuten später kam Swan. Er erzählte ihr, wie er den Männern entkommen war.

Sie waren zum Wagen gegangen. Leslies Typen waren zuerst eingestiegen. Es waren eben doch keine Profis. Leslie führte Swan am Arm. Er lockerte seinen Griff, um Swan einsteigen zu lassen. Swan dachte nicht daran, einzusteigen. Er hatte wenig Verlangen danach, die nächsten beiden Tage in Gesellschaft von Leslie und seiner Totschläger zuzubringen. Er hatte das Blut auf seine Schuhe tropfen lassen, damit er Schuhe mit Kreppsohlen anziehen konnte. Jetzt oder nie! Swan riß sich los und rannte davon. Richtung Broadway. »Polizei! Polizei!« schrie er. Es ist ein Ausruf, den man auf der West Side recht oft hört. Niemand achtet mehr darauf, am wenigsten die Polizei. Leslie war hinter ihm hergespurtet. Er holte auf. Als er nur noch einen Meter entfernt war, blieb Swan stehen und duckte sich. Leslie hechtete über ihn hinweg. Ehe er sich wieder aufgerappelt hatte, war Swan in einem Taxi verschwunden. »Fahren Sie los!« wies er den Fahrer an. Und auch das war eine Szene, wie sie an der West Side nicht selten vorkam. Der Fahrer duckte sich und trat aufs Gas. In sicherer Entfernung war Swan ausgestiegen. Er ließ den Fahrer an der Ecke warten und begab sich in eine Telefonzelle.

Die Burschen hatten ihm einen Zahn ausgeschlagen. Das war eigentlich das einzige, was von der ganzen Sache zurückblieb.

Und der Umzug natürlich. Eine Stunde, nachdem Swan in seine Wohnung zurückkehrte, kam Ellery. Wenig später tauchten Charles und Lillian auf. Lillian half Alice die Wohnung von den Blutspuren zu säubern. Sie räumten auf. Lillian half Alice auch beim Packen der Sachen. Nice Mickey kam dazu. Auch Roger und Angela. Die Koffer waren gepackt. Es gelang ihnen, alles in Alices Volkswagen reinzudrücken, es war sogar noch Platz für die Hunde und Katzen. Abschied von New York City. Endlich. Sie verbrachten die erste Nacht bei Freunden. Am Tag darauf suchten sie sich eine neue Bleibe. Auf Long Island. Swan entschied sich für Amagansett, wo er oft Urlaub gemacht hatte. Er würde seine Geschäfte künftig von Amagansett aus abwikkeln.

14 Die Reise des Magi

Die Katzen waren der Grund, warum Trude Daniels sich an Swan wandte. Es war schwierig in einer Wohnung mit Mutter, Bruder und den Katzen. Trude Daniels nannte die beiden ›meine kleinen Babuschkas.‹ Oder aber ›Dicker‹ und ›Dünner‹. Eigentlich waren beide dick. Aber ›Dicker‹ war dicker als ›Dünner‹. Keine Rassekatzen, nein. Aber sehr verwöhnte Tiere.

»Ich brauche eine eigene Wohnung«, verkündete Trude. Swan dachte nach.

Er kannte Trude seit einigen Jahren. Sie gehörte zu den Menschen, für die Swan Himmel und Hölle in Bewegung setzte, wenn es nötig war. Und jetzt schien es nötig. Trude war ein liebes Wesen, man mußte sie einfach gern haben, fand Swan. Höflich. Nicht so selbstsüchtig wie andere. Ein Mensch, der nur seine Ruhe suchte. Für Swan war sie eine Frau, die alles mitbrachte, um eines Tages eine richtige Muttergottheit zu werden. Trude gab sich als Mutter Erde. Sie glaubte an Astrologie, wußte die Sternzeichen ihrer Freundinnen und Freunde auswendig, deklamierte Gebete und Zaubersprüche, wenn dies zur psychischen Festigung des Betreffenden notwendig schien. Als Trudes Ehegefährte, auch er ein Freund Swans, vor einigen Jahren Selbstmord beging, war das für sie ein furchtbarer Schlag gewesen. Trude war in Depressionen verfallen und hatte begonnen, Heroin zu spritzen. Sie bewohnte zusammen mit ihrer Mutter, ihrem Bruder und einem Kind ein kleines Appartement an der West Side. Trude war achtundzwanzig gewesen, als ihr Mann starb.

Nach zwei Jahren hatte sie sich vom Heroin freimachen können. Was die Männer anbetraf, ging es allerdings bunt durcheinander. Trude wußte nicht recht, was sie wollte. Sie war arbeitslos. Ihr Bruder war ein Nichtstuer, wie er im Buche stand. Ein Bursche, der weder bereit noch in der Lage schien, sein Leben selbst in die Hand zu nehmen und für seine Unkosten selbst aufzukommen. Wenn er überhaupt zu einer Lebensäußerung fähig war, dann war es die Liebe zur Musik, die er in Form wochenlanger Stereo-Orgien zum Ausdruck brachte. Diese Woche hatte er zur Woche der klassischen Musik erklärt. Ja, und dann gab es noch Elaine, Trudes Tochter. Sie war der Hauptgrund, warum Trude mit ihrer Mutter zusammenwohnte. Die Mutter half ihr, auf das Kind aufzupassen. Elaine war erst fünf. Das einzige, was Trude einen gewissen Halt im Leben gab. Nicht zu vergessen die Katzen, ihre Sorgenkinder. Die beiden waren reif für den Psychiater, fand Trude. Wenn es den Katzen nicht gutging, dann lag das an den widrigen Lebensbedingungen, in denen sie hausen mußten. Eine Wohnung mußte her. Eine eigene Wohnung mit genügend Platz.

Es war wenige Wochen nach der Entführung. Swan hatte den Schreck immer noch nicht ganz verwunden. Sein Dealer war jetzt Charles Kendricks. Charles war verantwortlich, daß die Unzendealer ihre Lieferungen bekamen. Swan traf sich regelmäßig mit ihm, um ihm das Kokain zu übergeben. Treffpunkt war ein kleines Restaurant, der Red Coach Grill am Exit 57 des Long Island Expressway. Charles genoß das Roastbeef, das hier aufgetischt wurde. In Ausnahmefällen trafen sie sich auf dem Parkplatz des McDonald in Riverhead. Swan aß gern Hamburger. Das Ritual ging so. Swan lenkte seinen Wagen neben Charles' Wagen, der immer der erste auf dem Parkplatz war. Auf dem Beifahrersitz von Swans Wagen stand eine große Papiertüte voller Artikel, die Swan im Supermarkt eingekauft hatte. Was man so zum Essen und im Haushalt brauchte. Die Milchflaschen, die in der Tüte steckten, enthielten allerdings keine Milch, sondern Kokain. Swan stieg aus, ging Hamburger essen und ließ sich etwas Zeit, bevor er zum Wagen zurückkehrte. Inzwischen hatte Charles den Papiersack samt Inhalt in seinen Wagen umgeladen. Sie sprachen kein Wort bei diesen Treffen. Wenn Swan seinem Dealer eine Botschaft zu übermitteln hatte, dann schrieb er einen Zettel, den er zu den Lebensmitteln legte. Was Charles ihm zu sagen hatte, erfuhr er durch Zettel, die dieser in das Geldbündel steckte. Das Geldbündel war in einer identischen Papiertüte verborgen, die Charles auf dem Beifahrersitz von Swans Wagen zurückließ. Swan konnte die Operation beobachten, während er seine Hamburger kaute. Die Verabredung für ihre Treffen trafen sie telefonisch. Swan ging zu diesem Zweck in eine öffentliche Telefonzelle und rief Kendricks Nummer in New York City an. Er bat ihn, zurückzurufen. »Ich geb' dir meine Nummer, Charles.« Er nannte ihm die Nummer der öffentlichen Telefonzelle, aus der er sprach. Dabei tauschte er die letzten beiden Zahlen gegeneinander aus. Kendricks ging in eine öffentliche Telefonzelle und rief zurück. Genauso machten sie es, wenn Kendricks zwischendurch etwas mitzuteilen hatte. Vereinbarungsgemäß meldete sich Swan immer unter dem Namen Jonathan. Kendricks benutzte den Decknamen Ungar. Sie trafen sich recht oft, der Umsatz florierte. Es war Anfang Dezember, als Charles seinem Herrn und Meister ein dickes Bündel Banknoten übergab. Sie saßen im Red Coach Grill. Charles hatte seine dritte Portion Roastbeef bewältigt. »Trude Daniels will dich sprechen«, sagte er.

Drei Tage später saß Swan seiner alten Freundin gegenüber.

»Ich weiß, daß es gefährlich ist«, sagte sie.

»Ist dir auch klar, *wie* gefährlich?« fragte Swan.

»Ja. Ich möcht's trotzdem machen.«

»Warum eigentlich, Trude?«

»Ich brauche das Geld, weil ich in eine eigene Wohnung ziehen will.«

»Ich könnte dir was leihen.«

»Ich will mir's verdienen.«

Swan nickte.

»Wann?« fragte sie.

»In ein paar Wochen.«

Es kam nicht in Frage, daß Trude in ein Hotel zog. Das konnte Trouble geben. Trude sollte auch nicht mit der Szene in Bogotá in Berührung kommen. Um die Sache einzufädeln, veranlaßte Swan seinen Freund Juan Carlos Ramirez, den Besitzer des Oriole Hotels, Trude einen Brief zu schreiben. Trude wurde recht herzlich nach Bogotá eingeladen. Dies war die erste Masche des Tarnnetzes, das Swan über seiner alten Freundin ausbreitete. Bei ihrer Ankunft in Bogotá würde Trude bei Juan Carlos' Freundin Quartier beziehen. Swan würde vorausfliegen, mit Avianca Airlines. Eine Woche später würde Charles Kendricks folgen, mit Pan Am. In der dritten Woche sollten Trude und ihre kleine Tochter Elaine kommen. Swans Plan sah vor, daß Mutter und Tochter wenigstens eine Woche in Bogotá blieben.

Als Swan die Ankunftskontrolle in Bogotá passierte, sah er Canadian Jack, der Schwierigkeiten zu haben schien. Canadian Jack sprach mit zwei Beamten der Grenzabfertigung. Seine Papiere, so sah es aus, waren nicht in Ordnung. Zumindest behaupteten das die beiden Grenzer. Canadian Jack machte ein sorgenzerfurchtes Gesicht. Was Swan wenig wunderte. Die Papiere seines Freundes waren *nie* in Ordnung, warum sollte es diesmal anders sein? Jack hatte in Kanada Kaution gestellt, als er wegen Schmuggel eingebuchtet wurde. Zum Prozeß war er nicht erschienen, er hatte die Kaution verfallen lassen. Das Gericht hatte auf zehn Jahre Gefängnis erkannt. Die Sache mit dem Haschisch. Es bestand Haftbefehl. Wenn Jack unter seinem richtigen Namen nach Kanada einreiste, würde er todsicher in den Maschen des Gesetzes hängenbleiben. Und deshalb benutzte Jack falsche Pässe. Gelegentlich reiste er auch als Anhalter, im Wagen irgendeines Touristen, nach Kanada ein. Er ließ sich in den Staaten ein Grenzdokument ausstellen, das er beim kanadischen Zoll vorzeigte. Diesmal war Jack Richtung Jamaika unterwegs. Der Dreisprung, Swan kannte den Trick. Jack schmuggelte das Kokain zunächst mal bis Jamaika. Dort machte er Pause, hing ein paar Wochen mit den Typen in Strawberry Fields herum. Als nächstes passierte er die amerikanische Grenze Richtung Norden. Danach die kanadische Grenze. Dreisprung. Absolut dilettantische Methode, fand Swan.

Swan ging zum Abfertigungsschalter hinüber und wartete, bis sich die Beamten umdrehten. Jack reichte ihm ein Paket. Swan verließ das Flughafengebäude.

Sie trafen sich abends im Hilton. Die Beamten hatten Jack nicht ausreisen lassen. Swan gab ihm sein Paket zurück. Es war nicht viel Kokain drin. Aber genügend, um die kontrollierenden

Beamten zu einer Leibesvisitation dieses Flugpassagiers zu veranlassen. Die eigentliche Lieferung hatte Jack in flache Beutel verpackt und mit Gummis um seine Beine gebunden.

»Wann wirst du je erwachsen, Jack«?

Der Kanadier zuckte die Schultern.

»Die werden dich packen, wenn du so weitermachst, Jack. Du mußt dir was Besseres einfallen lassen.«

Canadian Jack ließ sich was Neues einfallen. Bevor er zum nächsten Flug nach Jamaika eincheckte, sandte er all seinen kanadischen Freunden Weihnachtsglückwünsche. Um das Volumen des Kokains zu verringern, benutzte er eine Handpresse. Das brachte schon mal ein Minus von 30%. Er hatte für den Weihnachtscoup 1,5 kg Kokain eingekauft, das er in Portionen von je einer Unze aufteilte. Er verpackte die Portion in einem zusammengefalteten Briefbogen, den er in den Umschlag steckte. Er fügte eine Glückwunschkarte hinzu. Fünfzig Umschläge. Jack hatte sie als Luftpost frankiert. Und natürlich waren die Freunde, an die er sich in so rührender Weise erinnerte, ausnahmslos Kunden. Jack verdiente 1000 Dollar mit jedem dieser Briefe. Der Text auf den Karten lautete: *May All Your Christmas Be White.* Weiße Weihnacht. Swan hatte mit ›Frosty, der Schneemensch‹ unterschrieben.

Als Trude Daniels in Bogotá eintraf, hatte Swan gerade seine Kokainsendung zur Post gebracht. In seinem Hotelzimmer befand sich noch ein Rest von 2 kg. Er wohnte im Hilton, Charles Kendricks im Tequendama Hotel. Trude war unterwegs zu Ramirez' Freundin. Eine Woche verging. Sie trafen sich nicht. Es war wichtig, daß Trude eine reine Weste behielt. Sie war eingeladen worden, sie machte Ferien in Bogotá. Als die Schamfrist verstrichen war, ging Swan zu Ramirez' Freundin, er würde sich dort mit Kendricks treffen. Der Freund war schon da, als er eintrat. Swan trug das Kokain für Trude bei sich. Er hatte auch ein besonders süßes Kuscheltier mitgebracht. Ein weißes Kaninchen.

Angel hatte das Kokain zu handlichen Päckchen zusammengepreßt. Trude verstaute die Päckchen in der Füllung des Kaninchens, dann nähte sie mit sorgfältigen Stichen die Naht wieder zu. Charles nahm das Spielzeug mit in sein Hotel. Er stellte es ganz einfach auf die Ankleidekommode. Es sah sehr unschuldig aus. Charles, Swan und Trude hatten einen Rückflug nach New York gebucht. Jeder für sich. Rückflugtermin war der Mittwoch. In separaten Taxis ließen sie sich zum Flugplatz chauffieren. Der Mittwoch war ausgewählt worden, weil die Maschine an diesem Wochentag nur wenig besetzt war.

Wenn genügend freie Plätze sind, können sich die Passagiere der Avianca Airlines nach Belieben auf das Flugzeug verteilen. Man bekommt eine Bordkarte, aber man braucht sich nicht dran zu halten. Charles Kendricks hatte das weiße Kuschelkaninchen in eine Platiktüte gesteckt. Er passierte unangefochten den Zoll, bestieg die Maschine und setzte sich auf einen Fensterplatz über der Tragfläche. Er nahm das Kaninchen aus der Platiktüte und verstaute es unter seinem Sitz, wobei er darauf achtete, daß keiner der Passagiere ihn beobachtete. Als Nächste betrat Trude Daniels das Flugzeug. Sie hielt ihre kleine Elaine an der Hand und nahm gegenüber von Kendricks, zum Mittelgang hin, Platz. Sie und Kendricks sprachen kein Wort miteinander. Swan ließ einige Passagiere vorgehen. Dann nahm er in der Sitzreihe hinter Charles auf dem äußeren Sitz Platz. Vor Swan saß ein Passagier, dessen Name und Adresse Swan während des mehrstündigen

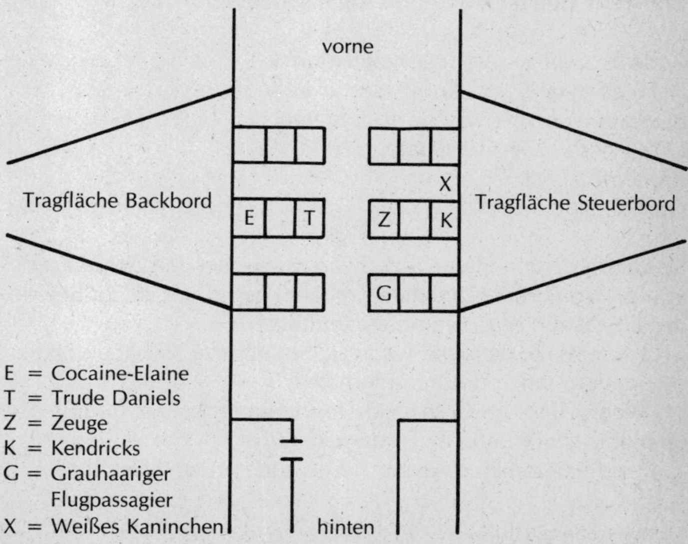

Fluges im Gespräch in Erfahrung brachte. Der Mann würde Trudes Entlastungszeuge sein, wenn etwas schieflief.

Fünf Minuten nach dem Start ›fand‹ Kendricks das Spielzeug. Er hatte sich vorher vergewissert, daß keine Stewardeß in Sicht war.

Er hielt das weiße Kaninchen hoch und sah den Passagier auf dem inneren Sitz an. »Schauen Sie mal, was ich da gefunden habe.«

Ja. Kendricks war richtig ratlos. Das sah man ihm auch an. Unsicher rief er nach der Stewardeß. Gerade so laut, daß sie es mit Sicherheit nicht hören würde. Aber der Zeuge hörte es. Er zuckte mit den Schultern. Weiß auch nicht, was man da machen kann. Noch bevor Kendricks ein zweites Mal nach der Stewardeß rufen konnte, tippte ihm der grauhaarige Flugpassagier, der hinter ihm saß, auf die Schulter.

»Warum schenken Sie's nicht dem Kind?«

Er deutete auf Elaine. Kendricks warf Mr. Zeuge einen fragenden Blick zu. Meinen Sie, das ließe sich verantworten? Der Fremde nickte. Und Charles strahlte. Er reichte Elaine das weiße Kaninchen.

»Recht vielen Dank, Sir«, sagte Trude.

Cocaine Elaine, she never complains
She's so aware, you know, she likes to share
It's such a shame, she's not to blame
Let's cry for Cocaine Elaine.
›Cocaine Elaine‹
ISIS

Kendricks, Trude Elaine und Swan passierten den Ankunftszoll in New York in der gleichen Reihenfolge, in der sie zu Beginn des Fluges die Maschine betreten hatten.

Es war Swan, der den Plan ausgebrütet hatte. Er hatte sich mit den andern lange drüber unterhalten.

»Wen sollen die Grenzer da festnehmen, kannst du mir das einmal sagen?« hatte er Trude gefragt.

Trude wußte keine Antwort. Die anderen auch nicht.*

* Siehe Anhang VIII

Vor dem Abflug aus Bogotá war Swan noch mit Black Dan zusammengetroffen. Es war Zufall. Swan stand vor dem Fahrstuhl im Oriole Hotel, als Black Dan die Lobby durchquerte. Er lud Swan auf einen Drink in seiner Suite ein.

»Ich habe sehr viel mit deiner Presse gearbeitet«, sagte Dan. »Ich würde mich gern erkenntlich zeigen.«

Swan war nicht weiter erstaunt, daß Dan seine Presse benutzt hatte. Was viel bemerkenswerter schien, war die Tatsache, daß Dan sich ihm gegenüber offen als Kokainschmuggler zu erkennen gab. Swan war geschmeichelt.

»Vergiß es«, sagte er. »Wir verdienen ja beide ganz gut. Ich auch.«

»Ich möchte dir trotzdem was schenken«, sagte Dan. Er nahm das Päckchen, das auf dem niedrigen Tisch lag, und reichte es Swan. Der öffnete das Paket. Zum Vorschein kam ein Marihuanaziegel von weißer Farbe. Es war die merkwürdigste Qualität *grass*, die Swan je zu Gesicht bekommen hatte. Weiß. Unglaublich.

»Wo zum Teufel kommt das her?« fragte Swan.

»Die Sorte heißt *Rubia de la costa«,* sagte Dan. »Die Blonde von der Küste. Das feinste Marihuana, das es auf der Welt gibt. Probier mal.«

»Gerne.«

Während Swan sich den Reizen der Blonden hingab, erklärte ihm Dan, welche Route er bei der Durchquerung Mexikos benutzte. Beim nächsten Joint legte Swan dar, was er mit Trude Daniels im Sinn hatte. Er endete mit einer bewegten Schilderung des großen weißen Kaninchens, das er nach einem ausgedehnten Streifzug durch die Spielzeuggeschäfte Bogotás ins Hotel heimgetragen hatte.

Dans Blick war auf das weiße Marihuana gerichtet. »Ich sag' dir ja, das Zeug gehört dir. Steck's mit in den Hasen rein.«

Swan konterte mit einem diffusen Lächeln. Er war verunsichert. Wahrscheinlich hatte Black Dan schon zuviel Rubia de la costa geraucht. So etwas stumpft die grauen Zellen ab. Er, Swan, war ja auch schon etwas benebelt, und er war erst beim zweiten Joint. Dan sah wohl schon Hologramme. Ein typisches Delta-9-Problem. Ursache und Wirkung, das war die Frage hier. Der Marihuanaziegel, der da auf dem Tisch lag, wog mindestens ein

Pfund. Dan mußte wohl übergeschnappt sein, anders war der Vorschlag nicht zu erklären.

»Ich schenk's dir«, wiederholte Dan, als er Swans zweifelnden Blick bemerkte. »Und dann hab' ich noch was für dich.«

Er gab Swan einen harten Klumpen aus leuchtendweißen Kristallen. Swan wog das Ding in seiner Hand, ließ seine Fingerspitzen darübergleiten. Das Gefühl kam ihm bekannt vor. Seine Hand begann zu zittern.

»Du bist ja verrückt, Dan.«

Der andere hatte ihm einen Klumpen Kokain gegeben. Reines Kokain. Durch und durch Kokain.

»Das Zeug gehört dir«, sagte Dan. »Viel Vergnügen.«

»Ich versteh' nicht ganz, Dan. Was soll das?«

Was führte Dan im Schilde? War dieser schwarze Hurensohn mit den Augen eines Killers vielleicht schwul? Wollte er ihn auf diese Tour rumkriegen? Oder hatte er doch einen Profischmuggler vor sich? Wenn ja, was war in Dan gefahren? Wohl doch schwul. Er hat die Tür schon verriegelt. Er wird mich zu Boden werfen. Und dann . . . Was wird Alice sagen, wenn ich ihr davon erzähle?

»Die Spiele«, sagte Dan in seine Gedanken hinein.

»Was für Spiele?«

»Cali. Die Sommerspiele in Cali.«

»Yeah?«

»Ich hab' den Trick ausprobiert, den du mir verraten hast.«

»Und?«

»Es hat funktioniert. Ich hab' noch nie soviel Kokain über die Grenze gebracht wie mit deinem Trick.«

»Erzähl' keinen Scheiß.«

»Ich bin dir was schuldig, verstehst du?«

Nein. Swan verstand immer noch nicht.

»Danke, Dan.«

»Bitte schön. Ich habe zu danken.«

»Erzähl' mal, wie's genau gelaufen ist.«

»Genau wie du gesagt hast. Ich hab' ein paar Freunde eingespannt. Hab' ihnen erst einmal einen Haarschnitt verpaßt. Mußten ja kurze Haare haben, nicht. Sind ja schließlich Sportler. Leichtathleten und so. Ich hab' ihnen Jacken vom amerikanischen Team besorgt. Und Schläger. Ich habe den Stoff in die

Schläger gefüllt, und sie haben es durch den Zoll gebracht. Keine Probleme.«

»Was für Schläger?«

»Baseballschläger. Angel hat sie ausgehöhlt. Der Zoll hat uns so durchmarschieren lassen. Die haben nicht mal gefragt, ob wir was anzumelden haben.«

»Unglaublich.«

»Wieso denn? Du hast doch selbst gesagt, daß nichts schiefgehen kann.«

»Und die haben die Jungens einfach durchmarschieren lassen?«

»So ist es«, sagte Dan.

»Trotzdem unglaublich. Einfach perfekt.«

»Warum regst du dich so auf?« fragte Dan. »Was hätte denn schieflaufen sollen?«

Swan grinste.

»Dan«, sagte er, »die Disziplin Baseball war bei den Spielen in Cali nicht zugelassen.«

Black Dan machte große Augen.

»Mach' keinen Scheiß.«

»Mein Ernst. Es gab kein Baseball bei den Spielen.«

Dan war dabei, sich einen neuen Joint zu drehen. Swan wickelte den Kokainklumpen in sein Taschentuch.

»Ich weiß schon, wem ich das geben werde«, sagte er. »Ich danke dir, Dan.«

»War mir ein Vergnügen«, erwiderte Dan.

Swan packte den Klumpen und den Ziegel *Rubia de la costa* mit in das Kaninchen.

In den Vereinigten Staaten von Nordamerika, wo Zachary Swan lebte, arbeitete, Kokain dealte und gelegentlich auch Steuern zahlte, gibt es die Wortprägung *Black Culture.* Die Kultur der Schwarzen. Die Kultur der Neger. Der Begriff wurde bis in die siebziger Jahre hinein von vielen Amerikanern als Widerspruch in sich betrachtet. Auch heute noch sprechen viele in diesem Land von ›Niggern‹, wenn Neger oder Schwarze gemeint sind. Zu Beginn waren es nur die Journalisten und die Texter der Werbeagenturen, die von *Black Culture* sprachen. Die gleichen Personen hatten früher geschmunzelt, wenn der Ausdruck im

Gespräch vorkam. *Black Culture,* das war wohl eine Art linguistischer Dauerlutscher, die man Little Richard zwischen die wulstigen Lippen stecken konnte, damit er nicht so laut sein *Good golly, Miss Molly, sure likes to ball* sang. Die Politiker, ungebildet und schleimig, wie sie nun einmal sind, wußten mit dem neuen Begriff wenig anzufangen. Ihnen kam der neue Trend vor, als ob jemand ein paar Kilo Exkremente in die Klimaanlage des Weißen Hauses gesteckt hätte, die das Zeug nun mit der Luft verwirbelte. Gewiß, Männer wie Jesse Owens oder Eldridge Cleaver waren national gesinnt. Sie waren sogar Amerikaner. Einige kluge Leute kamen dann darauf, daß *Black Culture* Amerikas Antwort auf den Marxismus sein könnte. Plötzlich gab es Soziologen, die den Begriff im Munde führten. Angela Davis hatte begonnen, die Werbetrommel für Herbert Marcuse zu rühren. Es war plötzlich nicht mehr zu leugnen, daß es ein monströses Phänomen namens *Black Culture* gab.

Wie immer man, ästhetisch und ideologisch, zu *Black Culture* stehen mag, angefangen hat die Renaissance der Schwarzen in New York City. Von dort strahlte der Einfluß auf den Rest der Staaten aus. Die große Stadt im Osten war das Florenz des Kontinents geworden.

Jede Renaissance hat ihre Botticellis. Lange bevor alles, was schwarz ist, auch als *beautiful* erkannt wurde, waren John Coltrane und Charlie Parker zu lebenden Legenden geworden. Musik war das Gefäß, in dem diese Pflanze gedeihen konnte. Der Humus hieß Jazz. Stevie Wonder, darüber waren sich die Experten bald einig, spielte die Musik des weißen Mannes. Elitäres also. Dann kam es Schlag auf Schlag. Die Verantwortlichen des Lincoln Center entdeckten, daß die Alvin Ailey Dance Company ein Faktor ist, mit dem man rechnen muß. Die New Yorker Theaterszene, die damals in den letzten Zügen lag, rappelte sich zu einem Flirt mit Melvin van Peebles auf. James Baldwin führte den Kampf vom Ausland aus. Er hatte sich in den Kopf gesetzt, daß er ebenso gut schreiben könne wie die hochwohllöblichen Mitglieder der *New York Jewish Authors' Cabal.* Claude Brown, ein junger Mann aus Harlem, verfaßte ein Buch, dem er den Titel ›Manchild in the Promised Land‹ gab. Wer das Buch las und verstand, dem wurde klar, daß Brown eine exakte Zustandsbeschreibung der Schwarzen gegeben hatte.

Wo hatte er seine Beobachtungen gemacht? Ganz einfach da, wo das Leben in Harlem stattfindet: auf der Straße. Auf der Straße wurde Geld verdient. Dort konnte man sich den Respekt, auch den Neid der anderen verdienen. Man maß einen Menschen daran, wie er draußen, auf der Straße, auftrat. In Harlem jedenfalls, schrieb Brown, war es so, daß auf der Straße die Entscheidung fiel, ob jemandem so etwas wie *status*, etwa Klasse, Wertschätzung, Bewunderung zugebilligt wurde. In Harlem erwirbt man sich keinen *status,* indem man für andere arbeitet. Wenn jemand eine Arbeit findet – und man hat wenig Chancen, Arbeit zu finden, wenn man aus Harlem stammt –, dann verdient er gerade so viel, daß er damit die Miete zahlen kann. Falls es überhaupt dazu reicht. Wallstreet ist sehr weit weg, wenn man in Harlem lebt. Kurz gesagt, man kann in Harlem nicht das große Geld machen. Nicht auf legitime Art und Weise. Was bleibt dann noch übrig? *Wenn sie dir nicht ins Gehirn gefickt haben, Jack, dann denk doch mal nach . . . sei doch kein Arschloch . . . du mußt die Augen aufmachen . . .* Will sagen, du mußt tun, was für dich gut ist. *Du willst also die Initiative ergreifen. Du willst aus deinem Leben was machen.* Sehr schön. Dann wirst du die Werkzeuge gebrauchen, die griffbereit daliegen. *Schau dich um, Mensch . . . Du bist doch hier aufgewachsen . . .Du weißt doch genau, wo das Geld zu finden ist . . . Und wenn du's gefunden hast, dann wirf es gefälligst nicht der Steuer in den Rachen . . . Angeben, brother . . . Zeig her, was du hast . . . Anzüge, Autos, Schuhe, Weiber, Schmuck . . . Macht . . . und Kokain. Tausend Dollar die Unze . . . Die Dummen werden nicht alle.*

Yeah, man. Man war motiviert in Harlem. Es lohnte sich, Geld zu haben. Geld verschaffte *street-status.* Echter Stoff, Mann. Keine Ersatzdroge. Kein *Lauf-mal-los-Nigger-und-hol-mir-das-und-jenes.* Kein Sonderschulen-Blues. Kein *Ich-muß-raus-aus-der-Scheiße-Gefasel.* Walt Frazier fuhr einen Rolls-Royce. Der Typ verdiente eine Million Dollar am Tag. Mindestens. Nur mit Basketball. Und es mußte ja nicht unbedingt Basketball sein. Harlem war auf einmal *beautiful.* Dort ließ es sich leben. Dort durfte man jetzt sogar herkommen. Man konnte ins ›Plaza‹ zum Essen gehen und wurde nicht rausgeschmissen. *We shall overcome* war ein Song, der in die Vergangenheit gehörte. In Harlem herrschte Tag und Nacht Karneval. Schau. Extravagant ging es zu. Wer protzt, hat mehr vom Leben. Jeder tat das. Die Zuhälter, die kleinen Gangster aus dem Viertel, die Dealer, die Hehler. Jeder zeigte, was er hatte. Wenn man Geld hatte, warf man damit um sich. Dazu war Geld schließlich da. Status. *Der Mann da ist ein Gangster? So what? Na und? He, Baby, jetzt spuck's mal aus, womit der gefickte Typ da seine Kohlen macht. Ist ein Gangster, sagst du . . .* Ein Gangster. Das konnte alles mögliche bedeuten. Der Mann war vielleicht ganz oben. Oder ganz unten. Jedenfalls war es jemand, der was zu beißen hatte. Ein Typ mit Einfluß. Nun ja, man wußte nicht so genau, wo das Geld herkam. Aber das war schließlich seine Sache. Der Mann trug Achtzig-Dollar-Schuhe, und damit war klar, daß er nicht arbeiten ging. Wer nicht arbeiten ging und trotzdem Geld hatte, dem ging's gut.

Once I lived the life of a millionaire
Spent all my money, I just did not care
Took my friends out for a good time
Bought bootleg whiskey, cocaine and wine . . .
Aus ›Nobody Knows You When You're Down and Out‹
JIMMIE COX

Die Schwingungen, die von Harlem ausgingen, krochen über die 96th Street und teilten sich der ganzen Stadt mit. Es war ja auch faszinierend, dem Neger zuzuschauen, der da zwischen den Weißen entlangging. Ich meine, eine richtige Schau abziehen, das können in New York nur die Neger. *Schau dir den da mal an. Unglaublich! Hast du den Ring gesehen?* Es ist wirklich so. So richtig gehen, locker, aus der Hüfte heraus, das können in New York City nur die Neger. Du siehst gleich, wenn jemand aus Harlem kommt. Die Jungens haben Rasse. Sinn für Klasse. Stallgeruch. Vor allem sind sie entspannt. Ein hydraulisches Prinzip ist da am Werk, das kein Weißer je verstehen wird. Wie man das nennen könnte? Nennen wir's *funk.* Oder *cool.* Die Dinge sind sehr in Bewegung geraten. Was früher mal in New York City *cool* war, ist nicht mehr *cool.* Zumindest nicht bei den Typen, die aus Harlem kommen. Sagen wir mal, der Mann steigt aus einem Rolls-Royce aus. Da weißt du doch gleich, daß die

Kasse stimmt. Ein guter Mensch, ganz klar. Wenn er dann noch Messernarben, auf den ganzen Körper verteilt, vorweisen kann, dann hat New York City wieder mal einen neuen Helden. Einen Helden der *Black Culture.* Der Typ ist so männlich, daß es gar nichts ausmacht, wenn er sich wie eine Frau anzieht. Der Neger trägt einen Nerzmantel, ein Seidenhemd, hochhackige Schuhe aus Krokodilleder. An jedem Finger einen Brillantring. *Nicht zu glauben, der Ficker trägt sogar eine Perlenkette. Und einen weißen Filzhut mit einer Krempe, daß du zehn Negernutten drunterstellen kannst. Von den besseren mit den knackigen Titten. Ohne daß die Titten naß werden. Samthosen. Umschlag von dreiundsiebzig Zentimetern. Und Sonnenbrille. Mann, es ist drei Uhr morgens, und der Typ trägt eine Sonnenbrille.*

Und ein Stöckchen mit Silberknauf. Der Hurensohn mißt einen Meter neunzig. Der geht nicht in die Knie, wenn er runter will. Knickt nur leicht in der Hüfte ein. An jedem Arm eine große, wunderschöne Frau. Fuchsfell, vom Besten, was die Russen hergeben. Die Frauen sagen *baby* zu ihm. Oder *sir!* Und dann das Schönste. Was kostet sechzehnhundert Dollar, ist aus Gold und Elfenbein, mit Smaragden besetzt und baumelt am Hals unseres Einmeterneunzighurensohnes? Ein Kokainlöffelchen.

Mach mal Platz, du Wichser!

Ja. Unser Mann geht vorbei. Und jetzt weißt du auch, daß deine Freundin morgen mit ihm ins Bett steigen wird. Den ganzen Tag lang. Wann er will, und sooft er will. Broadway Joe hat dir gezeigt, was eine Harke ist. Du hast gedacht, man trinkt ein Budweiser, wenn man mit seiner Freundin ausgeht. Man trinkt kein Budweiser. Du bist abgemeldet. Du kannst nur noch dezent zur Seite treten, *du Wichser!*

Du hast jetzt verstanden, was *Black Culture* ist.

Und du weißt auch, daß du bald Kokain kaufen wirst.

Es paßte ins Bild, daß in einer ungewöhnlich milden Nacht im Winter 1972 die Harlem-Elite Richtung Chanticleer Bar aufbrach. Ein weißer Mann hatte Kokain besorgt. Es war was los. Etwas ganz Großes sogar.

»Wo, sagst du, startet die Sache?«

»Im *Chanticleer,* Ecke 57th Street und Lexington Avenue.«

»Gibt's denn was?«
»Und ob's was gibt!«
»Wenn das mal stimmt. Wer ist es denn?«
»Moses.«
»Sag das noch mal.«
»Moses. Im *Chanticleer.*«
»Und heute nacht?«
»Heute nacht.«
»Weißt du auch, was eigentlich stattfindet?«
»Na klar.«
»Warum sagst du's mir dann nicht?«

Es war eine Nacht, wie Moses sie nie wieder erleben würde. Moses zog eine Schau ab. Moses würde Swans reinweißen Kokainbrocken der Elite von Harlem vorführen. Von höchster Reinheit. Traum jeden Dealers. Moses hatte den Brocken von seinem Lieferanten geschenkt bekommen. Von Swan. Swan war klar, daß niemand auf der Welt sich über ein solches Geschenk mehr freuen würde als der gute alte Dr. W. Der Brocken gehörte Moses schon, als er noch in Bogotá auf dem Tisch in Dans Suite lag. Eine schöne Geste. Moses würde Swan das nie vergessen. Eine Nacht lang war Dr. Moses Wellfleet, der nie Präsident der Vereinigten Staaten werden würde, Gott.

Es fing spät an. Es fängt immer spät an im Hinterzimmer im ersten Stock. Dabei ist das *Chanticleer* sowieso schon eine Bar, die erst aufmacht, wenn die anderen zumachen. Eine Nacht wie jede andere, sollte man meinen. Ein Cadillac rauscht vorbei. Und noch einer. Was man so fährt. Aber etwas ist anders heute. Es liegt etwas in der Luft. Auf der 57th Street riecht es plötzlich nach Weihrauch.

Es ist drei Uhr morgens. Ein paar El Dorados gleiten heran. Und zwei Lincolns. Zweifarbig. Die Türen sind weiß. Schiebedach, durchsichtig. Mit Fernseher, ein paar Telefonen. Drinnen glimmen blaue Lämpchen. Die Sitze sind mit Leopardenfell gepolstert. Und mit Hermelin. Viel Chrom. Wohin man sieht, Chrom. Geparkt wird quer. Die Vorderreifen knabbern die Bordsteine an, schieben sich hoch, das Auto ist oben. Halb oben. Dem Wagen entsteigen die elegantesten Frauen und Männer, die das *Chanticleer* je gesehen hat. Fünf, zehn, hundert

Paradiesvögel. Alles, was man in Harlem unter *status-people* versteht. Es blitzt und schimmert. *Funk,* man. *Funk.* Es ist fünf nach drei Uhr morgens. Über der East 57th Street ist plötzlich die Sonne aufgegangen . . .

. . . Ecce advenit Dominator Dominus: et regnum in manu Eius, et potestas et imperium . . .

Die Prozession geht weiter.

Die Paradiesvögel und ihre Macker zwängen sich am Musikautomaten vorbei. Es geht die Treppe hoch. Richtung Hinterzimmer. *Private.* So privat das auch sein mag, es wird plötzlich sehr lebendig. Musik ertönt. Blaues Licht. Saxophone und Silberlöffel. Die Frauen riechen traumhaft. Der Duft von Kokain weht durch den Raum. Moses hat sich hingesetzt. An einem Tisch, der an die Wand gerückt ist. Er trägt einen apfelgrünen Anzug mit breiten Revers und eine Hose mit breitem Umschlag. Er hat den Kragen seines gelben Seidenhemdes geöffnet. Moses' Kokainlöffelchen ist aus Platin. Er sitzt da und hat die Beine übereinandergeschlagen, damit jeder seine Zweihundertdollarkrokodilschuhe sieht. Er trägt einen weißen Filzhut. Der Rand ist breiter als der Kotflügel eines Cadillac. Moses lehnt sich in seinem Sessel zurück. Er nimmt den Beifall seiner Gäste entgegen. Vor ihm liegt der Brocken.

Dein sei das Reich, die Macht und die Herrlichkeit.

Epiphanias. Dreikönigstag. Die Messe. Moses hat nicht zuviel versprochen.

Neben Moses sitzt Swan, zu seiner Rechten. Anzug aus blauer Seide. Weißes Hemd mit Manschetten, die aus der Jacke hervorragen. Weißes Schmucktaschentuch. Alles auf der Madison Avenue gekauft, das sieht man. Swans Augen haben das 60-Watt-Kokain-Leuchten, das die Schwarzen auf zwanzig Meter Entfernung erkennen. Und dann liegt da noch eine schwarze Hand auf seiner Schulter. Moses' Hand.

»Das ist mein Mann«, sagt Moses gerade. »Mein *brother.* Und das ist meine Ware.« Moses berührt den Stein, auf den er seine Kirche gegründet hat. »Flockig, Gentlemen. Der beste Stoff auf dem Markt.«

Moses' Litanei endete erst um acht Uhr früh. Langeweile hatte es nicht gegeben. Moses hatte den Kokainbrocken mit einem Skalpell rasiert und die Flocken reihum angeboten. Die ganze

Zeit gab es Drinks. Es war gegen fünf Uhr morgens, als ein schlaksiger Zuhälter im marineblauen Kaschmirmantel zu Moses an den Tisch trat. Weißer Hut. Pelzkragen. Der Mann trug einen Stock mit Silberknauf in der Rechten. Und Handschuhe. Er kam von zwei Frauen begleitet. Schwarze Statuen. Fuchsmäntel. Gut anzusehen. Wenn es Prostituierte waren, dann waren es teure Prostituierte. Frauen, die sich zu benehmen wußten. Der Schwarze mit den beiden Frauen war cool. Nein. Er hatte es nicht eilig. Er griff in seine Manteltasche und brachte zwanzig Hundertdollarscheine zum Vorschein. Er legte das Geldbündel auf den Tisch.

»Zweitausend. Ich kaufe den Brocken.«

Moses sah ihn an und blinzelte. Dann sah er sich die beiden Frauen an. Er machte eine einladende Geste.

»Nehmt eine Prise. Setzt euch. Platz genug.«

Dr. W. war in Hochstimmung.

Er wandte sich zu Swan. »Wo waren wir stehengeblieben? Ach ja.« Er zog Swan die Krawatte gerade. »Anziehen tust du dich gar nicht schlecht – für einen Weißen.«

15 The Blues

Es gibt in Alice Haskells Tagebuch eine Eintragung, die am 9. November 1971 datiert ist. Überschrift: Die Katastrophe. Gemeint ist das Erscheinen von Crazy Leslie und Konsorten in Swans Wohnung in der 88th Street. Jener Tag sollte zum Wendepunkt in Zachary Swans Kokainkarriere werden. Auf den Lauf der Geschäfte, auf den Umsatz hatte das Ereignis zunächst keinen Einfluß. Wohl aber auf Swans Seelenleben. Wenn wir uns dieses Seelenleben näher ansehen, müssen wir vor allem auf eines achten. Wir dürfen nicht zu nahe an Swan herankommen. Denn seine Psyche ist ein Minenfeld.

Swan – und es steht nicht an, das zuzugeben – ist der klassische Fall eines unreifen Menschen. Nicht, daß diese Erkenntnis bei ihm sehr tief ginge. So hat Swan beispielsweise keinen Ehrgeiz, einem vorzugaukeln, daß in seinem Denken im Laufe der letzten Erfahrungen bei ihm so etwas wie eine verspätete Reife eingetreten wäre. Andererseits haben wir es mit einem Menschen zu tun, dessen seelische Entwicklung ungewöhnlicher verlaufen ist, als er selbst wahrhaben möchte. Er würde es erbittert ableugnen, aber von ethischer Festigkeit kann bei Swan auch heute noch keine Rede sein. Nachdem schon so viele Jahre vergangen sind, ohne daß er seine unreifen Allüren ablegte, muß man die Chancen, daß er kurz vor dem letzten Seufzer erwachsen wird, als dünn bezeichnen. Immerhin verfügt unser Mann aber über ein gewisses Maß an Einsicht und realistischer Eigeneinschätzung. Swan gibt ohne weiteres zu, daß Kokain – wie schwere Motorräder, automatische Pistolen und die Politik im Weißen Haus – eine Ersatzdroge für Männlichkeit ist. Schon der bloße Besitz von Kokain bedeutet Status. Kokain heißt Geld, und Geld heißt Macht. Es ist auch kein Zufall, daß Kokain, wie keine andere Droge, im Denken des Menschen jenes Gefühl der Selbstsicherheit festigt, das im Amerika der postindustriellen Ära so selten geworden ist. Wenn Swan so kaltblütig war, ohne Waffe in seine Wohnung zurückzukehren und einem notorischen Kriminellen, der ihn mit der Waffe bedrohte, gegenüberzutreten, dann ist das nur aus dem Glauben an die eigene Unbesiegbarkeit zu erklären. Genährt wurde dieser Glauben durch Swans Bewußtsein, daß er seit einem Jahr Kilo um Kilo Kokain am Zoll vorbeitrug und daß er wie ein Phönix aus der Asche aus allen Schwierigkeiten hervorgegangen war.

Wir wissen heute, daß Swan, als er seine Wohnung betrat, sehr hoch pokerte. Er glaubte steif und fest, er würde sich schon herausreden können, was immer ihm Crazy Leslie zu sagen hatte. Merkwürdig, daß es gerade diese Fehlleistung war, die Swan den Blick für seine Männlichkeit öffnete. Irgendwie muß ihm in jenen Sekunden klargeworden sein, daß die Irrsinnstrips nach Südamerika nicht mehr und nicht weniger als die Mutprobe eines kleinen Jungen waren.

»Nachdem Allie gesehen hatte, daß ich mit drei bewaffneten Killern fertig wurde, hatte ich das Gefühl, du brauchst gar kein Kokain mehr zu schmuggeln.«

Ob in dieser Erkenntnis auch ein Quentchen Eitelkeit verborgen liegt, ist eine Frage, die wahrscheinlich nicht einmal Swan beantworten kann. Ob für den weiteren Gang der Ereignisse das Erlebnis mit Crazy Leslie bestimmend war, oder ob Swan ganz einfach vom Kokainhandel die Schnauze voll hatte, ist eine Frage, die er sich nie stellen wird. Innerhalb eines Monats war recht viel passiert. René war ermordet worden. Man hatte Swan ein Kilo Kokain gestohlen. Leslie hatte die Frau, mit der Swan zusammenlebte, zur Geisel genommen. Er selbst war beinahe entführt worden. Tatsache ist, daß im Gefolge dieser Nachhilfestunde über die Sitten und Gebräuche im Kokainhandel Swan sich mehr und mehr wie ein Businessman und immer weniger wie ein Gentleman benahm. Er lauerte wie die Spinne im Netz auf Long Island. Er traf sich nur noch mit ganz wenigen Kontaktleuten. Sein Kokain ließ er sich von Bogotá per Luftpost schicken. Er flog nur noch hin, um die Bestellung zu machen. Und er war in wenigen Tagen wieder zurück. Die Sache machte ihm immer noch Spaß. Aber er hatte sich zum Profi geläutert. Er wußte, daß er eine Menge Geld verdient hatte. Trotzdem hatte er vor, noch etwas obendrauf zu legen.

Zu Anfang hatte er, wenn er im Gespräch mit sich selbst die Risiken abwog, die eigenen Argumente zu der folgenden Erkenntnis verdichtet. Selbst wenn er gepackt wurde, würde die Sache nicht allzu schlimm ausgehen. Er war Ersttäter. Er hatte keine Vorstrafen. Er kam aus einer guten Familie. Und so faßte er den Entschluß, weiterzuschmuggeln, bis sie ihn packten oder bis er so viel Geld hatte, daß er nie mehr arbeiten mußte. Betrachtet man die Kaltblütigkeit, mit der er arbeitete, und die schlafwandlerische Skrupellosigkeit, mit der er von Operation zu Operation seine Gewinnspanne verbesserte, betrachtet man vor allem das absolut dilettantische Verhalten, das im Herbst 1972 zu seiner Festnahme führte, dann ist der Schluß zulässig, daß Swan gefaßt werden *wollte.* Freilich ist es, psychologisch gesehen, ein unsicherer Grund, auf dem wir uns mit unseren Vermutungen bewegen. Was Swan selbst dazu sagt, muß man cum grano salis nehmen. Er ist zwar selbstkritisch, zugleich ist er aber auch sehr von sich eingenommen. Ein schier unentwirrbares seelisches Gestrüpp.

»Als Schmuggler lernt man lügen. Man muß lügen, sonst ist man sofort weg vom Fenster. Nach einer Weile lügt man, wenn man den Mund aufmacht. Du kannst dich gar nicht mehr daran erinnern, was du deinem letzten Gesprächspartner vorgelogen hast. Es ist furchtbar. Eine richtige Sucht.«

Wer nimmt da wen auf den Arm? Tischt uns Swan mit seinem Geständnis eine neue Lüge auf? Und wenn ja, warum? Dies ist der Augenblick, wo selbst hartgesottene Psychiater ein schwarzes Tuch über ihr Diplom hängen.

Es gibt einige Grundmuster in Swans Verhalten, die sich zu betrachten lohnen. Wer verfolgt wird, wer sich in Gefahr befindet, lernt in der Tat zu lügen. Eine erlernte Fähigkeit also, die dann fortgeführt wird, auch wenn es gar nicht mehr notwendig ist. Würde man Zachary Swan fragen, welche Farbe seine Augen haben, würde er antworten: braun. Hält man ihm dann entgegen, seine Augen seien doch blau, wird Swan antworten, man sei farbenblind. Nur wenn er einem voll vertraut, wird er einem die Wahrheit sagen. Vielleicht. Für ihn geht es immer um die Wurst. Um die Existenz. Er lügt nicht, weil ihm die Täuschung seiner Mitmenschen Spaß macht. Er lügt aus Reflex. Dann noch eines. Ein Mensch, der etwas zu verbergen hat, lernt vergessen und verdrängen. Er vergißt Namen, Daten, Zahlen. Er vergißt sie wirklich. Andere machen autogenes Training. Swan macht autogene Gedächtniswäsche. Wenn er alles vergessen hat, kann man ihn nicht einmal mehr mit dem Lügendetektor überführen. Er lügt ja nicht. Ich weiß es nicht mehr, Officer. Man kann ihn auch nicht mehr des Meineids bezichtigen. Er weiß es nicht mehr. Eine Frage des Überlebens.

Es geht noch weiter. Wenn ein Mensch gejagt, gehetzt, verfolgt wird, entwickelt er eine intuitive Fähigkeit, die uns anderen abgeht. Er spürt instinktiv, ob da ein anderer Mensch ist, der gejagt wird.

»Wenn ich in einem Flugzeug sitze und über die Reihen der Passagiere hinwegblicke, dann kann ich dir genau sagen, wer von denen was schmuggelt. Man kriegt allmählich ein Gefühl dafür.«

In der Abflughalle in Bogotá hatte Swan einst ein Mädchen kennengelernt. Sie saß da, zeigte ihre langen Beine her und schlug die Augen nieder. Sehr züchtig. Sehr weiblich. Swan fragte sie, wie es ihr in Kolumbien gefallen hatte. Sie hätte kaum was gesehen, sagte sie. Sie sei mit einem Politiker verheiratet, und der Urlaub sei nur sehr kurz gewesen. Sie trug das einzige Souvenir, das ihr gefallen hatte. Ein hellroter Umhang, eine *ruana*.

»Du lügst, Mädchen«, sagte Swan.

Sie trug das Kokain auf den Rücken gebunden.

Er spendierte ihr ein paar Bloody Marys. Und dann packte sie aus. Sie erzählte ihm, daß sie die Tochter eines Richters aus Westchester im Staate New York sei. Das Kokain, das man ihr aufgeladen hatte, mußte sie nach Buffalo bringen. Sie sagte ihm auch, daß es ein Vorteil für sie wäre, wenn sie während der Reise als Paar auftraten. Swan, so fand sie, sei eine gute Tarnung. Und angenehmer als ältere Männer. Die legten immer gleich den Arm um sie. Und wenn sie den Arm um sie legten, fühlten sie das Paket mit dem Kokain. Auf dem Flug nach New York saß Swan neben ihr.

»Du wirst unterbezahlt«, erklärte er ihr.

Er sagte ihr, daß es sich nicht lohnte, für andere den Kopf hinzuhalten. Das machten nur Anfänger. Sie tauschten ihre Adressen aus. Vielleicht würde das Mädchen für Swan arbeiten, sie ließen das offen.

»Wenn du dir den Stoff auf den Rücken bindest, kannst du nichts mehr abstreiten. Du hast geschmuggelt. Du sitzt drin. Merk dir das.“

Als sie in New York gelandet waren und das Anschnallzeichen erlosch, stand er als erster auf. Er passierte die Ankunftskontrolle vor ihr. »Hals- und Beinbruch« hatte er ihr gewünscht, als sie sich verabschiedeten.

Einen Monat später versuchte er sie anzurufen. Sie war weg. Die Frau, die sich meldete, hatte ihn nach seinem Namen gefragt. Er legte auf. Sechs Monate später erfuhr er, daß sie festgenommen worden war.

Was immer man aus den Zeichen ablesen mag, die sich an der Fassade des geistigen Tollhauses namens Swan spiegeln, es gibt ein Ereignis gegen Ende des Blindflugs, das eine tiefe Zäsur darstellt. Das Ereignis führt uns zu den gleichen Schlußfolgerungen, die wir eingangs mit Hilfe psychologischer Bewertungen gewonnen haben. Wenige Stunden, nachdem er Crazy Leslie und seinen Killern entronnen war, kaufte Zachary Swan eine Waffe. Er erstand einen Revolver Kaliber .32. Mag sein, daß er den geheimen Wunsch hatte, irgendwann einmal festgenommen zu werden. Was er sich nach dem Kauf wünschte: festgenommen zu werden, bevor er die Waffe gebrauchen mußte.

Swan hatte Trude Daniels für die Operation White Rabbit mit einem überdurchschnittlich hohen Honorar abgefunden. Er zahlte ihr 2000 Dollar pro Kilo, das Doppelte des Üblichen. Nachdem das übergewichtige Spielzeug – es enthielt immerhin 2 kg Kokain und ein Pfund *rubia* – ausgeweidet worden war, rief Swan seinen Großabnehmer Anthony an. Er verabredete sich mit ihm zu einem Treffen im Backgammon-Raum in Le Club, Swan war Mitglied dort. Der perfekte Ort, um ein Geschäft abzuschließen. Niemand wurde eingelassen, der nicht Mitglied oder Gast eines Mitglieds war. Er bot Anthony 1 kg an.

»Ich möchte zweiunddreißigtausend«, sagte Swan.

»Dann muß es aber auch erstklassiger Stoff sein«, erwiderte Anthony.

Es war erstklassiger Stoff. Anthony mischte 1 kg Borax hinzu und verkaufte die so entstandenen 2 kg noch am gleichen Abend für je 20 000 Dollar. Swan mischte das zweite Kilo, das ihm noch blieb, mit 500 Gramm Borax, packte die Substanz in 52 Unzenbriefchen ab und erzielte einen Verkaufspreis von 850 Dollar pro Unze. Es waren Charles Kendricks und die anderen New Yorker Dealer, die für den Absatz sorgten. Swans Bruttoverdienst bei der Operation, die mit Hilfe Trude Daniels über die Bühne gegangen war, betrug 76 200 Dollar. Davon gingen noch die Unkosten ab. Den Brocken hatte er Moses geschenkt. Einfach so. Das Pfund rubia verpaffte er. Das Kilo, das er mit der Post aufgegeben hatte, sollte nie wieder auftauchen. Es war der erste größere Verlust, den Swan erlitt.

Alice war nach New Orleans gezogen. In jenem Frühjahr führte Swan nur zwei Operationen durch. Beide Male flog er nach Kolumbien. Er hatte Rudolpho, auf den er sich bei der Vorbereitung der weiteren Operationen verlassen konnte. Es wurde Juli, bis Alice aus New Orleans zurückkehrte. Swan befand sich inzwischen in der Planungsphase für eine 5-Kilo-Operation. Er beschloß, Alice mit nach Cartagena zu nehmen. Sie würden Ferien machen. Alles war vorbereitet für das große Geschäft. Eine Kreuzfahrt in der Karibik. Wenn überhaupt etwas ihre brüchig gewordene Liebe kitten konnte, dann eine Kreuzfahrt. Swan informierte sich. Da gab es zum Beispiel die Leonardo da Vinci. Das Schiff sollte an einem Samstagvormittag aus New York auslaufen.

Es war ein heißer Tag. Swan und Alice bewaffneten sich mit einigen Paketen, die sie sämtlich mit Geschenkpapier umwickelt hatten. Jedes der Päckchen trug eine Glückwunschkarte: *Bon Voyage.*

Sie fuhren von Long Island nach Manhattan herein. Sie würden zur Probe an Bord gehen, um sich alles anzusehen. Es war nicht schwierig, an Bord zu kommen. Sie überquerten das Oberdeck, dann durchstreiften sie die Flure, über die man die Kabinen erreichen konnte. Sie begegneten einem Steward, der gerade eine der Kabinen hergerichtet hatte. Die Tür stand offen, von den Passagieren war noch nichts zu sehen. Sie warteten, bis der Steward außer Sicht war, dann traten sie ein. Das Auspacken der Geschenkpakete begann.

Alice hatte eine Plastikflasche Clorox mitgebracht, Swan eine Flasche Deer Park Mountain Spring Water. Jede der beiden Flaschen war mit einem Kilo Zucker gefüllt worden. Sie öffneten die Bullaugen. Während Swan seinen Kopf durch das linke Bullauge steckte, warf Alice die beiden Flaschen durch das andere Bullauge ins Meer. Swan sah, wie die beiden Flaschen ins Wasser fielen und wegsackten. Er wartete. Nichts. Offenbar waren sie schwerer als das Wasser im Hafenbecken. Es gab jetzt nichts mehr, was Swan und Alice an Bord hielt. Sie verließen die Kabine und beeilten sich, von Bord zu kommen.

Auf dem Pier angekommen, hielten sie inne. Es waren drei Fragen, die Swan auf dem Herzen hatte. Die erste davon war bereits geklärt. Die Flaschen paßten durch das Bullauge. Die zweite Frage war unlösbar mit der dritten verbunden. Würden die Flaschen, wenn man sie aus großer Höhe ins Meer warf, beim Aufprall auf die Wasseroberfläche zerbrechen? Und wenn sie nicht zerbrachen, würden sie schwimmen? Swan hatte sich eine Zigarette angesteckt. Er spielte mit dem Wagenschlüssel und betrachtete die Wasseroberfläche. Schließlich nickte er Alice zu. Die Flaschen kamen angetrieben. Sie waren wieder hochgekommen und befanden sich jetzt zwischen der Ankerkette und dem Bug der Leonardo da Vinci. Die dritte Frage war beantwortet.

Swan plante, die Operation in der Durchfahrt Verrazano Narrows auszuführen. Sobald das Kreuzschiff die Brücke passiert hatte, würde er das Kokain ins Wasser werfen. Er würde zwei Motorboote brauchen. Ein Boot würde sich auf der Brooklyn-Seite der Brücke aufhalten, das andere auf der Staten-Island-Seite. An Bord der Boote würden sich Vertraute befinden, die sich um das Auffischen der Schmuggelware kümmerten. Er besprach sich mit Ellery und Mickey.

»Nein«, sagte Ellery. »Kein Interesse.«

»Auf keinen Fall«, sagte Mickey.

Die Sache schien ihnen zu gefährlich, sie wollten nichts damit zu tun haben.

»Du nimmst ganz einfach ein Messer mit«, sagte Swan. »Wenn ein Zollboot kommt, zerschneidest du die Flaschen und schüttest das ganze Zeug ins Wasser. Was sollen die Bullen denn tun? Sollen sie einen Labortest vom Hudsonwasser machen?«

»Trotzdem nein.«

»Auf keinen Fall.«

Swan brauchte Helfer, und das Problem ließ sich schwierig an. Vorläufig gab es viele lose Enden bei der Sache. Da war zum Beispiel das Risiko, daß die Leonardo da Vinci bei völliger Dunkelheit die Brücke passieren könnte. Die Ankunftszeiten eines Kreuzschiffes waren flexibel. Da war das Problem der Motorboote. Und selbst wenn all diese Punkte gelöst waren, blieb die Tatsache bestehen, daß Ellery und Mickey nicht mitmachen würden. Was Swan gar nicht paßte. Er rief Adrian an.

Adrian hatte im Schmollwinkel gesessen, seit Vinnie Pirata ihn aufs Kreuz gelegt hatte. Die Sache mit Billy Bad Breaks war ihm in guter Erinnerung. Swan hatte sich zwar nicht verantwortlich gefühlt für die Verluste, die Adrian damals erlitten hatte. Für ihn war es ehrlicher Schwindel, für den man sich nicht zu entschuldigen brauchte. Immerhin hatte er Adrian dann aber mit ein paar Typen zusammengebracht, die mit geklauten Traveller Cheques handelten. Adrian hatte bei der Sache ein Mehrfaches des Betrages verdient, den er durch Swan verloren hatte. Swan wußte, daß Adrian begierig war, ins Schmuggelgeschäft einzusteigen. Er würde ihm Gelegenheit dazu bieten.

»Adrian, ich hätte etwas für dich.«

Sie trafen sich am Tag darauf, und Swan legte Adrian seine Pläne dar. Adrian, so sagte er, sollte 5 kg Kokain schmuggeln. Er, Swan, würde eine Gewinnbeteiligung von 1000 Dollar pro Kilo kassieren. Im voraus. Abgesehen davon würde Adrian völlig freie Hand haben. Adrian sagte, das muß ich mir überlegen. Ich ruf dich an. Swan wußte, was das bedeutete. Einen Tag später ging das Telefon. Adrian war dran.

»Mein Partner möchte dich kennenlernen«, sagte Adrian.

Swan hatte schon so etwas geahnt.

»Aber ich möchte ihn nicht kennenlernen«, sagte Swan.

Adrian drehte und wand sich, erging sich in Beteuerungen, wie wichtig das Ganze für ihn sei. Schließlich gab Swan nach.

»Okay. Treffen wir uns an der 86th Street. Wir werden zusammen eine Tasse Kaffee trinken.«

»Das ist nicht nötig«, sagte Adrian. »Wir können uns in seinem Wagen unterhalten.«

Na herrlich.

Adrians Partner sah genauso aus, wie Swan ihn sich vorgestellt hatte. Gefärbte Gläser. Jude. Fett. Zigarre im Mundwinkel. Weiße Haut. Ring mit rosa Stein. Bewaffneter Chauffeur.

Swan sollte später herausbekommen, daß der Mann in Jersey einen Verleih für ›VIP-Limousinen‹ betrieb. Adrian war seit längerer Zeit mit ihm im Geschäft. Traveller Cheques. Der Mann schien gut bei Kasse. Und er schien auch über Abnehmer zu verfügen. Jedenfalls war er bereit, in die 5-Kilo-Operation die Summe von 20000 Dollar zu investieren. Wie Swan vermutete, versprach Adrians Partner sich von der Sache einen Schnitt von 100000 Dollar.

Der Mann hörte ihm aufmerksam zu, als er seinen Plan erklärte. Als Swan dann fertig war, sah der Dicke Adrian an und sagte so etwas wie »Recht dramatische Angelegenheit, die dein Freund da plant«. Swan hatte schon die Türklinke gepackt, um zu verschwinden. Der Dicke hielt ihn zurück.

»Sehen Sie«, sagte Swan, »Sie brauchen es ja nicht so zu machen, wie ich sage. Sie zahlen nicht für den Plan. Sie zahlen für die *connection,* die ich Ihnen besorge, für das Knowhow. Ich löse Ihnen das Problem, wie Sie das Geld nach Kolumbien kriegen. Und wie Sie die Ware an Bord bringen. Alles. Sie können mitmachen, oder Sie können's sein lassen.«

»Ich habe da jemanden, der die Sache für mich machen soll.«

»Ich weiß. Jeder hat jemanden.«

Der Mann, den du hast, darf aber nicht wie ein Gangster aussehen, dachte Swan. Die Augen des Dicken waren auf ihn gerichtet. Adrian sah Swan an, dann seinen Partner. Der nickte. Er war einverstanden.

Swan würde sich mit dem Dicken ein weiteres Mal treffen. Adrian hatte Swan angerufen und gewarnt. Sein Partner, so sagte er, machte Schwierigkeiten. Swan nahm kein Blatt vor den Mund, als sie zusammensaßen.

»Schalten Sie Ihren Mann für die Sache ein, in Gottes Namen. Es interessiert mich nicht, wen Sie noch mitmachen lassen. Ich werde Ihnen einfach zeigen, wie Sie den Stoff rauskriegen, das ist alles. Den Rest müssen Sie selbst erledigen.«

Swan war klar geworden, daß Adrian den Transport für den Dicken durchführen würde.

Adrian buchte eine Kreuzfahrt auf dem Schiff. Kolumbien und einige karibische Häfen. Adrian würde seine Frau und seinen kleinen Sohn mit auf die Reise nehmen. Nach Zwischenstopps in venezolanischen Häfen und in der Karibik sowie in Florida würde das Schiff nach New York zurückkehren. Swan begab sich nach Cartagena, wo das Schiff vor Anker lag. Er hatte Evelyn, Rudolphos Frau, zweihundert Dollar gegeben. Ihre Aufgabe: die 5 kg Kokain mußten in einen großen Spielzeugpanda eingenäht werden. Adrians Sohn würde den Panda an Bord tragen. Für die *connection* hatte er von Adrian die vereinbarten 1000 Dollar pro Kilo erhalten. Er hatte den Lieferanten außerdem 500 Dollar pro Kilo aufschlagen lassen, so daß er die Operation mit einem Verdienst von 7500 Dollar begann. Einmal in Bogotá, hatte Swan die Gelegenheit benutzt, auch ein Paket in eigener Regie aufzugeben.

Die Abfahrt des Kreuzschiffes, auf dem Adrian gebucht hatte, fand am hellichten Tage statt. Das Schiff lag in Fort Everglades, Florida. Nächster Hafen würde New York sein. Swan hatte Adrian den Rat gegeben, die fünf Leerbehälter aus New York mitzunehmen. Er würde nicht in der Lage sein, in einem der karibischen Häfen die passenden Behälter zu kaufen. Swan hatte das Kokain so vorbereiten lassen, daß das Umpacken vom Panda in die Flaschen problemlos vor sich ging.

Zur vereinbarten Zeit wurden die Flaschen durch das Kajütenfenster geworfen. Adrian hielt ein Handtuch aus dem Fenster und winkte. Kurze Zeit später waren dann die Boote zur Stelle. Es waren Wasserskifahrer, die die Flaschen aus den Wellen grapschten.

In Bogotá war Swan mit Rudolphos Vetter Camillo zusammengetroffen. Camillo arbeitete in einem fahrbaren Kokainlaboratorium in Leticia. Swan wußte, daß Kokainpaste in Leticia für drei Dollar pro Gramm verkauft wurde. Camillos Angebot für die chemische Aufbereitung war 1000 Dollar pro Kilo. Für Swan bedeutete das einen Gestehungspreis von vier Dollar pro Gramm. Und das, während die Preise in New York stiegen und stiegen.

»Ich werd' drüber nachdenken«, versprach Swan. Er verließ Camillo, ohne eine feste Vereinbarung zu treffen.

Der Handel mit Kokain hatte Zachary auch gewisse Image-Probleme beschert. Seit einem Jahr schmuggelte er Rauschgift. Es gab eine ganze Reihe Menschen, die davon wußten. Für sie war Swan nicht der Mensch, er war ›der Schmuggler‹. Sie wußten, daß er davon lebte. Nein, es lag ihm nicht, aus der Sache ein großes Geheimnis zu machen. Es schmeichelte ihm, daß man ihn für den großen Schmuggler hielt. Unversehens war er in seinen Kreisen zur Kultfigur geworden. Der Mann, der anderen sagte, wie ›es‹ ging. Es war in Amagansett, als Swan von einem Mann angesprochen wurde, den er seit einiger Zeit kannte, ohne daß sie allerdings je näher in Kontakt gekommen waren.

»Ich habe einen Freund«, sagte der Mann. »Mein Freund braucht einen Rat.«

»Schicken Sie ihn zu mir«, sagte Swan.

Der Freund des Mannes stellte sich als Peter Crawford vor. Er brauchte mehr als einen Rat. Er hatte ein dickes Problem.

»Ich habe ein Paket auf den Weg gebracht«, sagte er.

So ist das also, dachte Swan.

»Yeah?«

»Und jetzt weiß ich nicht, wie's weitergeht.«

»Sie wissen nicht, wie's weitergeht?« wunderte sich Swan. »Ist das Paket denn angekommen, ja oder nein?«

»Das möchte ich ja gerade herausfinden.«

»Und?«

»Ich sehe schon, ich muß etwas weiter ausholen.«

»Finde ich auch.«

»Sie wissen doch, daß die kleinen Päckchen nicht ins Haus geliefert werden.«

»So ist es.«

»Man muß sie selbst abholen bei der Post.«

»Ganz recht.«

»Nun, das Paket ist auf der Post, verstehen Sie?«

»Ich verstehe.«

»Ich glaube jedenfalls, es liegt bei der Post.«

»Auf Ihren Namen?« fragte Swan.

»Das Paket ist an Peter Crawford adressiert.«

»Gut so.«

»Freut mich, daß Sie das sagen.«

»Die Masche ist in Ordnung«, sagte Swan. »Nichts dran auszusetzen.«

»Das hab' ich auch gedacht.«

»Wo liegt dann das Problem?«

»Ich – ich glaube, das Paket wird beobachtet. Wenn ich's abhole, schnappt die Falle zu.«

»Als was haben Sie das Paket denn eingeliefert?«

»Weiß ich nicht mehr. Wie man eben Pakete von dort nach hier schickt.«

»Es gibt nur eine Methode, wie man Pakete von dort nach hier schickt. First class.«

»Ist das so?«

»Das ist so.«

Der Mann, der sich als Peter Crawford vorgestellt hatte, schüttelte den Kopf.

»Ich glaube nicht, daß ich's First class geschickt habe.«

»Dann haben Sie ein Problem.«

»Scheiße.«

»Sie haben einen Dollar gespart. Aber Sie haben am falschen Ende gespart.« Swan wiegte den Kopf. »Wenn Ihr Paket beobachtet wird, das ließe sich ja herausfinden.«

»Und wie?«

»Was glauben Sie wohl, wie?«

Swan nahm den Wagen. Es war am frühen Vormittag. Er würde ein paar Briefmarken auf der Post kaufen. Vor dem Gebäude gab es zwei junge Männer, die sich eine Frisbeescheibe zuwarfen. Die beiden trugen Pullover. Und das im Juli.

Der Beamte, der am Päckchenschalter saß, trug eine Jacke. Swan kaufte ein paar Briefmarken und verließ die Post. Am Abend jenes Tages traf er sich mit dem Mann, der sich Crawford nannte.

»Nun?«

»Was soll ich Ihnen sagen? Ich habe einen der beiden Frisbeespieler nach dem Weg zum Strand gefragt. Der hatte keine Ahnung.«

»Und das bedeutet?«

»Das bedeutet, es ist einer von der Bundespolizei.«

»Was nun?«

»Ich weiß ja nicht, was Sie von dem Plan halten, aber ich habe vor, noch einmal auf die Post zu gehen. Ich finde das einfach aufregend. Jetzt, wo wir wissen, daß das Paket da liegt. Vielleicht sollten Sie sich mal umsehen, wer Ihnen sonst noch bei dem Job helfen könnte. Ich meine, es wäre doch interessant festzustellen, wo die Pakete des Nachts verwahrt werden. Ich werde mich mal erkundigen.«

Am Tag darauf ging Swan zum zweitenmal zur Post. Die Frisbeespieler hatten auf Baseball umgeschaltet. Swan sah den Wagen, der auf der gegenüberliegenden Straßenseite geparkt war. Der gleiche Wagen hatte schon gestern da gestanden. Und die gleichen Männer hatten auf den Vordersitzen gesessen. Der Mann, der am Päckchenschalter abfertigte, trug eine Jacke. Swan verzichtete darauf, die Briefmarken zu kaufen.

»Sie haben Pech«, sagte Swan. »Es ist eine Falle.«

»Fällt Ihnen nichts ein, was man machen könnte?«

»Wo werden die Pakete nachts verwahrt, haben Sie das herauskriegen können?«

»Die werden zum Bahnhof gebracht.«

»Dann gibt es nur eine Lösung.«

»Und die wäre?«

»Ich weiß zufällig, daß die Burschen von der Bundespolizei keine hundert Meter rennen können, ohne mit einem Kreislaufkollaps zusammenzubrechen. Sie mieten sich also einen Typen, der gut rennen kann. Am besten einen Kriminellen, der nichts mehr zu verlieren hat. Der Typ springt über den Schalter, krallt sich das Paket und rennt damit weg.«

»Ich gebe auf.«

»Das ist auch das klügste.«

Peter Crawfords Paket ist nie abgeholt worden.

16 Der Falke

»Ich bin am Ende«, sagte Charles Kendricks.

Er war den Tränen nahe und zitterte am ganzen Körper. Er schämte sich seines Zustands.

»Ich kann nicht wieder von vorn anfangen«, sagte er.

Charles Kendricks' Karriere als Unzendealer schien an ihrem Ende angelangt zu sein. Man hatte ihn zusammengeschlagen. Man hatte ihm das Geld weggenommen. Er war mit den Nerven fertig. Und er war down. Swan machte sich Vorwürfe. Ich hätte ihn besser beobachten sollen. Charles hatte sich seit Wochen gehenlassen. Er stand ununterbrochen unter Kokain.

»Mach dir nichts draus«, sagte Swan. »Du brauchst mir nicht groß zu erklären, wie's gelaufen ist. Ich weiß, wie's gelaufen ist.« Swan legte ihm die Hand auf die Schulter.

Aber Charles schien untröstlich.

»Ich sag dir doch, Charles, vergiß die Sache. So was ist doch kein Problem.«

Sie hatten Charles fünf Unzen abgenommen. Diesmal war es ein Dealer in Harlem, der ihn aufs Kreuz gelegt hatte. Der Dealer und seine Freunde. *Leg das Geld auf den Tisch und verschwinde!* Er hatte nur die Wahl, nachzugeben oder erschossen zu werden. Swan hatte ihm die Ware für fünftausend Dollar verkauft. Auf Kredit. Im Straßenhandel war der Stoff dreißigtausend Dollar wert. Und davon konnte man eine Menge Kanonen kaufen.

Es war nicht das erste Mal, daß Charles so was passierte. Vor kurzem erst hatte Charles fünf Unzen eingebüßt. Er hatte die Ware einem befreundeten Schauspieler gegeben, der sie in Chicago verkaufen sollte. Der Mann hatte das Kokain schon fast durch die Kontrolle gebracht, als der Detektor des Beamten zu piepsen begann. In der Aktentasche, beim Kokain, lag ein Messer. Ganz wie James Bond. Ein Messer mußte es sein. Die Klinge hatte das Signal ausgelöst. Der Mann wurde auf der Stelle verhaftet, das Kokain beschlagnahmt.

Auch bei anderen Gelegenheiten war einiges schiefgelaufen für Charles Kendricks. Charles wurde beraubt, betrogen und an der Nase herumgeführt, ganz einfach weil es eine Menge Leute gab, die im Geschäft härter waren als er. Es war Lillian Giles, die ihm schließlich die Situation klarmachte, in der er sich befand. Sie hatte den Kanal gestrichen voll. Sie konnte sehen, wie Charles auf das Abwärtsgleis geriet. Sie wußte, daß sie ihn verlieren würde, wenn es so weiterging. Es war höchste Zeit, daß er die Brocken hinschmiß. Sie war entschlossen, einen Schlußstrich zu ziehen. Wenn er es nicht tat, sie hatte den Mut dazu. Sie ging zu Swan und sagte ihm, was sie vorhatte.

Sie und Charles würden sich aus dem Geschäft zurückziehen. Sie würden eine Farm kaufen. Jetzt oder nie. Vorher würden sie noch eine 5-Kilo-Operation abziehen. Lillian würde pro Kilo 1000 Dollar einstecken. Flug nach Kolumbien. Zurück. Es mußte schnell gehen, das war die Hauptsache. Charles würde Extra-Unzen bekommen, die er an seine Vorzugskunden verscherbeln konnte. Sobald das gelaufen war, wollten sie New York verlassen.

»Wir müssen aufhören«, sagte sie. »Wenn wir jetzt nicht aufhören, geht das ewig so weiter.«

Swan schätzte Lillian auf 50 Kilo und keine Unze mehr. Sie war nur etwa 1,50 m groß. Blond. Glattes, blondes Haar. Swan fand sie ausgesprochen hübsch. Irgendwie war es schwer, sich vorzustellen, daß Lillian früher Kindergärtnerin gewesen war. Sie war mit Charles Kendricks nach New York gekommen. Immer noch schrieb sie ihrer Mutter in Brisbane, einen Brief jede Woche. Sie war Kettenraucherin, wobei sie die Marke Kent bevorzugte. Was Drogen anging, so hatte sie alles ausprobiert, was es überhaupt auf der Welt gab. Lillian hatte Nerven wie Stahl. Ein fröhliches Geschöpf, mutig, zuversichtlich, jemand, der Ruhe ausstrahlte. Kaltblütig war sie. Wenn Gefahr im Verzug war, dann war sie diejenige, die nicht mit der Wimper zuckte. Swan hatte Lillian in die Kategorie jener eingeordnet, die einem beim Streit den Arm abschneiden, worauf man dann noch einen

Kinnhaken kriegt, weil aus dem Armstumpf Blut auf die Schuhe des Angreifers geflossen ist. Okay, sagte er. Du willst eine 5-Kilo-Operation. Ich besorg' dir eine 5-Kilo-Operation.

Am Montag darauf setzte sich Charles Kendricks in die Untergrundbahn. An der West Fourth Street stieg er aus, um eine Anzeige in *The Village Voice* aufzugeben.

Biete Tätigkeit Import/Export.
Gute Bezahlung. Reisekosten
werden vergütet. Tel. Mr. McCann
212-361-0559 um 9 Uhr vormittags.

Es war Donnerstag, neun Uhr vormittags, als in einem Münzfernsprecher an der Madison Avenue das Telefon läutete. Zachary Swan nahm ab.

»Hier Mr. McCann.«

»Guten Tag. Ich rufe an wegen der Stellung, die im Village Voice inseriert war.«

Es war Lillian Giles. Sie hatte sich das Gespräch handvermitteln lassen. Es war schwierig gewesen durchzukommen. Das Mädchen in der Vermittlung hatte ihre Nummer notiert. Bitte, legen Sie auf, ich rufe Sie wieder an. Sie taten das, weil sie sichergehen wollten, daß die Nummer stimmte. Wegen der Rechnung. Der Anruf und die Anzeige im Village Voice waren Dinge, für die Lillian verantwortlich zeichnete. Swans Job war es gewesen, sicherzustellen, daß das Telefon, das in der Anzeige angegeben war, auch funktionierte.

»Es wäre am besten, wenn Sie ins Geschäft kommen, um darüber zu reden«, sagte Swan. »Gegen Mittag.«

Er nannte ihr den Namen eines Geschäftes, das ganz in der Nähe lag.

»Sie können es gar nicht verfehlen«, sagte er. »Vor dem Geschäft hängt ein Schild Thins Columbian. Okay? Also sagen wir gegen zwölf. Bis gleich.«

Es war fünf nach zwölf, als Swan den Laden betrat. Er kam in Hemdsärmeln. Seine Jacke hatte er im Wagen gelassen, der ein paar Häuserblocks weiter geparkt stand. In der Brusttasche seines Hemdes trug er eine Reihe von beeindruckenden Drehbleistiften. Er durchquerte den Laden. Stapel von Ruanas. Körbe,

Ledersandalen, Steingut, Hängematten und kunsthandwerkliche Produkte aus Kolumbien. Vieles kam Swan bekannt vor. Die meisten Gegenstände waren aus Holz. Er strahlte eine Angestellte an.

»Ich kenne Kolumbien gut . . .« begann er.

Und dann sprach er von den Souvenirs, die er schon aus Kolumbien in die Staaten heimgebracht hatte, und über die schönen Dinge, die in diesem Geschäft verkauft wurden, und wie schwer es doch war, die Dinge durch den Zoll zu bekommen, und ob das Geschäft nicht auch manchmal Probleme mit dem Zoll hatte. O ja, meinte die junge Frau, Probleme nicht zu knapp, zum Beispiel kommen die Pakete alle geöffnet an. Ich verstehe, sagte Swan. Er gab sich den Anschein, daß er es nicht im geringsten eilig hatte. Er deckte die junge Frau mit Anekdoten und Witzchen ein, würzte mit ein paar Komplimenten nach. Er hatte sich mit dem Ellenbogen auf ein Regal gestützt, als Lillian Giles den Laden betrat.

»Ich suche Mr. McCann«, sagte sie.

Swan trat auf sie zu. »Ich bin Mr. McCann«, antwortete Swan.

Sie gaben sich die Hand.

»Sehen Sie.« Er deutete auf die Regale. »Hier können wir uns ja nicht richtig unterhalten. Ich schlage vor, wir gehen raus zur nächsten Ecke und trinken einen Kaffee.«

Er nahm ihren Arm. Dann wandte er sich den Angestellten des Geschäftes zu.

»Passen Sie auf, daß alles seinen geordneten Gang geht«, sagte er.

Die Angestellten nickten.

»Okay.«

Swan und Lillian verließen den Laden.

Swan flog voraus. Erst einen Tag später, so war es festgelegt, sollte Lillian in Bogota eintreffen. Sie würde sich im Tequendama-Hotel einquartieren. Swan wollte dort ein Zimmer für sie reservieren. Unter ihrem richtigen Namen. Als Lillians Flugzeug auf dem Eldorado Airport landete, befand sich Swan in der Abfertigungshalle. Er wartete, bis Lillian die Zollkontrolle passiert hatte. Er ging auf sie zu und stieß sie mit gespielter Unachtsamkeit an. »Fahr ins Hilton«, flüsterte er ihr zu. Er ging weiter. Lillian sagte nichts. Sie war zum Ausgang unterwegs. Er sah, wie sie dem Taxifahrer ihr Gepäck übergab. »Ins Bogotá Hilton«, sagte sie. Swan war verschwunden.

Das Tequendama-Hotel, so hatte Swan in Erfahrung gebracht, war nicht mehr sicher. Letzten Monat waren einige Gäste verhaftet worden. Canadian Jack hatte die Information beschafft. Ihm zufolge wimmelte es im Tequendama von Geheimagenten. Besser, du meidest dieses Haus, hatte Canadian Jack gesagt.

»Das Schmuggeln wird immer schwieriger.«

In der Tat. Es wurde von Tag zu Tag schwieriger. Nicht nur in Bogotá. Überall. Armando und Luís reagierten auf die veränderte Situation, indem sie extrem wenig Ware auf Vorrat hielten. Camillo befand sich in Leticia. Rudolpho hatte ihn schon einen Monat nicht mehr gesehen. Swan war den ganzen Tag über in Bogotá herumgelaufen. Abends traf er in Vincents Wohnung mit Canadian Jack zusammen.

»Was machen wir?« fragte er.

»Ich schlage vor, wir sprechen mit dem Falken«, sagte Jack.

Swan nickte. »Der Falke. Das ist eine gute Idee.«

»Tsss«, machte Vincent.

Seit über einem Jahr hatte Vincent van Klee seinen Freunden zugeredet, sich aus dem Kokaingeschäft zurückzuziehen. Er und Swan waren inzwischen enge Freunde geworden. Wenn irgendwo eine Galerie eröffnet wurde, nahm Vincent seinen amerikanischen Freund mit. Er nahm ihn mit zu Partys. Er lud ihn in jene Bars ein, die erst öffneten, wenn die anderen schlossen. Wenn Swan aus New York kam, brachte er Vincent Dinge mit, die es in Kolumbien nicht zu kaufen gab. Zum Beispiel ein paar Packungen *Carter's Little Liver Pills.* Vincent nahm diese Pillen zur Vorbeugung gegen Leberbeschwerden. Swan brachte ihm auch immer die neueste LP von Roberta Flack mit. Der alte Herr war vernarrt in die farbige Sängerin.

Vincent war sehr stolz auf eine Gesichtscreme, die er selbst erfunden hatte. Da er jünger aussah, als er war, mußte es sich um ein gutes Produkt handeln. Dieser Ansicht zumindest waren Vincents zahlreiche Freunde. Der Schöpfer hatte seiner Creme den Namen Vincent Dior gegeben. Er verriet niemandem das Geheimnis der Herstellung. Seinen Freunden knöpfte er fünf Dollar pro Dose ab. Alle schworen auf diese Creme. Als Vincent erfuhr, daß Swan aus dem Kartonagengeschäft kam, bat er ihn, sich in den Staaten nach einer pharmazeutischen Firma umzusehen, die Konservierungsmittel produzierte. Die Creme Vincent Dior hatte die Eigenschaft, nach sechs Wochen ranzig zu werden. Er gab Swan die Adressen der amerikanischen Firmen, die er bereits angeschrieben hatte. Swan war dann aber nicht in der Lage, den Bitten des Freundes zu entsprechen. Er hatte keine Firma finden können, die Konservierungsmittel für Hautcremes produzierte. Aber die Sache mit der Creme hatte Swan auf eine Idee gebracht. Er entwickelte eine Schachtel, auf die er den Schriftzug Vincent Dior drucken ließ. Wer nicht auf den Vornamen Vincent achtete, mußte den Inhalt für ein Christian-Dior-Produkt halten. Vincent war begeistert. Endlich gab es die Marke Vincent Dior. Für Swan war das Ganze ein gefundenes Fressen. Er konnte die Briefe gebrauchen, die Vincent geschrieben hatte. Es war die perfekte Tarnung für das Unternehmen, das er plante.

»Vincent, soll ich dir einen Drink holen?«

»Ein kleines Glas *Aguardiente* vielleicht«, sagte Vincent. Er stellte sich so, daß Swan sein Profil betrachten konnte. Ein Spiel, daß er sehr gern spielte.

»Du bist ein vollendeter Schauspieler, Vincent.«

»Das sagst du nur, um mir zu schmeicheln.« Es war üblich, daß Vincent Komplimente mit dieser Floskel abtat. Dabei hatte er es recht gern, wenn sich das Gespräch um ihn drehte. Vincent war über siebzig – und von der Koketterie eines Chorknaben.

Swan brachte die Drinks. Jack hob sein Glas.

»Trinken wir auf den Falken!«

»Auf den Falken!«

»Ihr solltet euch was schämen«, sagte Vincent. »Beide.« Der Falke, das war die Mutter von Juan Carlos Ramirez. Sie hatte ihm das Hotel gekauft und ihn als Manager eingesetzt. Ein guter Schachzug, fand Swan. So oder so war es wichtig, einen Mann wie Juan Carlos vor dem Abgleiten in die Straßenkriminalität zu bewahren. Der Falke verfügte über umfangreichen Grundbesitz. Da war nicht nur das Oriole-Hotel. Die Frau mit dem merkwürdigen Spitznamen war auch Eigentümerin zehn großer Bordells in Bogotá. Als Swan und Canadian Jack sich kennenlernten, hatten sie nicht lange gebraucht, um sich gegenseitig einzuschätzen. Jeder wußte, der andere war ein Rauschgiftschmuggler. In einem Punkt allerdings hatte Swan seinen neuen Freund unterschätzt. Canadian Jack hatte Verbindungen. Zum Beispiel die *connection* zum Falken.

»Diese Frau besorgt dir soviel Kokain, wie du haben willst«, hatte Jack geprahlt.

Swan blieb skeptisch. Daran änderte sich auch nichts, als er den Falken bei einer Party kennenlernte. Sie waren gemeinsame Gäste bei Juan Carlos: Jack, Swan und der Falke. Mrs. Ramirez war eine Frau von beeindruckender Körperfülle. Sie war über und über mit Smaragden und altem Inkaschmuck behängt. Ihr Mann war von kleiner Gestalt. Ein ruhiger Typ, der sich wenig einmischte. Swan führte das auf seine geringen Englischkenntnisse zurück. Jack war anderer Meinung. Nein, sagte er, dieser Mann sagt nichts, weil er nichts zu sagen hat. Er ist mit dem Falken verheiratet. Der Spitzname bezog sich zunächst einmal auf die Greifvogelnase, die Mrs. Ramirez auszeichnete. Aber auch auf ihre Stellung in der kolumbianischen Unterwelt. Juan Carlos' Mutter war nicht nur das Oberhaupt der Sippe, sie betreute als gestrenge Urmutter die paar Dutzend Prostituierten, die in ihren Bordellen Dienst taten. Und schließlich hatte *der Falke* eine Schlüsselstellung, was den kolumbianischen Kokainschmuggel anging. Sie verfügte über ein gut ausgebautes Netz von Lieferanten und hatte viel mehr Einfluß als Armando. Sie hielt sich Jago, einen Leibwächter. Eine Frau, die nicht mit sich spaßen ließ. Wer genügend Geld mitbrachte, dem verkaufte sie das ganze Kokain, das Bolivien produzierte. Erst als Swan mit Jago zusammentraf, glaubte er die Story, die Canadian Jack ihm erzählt hatte.

Jago und Swan waren häufiger zusammengetroffen. Immer war es ums Geschäft gegangen, aber so recht einig geworden waren sie sich nie. Swan hatte seine Ware von Armando und Luís bezogen, er war auf Jagos Vermittlungsdienste zum Falken nicht angewiesen gewesen. Der Kontakt zu Jago war dünngesponnen. Swan hatte ihm einige ›muestras‹ abgekauft. Sie hatten über Preise gesprochen, über Liefermöglichkeiten, das war alles. Jago war nicht die Art von Mensch, zu der man sich hingezogen fühlte. Wer mit ihm zu tun hatte, beschränkte den Kontakt auf das Geschäftliche. Jago trug einen Revolver ans Bein geschnallt. Seine Miene verriet, daß er sich nicht scheute, die

Waffe auch zu benutzen. Er sah aus wie ein Killer. In seinen Augen schimmerte die Mordlust. Ein wildes Tier, das sich von rohem Fleisch ernährte. Alle paar Tage brauchte Jago ein neues Opfer. Swan konnte sich nicht vorstellen, daß Jago je Freunde zu sich einlud. Jago als Gastgeber – unmöglich. Jago lächelte nicht, wenn man ihn begrüßte. Man hatte Angst vor ihm. Mit einem Dobermann, der das Domizil des Gangsterbosses bewachte, konnte man sich vielleicht anfreunden. Mit Jago nicht. Swan hatte im Kontakt mit Jago die Erfahrung gemacht, daß die gekauften ›muestras‹ immer erstklassige Qualität waren. Der Zeitpunkt, mit Jago und dem Falken einen Handel abzuschließen, schien gekommen. Lillian hatte im Bogotá Hilton Quartier bezogen und wartete auf die Lieferung. Das Tequendama war von Agenten der Drogenpolizei verseucht. Swan beschloß, mit dem Falken Kontakt aufzunehmen.

Die Aussicht, mit dem Falken und Jago zusammenzutreffen, war alles andere als erheiternd. In Gegenwart ihres Leibwächters gab sich die Gangsterchefin merkwürdig glatt und sanft. Swan verstand das nicht. Er würde mit Canadian Jack darüber sprechen.

Das Treffen wurde zu einem Teilerfolg. Weil die Kontrollen in Bogotá strenger geworden waren, würde der Falke nur dreieinhalb Kilo Kokain innerhalb vierundzwanzig Stunden beschaffen können. Der Rest der Lieferung sollte mit einer Verzögerung von einem Tag eintreffen. Swan gab sein Einverständnis. Er vereinbarte mit Jago ein Wiedersehen für den übernächsten Tag.

Es war nur eine kurze Reise. Allerdings eine Reise, die Swan immer in Erinnerung bleiben würde. Diesmal hatte er wirklich Spaß gehabt. Schon während der letzten Besuche in Bogotá hatte sich sein Verhalten geändert. Er hatte gelernt, die Stunden und Tage des Wartens zu genießen. Zu seinem Wohlbehagen bei dieser Reise trug die Tatsache bei, daß sich Lillian Giles in Bogotá befand. Schon am Abend von Lillians Ankunft hatten sie miteinander geschlafen. Es war wunderbar gewesen. Sie hatten Kokain geschnupft, und dann hatten sie sich in Leidenschaft umfangen. Swan war sicher, daß Alice, die in den Staaten geblieben war, ihn auch betrog. Und Lillian vermutete das gleiche von ihrem Freund Charles. Sie brauchten sich also keine

Hemmungen aufzuerlegen. So war es nun einmal im Leben. Irgendwann ging jede Liebe zu Ende.

Swan hatte schon immer ein Augenmerk auf Lillian Giles gehabt. Sie war ein Geschöpf, das seine Neugier herausforderte. In früheren Jahren war er alles andere als ein Draufgänger gewesen. Da waren die beiden gescheiterten Ehen. Dann die Verbindung mit Uta. Er hatte weder Zeit noch Lust für Affären, wo er Versteck spielen mußte. Natürlich gab es Frauen. Aber es waren Freundschaften, die sich aneinanderreihten. Swan war nicht der Mann, der gern fünf Freundinnen an jeder Hand hatte. Er war monogam von seiner ganzen Prägung her. Und das blieb so, bis er Alice Haskell kennenlernte. Mit ihr begann für Swan eine sexuelle Revolution. Er tat sich jetzt leichter, eine Affäre mit einer Frau anzuzetteln. Die Reisen, die er als Schmuggler zu unternehmen hatte, trugen dazu bei. Er schlief mit Alice, mit Uta, mit Janes Freundin April in Cartagena, mit Nina in Miami, mit Trude Daniels. Er schlief mit Pachita, einem 15jährigen Indianermädchen. Und jetzt lag er mit Lillian im Bett. Es ging alles ein bißchen drunter und drüber, wie Swan fand. Aber es machte Spaß. Zwar würde er später nicht über diese Erlebnisse sprechen. Wenn die jeweilige Affäre zu Ende war, erlosch in den meisten Fällen auch die Erinnerung. Was sein Verhältnis zu Alice anging, so war sie der Fels in der Brandung. Mit anderen Frauen zu schlafen, das mochte befriedigend sein. Aber Swan kehrte zu Alice zurück. Es kam die Zeit, wo er auf Abenteuer ganz verzichtete. Er hatte erkannt, daß er nicht der geborene Schürzenjäger war. Zachary Swan mochte unreif sein, ein Mann, der gern herumspielte. Er war bei alledem aber auch sehr konservativ.

Die Zeit mit Lillian Giles sollte wunderschön werden. Swan stellte seine Freundin Vincent van Klee vor. Die beiden verstanden sich auf Anhieb. Lillian genoß es, dem alten Herrn zuzuhören. Vincent genoß es, vor Lillian seine Stories auszubreiten.

»Erzähl' ihr die Vulkan-Story, Vincent.«

Vincent schüttelte den Kopf.

Es war immer das gleiche. Swan traf auf Schwierigkeiten, wenn er Vincent bedrängte, die Vulkan-Story zu erzählen. Die Sache war zu Swans Lieblingsspiel geworden. Wenn er Vincent besuchte, bestürmte er ihn mit der Bitte, die Vulkan-Story aufzutischen. Es war Bestandteil des Spiels, das Vincent zu Anfang sehr zögerlich gab.

Lillian war neugierig geworden. Sie sah zuerst Swan an, dann Vincent van Klee.

»Bitte, Vincent«, bettelte sie.

Vincent nahm die Pose der Venus von Milo ein.

»Ein anderes Mal«, versprach er. »Wenn ich besser in Stimmung bin.«

Swan hob mit einer Geste komischer Verzweiflung die Arme.

In Vincents Vulkan-Story gab es eine Hauptperson. Vincent. Der alte Herr sitzt also im Freien und ißt zu Abend. In einem Nightclub. Swan meint sich zu erinnern, daß die Sache sich in Acapulco zugetragen hat. Aber wie auch immer. Es ist schließlich zwanzig Jahre her. Vincent ißt zu Abend, in Gesellschaft von Freunden. Er steht unter Drogen. Wunderschöne Musik. Es gibt ein paar freche Mädchen, die sich zwischen den Gästen bewegen. Es gibt Go-go-Girls, die ihre Brüste auf und ab wippen lassen. Es gibt eine Show. Eine sehr gute Show sogar. Die Musik wird lauter. Crescendo. Finale. Alle stehen auf und klatschen. Dann formen sich die Paare zum Tanz. Es gibt einen Springbrunnen inmitten der Tanzfläche. Es gibt ein schimmerndes Schwimmbecken. Vincent ist beeindruckt. Er sagt es seinen Freunden. Ist das nicht herrlich? Er schaut sich um und stellt fest, daß er allein ist. Er ist der einzige, der noch im Nightclub herumsitzt. Und natürlich gibt es noch das Orchester. Die sitzen seitlich zur Tanzfläche und spielen weiter, als ob nichts wäre. Bald wird Vincent klar, daß die Fontäne in der Mitte der Tanzfläche in Wirklichkeit ein Vulkan ist. Ein aktiver Vulkan, um es genau zu sagen. Es gibt Felsbrocken, die in die Luft geschleudert werden. Sie landen platschend im Wasser. Herrliche Farben, das muß man schon sagen. Es gibt auch Lava. Wie entzückend. Wie wunderschön das doch alles ist.

Die andern waren einfach weggelaufen. Er war allein. Inmitten der vielen Tische allein. Es war eine großartige Sache, wie Vincent fand.

»Vincent, Sie sollten ein Buch drüber schreiben«, sagte Lillian.

»Ich komme schon in zwei Büchern vor«, erwiderte Vincent.

»Wirklich?«

Vincent stellte sich in Positur. »Wirklich.«

»Was für Bücher sind das, Vincent? Ich würde sie gern lesen.«

»Eines der beiden sollten Sie unter keinen Umständen lesen, das möchte ich nicht. Ein fürchterliches Buch. Ein Kolumbianer hat's geschrieben. Der Mann konnte nicht schreiben. Ich komme in dem Buch schlecht weg. Ich erinnere mich nicht einmal mehr an den Namen des Autors.«

»Und das andere Buch?«

»Das hat ein Amerikaner geschrieben«, sagte er.

»Und wer?«

»Ich glaube, der Mann hieß F. Scott Fitzgerald.«

Schweigen.

»Das ist ja ein berühmter Schriftsteller, wußten Sie das?«

Vincent zuckte die Schultern.

»Wie heißt das Buch?« fragte Lillian.

»The Night Is Blue.«

»Sie meinen wahrscheinlich *Tender Is The Night.«*

Vincent brachte sein Profil zur Geltung.

»Vincent, welchen Namen tragen Sie in diesem Buch?«

»Ich bin der Südamerikaner.«

»Wann haben Sie Fitzgerald kennengelernt?«

»Ich war noch sehr jung, als wir uns kennenlernten. Ich war neunzehn, als F. Scott Fitzgerald mich nach Berlin mitnahm. Ich lebte damals in der Schweiz.«

»Aha.«

»Soweit ich mich erinnern kann, haben wir nicht miteinander geschlafen«, sagte Vincent. Er zuckte die Schultern. »Aber er hat mich ausgehalten. Er fand mich nett.«

Fitzgerald war nicht der einzige Freund, der Vincent in seinen Jugendjahren ausgehalten hatte. Über einen gemeinsamen Bekannten wurde der junge Mann bei Douglas Fairbanks eingeführt. Er wurde Sekretär des Schauspielers. Fairbanks war damals gerade mit Lady Ashley verheiratet.

Lillian Giles saß da, lauschte und staunte. Sie konnte gar nicht genug bekommen von den Anekdoten, die Vincent van Klee auftischte. Überhaupt gefiel ihr Bogotá weitaus besser als alle Städte, die sie bisher kennengelernt hatte. Sie würde sich später an die Tage in Kolumbien als an die schönste Zeit ihres Lebens erinnern.

Swan vermied es konsequent, mit Lillian in der Lobby des Hiltons zusammenzutreffen. Auch die nähere Umgebung des Tequendama Hotel war tabu. Swan verbrachte viel Zeit mit Lillian. In der Rückschau würde er als Grund dafür die Notwendigkeit benennen, Lillian auf die geplante Operation vorzubereiten. Es ist eine Erklärung, die wenig Wahrscheinlichkeit hat. Viel eher ist anzunehmen, daß Swan die Gesellschaft dieser Frau genoß. Bei den vorherigen Reisen nach Bogotá war er immer allein gewesen. Jetzt ergab sich die Möglichkeit, die Annehmlichkeiten Bogotás in Begleitung eines weiblichen Wesens zu genießen. Und die Stadt hatte Annehmlichkeiten. Da waren die schönen Restaurants, die Nightclubs. Da waren die nahen Berge. Vor allem aber die Freunde. Swan kannte sich aus in Bogotá. Es machte ihm Spaß, seiner Begleiterin die Stadt zu zeigen.

Lillian hatte ihr Spanisch aufpoliert. Einmal bestellte sie Eier zum Frühstück. Auf spanisch.

»Huevos«, sagte sie.

»Werewolves heißt das Wort«, sagte Swan. »Du bestellst Werewolves, und sie bringen dir *huevos.«*

»Ich werde *huevos* bestellen.«

»Versuch das mal«, sagte er.

Der Kellner war gekommen, um die Bestellung aufzunehmen.

»Dos huevos«, sagte Lillian.

Der Kellner schaute sie ratlos an.

»Siehst du«, sagte Swan.

Lillian starrte den Kellner an.

»Dose werewolves«, sagte Swan zu dem Kellner.

Der lächelte und nickte. Er eilte zur Küche, um das Bestellte zu holen. Lillian staunte.

»Sieht ganz so aus, als ob die ihre eigene Sprache nicht beherrschen«, sagte sie.

»Wenn du ihnen das sagst, springen sie dir ins Gesicht.«

»Meine Aussprache war aber ganz in Ordnung.«

»Sicher war sie das. Kein Zweifel. Aber das hat hier unten wenig zu bedeuten. Sie verstehen dich nicht, wenn du richtig Spanisch sprichst. Etwas, das die Lehrer auf der High School nie begreifen können. In Kolumbien werden zum Beispiel die Konsonanten verschluckt. Die verschwinden ganz einfach. Und so kommt es, daß du *›weh-woh‹* sagen mußt, damit du huevos bekommst. Achte mal drauf, wenn dir jemand guten Tag sagt. Das hört sich dann so an wie ›eha-iha‹. Gemeint ist Buenos Dias. Wenn du überhaupt klarkommen willst, mußt du alles, was dir jemand sagt, erst einmal ins Spanische übersetzen, und von dort ins Englische. Andersrum ist es viel komplizierter. Bisher bin ich nur auf zwei Worte gestoßen, die sie richtig aussprechen. *Coca* und *esmeraldas*.«

Lillian zog ein kleines Wörterbuch aus ihrer Handtasche. »Was *coca* bedeutet, weiß ich. Aber was sind esmeraldas? Vielleicht Smaragde?«

»Du hast's erraten. Halt dich an mich, Mädchen. Ich mache eine perfekte Schmugglerin aus dir.«

»Ich kann mich nicht erinnern, daß in *Tender Is the Night* ein Südamerikaner vorkommt«, sagte sie. »Du?«

Swan übernahm die Ware von Jago. Sie trafen sich in einem Taxi. Swan hatte das Geld, über 20000 Dollar, in seinen Schuhen versteckt, einige Bündel waren in seine Jacke eingenäht. Er kam sich wie in einem Kriminalroman vor. Er brachte die Ware gleich zu Rudolpho und Angel. Sie brauchten nur einen Abend, um den Stoff einzupacken. Als das Kokain im Holz verborgen war, zog Swan ins Hotel San Francisco um. *La capital en su mano,* so hieß es im Prospekt des Hotels. In Tuchfühlung mit Bogotá. Der Slogan bezog sich auf die zentrale Lage des Hotels. Das San Francisco war ein Haus der mittleren Preiskategorie, an der Avenida Jimenez gelegen. Das Tequendama Hotel wäre für Swan jetzt viel zu gefährlich gewesen. Es war Vormittag geworden, als er Lillian Giles im Hilton anrief.

»Ich komm' rüber, ich bring' die Tasche mit. Du verläßt jetzt das Hotel.«

Das Tequendama lag nicht weit vom Hilton. Das San Francisco Hotel schon. Swan mußte ein Taxi nehmen. Als er im Hotel ankam, war Lillian verschwunden. Rudolpho saß in der Empfangshalle. Swan ging zur Rezeption und fragte nach ›Miß Giles‹. Als man ihm sagte, daß sie sich im Augenblick nicht im Hotel befand, stellte Swan sein Mitbringsel auf die Theke. Der Bell Captain wurde gerufen. Swan übergab ihm die Tasche. Außerdem reichte er ihm einen Zettel. Joan Carlos Ramirez hatte den Text geschrieben. Spanisch. Swan bat, den Zettel Miß Giles zu geben, wenn sie ins Hotel zurückkehrte. Den Zettel und die Tasche. Swan gab dem Bell Captain ein übertrieben hohes Trinkgeld. Der Bell Captain quittierte das Trinkgeld mit freundlichem Lächeln. Swan bedankte sich und verließ das Hotel. Rudolpho blieb in der Lobby sitzen. Er hielt die Tasche im Auge.

Dann kehrte Lillian ins Hotel zurück. Rudolpho sah, wie der Bell Captain auf sie zuging. Er gab ihr die Tasche und den Zettel. »Bitte lesen Sie mir das doch vor«, bat sie.

Der Bell Captain übersetzte ihr den Text ins Englische. »Dear Miss Giles...«

»Einen Moment bitte«, sagte Lillian. Sie zog einen Notizblock aus ihrer Handtasche. »Ich möchte mir das aufschreiben. Ich habe ein schrecklich schlechtes Gedächtnis, müssen Sie wissen. Sie strahlte ihn erwartungsvoll an. Und dann fragte sie ihn nach seinem Namen. Sie fände das wunderbar, wie er den Leuten behilflich sei. Der Bell Captain war geschmeichelt.

»Also jetzt«, sagte sie. »Ich höre.«

»Liebe Miss Giles«, übersetzte er. »Mr. McCann schafft es leider nicht mehr, heute mit Ihnen zusammenzutreffen. Er mußte dringend nach Brasilien. Bitte liefern Sie die Muster im New Yorker Geschäft ab...«

Als Lillian den Text auf ihrem Block notiert hatte, kannte der Bell Captain die ganze Story ebensogut wie sie. Statt Bell Captain hätte man ihn auch »Entlastungszeuge Nr. 1« nennen können.

Swan und Lillian flogen nach Cartagena. Swan hatte zwei Plätze für den Frühflug gebucht. Abflug um neun. Sie verbrachten ein paar Tage am Strand und benutzten die Nachmittagsstunden, um weitere ›Muster‹ einzukaufen. Körbe, Teppiche, Wandvorhänge, Perlenketten, Hängematten. Von jedem zwei Exemplare. Noch bevor sie nach Barranquilla weiterreisten, liefen sie Uta in die Arme.

Swan verbrachte den Abend mit Uta.

»Wo bist du eigentlich gewesen?« fragte er.

»Zigaretten holen.«

Ein Jahr war vergangen, seit sie sich von ihm getrennt hatte.

Uta hatte sich kaum verändert. Sie hatte erst vor kurzem ein paar Typen kennengelernt, die Rauschgift Richtung Norden schmuggelten. Und dann wurden die Typen verhaftet. Uta war verhört worden, von bolivianischen und von amerikanischen Rauschgiftfahndern. Uta war ein gebranntes Kind. Swan wußte, daß er sich um sie kümmern mußte. Allein würde sie es nicht schaffen, aus dem Schlamassel herauszukommen. Andererseits wußte er, daß er zuerst die Operation hinter sich bringen mußte. Er gab ihr Geld für den Rückflug nach New York. Uta mußte das Geld für etwas anderes ausgegeben haben, sie tauchte nie mehr in New York auf. Swan und Lillian fuhren im Taxi nach Barranquilla. Sie verbrachten ein paar Tage im Del Prado. Den Rückflug nach New York traten sie mit einem Abstand von einem Tag an. Swan nahm den Abendflug, Lillian den Flug am Morgen darauf.

Er hatte Lillian klargemacht, daß sie eine vollständige Einfuhrerklärung für den Zoll vorzubereiten hatte. Eine genaue Beschreibung der mitgeführten Gegenstände, vor allem der Andenken. Es genügte nicht, wenn man ›Figur‹ oder ›Statue‹ einsetzte. Es war wichtig, daß der Name des Heiligen dastand. Alle Fragen im Formular mußten ausgefüllt sein, damit es keine Rückfragen gab. Swan passierte den Zoll ohne Probleme. Lillian ebenfalls. Charles holte sie vom Flugplatz ab. Noch bevor die Sonne in Bogotá unterging, befand sich das Rauschgift in Amagansett.

Drei Tage später flog Swan auf.

17 Die Fuchsjagd

Das Algonquin Hotel in New York ist ein merkwürdiges Haus. Antik, soweit man ein amerikanisches Gebäude überhaupt als antik bezeichnen kann. Elegant und großzügig in der Raumaufteilung, hat das Hotel die Große Depression und dreizehn amerikanische Präsidenten überlebt. Es hat sich insofern stärker als der Dollar erwiesen. Man hat es also beim Algonquin Hotel mit etwas Solidem zu tun, um ein Gebilde, das sich nicht auf die Unwägbarkeiten der amerikanischen Politik und auch nicht auf die Frühstückslaune des Verteidigungsministers gründet. Verweilen wir einen Augenblick bei der Frage, was die amerikanische Technologie, außer großen Autos, hervorgebracht hat. Was sehen wir da? Einen Atompilz über Hiroshima. Stadterneuerung auf amerikanisch. Nennen wir es ein bahnbrechendes architektonisches Konzept, für den die amerikanische Luftwaffe den entsprechenden Rahmen schuf. Keep America Beautiful. das Algonquin Hotel hat von den amerikanischen A-Bomben-Piloten ein hehres Vermächtnis übernommen. Es stellt einen Markstein in der Kulturgeschichte der Vereinigten Staaten dar.

Das Hotel liegt an der West 44th Street, zwischen der Fifth Avenue und der Sixth Avenue, im Herzen Manhattans. New York feierte gerade George Washingtons Geburtstag. Wir sind im Februar 1974. Zachary Swan sitzt in der Empfangshalle des Algonquin Hotel und denkt über die amerikanische Geschichte nach. Die Schneefälle draußen haben nachgelassen. Dafür gibt es Eisregen. Matsch. Niederschläge mit kritischen pH-Werten. Die Meteorologen nennen es eine Inversionswetterlage. Die Luft ist voller gesättigter Kohlenwasserstoffe. Windböen. Seit Wochen lag Dunkelheit über der Stadt. Die Bewohner gingen umher wie im Ätherrausch. Es ist schwierig, sich unter solchen Umständen für irgend etwas zu begeistern, sich über irgend etwas zu freuen. Ein ungesundes Wetter. Keine Sonne. Psychologisch gesehen ein einziger Streß. Der Valentinstag war dazwischengekommen, die New Yorker waren an diesem Tag ganz besonders übelgelaunt gewesen. Es war gefährlich, auf die Straße zu gehen. Etwa so, als ob du durch eine Schlangengrube gehen willst. Manche New Yorker hatten sich ganz einfach in eine Art Winterschlaf geflüchtet.

Die Lobby des Algonquin Hotel strahlte den Charme eines Leichenschauhauses aus. Die Gäste, soweit sie nicht halb besinnungslos in ihren Betten lagen, saßen an der Bar und betranken sich. Mit den Ionen in der Luft stimmte inzwischen aber auch gar nichts mehr. Swan betrachtete die Gäste, die an den Tischen in der Lobby saßen. Wer von denen wohl Kokain schmuggelte? Es war sechs Uhr nachmittags. Swan hatte bisher nur ein einziges Mal im Algonquin Unterschlupf gesucht. Damals war er am späten Abend eingecheckt. Eine Zeit, wo sich in New York nur noch die Idioten auf die Straße trauten.

Swan stand da und sah dem Oberkellner zu, der seinerseits nach einem Tisch für ihn Ausschau hielt. Das Restaurant. Inzwischen hatte Swan gar keinen Hunger mehr. Inzwischen war es ihm auch egal, ob der Oberkellner einen freien Tisch für ihn finden würde. Swan dachte über die einsamen Gestalten nach, die abends durch die Straßen von New York taumelten. Es gibt wohl keinen größeren Grad der Verlassenheit und Verlorenheit. Warum bin ich hier? dachte Swan. Heute ist der 242. Geburtstag des Syphilitikers, der sich als Vater Amerikas ins Buch der Geschichte eingeschrieben hat.

Es geht um Kokain, dachte Swan. Ich bin hier, um mich mit ein paar neugierigen Typen über das Thema Kokain zu unterhalten.

Swans Treffen mit New Yorker Journalisten hatte nicht besonders glücklich begonnen.

»Sie sehen aus wie Typen von der Bundespolizei«, begrüßte er seine Gesprächspartner. »Die haben auch alle lange Haare und tragen Blue jeans.«

»Sie sehen auch gar nicht aus wie ein Kokainschmuggler«, war die Antwort.

Swan trug einen Anzug aus Wolle. Ein weißes Hemd mit doppelten Manschetten. Eine Fliege aus rotem Samt. Er hatte sich bei Paul Stuart auf der Madison Avenue eingekleidet. Er trug Manschettenknöpfe aus Keramik und eine goldene Uhr. Wer ihn nicht näher kannte, hätte ihn für den leitenden Angestellten einer Werbeagentur gehalten.

»Es ist wichtig, daß ich *nicht* aussehe wie ein Kokainschmuggler«, sagte Swan.

Er hatte sich so hingesetzt, daß er die Tür im Auge behalten konnte, und hatte sich einen Martini bestellt. Er rauchte eine Mentholzigarette nach der anderen. Marke Kool. Vor einem Jahr war er verhaftet worden. Das Urteil stand noch aus. Wenn es dick kam, würden sie ihn für fünfzehn Jahre hinter Gitter bringen. Kokain. Die Waffe. Dann gab es noch die Bundesfinanzbehörde, die 15000 Dollar Einkommensteuer von ihm wollte. Auch das Justizministerium interessierte sich für ihn. Man würde sehen, wie das alles ausging.

»Was hat die Anklage Ihnen vorzuwerfen?«

»Dreizehn Trips nach Kolumbien.«

»Das ist alles?«

»Es gibt da einen Typen, der in Mexiko im Gefängnis sitzt. Die Drogenfahnder sagen, er hat ihnen interessante Informationen versprochen. Allerdings will er nur singen, wenn sie ihn aus Mexiko rausholen.«

Vinnie Pirata.

»Ein Freund von Ihnen?«

»Ein früherer Freund, ja.«

»Was die Justizbehörden des Staates New York betrifft, kann Ihr Freund Ihnen da gefährlich werden?«

»Nein. Aber wenn er bei den Bundesbehörden auspackt, bei den Drogenfahndern, dann schon. Diese Typen arbeiten inzwischen ja Hand in Hand. Die Bundesbehörden haben mir ein verlockendes Angebot gemacht. Sie sagen, sie wollen ein Auge zudrücken, wenn ich mit ihnen zusammenarbeite.«

»Was stellen die sich denn unter einer solchen Zusammenarbeit vor?«

»Ich soll richtig auspacken. Ein paar Freunde hinhängen. Ich soll für sie nach Kolumbien fliegen und als Drogenfahnder arbeiten. Sie kennen das ja aus dem Fernsehen, wie so was geht.«

»Was wird, wenn die Bundesbehörden Sie anklagen?«

»Dann sieht's böse aus. Die sind strenger als die örtliche Polizei. Ich glaube allerdings nicht, daß es zu einer Anklage wegen Kokainschmuggels reicht. Ich habe vorgesorgt. Es gibt genügend Entlastungsmaterial.«

»Welches denn?«

»Sie sind ganz schön neugierig.«

»Wir werden dafür bezahlt, daß wir neugierig sind.«

»Gut bezahlt?«

»Nicht gut genug.«

»Ich muß vorsichtig sein«, sagte Swan.

Und alle lachten.

»Haben Sie auch mit Heroin gehandelt?«

»Niemals. Ich möchte mit dem Zeug nichts zu tun haben. Und die Freunde, mit denen ich zusammengearbeitet habe, auch nicht. Dachten Sie, ich wäre ein Heroindealer?«

»Ja.«

»Und Nixon mag ich auch nicht. Wollen Sie noch mehr wissen?«

»Haben Sie schon mal auf jemanden geschossen?«

»Ich bin Pazifist aus Überzeugung.«

»Warum haben Sie dann eine Waffe getragen?«

»Reiner Selbsterhaltungstrieb. Jemand hat mich bedroht. Deshalb bin ich auch nach Long Island umgezogen. Ich war auf der Flucht. Ich habe die Waffe nie benutzt. Mir läuft's heute noch kalt den Rücken runter, wenn ich an die Waffe denke.«

»Wer hat Sie bedroht?«

»Crazy Leslie.«

»Auch ein Freund?«

»Ein kleiner Gangster. Ist vor einem Jahr mal im Bau gewesen, weil er einen Polizisten zusammengeschlagen hat. Er hat sich sich dann ins Krankenhaus verlegen lassen und dort einen Fluchtversuch unternommen. Sprang einfach durchs Fenster. Hat sich allerdings das Bein dabei gebrochen. Sie haben ihn wieder aufgelesen und ins Gefängnis zurückgebracht. Die Sache ging durch die Zeitungen.«

»Derzeit wohnen Sie in New York City, stimmt's?«

»Ja, aber ich habe vor, von hier wegzuziehen.«

»Böse Erinnerungen?«

»Nicht so sehr die Erinnerungen. Aber Crazy Leslie ist inzwischen wieder freigekommen. Der Typ hat eine Waffe. Er wird versuchen, sich zu rächen.«

Jemand tippte an die Glocke. Der Kellner kam. Sie schwiegen. Als der Kellner gegangen war, ging das Gespräch weiter. Sie sprachen über die Krebsoperation, der sich Swan hatte unterziehen müssen. Im kommenden Frühjahr würde er sich wegen eines Leistenbruchs operieren lassen. Er litt unter Bronchialasthma und nahm Valium. Außerdem Gelusil für den Magen. Dann war da noch die Netzhautablösung. Swan kam sich vor wie eine belagerte Stadt, die von den Feinden reifgeschossen wurde. Zachary Swan III hatte keine guten Karten erwischt.

»War es das wert?«

»Wenn ich noch eine einzige Nacht im Gefängnis verbringen muß, nein.«

»Wie sind denn Ihre Chancen, mit einem blauen Auge aus der Sache rauszukommen?«

»Mein Anwalt sagt, es bestehen gute Chancen.«

»Keine Vorstrafen?«

»Keine Vorstrafen. Aber mein Anwalt sagt, es kommt gar nicht erst zu einer Situation, wo das Gericht über das Strafmaß nachdenken muß. Er meint, er kann die Anklage für nichtig erklären, weil die Hausdurchsuchung ungesetzlich war. Die sind einfach in mein Haus eingebrochen.«

»Ohne Durchsuchungsbefehl, meinen Sie.«

»Sie hatten keinen Durchsuchungsbefehl, weil sie keine Beweise hatten. Den haben sie erst nach der Hausdurchsuchung gekriegt.«

»Nach was haben die denn gesucht bei Ihnen?«

»Nach Rauschgift.«

»Nur weil Sie unter Drogeneinfluß standen, als Sie verhaftet wurden?«

»Das stimmt so nicht. Ich hatte nur sehr wenig Drogen genommen, als ich verhaftet wurde. Die anderen genauso.«

»Trotzdem muß es ja einen Grund gegeben haben, warum die Polizei so scharf drauf war, Ihr Haus zu durchsuchen. Die sind doch sonst nicht so auf Arbeit versessen.«

»Sie haben die Hunde als Vorwand genommen.«

»Die Hunde?«

»Sie haben gesagt, sie wollen die Hunde aus der Wohnung holen. Die Tiere waren ja eingesperrt. Richtige Tierfreunde, nicht? Nein, haben wir gesagt, laßt die Tiere, wo sie sind. Kümmert euch nicht drum. Eine ganz komische Situation. Die Fahnder standen da und grinsten. Ich stand da und grinste auch. Wir wußten alle, was gespielt wurde. *Danke, wirklich nicht. Ich weiß, Sie haben viel am Hals, Officer, also lassen Sie das lieber. Ist trotzdem nett, daß Sie dran gedacht haben. Kann ich mich dann mit meinem Anwalt beraten?«*

»Sie müssen trotzdem einen Grund für die Hausdurchsuchung gehabt haben.«

»In der Zeitung stand, die Polizei ist auf meinen Namen aufmerksam geworden im Zusammenhang mit einem anderen Ermittlungsverfahren. Es ging um Rauschgiftschmuggel.«

»Und?«

»So kamen sie auf meinen Namen, aber ich hatte mit der anderen Sache gar nichts zu tun. Wirklich nicht. Ich hatte da meine Finger überhaupt nicht im Spiel.«

»Was ist das für ein Verfahren, auf das Sie anspielen?«

»Zufall des Schicksals. Das Haus, das ich in East Hampton gemietet hatte, gehörte einem Drogenfahnder. Was sagen Sie dazu?«

»Wirklich nur ein Zufall?«

»Ganz recht. Ein Zufall.«

»Wie schön.«

»Ich dachte mir, daß Ihnen dieses Detail gefallen würde. Ich hab' mich mit dem Vermieter eigentlich ganz gut verstanden. Ich hab' dann über den Mann zufällig etwas erfahren. Und ich hab's ausgeplaudert. An der falschen Stelle auch noch. Ein unglücklicher Zufall. Jemand hat sich an die Sache erinnert, und dann wurde ich verhaftet. Man könnte sagen, die Rache des Herrn. Ich meine, wenn man dichterisch veranlagt ist.«

»Hat die Polizei Sie vielleicht überwacht?«

»Das nehme ich nicht an.«

»Die haben Sie also festgesetzt, weil Sie unter Drogeneinfluß standen. Die Polizei hat gedacht, er nimmt Drogen, vielleicht ist er auch Dealer.«

»Nein. Sie hatten zunächst gar keinen Verdacht in dieser Richtung. Jedenfalls nicht gegen mich. Es begann damit, daß

Lillian dabei überrascht wurde, daß sie unter Drogeneinfluß Auto fuhr. Und außerdem hatte sie ihren Führerschein nicht dabei. Na gut. Die Polizisten stehen vor ihrem Streifenwagen und sagen zu mir, ich soll den Wagen zum Revier fahren. Wir fuhren also zum Revier, die Polizei vornean. Dort habe ich für Lillian die Kaution hingelegt. Als wir alle schon in der Tür standen, sagt der Beamte: Wir buchten euch alle ein. Ihr habt Drogen genommen. Scheiße, sage ich. Ihr habt ja selbst gesehen, daß ich nüchtern bin. Ihr habt doch selbst gesagt, ich soll den Wagen fahren. Wie kann ich den Wagen fahren, wenn ich ›high‹ bin? Und jetzt auf einmal wollt ihr mich festsetzen, weil ich unter Drogeneinfluß gestanden hätte. Nun ja. Es kommt in einer solchen Situation nicht sehr auf die Logik an. Besser gesagt, was die Beamten mir da erzählten, hatte überhaupt keine Logik mehr. Die Idee war, sie wollten uns so lange festhalten, bis sie das Haus durchsucht hatten. Ich hab' dann einen Bluttest verlangt. Aber das hat mir wenig genützt. Die haben mich mit einem schmutzigen Trick reingelegt.«

»Wie das?«

»Halten Sie sich fest, meine Herren. Die Polizei hat ganz einfach gelogen. Vor Gericht. Sie haben behauptet, ein Beamter hätte den Wagen vom Strand zum Revier gefahren, nicht ich. Na, wie finden Sie das? Ich finde das ekelhaft. Ich meine, das ist doch nicht in Ordnung.«

»Sie wollen allen Ernstes sagen, die Polizei hat *das Gesetz gebrochen?«*

»Heutzutage ist offenbar alles möglich. Man kann zu niemandem mehr Vertrauen haben.«

»Schlimm, nicht?«

»Vor allen Dingen ist es strafbar.«

»Haben die Beamten dann wenigstens die Hunde gefüttert?«

»Nein.«

»Wie sind die Beamten denn in das Haus reingekommen?«

»Der Sherlock Holmes bei der Sache hieß Paulsen. *Detective Sergeant Paulsen.* Er hat vor Gericht ausgesagt, daß er auf der Rückfahrt vom Revier zu seiner Wohnung an meinem Haus vorbeikam. Das ist etwa so, als ob Sie auf dem Weg von New York nach Pittsburgh in Anchorage vorbeikommen. Jedenfalls machte sich unser Detective Sergeant auf einmal große Sorgen um die Hunde. Sagt er. Vor allen Dingen tut es mir aber leid, daß er überhaupt kein Mittagessen hat einnehmen können. Er hatte nämlich nur drei Minuten Zeit dazu, wenn man seinen Zeitangaben folgt. Es gab dann noch ein paar orthographische Fehler im Durchsuchungsbefehl. Die konnte Detective Sergeant Paulsen nicht mehr ausbügeln, erst mußte er die Hunde in Sicherheit bringen, sagt er. Und natürlich mußte er auch noch rasch mit der Drug Agency telefonieren. Fünf Monate später hat er dann gegen mich ausgesagt. Wie er ins Haus kam? Er ist in die Einfahrt rein, und dann ist er hinten rumgegangen, um nachzusehen, ob jemand im Hause war.«

»Warum hat er es nicht am vorderen Eingang versucht?«

»Schwer zu sagen. Er kann ja als Beamter nicht zu Fuß gehen, nicht wahr. Und deshalb mußte er mit dem Wagen hinters Haus fahren. Wie er sagt, wollte er nicht die Einfahrt blockieren. Wie rücksichtsvoll. Im ersten Protokoll steht, er hätte den Wagen an der Straße geparkt und sei dann über den Rasen gegangen. Im Kreuzverhör hat der Detective Sergeant dann eine andere Version von sich gegeben. Wenn er nämlich den Rasen überquert hätte, dann wäre er am Vordereingang des Hauses gelandet. Erinnern wir uns daran, daß es ihm ja um die Hunde ging. Aber er ist nie am Vordereingang gewesen. Er ging hintenrum. Und da sah er ein verdächtiges Paket, das auf dem Küchentisch lag.«

»Was war denn so verdächtig an dem Paket?«

»Der Beamte sagt, das Paket enthielt Rauschgift.«

»Und er ist ins Haus eingedrungen?«

»Ich vermute, er ist erst ins Haus eingedrungen, und dann ist ihm das Paket aufgefallen. Er kann es von draußen unmöglich erkannt haben.«

»Warum haben Sie an jenem Morgen nicht einfach eine Kaution hinterlegt und sind nach Hause gefahren?«

»Sie sagten uns, es gäbe im Augenblick keinen Richter, der die Freilassung verfügen könnte.«

»Wann sind Sie denn formell zur Anklage vernommen worden?«

»Spät in der Nacht, um ein Uhr.«

»Immerhin muß aber am Mittag des vorhergehenden Tages ein Richter zur Verfügung gestanden haben. Er hat ja den Durchsuchungsbefehl unterschrieben.«

»Ganz recht. Der Durchsuchungsbefehl ist zwischen zwölf Uhr mittags und dreizehn Uhr unterschrieben worden. Und dann haben sie uns schmoren lassen. Erst Sonntag nachmittag haben sie mich telefonieren lassen.«

»Glauben Sie, daß Ihnen das gleiche in New York hätte passieren können?«

»Eine gute Frage. Ich glaube, die Vorgeschichte hätte sich in New York ganz ähnlich abgespielt. Die Einvernahme auf dem Revier und so. Aber nicht die Hausdurchsuchung. Die Bullen in New York sind da vorsichtiger. Sie wissen, daß sie sich gut wappnen müssen, damit sie nachher keinen Ärger kriegen. In New York City hat die Polizei wenigstens noch Stil. Sie tappt nicht so blind ins Fettnäpfchen. Das sieht doch schlecht aus später vor Gericht.«

»Haben Sie genug Geld, um ein Berufungsverfahren durchzustehen?«

»Ich glaube nicht, daß es soweit kommt. Ich hoffe, ich kriege einen fairen Richter.«

»Sie haben einen guten Anwalt?«

»Ich weiß nicht. Manchmal glaube ich, es ist ein guter Anwalt. Und dann habe ich wieder Zweifel.«

»Es sieht aber so aus, als ob Sie gute Chancen hätten.«

»Ich will Ihnen was sagen.«

»Was denn?«

»Ich gehe unter keinen Umständen ins Gefängnis.«

Zachary Swan war entschlossen, keinen weiteren Tag im Gefängnis zu verbringen. Für den Fall, daß er in erster Instanz verurteilt werden würde, hatte er sich falsche Papiere verschafft. Sie würden es ihm ermöglichen, das Land zu verlassen. Er hatte auch für Geld vorgesorgt. Das meiste war Bargeld. Seit seiner Verhaftung waren eineinhalb Jahre vergangen. Zeit genug, um gewisse Vorbereitungen zu treffen. Bei der ›Things Colombian‹-Operation hatte Lillian Giles fünf Kilo Kokain durch den Zoll gebracht. Sie hatten den Erfolg der Aktion zwei Tage später in Swans Haus am Strand von Amagansett gefeiert. In diesen zwei Tagen hatte Swan bereits 1500 g Kokain verkauft. Er hatte sich mit Anthony getroffen. Anthony hatte ihm 48000 Dollar in die Hand geblättert. Immerhin, fast 500 g Kokain waren der Polizei bei der Hausdurchsuchung in die Hände gefallen. Die drei Kilo Kokain, die in der Madonna auf dem Kaminsims verborgen waren, und das Kokain in der Kuchenrolle, die über dem Küchenherd hing, hatten sie nicht gefunden. Sie beschlagnahmten Swans schöne Waage. Sie kassierten sein Marihuana. Sie schleppten das Paket Borax weg. Und die vorbereitete Mischung. Insgesamt ein Kilo Kokain.

Man muß den Behörden in Amagansett zugute halten, daß sie ihre Zeit nicht mit gezielten Indiskretionen an die Presse verplemperten. Wahrscheinlich hatten sie sich mit den Bundesbehörden kurzgeschlossen. Die Methode, wie die amerikanischen Bundesbehörden Rauschgiftdelikte behandeln, ist von besonderer Art. Zum Beispiel lieben es die *Feds,* bei jeder Beschlagnahme von großen Mengen zu sprechen. Wenn ein Schmuggler mit drei Kilo Kokain gefaßt wird, dann kann man davon ausgehen, daß er für den Stoff 18000 Dollar bezahlt hat. Sein Profit wird zwischen 80000 und 100000 Dollar liegen. Die Bundesbehörden werden es der Presse und den anderen Medien gegenüber aber so darstellen, als ob die Polizei Drogen im Wert von zwei Millionen Dollar beschlagnahmt hätte. Verfolgen wir den Gedanken einmal weiter. Der Typ, der Rauschgift für zwei Millionen Dollar nach New York City einschmuggelt, hat nur eine Chance. Er muß sich einen Lastwagen voller Einwickelpapier kommen lassen. Dann kauft er sechzig Pfund Laktose und eine schöne Grammwaage. Und dann verbringt er den Rest seines Lebens mit dem Packen von 30000 Briefchen. So ein Briefchen ist etwa so groß wie ein Plättchen Kaugummi. Reinheitsgrad des Kokains in diesem Fall: zehn Prozent. Wenn unser Mann, auf der Höhe seines Lebens, sein Werk betrachtet, nämlich die 30000 fertigen Briefchen, dann braucht er sie nur noch zu verkaufen. Für 75 Dollar pro Stück. Dies alles ist die Art von Logik, die für Steinkohle einen Preis von 3000 Dollar pro Karat festlegt, weil Kohle sich ja in ein paar Millionen Jahren in Diamanten verwandelt.

Die Polizei in Amagansett tat nur eines. Sie setzte das Gewicht des beschlagnahmten Kokains höher an. Der Vorwurf gegen Swan bestand in Kokainschmuggel. Strafandrohung bei der beschlagnahmten Menge: fünfzehn Jahre. Dann war da noch die Waffe. Fünf Jahre. Alle anderen Anklagen ließ der Staatsanwalt fallen. Charles Kendricks und Lillian waren Richtung Australien entschwunden, als sich die erste Unruhe gelegt hatte. Alice blieb da. Sie war entschlossen, Swan beizustehen.

Als Swan aus der Haft freikam, war sein Interesse zunächst darauf gerichtet, die drei Kilo Kokain aus dem Häuschen am Strand rauszukriegen. Er testete die Sache ein paar Mal im Leerlauf. Dann machte er Ernst. Er holte die Ladung im Schutz der Dunkelheit aus dem Haus und verbarg sie im Haus seiner Stiefmutter am Greenwood Lake. Dann mietete er ein Appartement in Manhattan an, auf den Namen Zachary Swan. Das Appartement lag an der West 84th Street. Er kaufte ein Set Talkie-Walkies. Eines der Geräte gab er Roger.

Roger Livingstons Wohnzimmerfenster geht nach Süden. Man hat freien Blick auf die West 85th Street. Swan konnte Livingstons Fenster vom Fenster seiner Wohnung aus sehen. In den Wochen, die nun folgten, unterhielt Swan Funkkontakt mit Roger. Dieser wiederum stand in Verbindung mit Anthony, Moses und den anderen Unzendealern. Als das Erntedankfest herankam, hatte Swan sein Kokain verkauft. Er hatte die drei Kilo Stoff mit Borax zu viereinhalb Kilo verlängert. Der erzielte Verkaufspreis betrug 1000 Dollar pro Unze. Rohgewinn: 200000 Dollar. Eineinhalb Jahre vergingen. Es gelang Swan mit Hilfe seines Anwalts, den Prozeß hinauszuschieben.

Während sich Ernie Peace, der Anwalt, immer neue Schriftsätze ans Gericht einfallen ließ, pflegte Swan die Verbindung zu alten Freunden. Zweimal kam Angel, der Schreiner, nach New York. In seinem Gepäck befanden sich Bücher. Merkwürdige Bücher. Wenn Armando sich mit Kontaktpersonen in Bogotá traf, bekam er regelmäßig einen Satz zu hören, der ebenso merkwürdig war wie die Bücher, die Angel nach New York mitnahm. Der Satz lautete: »Ich habe früher mal für Detroit gespielt.« Es spielte alles recht gut ineinander. Moses war voll im Geschäft. Zu ihm kamen Swans Freunde, um sich nach dem Wohlergehen des Chefs zu erkundigen. »Swan und ich sind Kriegskameraden«, pflegte Moses zu sagen. Obwohl das gar nicht stimmte. Moses spielte dabei auf die Tatsache an, daß er und Swan ganz ähnliche Narben auf dem Rücken trugen. Swans Narbe stammte von einer Operation. Wenn Freunde ihn fragten, woher er die Narbe habe, dann sagte er: »Bei einer Messerstecherei in Bogotá.« Das klang so romantisch. Moses' Narbe stammte von einer Kugel, die er in den Rücken bekommen hatte. Berufsrisiko, wenn man Drogen in East Side verkaufte. Es gab in den eineinhalb Jahren vor Swans Prozeß noch ein paar Marihuana-Operationen. Das Zeug kam über Miami herein. In einem anderen Fall ließ Swan sich als Berater anheuern und bezahlen. Das Kokain wurde quer durch Mexiko geschleppt. Zwei Grenzen. Auch ein Boot war eingeschaltet. Es gab Kodeworte, die ständig gewechselt wurden. Immer noch träumte Swan von der großen Operation.

Seit dem Interview, das Swan den Journalisten im Algonquin Hotel gegeben hatte, waren zwei Wochen vergangen. Swan ging den Broadway hinunter. Als er gerade auf einen Zeitungskiosk zusteuerte, legte ihm jemand die Hand auf die Schulter.

»Kennen wir uns nicht?«

Swan hatte den Mantelkragen hochgeschlagen. Er schüttelte den Kopf und murmelte ein betretenes »Nicht, daß ich wüßte«. Er kaufte seine Zeitung, dann ging er fort. Schnellen Schrittes. Als er sich umsah, war Crazy Leslie bereits verschwunden. Swan konnte das allerdings nicht trösten. Er wußte, daß Crazy Leslie ihm nachstellen würde. Eine Woche später zog er fort aus New York. Mit dieser Stadt war er fertig.

Seit einem Jahr hatte er mit Alice in ihrem Appartement an der 87th Street gewohnt. Den Umzug in einen anderen Bundesstaat nahm Swan vor, ohne die Erlaubnis des Gerichts einzuholen. Sie mieteten ein Haus mit Garten. Der Frühling kam. Swan hatte sich sachkundig gemacht. Biologisch angebautes Gemüse, so hieß das. Alice war schwanger. Sie hatte kein Interesse, je nach New York City zurückzukehren, sagte sie. Sie würde am neuen Wohnort Wurzeln schlagen. Swan stand in ständigem Kontakt zu Ernie Peace, dem Anwalt. Die Bemühungen, das Verfahren einzustellen, waren fehlgeschlagen. Der Prozeß stand an.

Sechs Monate nach Abschluß des Prozesses brachte Alice einen gesunden Jungen zur Welt. Das Kind wog neun Pfund und fünf Unzen. Es wurde fünf Tage vor Weihnachten geboren. Swan war sicher gewesen, daß es ein Sohn sein würde. Mein Sohn, so sagte er, soll nie in seinem Leben etwas Verbotenes tun. Ich werde anständig werden, hatte Swan seiner Alice versprochen.

»Ab jetzt wird alles anders.«

Vielleicht. Vielleicht tüftelt Swan auch immer noch an dem großen Coup herum.

Die Verhandlung gegen Swan hatte am 10. Juni 1974 begonnen. Am 26. Juni wurde das Urteil verkündet. Swan wurde von der Anklage des Drogenhandels freigesprochen. Wegen verbotenen Waffenbesitzes wurde er zu einer Strafe von drei Jahren mit Bewährung verurteilt. Er sollte sich läutern, sagte der Richter. Er sollte wieder ein nützliches Glied der menschlichen Gesellschaft werden.

Ernie Peace hatte von Anfang an gesagt, daß die Waffe der schwache Punkt war. Er hatte lange Schriftsätze verfaßt, in denen er darlegte, daß die Waffe in einem Patio verborgen gewesen war. Dieser Patio war von zwei Seiten durch Mauern eingefriedet. Die Waffe hatte sich also ›im Haus‹ befunden. Eine Waffe ›im Haus‹ aufzubewahren, das war ein ›minderes Delikt‹, kein Schwerverbrechen. Der Richter gab ihm recht, auch was seine Anträge zum Vorwurf des Drogenhandels anbetraf. Swans Entlastungszeugen hatten in dem gewünschten Sinne ausgesagt. Auch jene Zeugen aus der Iona Pre School, die Swans Anwalt dem Gericht vorführen ließ, um den untadeligen Charakter seines Mandanten ins rechte Licht zu stellen. Während des Prozesses hatte Zachary Swan eine Galavorstellung ›Zachary Swan‹ gegeben. Der Richter war beeindruckt und amüsiert. Swan war der arme Kerl, der ahnungslos in alles hineingestolpert war.

Trotzdem hatte er die Hosen voll, als die Verhandlung zu Ende ging. Das Urteil, so hatte der Richter verkündet, würde in zwei Wochen ergehen. Sie werden mich verknacken, dachte Swan. Ganz sicher. Als er dem Richter bei der Urteilsverkündung ins Auge sah, sah er Gitterstäbe.

Das Gericht brauchte nur fünf Minuten, um das Urteil zu verkünden. Swan wurde auferlegt, Kontakt mit einem Bewährungshelfer zu halten. Er sei dann frei, sagte man ihm.

Als sie das Portal des Gerichtsgebäudes passierten, fiel Swan seinem Anwalt um den Hals und drückte ihm einen ungestümen Kuß auf die Wange.

»Das ist fast so schön, wie mit fünf Kilo Kokain durch den Zoll zu gehen.«

Nachwort

I. NEW YORK

Vinnie Pirata war 1973 von der Bildfläche verschwunden. Die ermittelnden Beamten hatten Swan mit der Einvernahme Piratas gedroht. Der Drogenhändler hatte den amerikanischen Behörden seine Mitarbeit angeboten, wenn sie ihn aus Mexiko herausholten. Es kam nicht zu der Auslieferung. Nicht einmal die engsten Freunde Piratas wissen, was aus ihm geworden ist. Wenn Pirata noch lebt, dann hält er sich wahrscheinlich in Mexiko auf. Die Mindeststrafe für Rauschgifthandel beträgt dort sechs Jahre.

Billy Bad Breaks wurde nach der Pleite von Brownsville zu einer längeren Gefängnisstrafe verurteilt. Er machte da weiter, wo er aufgehört hatte. Im Drogenhandel.

Adrian hat immer noch keinen Film gedreht. Und immer noch behauptet er, wenn Mädchen in der Nähe sind, er wäre Filmproduzent.

Ike und *Freddy* finanzieren ihren Lebensunterhalt aus der Vermietung von Roulettetischen an interessierte Kreise in Queens.

Nice Mickey lebt in New York City. Er spielt Pool Billard und Backgammon und hat seine Kenntnisse als Mixer verfeinert. Es heißt, daß er seinen Lebensunterhalt auf legale Weise verdient. 1975 hatte Nice Mickey eine Konzession für einen Stand in einem Warenhaus in New Jersey erworben. Nice Mickey bot eine ganz besondere Dienstleistung an. Monogramme auf den Strümpfen, die Eltern den Kindern unter den Tannenbaum legen. Die Sache brachte reichlich Geld. Nice Mickey wurde nie erwischt.

Mean Mickey stand auf Wasserskiern, als Zachary Swan ihn zum letztenmal sah. Er hatte gerade ein paar Tabletten Amylnitrat eingeworfen. Er kam auf Bewährung frei und lebt derzeit in New York. Immer noch bewahrt er seine Zeitungsausschnitte aus alten Zeiten auf.

Moses war der Mann, der Swan den Kopf von Crazy Leslie auf einem Silbertablett bringen wollte. Es gab zwei Halbwüchsige, zwei fünfzehnjährige Burschen, die – wenn man Moses glauben konnte – bereit waren, für hundert Dollar pro Mann ›alles‹ zu tun. »Wir meinen hundert Dollar pro Typ, verstehen Sie?« Moses wurde 1973 in einer Bar an der East Side in den Rücken geschossen. Es gelang ihm, sich schwerverletzt auf die Straße zu schleppen. Heute geht's Moses wieder gut. Er ist Geschäftsführer einer Bar an der Eight Avenue in New York. Die Bar floriert.

Roger Livingston flog beim Handel mit Marihuana auf und wurde verurteilt. Inzwischen ist er wieder frei. Er lebt in New York, mit Angela De Santis zusammen. Angela entwirft Kindermoden. Roger lehrt Biologie an einer New Yorker Schule. Angela sorgt dafür, daß kein Kokain mehr ins Haus kommt. Allerdings hat sie ein Faible für Giftschlangen entwickelt.

Charles Kendricks und *Lillian Giles* haben geheiratet. Sie bewirtschaften eine Schafzucht in Australien.

Davis möchte mit Paketen, die aus Südamerika kommen, nichts mehr zu tun haben. Wirklich nicht.

Lothario, der krumme Dinger grundsätzlich ›nur mit Swan‹ drehte, hat inzwischen eine feste Freundin. Wenn man ihn fragt, von was er lebt, sagt er: »Ich habe ein Geschäft in New York.«

Trude Daniels hat sich ihr Appartement kaufen können. Sie wohnt in New York City, zusammen mit ihrer Tochter. Sie hat eine feste Anstellung. Trotzdem ist sie nicht so glücklich wie die meisten ihrer Freunde. Was daran wohl liegt, daß sie zu den Menschen gehört, die andere glücklich machen.

Honest Ellery ist der Mann, der einen Maserati kaufte, obwohl er keinen Führerschein besaß. Als er das Fahrzeug Pirata als Pfand für ein Darlehen überließ, fuhr er einmal täglich zur Garage, wo der Maserati stand, nur damit der Wagen ›nicht so allein‹ war. Verhaftet wurde Honest Ellery, als er im Juli 1973 zwei Drogenfahndern in die Falle ging. Er hatte den beiden zwei Unzen Kokain verkauft. Er leugnete standhaft und gab seinen

Lieferanten nicht preis. Er bekam eine Strafe auf Bewährung. Nach wie vor wohnt Honest Ellery in der Bronx. Er hat Arbeit in Manhattan. Anständige Arbeit. Immer noch träumt er davon, einen Waschsalon mit Automaten zu eröffnen.

Anthony wurde aus dem Verkehr gezogen, nachdem Swan aufgeflogen war. Zunächst wußte niemand genau Bescheid, was passiert war. »Anthony hat ein Problem«, sagte Ellery. Das war alles. Niemand wußte, wo Anthony steckte. Später sollte Swan erfahren, daß sein Dealer für dreieinhalb Jahre hinter Gitter gebracht worden war.

Crazy Leslie kann man auf den Straßen New Yorks antreffen, wo er seinen üblen Geschäften nachgeht. Alice Haskell denkt gelegentlich über ihn nach. Wenn man mit ihr über Crazy Leslie spricht, stellt sie regelmäßig eine Frage: »Ich frage mich, ob seine Mutter weiß, wovon der Bursche lebt.«

II. SÜDAMERIKA

Niemand hat *Uta Dietrische* je wiedergesehen, nachdem sie in Cartagena verschwand. Es gibt Hinweise, daß sie sich auf den Kanarischen Inseln aufhält. Swan hatte ihr zum Schluß noch etwas Geld zugesteckt. Alice spricht gelegentlich von Uta. Sie hat Swan einen bemerkenswerten Vorschlag gemacht: »Wie wäre es, wenn wir Uta zu uns kommen lassen? Sie könnte doch eine Weile bei uns leben, findest du nicht?«

Vincent van Klee ist aus seiner Suite im Continental Hotel ausgezogen. Er wohnt jetzt in einem eleganten Appartement am Fuß des Monserrate in Bogotá. Im Frühjahr 1975 hat er das Trinken und das Koksen aufgegeben. Dies, so verkündete er, passe nicht zu dem Lebensstil, den er nun immerhin schon seit fünfzig Jahren führe. Gelegentlich fliegt Vincent nach New York City. Er tut das, um nach seinen Investitionen zu schauen. Er besucht dann auch alte Freunde. Swan traf ihn im Mai letzten Jahres in Bogotá. Vincent war gerade aus Cartagena zurückgekehrt, wo er in einer italienischen Produktion als schwuler Ballettmeister vor der Kamera agiert hatte.

Michel Bernier verkauft sich zum jeweils erzielbaren Höchstpreis an einsame Herren in Brasilien.

Rudolpho hält die Nase oben. Er lebt in Bogotá. Immer noch ist er Vincent in Liebe zugetan.

Angel arbeitet als Schreiner in Bucaramanga.

Armando flog auf, nachdem Swan festgenommen wurde. Seit Mai 1975 ist sein Telefon abgemeldet.

Raoul war der Mann, der Swan gewarnt hatte. Die Karriere eines Schmugglers, so hatte er gesagt, dauert höchstens zwei Jahre, in dieser Zeit muß das Geschäft gelaufen sein. Er selbst hat sich nicht an seine Regel gehalten. Raoul sitzt in Florida wegen Kokainschmuggel ein. Lebenslänglich. Einmal pro Woche gibt's Eiskrem.

Harry Morgan und *Jimmy, der Skipper* leben in der Karibik. Sie tun, was sie schon immer taten.

Sea Gull Billy erreicht man im Jachthafen des Hotels Caribe.

Blackie und seine Freunde in Santa Marta spielen immer noch Katz und Maus mit der kolumbianischen Polizei.

Der Falke spielt Katz und Maus mit der Polizei von ganz Südamerika. Vincent van Klee zufolge hat der Falke derzeit ›ein Problem‹.

Jago, der Leibwächter des Falken, war längere Zeit erfolglos mit der Fahndung nach Canadian Jack beschäftigt. Dieser war mit fünf Kilo unbezahltem Kokain verschwunden. Seit Mai 1975 ist Jago selbst auf der Flucht. Er hatte Typen gelinkt, die cleverer waren als er. Die Branche vermutet, daß Jago sich in Ekuador aufhält.

Canadian Jack war mit Zachary Swan im Sommer 1974 zusammengetroffen. Er hatte eine Reihe von Geschäftsreisen in die Staaten unternommen. Einmal war er auch wie üblich mit falschem Paß nach Kanada eingereist, wo ein Haftbefehl gegen ihn vorlag. Freunde sahen ihn später in Jamaika. Unbestätigten Berichten zufolge tauchte er auch in Mexiko auf. Dort wurde jedenfalls sein Gefährte Roy festgenommen und hinter Gitter gebracht. Im Mai 1975 erfuhr Zachary Swan von Juan Carlos Ramirez, Canadian Jack hätte ein Indiomädchen geheiratet. Die beiden hätten sich in Cartagena angesiedelt, sie bestritten ihren Lebensunterhalt aus den Einkünften eines Ledergeschäftes. Swan fuhr nach Cartagena, es gelang ihm jedoch nicht, Canadian Jack und sein Indiomädchen aufzuspüren. In Kanada gibt es immer noch den Haftbefehl gegen Jack. Zehn Jahre Gefängnis wegen Marihuanaschmuggel. Meint Swan: »Der Junge wird's schon schaffen. Ist ja sehr schnell auf den Beinen.«

Black Dan, der Profi, tauchte in Bogotá unter, als die Verhaftung Swans bekannt wurde. Er wurde zuletzt im Oriole Hotel gesehen. Von einem auf den anderen Tag war er verschwunden. Niemand weiß, wo er steckt. Seine Freunde glauben, daß er sich in San Francisco oder aber irgendwo in Kolumbien unter falschem Namen versteckt hält. Zachary Swan glaubt, daß Black Dan und Canadian Jack immer noch in Verbindung stehen.

Zachary Swan und Alice Haskell haben eine Woche nach der Urteilsverkündung gegen Swan die Ehe geschlossen. Sie leben heute in den Oststaaten, wo sie eine kleine Farm bewirtschaften. Swan verkauft den Überschuß an ein örtliches Lebensmittelgeschäft, das sich auf biologisch angebautes Gemüse spezialisiert hat. Swan handelt außerdem mit Antiquitäten. Alice fährt in der näheren Umgebung herum, sie macht den Einkauf für ihn. Sie kümmert sich auch um den Verkauf. Zum Beispiel bringt sie die Ware zu den Flohmärkten in der Gegend. Swan klaut gelegentlich Stücke für seine Antiquitätensammlung in dem kleinen Lager, das der örtliche Wohltätigkeitsverein unterhält. Er tut so, als wollte er etwas spenden, dabei nimmt er ein Stück mit, das ihm besonders gefällt. Wenn Swan Zeitung liest – meist die Börsenseite und die Ergebnisse der National Football League –, arbeitet Alice im Garten. Sie sät und erntet. Und sie spielt mit Geoffrey, dem eineinhalbjährigen Sohn. Die drei Hunde haben jeder einen eigenen Raum. Ihnen gefällt's gut auf dem Lande. Die Hunde spielen mit dem kleinen Geoffrey, als wäre er einer von ihnen. Obwohl sich Geoffrey in der Haarfarbe doch sehr von ihnen unterscheidet. Swan ist nicht wieder straffällig geworden. Er hat Freundschaft mit seinem Bewährungshelfer geschlossen. Zachary liebt das Familienleben über alles. Er zeigt sich als fleißiger Mensch. Die Behörden, die sich über den Bewährungshelfer informieren lassen, sind sehr angetan von Swans Wandlung zum Guten. Man spricht unter den Beamten über Swans fachmännisches Interesse für Schreinerarbeiten.

Anhang

I. QUAALUDE

In den späten sechziger Jahren, zu Beginn der Nixon-Ära, waren Barbiturate die Modedroge. Acid war damals auf dem absteigenden Ast. ›Speed‹ hatte sich als recht mörderisches Vergnügen erwiesen. Die drogeninteressierte Jugend in den Staaten wandte sich nun dem Lieblingsrauschgift der Eltern zu. Während der Präsidentschaft von Eisenhower war Meprobamate (Miltown) ›das‹ Rauschgift gewesen. Beliebte Barbiturate zu jener Zeit waren Seconal, Nembutal und Amytal. Nembutal wurde von Abbot hergestellt, die anderen beiden Drogen von Lilly. Librium und Valium steckten damals noch in den Kinderschuhen.

Barbiturate machen süchtig. Ihr Siegeszug begann in den Universitäten. Die Versorgung der Bevölkerung geschah über Ärzte und Apotheken. Medizinischen Fachleuten war von Anfang an klar, daß es sich bei diesen Stoffen um Selbstmorddrogen handelte. Sich mit Barbituraten umzubringen wurde zur Mode. *Wenn das Zeug gut genug ist für Jimi Hendrix, dann ist es auch gut genug für mich.* Die pharmazeutischen Hersteller in Amerika legten Sonderschichten ein, um die Nachfrage zu befriedigen. Die Firma Lilly ist mit der Droge Seconal zum Klub der Großen im Arzneimittelgeschäft gestoßen. ›Reds‹ hießen die Tabletten im Jargon der Szene, wegen ihrer roten Farbe. Das Wort taucht in ›Truckin‹ auf:

What in the world ever became of sweet Jane
She lost her sparkle, you know she istn't the same
Livin' on reds, Vitamin C and Cocaine
All a friend can say is, »Aint't it a shame«.
THE GRATEFUL DEAD

Wobei anzumerken ist, daß es sich bei ›Jane‹ um das Kürzel für Marihuana handelt (Mary Jane).

Ein paar Jahre später kam eine neue Droge auf den Markt. Die Zeitungen überschlugen sich in ihren Berichten über den neuen Stoff. Ein Aphrodisiakum! Kein Wunder, daß die jungen Leute an den Universitäten wie wild auf das Zeug abfuhren. Zwar handelte es sich bei dem neuen Wundermittel um eine Droge, die in ihrer Wirkung den Barbituraten ähnlich war. Trotzdem war in Zeitungsartikeln alsbald von ›Wilden Hippie-Orgien in Florida‹ und von den ›Sex-Spielen der Drogensüchtigen auf offener Straße‹ die Rede. *Liebe Mutti, lieber Papi. Wißt Ihr, was Eure Kinder heute abend unternehmen?*

Ich will es Euch sagen. Sie treffen sich mit Gleichgesinnten, um Quaalude zu schlucken.

Quaalude sind nichtbarbituratartige Sedativa. Als Medikament kommt die Droge unter den Namen Sopor, Parest, Optimal, Melsedin und Mandrax auf den Markt. In Deutschland sind Quaalude rezeptpflichtig. Von den Ärzten werden sie in Fällen verordnet, wo Barbiturate kontraindiziert sind, oder wo andere Hypnotika versagt haben. Der aktive Inhaltsstoff der Droge heißt Methaqualon. Die Droge ist den Barbituraten in mancher Hinsicht vorzuziehen. Sie schafft keine körperliche, wohl aber eine psychologische Abhängigkeit.

Quaalude haben Nebenwirkungen. Zu ihnen gehören Kopfschmerzen, Katergefühl, Müdigkeit, Benommenheit, Apathie. Und natürlich sind es genau solche Nebenwirkungen, auf die Drogensüchtige aus sind. Hätten Quaalude nicht die beschriebenen Nebenwirkungen, die Produktion müßte wohl eingestellt werden. Zur Popularität der Quaalude in den Vereinigten Staaten trug bei, daß die Droge leichter zu erhalten ist als barbiturathaltige Medikamente. Dann auch die spezifische Wirkung. Es ist, als ob du einen Schlag vor den Kopf bekommst. Trotzdem wirst du nicht ohnmächtig. Der Wirkstoff Methaqualon greift unmittelbar in das Zentralnervensystem ein. Innerhalb von zwanzig Minuten ist man ›high‹. Die Knie sind wie Pudding. Natürlich ist wieder einmal unbekannt, warum die Droge die beschriebenen Wirkungen hervorruft. Man weiß nur, daß Methaqualon das Zentralnervensystem an einer anderen Stelle angreift als die Barbiturate. Die Wirkung ist so, daß man während der acht Stunden, die der Einnahme folgen, lieber mit einem netten Menschen ins Bett steigt, als daß man sich zu einer aktiven Teilnahme am Marathonrennen bereitfindet. Die Zeitungsleute sprechen deshalb von einem Aphrodisiakum oder von der ›love-drug‹. Nach etwa einer Stunde wird man schläfrig. Am Tag darauf fühlt man sich weich in den Knien.

Die Dosis zum Einschlafen liegt bei 150 bis 300 Milligramm. Wird die Maximaldosis eingenommen, so fühlt man sich einfach zu allem fähig, was man sich vornimmt. Nimmt man eine Überdosis – und es ist die Überdosis, die dieser Droge den Weg zur Popularität geebnet hat –, muß man mit Brechanfällen, Delirium, konvulsivischen Zuckungen, Haut- und Lungenödemen, Leberschäden, Niereninsuffizienz, Nierenblutungen, Schockzuständen, Atemnot, Koma und mit dem Tod rechnen. So ist es nun mal. 2,4 Gramm genügen, um dich ins Koma zu befördern. Wenn du 8 Gramm nimmst, bist du tot. Ausgesprochen katastrophale Folgen treten ein, wenn die Überdosis mit Alkohol genommen wird.

II. KREDITKARTEN UND TRAVELLER CHEQUES

In New York City – und in den meisten größeren Städten Amerikas und der westlichen Welt – wird ein schwunghafter Handel mit gelinkten Traveller Cheques und mit gestohlenen Kreditkarten betrieben. Kreditkarten können von Unbefugten verwendet werden, weil der Benachrichtigungsweg, auf dem Verlust oder Diebstahl gemeldet werden, sehr langwierig ist. Hinzu kommt, daß viele Menschen eine längere Frist verstreichen lassen, ehe sie die Kreditkarten als gestohlen oder als verloren melden. So ist zum Beispiel ein Geschäftsmann, dem seine Kreditkarte von einer Prostituierten im Hotel entwendet worden ist, nicht sehr interessiert, eine nähere Schilderung der Umstände zu geben. Traveller Cheques werden auf einer ganz ähnlichen Geschäftsgrundlage gehandelt. Wobei sich den Beteiligten an dem Handel ein bemerkenswerter Vorteil bietet.

Das System der Traveller Cheques beruht auf der Garantie von American Express bzw. auf der Garantie der ausgebenden

Banken, verlorengegangene oder gestohlene Schecks wieder zu ersetzen. Der Verlierer oder der Bestohlene trägt keine Verantwortung. Dies eben ist ja der Grund, warum Traveller Cheques dem Bargeld vorzuziehen sind. Der Vorteil für dunkle Geschäftemacher liegt nun darin, daß beim Handel mit Traveller Cheques auf das schwächste Glied der Kette, auf den Dieb, verzichtet werden kann. Kreditkarten muß man stehlen. Traveller Cheques kann man kaufen.

Nehmen wir einmal an, ein Gangster wie Adrian braucht ganz schnell Geld. Er geht also zur First National City Bank und erwirbt Traveller Cheques für 5000 Dollar. Mit den Schecks in der Hand begibt er sich zu seinem Freund Swan. Swan nennt ihm den Namen eines kleinen Gangsters, wo Adrian die Schecks für 2500 Dollar abliefern kann. Adrian nimmt die 2500 Dollar und begibt sich zu seiner Bank, wo er den Diebstahl seiner Traveller Cheques zu Protokoll gibt. Wenig später erhält er von der Bank seine 5000 Dollar wieder ausgezahlt. Er hat 2500 Dollar verdient. Der Trick bei Traveller Cheques besteht darin, daß der Kunde der Bank den Diebstahl oder den Verlust sofort melden muß, wenn er nicht in Anspruch genommen werden will. Die Polizei in New York City weiß ein Lied davon zu singen.

»Officer, ich möchte zu Protokoll geben, mir sind meine Traveller Cheques gestohlen worden.«

»Aber sicher. Jetzt legen Sie erst mal zwanzig Dollar auf den Tisch, sonst schreibe ich Ihren Namen im Protokoll falsch.«

»Diese verdammten Diebe!«

Wenn der Handel mit Traveller Cheques und gestohlenen Kreditkarten so beliebt ist, dann liegt das auch an dem breiten Anwendungsspektrum, das sich mit diesem Zahlungsmittel anbietet. Nehmen wir an, eine Kreditkarte ist gestern in New York gestohlen worden und taucht heute morgen in San Francisco auf. Die Chancen, daß der Verlust in San Francisco bereits registriert ist, sind gering. Die Sperrvermerke werden über Computer durchgegeben. Und das Einspeichern dauert seine Zeit. Eine sehr zähflüssige Angelegenheit. Zudem wird ein Hotelangestellter an der Westküste, wenn der Fremde ihm außer der Kreditkarte auch noch einen Ausweis vorlegt, wenig Lust entwickeln, weitere Fragen zu stellen.

Gangster, die den Handel mit gestohlenen Kreditkarten und mit gelinkten Traveller Cheques zentral steuern, verfügen über zwei Organisationen. Da ist einmal die Zentrale, die sich mit dem Ankauf der Kreditkarten und der Traveller Cheques befaßt, wobei die letzteren sowohl von Dieben als auch von den legitimen Erwerbern angeboten werden. An die Zentrale angeschlossen ist ein Netz von ›penmen‹, von Unterschriftsfälschern. Es handelt sich um Profis beider Geschlechter, die in der Lage sind, jede Unterschrift täuschend ähnlich nachzuvollziehen. Penmen kleiden sich gut, treten vertrauenswürdig auf und sind praktisch kaum zu entlarven, jedenfalls nicht wegen mangelnder Übereinstimmung der Unterschriften.

Gegen halb drei Uhr morgens wird man Nice Mickey in einem Billardsaal in Manhattan antreffen. Er spielt. Gegen drei Uhr kommen seine Geschäftspartner. Huren, Zuhälter, Taxifahrer, Schläger. Auch Hoteldiebe sind dabei, die mit Rezeptionsangestellten unter einer Decke stecken, sich die Schlüssel geben lassen und die Gäste beklauen. Natürlich auch Taschendiebe. Nice Mickey zahlt ihnen 100 Dollar pro Kreditkarte. Für Traveller Cheques die Hälfte des aufgedruckten Wertes.

»Ich würde ja niemandem empfehlen, mir eine Kreditkarte zu verkaufen, die schon drei Wochen alt ist. Wenn ich von einem Typen eine Karte kriege, die schon auf der Liste ist, dann ist er aus dem Geschäft. Ganz abgesehen davon, daß er nach unserem Gespräch dann auch einen guten Arzt braucht, der ihn wieder zusammenflickt. Eine Kreditkarte muß frisch geklaut sein. Einen Tag alt, höchstens zwei.«

Nice Mickey bringt die Kreditkarten und die Traveller Cheques zu einem Typen namens George. Dem Mann gehören ein paar Blumengeschäfte in New York. In einem seiner Büros verfügt George über elektrische Schreibmaschinen und Stempel. Dort befindet sich auch ein Vorrat an Blankoformularen für Sozialversicherungskarten, für Fahrzeugbriefe und Führerscheine. George kann Dokumente für alle Staaten der USA ausstellen. Sobald Nice Mickey die Kreditkarten und die Schecks abgeliefert hat, ruft George seine Teams zu sich. Jedes Mitglied der Teams bekommt zwei bis drei Kreditkarten ausgehändigt. Noch am gleichen Morgen schwirren die Teams in alle Himmelsrichtungen aus. Zuerst gehen sie zu den Banken, dann in die Geschäfte.

George bekommt 50 Prozent von allem, was die Teams nach Hause bringen. Der Mann im Billardsaal bekommt eine Beteiligung an den 50 Prozent.

Davon lebten Mean Mickey und Vinnie Pirata.

III. MEXICAN BROWN

Es war im Jahre 1973, als die Drogenpolizei in New York City eine erstaunliche Entdeckung machte. Das Kokain hatte das Heroin überholt. Ausgelöst wurde der Siegeszug des Kokains unter anderem durch die Knappheit an Heroin. Der Engpaß war eingetreten, nachdem die amerikanische Regierung die Türkei zu einem Verbot des Mohnanbaus veranlaßt hatte. Die Türkei hatte für ihr Entgegenkommen die Summe von 35,7 Millionen Dollar erhalten. Das Verbot wurde schon 1975 wieder aufgehoben. In der Zeit der Heroinknappheit, zwischen 1973 und 1975, kam in New York und anderen amerikanischen Großstädten eine neue Sorte Heroin auf den Markt, die unter dem Namen Mexican Brown verkauft wurde.

Die Mexikaner waren im Zweiten Weltkrieg zum Mohnanbau zwecks Heroingewinnung übergegangen. Infolge der Kriegshandlungen in Europa gab es Versorgungsengpässe mit Rauschgift. Mexiko bot sich an, die Lücke zu füllen. Und es ist nicht bekannt, daß die Regierung der Vereinigten Staaten irgend etwas dagegen unternommen hätte. Das braune Heroin, das aus Mexiko kommt, sieht nicht so hübsch aus wie das weiße, das aus der Türkei und aus Südostasien eingeschmuggelt wird. Dafür wird es aber auch nicht so sehr verdünnt. Ein Süchtiger, der von weißem Heroin auf braunes umsteigt, läuft Gefahr, an einer Überdosis zu sterben. Sagen wir, noch früher zu sterben. Wer Heroin nimmt, dessen Tage sind ohnehin gezählt.

IV. SPEED

Speed ist in der Subkultur der Süchtigen als Killerdroge bekannt. Wenn man Speed auf gekonnte Weise mißbraucht, ist man noch schneller ausgebrannt, als wenn man Heroin spritzt. Was schon etwas heißen will. In den sechziger Jahren konnte die Polizei jeden Morgen in San Francisco und in Toronto die Toten auflesen, die sich *Methedrine* gespritzt hatten. Speed ist die ideale Droge für den Versager der Mittelklasse. Speed-Süchtige spritzen sich alles, was im Löffel schmilzt. Bleichmittel, Rattengift... *was auch immer, du Macker, tu's in den Löffel, und setz' mir den Schuß.* In der Szene galt der *Speed-Freak* als Held der ganzen Subkultur, als Symbol des Untergangs, als Drogen-Cowboy. Wenn man einem Speed-Freak die Hand gibt, wirft man einen Blick ins Reich der Toten.

Speed ist der Grand Prix der Selbstmorddrogen. Man spritzt sich Speed und legt den Overdrive ein. Man stirbt *the American way,* in den Stiefeln. Der Motor läuft volle Drehzahl, die Nadel passiert den roten Bereich und schneidet sich irgendwo durch die Instrumente. Betreten wir das Totenhaus der Chemie. Wenn Barbiturate die Gaskammer sind, dann ist Speed der elektrische Stuhl. Volle Spannung, ein Superorgasmus, und dann brennen die Sicherungen durch. Aus der Traum. Der Speed-Reisende hat den Fahrstuhl betreten, der ihn in die Unendlichkeit entführen wird.

Die Droge Methedrine, Inbegriff für Speed, hatte in den Leary-Jahren für einige Absonderlichkeiten gesorgt. Wenn die Pathologen in den Krankenhäusern die Leichen der Sechzehnjährigen öffneten, die sich zu Tode gespritzt hatten, kamen die Eingeweide achtzigjähriger Menschen zum Vorschein. So was hatten die Mediziner noch nie gesehen. Die Sache wurde zum Thema in der Szene. Es ging so weit, daß dieses Phänomen auch in den Radiosendungen besprochen wurde. Die Diskjockeys holten Typen wie Grace Slick oder Frank Zappa ans Mikrofon. Das hörte sich dann etwa so an. *Schaut mal, Leute, ihr könnt soviel Gras rauchen, wie ihr wollt. Nichts dagegen. Acid, meinetwegen. Aber laßt die Finger von Speed. Das Zeug lähmt das Gehirn. Und dann ruiniert es euch die Leber. Wenn ihr Speed nehmt, dann seht ihr bald so kaputt aus wie eure Eltern, und das wollt ihr doch sicher nicht. Speed ist eine Killerdroge, Leute, merkt euch das...*

Es war ein Mann namens L. Edeleano, der im Jahre 1887 Amphetamine zum ersten Mal synthetisch herstellte. 1920 wurden die Amphetaminsulfate entwickelt. Ein gewisser Gordon Alles destillierte eine Substanz, die den schönen Namen Dextroamphetaminsulfat trug. Es war eine Droge, die sich bald großen Zuspruchs erfreuen sollte, besonders nachdem sich Smith Kline & French der Sache angenommen hatte. Das Pharmawerk dieses Namens hatte die Patente von Gordon Alles erworben. Von nun an ging's aufwärts. *Up*. Wie denn auch Amphetamine in der Szene als *ups* bezeichnet werden. Smith Kline & French hat sich nie besonders bemüht, die Nebenwirkungen herauszustellen, die bei der Verabreichung von Amphetaminen zu beobachten sind. Es wurde 1939, bis allgemein bekannt wurde, daß Amphetamine ein wahres Teufelszeug sind. Inzwischen war die Droge bereits zur Institution in der Szene geworden. Die Ärzte verordneten Amphetamine, was der Rezeptblock hergab. Nicht nur die Süchtigen waren abhängig geworden. Die Ärzte waren in wirtschaftliche Abhängigkeit geraten. Man konnte keine gewinnbringende Praxis mehr führen, wenn man nicht Amphetamine verordnete.

Es wird geschätzt, daß die amerikanischen Soldaten, die während des Zweiten Weltkriegs in Großbritannien stationiert waren, 180 Millionen Amphetaminpillen geschluckt haben. In den Jahren 1966 bis 1969 wurde in der amerikanischen Armee mehr Amphetamin geschluckt, als die britische und amerikanische Armee zusammengenommen während des ganzen Zweiten Weltkriegs verbrauchten. 1970 wurden 10 Milliarden Tabletten mit Amphetamin oder Amphetamin-Ersatzdrogen legal hergestellt. 1971 wurde die Produktion ›zurückgenommen‹. Das sah dann so aus, daß anstatt 10 Milliarden Tabletten nur 12 Milliarden produziert wurden. 60 Tabletten zu je 10 Milligramm für jeden Einwohner der Vereinigten Staaten. Es wurde tüchtig verdient an der Droge, und es war ja auch tüchtig inseriert worden. Man konnte damals keine Ärztezeitschrift aufschlagen, ohne über die Vorzüge der Amphetamine informiert zu werden. Wie es der Zufall wollte, hatten Amphetamine auch in der Politik, bei den gesetzgebenden Körperschaften, bei den Verantwortlichen der Federal Drug Agency eine gute Lobby. Die Ärzte waren ganz begeistert von dem neuen Zeug.

Medizinisch gesehen sind Amphetamine eigentlich nur zur Behandlung von Narkolepsie angebracht. Ein seltenes Leiden.

Werden Amphetamine gegen andere Krankheiten verordnet, dann geschieht das nur, weil man einem Patienten auf legale Weise – und mit positiven Auswirkungen für die eigene Gewinn- und Verlustrechnung – ein Rauschgift verschaffen will. Viele Ärzte verschreiben Amphetamine als Appetithemmer. Merkwürdig, daß es eigentlich nie dicke Menschen sind, die man Amphetamine nehmen sieht. Was die appetithemmende Wirkung der Droge angeht, so ist sie nur von kurzer Dauer. Das Medikament hat problematische Nebenwirkungen, die genügen müßten, von einer Verordnung abzusehen. Und so müssen wir der Tatsache ins Auge sehen, daß Speed kein Medikament für Fettsüchtige ist, sondern ein Stoff für Drogensüchtige und solche, die es werden wollen. Wer Speed mag, dem wird ein amerikanischer Arzt nicht in den Arm fallen. Auch die pharmazeutischen Firmen lassen ihn gewähren. *Speed is good for America.* Wer wirklich süchtig ist, steht auf Speed, nicht auf Kokain. Das Wort ›Speed‹ ist eine amerikanische Erfindung. Es steht für Beschleunigung, Schnelligkeit, Geschwindigkeit. Amphetamine stimulieren das Nervensystem mit tödlicher Endgültigkeit. Es gibt Amphetamine in allen möglichen Kombinationen und unter allen möglichen Namen. Der Begriff, der alles abdeckt, ist Speed.

Die Firma Smith Kline & French vermarktet Produkte wie *Benzedrine* und *Dexedrine.* Sehr beliebt ist auch ein Produkt der gleichen Firma, das den Namen *Dexamyl* trägt. Dexamyl ist ein Kombinationspräparat, das Dextroamphetaminsulfat und Amobarbital, ein Barbiturat, enthält. In den Abbot Laboratories wird die Standarddroge der Speed-Freaks hergestellt. Der Name: *Desoxyn.* Chemisch: Methedrine. Methedrine war früher ein geschütztes Markenzeichen, inzwischen gilt es als allgemein verwendbare chemische Bezeichnung. Mit viel Erfolg stellen die Abbot Laboratories auch Desbutal her, ein Kombinationspräparat, das Methamphetaminhydrochlorid und Natriumpentobarbital, ein Barbiturat, enthält. Die in der Szene geschätzten und weltweit vermarkteten ›Black Beauties‹ kommen von der Firma Strasenburgh. Es handelt sich um ein Biphetamin, ein Resinat aus Amphetamin und Destroamphetaminsulfat.

Die Droge wird in Pillenform abgegeben. Bequem zu schlukken. Benzedrine-Kapseln haben ein Gewicht von 15 mg. Vom gleichen Produkt gibt es Tabletten mit einem Gewicht von 5 mg beziehungsweise 10 mg. Dexedrine ist in Tabletten zu je 5 mg und in Kapseln zu je 5, 10 und 15 mg erhältlich. Man kann es auch als Elixier kaufen. Dexamyl wird in Kapseln zu 10 und 15 mg abgegeben, außerdem in Tablettenform (5 mg). Die chemische Formel: Dextroamphetaminsulfat. Dexamyl ist auch als Elixier erhältlich. Desoxyn gibt es als Tablette zu 2,5 mg (weiß), 5 mg (weiß), 10 mg (orange) und 15 mg (gelb). Desbutal wird in Form von grünen Kapseln vermarktet. Jede Kapsel enthält 5 mg der Droge. Desbutal-Tabletten enthalten 10 mg Amphetamine (orange und blau) oder 15 mg (gelb und blau). Die chemische Formel: Metamphetaminhydrochlorid. Biphetamin wird in drei Varianten vermarktet. Als weiße Kapsel, die dann 3,75 mg Amphetamin und Dextroamphetaminsulfat enthält, als schwarz-weiße Kapsel mit 6,25 mg und als ›Black Beauty‹ mit 10 mg. Man kann Biphetamin auch unter der Bezeichnung Biphetamine-T bekommen. Die Droge wird in zwei Stärken vermarktet. Das T steht für Tuazole, dies wiederum ist das Markenzeichen des Herstellers Strasenburgh für Methaqualon.

Legal hergestelltes Speed bekommt man durch Verordnung des Arztes oder beim Drogenhändler an der Straßenecke. Jeder ordentliche Dealer hat Speed im Programm. Früher einmal war auch illegal hergestelltes Speed recht beliebt. Man kann das nach wie vor kaufen. Das Produkt hat einen recht weiten Fächer, man bekommt alle nur denkbaren chemischen Kombinationen. In der Szene nennt man das ›bathroom-varieties‹, möglicherweise, weil die Droge oft auf dem WC gespritzt wird. Speed ist chemisch leicht herzustellen. In den sechziger Jahren lief die illegale Produktion auf vollen Touren. Die Typen, die an der Nadel hängen, sagen nicht Speed, sie sagen ›Crystal‹ und meinen damit illegal hergestelltes Methedrin. Es handelt sich um die beliebteste Selbstmorddroge beim harten Kern der Süchtigen.

Es gibt natürlich nicht viele, die aus den wilden Jahren übriggeblieben sind, ganz einfach, weil die Typen eben sehr schnell wegstarben. Wer noch lebt, bevorzugt legal hergestelltes Speed. Wenn er das nicht kriegen kann, nimmt er zu sogenannten ›whites‹ Zuflucht. Innerhalb der ›whites‹ am beliebtesten sind die ›crossroads‹. Immer noch ist MDA (Methyldi-Amphetamin) auf dem Markt. Das meiste Speed, das man kaufen kann, ist weiß. Das Kürzel für die Droge lautet ›ups‹. Nicht mehr ›in‹ sind Bezeichnungen wie Gehirnkitzler, Browns, Cartwheels, Kreide, Christbaum, Coast-to-coasts, Dominosteinchen, Fußbälle, Greenies, Hearts (Herzen), Leapers (Springer) und Truck Drivers, ein Ausdruck, der auf drogensüchtige Fernfahrer anspielt. In den sechziger Jahren verwandte man viel Fantasie auf solche Wortbildungen. Merken sollte man sich, daß Speed in der Drogenszene eigentlich nicht mehr ›in‹ ist. Man hat in den sechziger Jahren mit dem Zeug so seine Erfahrungen gemacht. Es waren keine guten Erfahrungen, und es gibt einige Überlebende, die jeden Interessierten gern über die häßlichen Besonderheiten des Stoffes aufklären. Ernsthafte Fixer verzichten heute auf Speed.

Wenn man sich die Medikamentenliste ansieht, welche von den amerikanischen Ärzten bei der Verordnung der Drogen konsultiert wird, dann stößt man bei den Amphetaminen auf einen kurzen Vorspann. Das Medikament, so heißt es da, berge gewisse Gefahren bei langfristiger Einnahme in sich. Die appetithemmende Wirkung sei nur von kurzer Dauer. Und dann kommt der schöne Ausdruck ›rapid development of tolerance‹. Eine Gewöhnung an das Medikament findet statt. Wie schön. Man gewöhnt sich. Keine Sucht, nein. Das wäre doch ein sehr unschönes Wort für einen so schönen medizinischen Sachverhalt. Kommen wir kurz noch einmal auf die appetithemmende Wirkung zu sprechen. Der Hinweis im klugen Buch bedeutet im Klartext nicht mehr und nicht weniger, als daß die Droge als Appetithemmer wirkungslos ist. Einen Monat lang wird der Appetit gebremst, danach geht alles so weiter wie vorher. Mit Ausnahme der Tatsache, daß der Patient jetzt süchtig ist. Zachary Swan hatte sechs Jahre Appetithemmer genommen. Er hatte das Medikament immer auf das gleiche Rezept bekommen.

Was in den Erläuterungen der Amphetamin-Produzenten fehlt, ist der sogenannte ›LD 50‹-Wert. Unter LD 50 versteht man in den Vereinigten Staaten die Milligramm pro Kilo Körpergewicht, die notwendig sind, um den Tod des Menschen herbeizuführen. Ermittelt wird der LD 50-Wert im Tierexperiment. Der Tester ist zufrieden, wenn die Hälfte der Versuchstiere tot ist.

Den so ermittelten Wert rechnet er auf das menschliche Körpergewicht um. Was man in den Erläuterungen der Hersteller ebenfalls vermißt, ist ein Hinweis auf die Nebenwirkungen der Droge. Wenn von ›Gewöhnung‹ die Rede ist, dann ist das eine charmante Untertreibung. Tatsache ist, daß eine *psychologische Abhängigkeit* gebahnt wird. Die Depressionen, die ein Speed-Süchtiger beim Nachlassen der berauschenden Wirkung erlebt, sind tödlich. Wenn man als Speed-Freak einmal ›high‹ war, ist der Rest des Lebens ganz einfach Scheiße. Jedesmal muß jetzt die Dosis gesteigert werden. Die Hersteller verharmlosen das, indem sie von den Auswirkungen einer Überdosierung sprechen. Man muß sich aber darüber im klaren sein, daß die Geistesverwirrung, die Aggressivität, die Halluzinationen und das Gefühl von Panik und Angst, daß Bluthochdruck und Kreislaufkollaps, die nach der Einnahme von Speed eintreten, nichts mit einer ›Überdosierung‹ zu tun haben. Es handelt sich um die ganz normalen Nebenwirkungen der Droge. Wer eine Überdosis Speed nimmt, nimmt als letztes die konvulsivischen Zuckungen des eigenen Körpers wahr. Dann kommt das Koma.

Man braucht nicht Kardiologe zu sein, um zu verstehen, daß man bei doppelt schnellem Herzschlag früher sterben wird. Vergleichen wir den Körper mit einem Automobil, das mit einer bestimmten Kilometergarantie verkauft wird. Wenn man besonders schnell fährt, läuft die Garantie eher ab, ganz logisch. Speed heißt ja auch nicht zufällig Speed. Es beschleunigt den Weg zum Grabe, den Alterungsprozeß des Körpers und der inneren Organe. Frank Zappa hat recht. Speed ist eine Killerdroge. Stirbst du heute nicht, stirbst du morgen. Jedenfalls krepierst du eher, als du denkst. Du kannst mit der Droge rumspielen, wie du willst, du ziehst immer den kürzeren.

V. MARIHUANA AUSSERHALB DER USA

Die Freaks in den Staaten meinen immer, im Ausland ist alles ganz einfach. Jeder raucht seinen Joint, und die Polizei freut sich. Aber so ist es nicht. In Kolumbien ist man als Marihuanaraucher sehr schlecht angesehen. Wenn dich jemand rauchen sieht, ruft er die Polizei, so fängt es an. Was die Gesetzgebung angeht, so geht es wohl in den Vereinigten Staaten am liberalsten zu. Die Freiheit des einzelnen wird hier nach wie vor hochgehalten. Die Richter brauchen Beweise, wenn sie dich verknacken wollen. Es sind wirklich nur hirnverbrannte Intellektuelle oder Drogenfreaks im letzten Stadium des Delirium tremens, die aus Marrakesch, Istanbul, Port-au-Prince, aus Rom oder Amsterdam zurückkommen und dir etwas von den liberalen Drogengesetzen vorschwärmen, die es angeblich in diesen Ländern gibt.

Exotisch bis bizarr, was den juristischen Aspekt angeht, gibt sich Südafrika. Ich möchte in diesem Buch nicht weiter auf die dort geltenden Gesetze eingehen. Verglichen mit den Personen, die in Südafrika für die Gesetzgebung verantwortlich sind, stellen die indischen Elefanten eine intelligente Rasse dar.

Dann gibt es noch die Länder hinter dem Eisernen Vorhang. Sagen wir die Tschechoslowakei. Die Polizei in Prag hat noch nie etwas von Marihuana gehört. Wahrscheinlich eine der vielen Erfindungen der westlichen Presse. Es *gibt* kein Marihuana, weder in Prag noch anderswo.

Zusammenfassend läßt sich sagen, daß die Drogengesetze überall auf der Welt für Unsicherheit unter den Süchtigen sorgen. Es gibt diese Gesetze nicht nur, sie werden auch angewendet. Wer sich mit einem Joint sehen läßt, bekommt Trouble. Das gilt auch für die Huren in Ländern wie Kolumbien oder bestimmten Republiken rund ums Mittelmeer. Der Marihuanaraucher lebt dort in einer sehr unsicheren Situation, weil die Polizei korrupt ist. Nicht nur, daß man ihn verhaftet, man wird ihn auch erpressen. Die Vorstellung, daß man als Tourist, mit dem Joint in der Hand, über die Straßen von Casablanca oder Mazatlán wandeln kann, ist ein Mythos, der von den Veranstaltern von Abenteuerreisen aufrechterhalten wird. Wenn man irgendwo Chancen hat, als Marihuanaraucher ungeschoren davonzukommen, dann in New York.

VI. SWANS LEXIKON

Zachary hatte die Angewohnheit, beim Telefonieren gewisse Kodeworte zu benutzen. Diese Kodeworte tauchen auch in dem vorliegenden Buch auf. Für Swan hatte sich die Notwendigkeit ergeben, bestimmte Begriffe im Gespräch zu tarnen. So erfand er Decknamen für die Rauschdrogen. Natürlich ist Swan nicht der einzige, der solche Decknamen verwendet. In der Unterwelt, auch in der Subkultur der Drogensüchtigen, ist man sehr erfinderisch, wenn es um solche Wortprägungen geht. Hier ein paar der Kodeworte, die Swan bevorzugt verwendete:

1. *Chanel.* Kürzel für Kokain. Der Begriff steht in Verbindung zu Coco Chanel, der Modeschöpferin. Der Vorname der alten Dame gleicht dem Wort coca, der Bezeichnung für die Kokastaude.
2. *Dust.* Im Amerikanischen: Staub. Kürzel für Kokain.
3. *A Duster.* Kürzel für Kokain.
4. *Lady* oder *Girl.* Kürzel für Kokain. Swan sagte zum Beispiel: ›Die Lady ist dick‹, wenn er andeuten wollte, daß es sich um eine große Lieferung handelte.
5. *United Parcel Service,* abgekürzt U.P.S. Kürzel für Amphetamine (›ups‹).
6. *A Johnson.* Ein (amerikanisches) Pfund Marihuana. Die Wortprägung kommt von L.B.J., den Namensinitialen des amerikanischen Präsidenten Lyndon B. Johnson. Zufällig die gleiche Buchstabenfolge wie bei Lb./J. Lb. ist die im Englischen gebräuchliche Abkürzung für Libra, lateinisch: Gewicht. Gemeint ist das amerikanische Pfund, das im Gewicht dem englischen Pfund (453,59 g) entspricht. J. steht bei Swan als Kodewort für Joints. Als Joints werden Zigaretten mit Marihuanafüllung bezeichnet.
7. *A Pamphlet* = 1 Unze (28,35 g)
8. *A Book* = 1 Pfund
9. *Two Books* (2 Bücher) = 1 Kilo

Für Heroin verwendete Swan die in der Szene übliche Bezeichnung ›smack‹.

VII. KOKAIN UND BIG BUSINESS

Kolumbien ist nicht das, was man ein Touristenparadies, ein Reiseland nennen würde. Wirtschaftlich hat es trotzdem eine gewisse Logik, wenn Kolumbien versucht, sich ein möglichst großes Stück vom Tourismuskuchen abzuschneiden. Es gibt einige Pluspunkte, die das Land in die Waagschale werfen kann. Kolumbien hat eine Reihe herrlicher Strände. Es gibt wunderschöne Badeorte, mit allem, was sich der Tourist erwartet. Die Preise sind niedriger als anderswo, vor allem niedriger als in der Karibik. Avianca Airlines, das touristische Flaggschiff Kolumbiens, ist die älteste Fluglinie in der westlichen Hemisphäre. Avianca hat in den letzten zwanzig Jahren viel getan, um das Land für die Touristen attraktiver zu machen. Geld kam ins Land. Der Tourismus gehört heute in Kolumbien zu den Geschäftszweigen, die ein erhebliches Wachstum zu verzeichnen haben. Als hinderlich bei der Entwicklung des Fremdenverkehrs hat sich die eigene Bevölkerung erwiesen. Es gibt Fremdenhaß, jeder Tourist wird das bald feststellen. Immerhin, der Gast bekommt sein Bett, seinen Strand, seine Vergnügungen und sein gutes Essen.

Die Tourismusmanager der Avianca Airlines stellen bei der Werbung die Hauptstadt Bogotá in den Vordergrund. Bogotá ist zugleich das kulturelle Zentrum des Landes. Die Yankees, die nach Bogotá einfliegen, reisen trotzdem gleich weiter nach Cartagena oder nach Santa Marta, den beiden großen Badeorten. Es gibt außerdem zwei Inseln, die für den Fremdenverkehr entwickelt worden sind. Die erfreuen sich regen Zuspruchs der Amerikaner. Die Namen der Inseln: Providencia und San Andrés. Sonne, Strand, Wasserspülung. Auf beiden Inseln gibt es ein Spielkasino, es ist jeweils dem größten Hotel der Insel angegliedert und wird von Amerikanern gemanagt. Die Hoteliers der beiden Inseln leisten schon etwas. Es geht aufwärts, der Dollar rollt. Es sind die Dollars der Touristen, die Kolumbien eine gewisse wirtschaftliche Stabilität verleihen. Das Big Business des Landes, die Großen in Handel und Industrie, gründen ihren Einfluß auf geschmuggelte Dollars, die durch alle möglichen Kanäle ins Land fließen.

Zachary war nur einer von vielen, die sich der gewinnträchtigen Vermarktung kolumbianischer Produkte annahmen. Die meisten Geschäftsleute, die sich für diesen Zweig der Landwirtschaft interessierten, waren US-Amerikaner wie er. Inzwischen haben Swan und seine cleveren Freunde Konkurrenz bekommen. Profis aus Frankreich sind gekommen. Ein wilder Kampf um die Marktanteile ist entbrannt. Die Profis aus Frankreich verstehen etwas vom Drogenhandel, sie haben ihre Erfahrungen beim Vertrieb von Heroin gesammelt. Inzwischen ist es ihnen gelungen, Regierungskreise in ganz Südamerika zu infiltrieren. Offiziell verdammen die Regierungen in Südamerika den Drogenhandel, inoffiziell werden die Drogenhändler gefördert. Die Gründe liegen auf der Hand. Man braucht das Geld. Die Währung im Kokainhandel ist der Dollar. Ob die Dollars legal oder illegal ins Land fließen, ist den Regierungen egal. Eine Rolle spielt dabei auch der beachtliche Umfang der Operationen. Jedenfalls gehört der unabhängige Schmuggler in Ländern wie Kolumbien der Vergangenheit an. Wer am Anfang der Pipeline arbeitet, der kleine Dealer, der Student, die Hausfrau, auch Schmuggler der Mittelklasse wie Zachary Swan, muß damit rechnen, ins Gefängnis geworfen zu werden. Wenn so etwas geschieht, dann rauscht der Blätterwald. Ein Dealer ist verhaftet worden. Na sowas.

Den Gangster aus Korsika, der nur noch per Zentner schmuggelt, auch den diplomatischen Attaché, der den Stoff im Diplomatengepäck transportiert, läßt man gewähren. Natürlich nur, wenn sie an geeigneter Stelle ihre Schmiergelder hinterlegt haben. Man hat sogar so etwas Ähnliches wie ein gutes Gewissen dabei. Diese Schmuggler bewegen Mengen, sie sorgen für eine ausgeglichene Zahlungsbilanz.

VIII. DIE KONTROLLEN DER LUFTVERKEHRSGESELLSCHAFTEN

In Kolumbien werden, wie überall auf den Flughäfen, Detektoren eingesetzt, mit denen sich bestimmte Substanzen in den Gepäckstücken und natürlich auch Substanzen, die Passagiere am Körper verbergen, entdecken lassen. Außerdem gibt es peinlich genaue Durchsuchungen vor dem Betreten des Flugzeugs, nicht nur weil man Drogen zu finden hofft, sondern auch im Hinblick auf die Flugsicherheit. Es geht um Waffen. Die Situation ist heute so, daß niemand mehr ein großes weißes Stoffkaninchen in ein Flugzeug bringen kann, ohne daß der Zoll das Spielzeug genau unter die Lupe nimmt.

IX. DIE STUNDE DER WAHRHEIT

Die Stunde der Wahrheit schlug für Swan, als der Richter das Urteil verkündete. Vorangegangen war ein zähes Ringen zwischen Anwalt Peace und den Behörden. Peace war zuversichtlich, was die Fairneß des Richters anbetraf. Er kannte den Mann. Es galt als sicher, daß der Richter sich auf die Vorschriften beschränken würde, die ihm von Gesetz wegen bei der Urteilsfindung auferlegt waren. Im Unterschied zu anderen Richtern würde er sich jedem Druck von außen, auch dem Einfluß der Bundesbehörden, widersetzen. Die Bundesbehörden, das wußte Peace, mußten ein Interesse daran haben, Swan hinter Gitter zu bringen, auch wenn das Beweismaterial noch so dürftig war. Peace: »Die Bundesbehörden hatten sich auf Swan eingeschossen. Sie nahmen ihm übel, daß er seine Freunde nicht verraten hatte. Dafür sollte er schmoren. Was er getan oder nicht getan hatte, darauf kam es nicht mehr so sehr an.«

Der Richter, so sagte Peace weiter, gab nicht viel auf die Gerüchte, die vom Staatsanwalt in die Anklageschrift eingeführt wurden. Swan sollte einen zweifelhaften Lebenswandel haben. Was hatte das mit der Anklage zu tun? Es lag in der Tat nur wenig Beweismaterial gegen Swan vor. Er war nicht vorbestraft. Die Zeugen, die vom Gericht vernommen wurden, beschrieben ihn als Mann von Charakter. Eine Gefängnisstrafe, so führte der Richter in seiner Urteilsbegründung aus, wäre in diesem Fall nicht angemessen gewesen.

Nachdem das Urteil ergangen war, lobte Peace die Unabhängigkeit der richterlichen Meinungsbildung über den grünen Klee. »Wir hatten einen fairen Richter. Wir haben ein faires Urteil bekommen. Der Richter hat sich einen Teufel um die Bundesbehörden gekümmert, die ein drakonisches Urteil wollten.« Nicht nur der Richter, so hatte Peace hinzugefügt, auch die Behörden des Suffolk County Court hätten sich bei der Abwägung des Schuldvorwurfs und bei der Bewertung des Beweismaterials untadelig benommen.

Anmerkung des Autors

Ich begann dieses Buch im Winter 1974 in New York City. Erst im Frühjahr 1976 lag das fertige Manuskript vor. Die Zeit dazwischen war ausgefüllt mit dem, was ich als Destillierung der Fakten umschreiben möchte. Es galt die Spreu vom Weizen zu sondern. Ein Teil der übermittelten Informationen erwies sich als geschönt, dann wieder hatten Informanten übertrieben. Um die wahren Fakten herauszuschälen, fuhr ich viele Male zwischen New York City und Swans Gemüsefarm südwestlich von New York hin und her. Ich mußte bis San Francisco fliegen. Ich besuchte Informanten auf Long Island, in Bogotá, in den Badeorten an der kolumbianischen Küste. Wenn aus dem Ganzen ein lesbares Buch geworden ist, so ist das unter anderem meiner anfänglichen Skepsis zu verdanken. Zugleich muß ich sagen, daß ich großes Vertrauen in die Glaubwürdigkeit der Hauptfigur des Buches, in Swan, hatte. Dieses Vertrauen hat sich als gerechtfertigt erwiesen.

Man sagte mir, was ich wissen wollte, weil ich den Informanten Vertraulichkeit zusicherte. Und so wird der Leser verstehen, daß ich mich bei diesen Menschen hier nicht namentlich bedanken kann. Ich darf sagen, daß es eine Reihe von Freunden gab, die dafür gesorgt haben, daß ich bei meinen Recherchen keine Kugel in den Rücken bekam. Einige Male war ich gefährlich nahe an jener Grenze, die Gangster von gesetzestreuen Bürgern trennt. Wenn es mir gelang, diesseits der Grenze zu bleiben, so nur, weil Freunde mir mit Rat und Tat zur Seite standen. Damit will ich nicht sagen, daß meine Informanten jederzeit damit rechnen müssen, von irgendeinem Gangster, denen ihre Aussage nicht gefällt, ein Messer zwischen die Rippen zu bekommen. Oft bekam ich ganz einfach kleine, aber wichtige Mosaiksteine zugesteckt, aus denen ich das Bild zusammensetzte.

Zu den Personen, die dem Autor beim Recherchieren und bei der Abfassung des Manuskripts halfen, gehören Richard Collier, James Pappas, Walter Peek, Michael Sabbag, Michael Sallette, Gwen M. Vallely, Joseph Vallely, Stephen Wheatly und Oklahoma Nancy Wright. Ihnen allen gilt mein Dank. Ebenso danke ich Dr. med. James E. Bradof und Mary A. Ryan, Magister der Wirtschaftswissenschaften und geprüfte Krankenschwester, für ihren fachlichen Rat und für ihre ganz persönliche Hilfe. Zu Dank verpflichtet bin ich weiter Dorothy L. Pittman und Tom Gervasi, schon wegen der Geduld, die sie beide für mich und das Buch aufbrachten. Alyce Hans danke ich für den Einblick in ihre Tagebücher, den sie mir gewährte. Sie war mir beim Recherchieren eine wertvolle Hilfe. Dann gibt es noch Charles Forsman. Mit ihm habe ich mich viele Stunden unterhalten. Einige unserer Unterhaltungen habe ich, mit Charles' Zustimmung, auf Tonband genommen, um die Informationen am grünen Tisch auszuwerten. Die Daten, die mir Charles Forsman gab, kommen ›von der Front‹ und zeichnen sich, wie ich feststellen konnte, durch besondere Exaktheit aus. Es war Charles Forsman, der mir den Zugang zu Informationen aus der Unterwelt Bogotás verschaffte.

Der Autor dankt seinen Eltern und Familienangehörigen für den Zuspruch, den wohl jeder braucht, der über Jahre hinweg an einem Buch arbeitet. Persönlichen Anteil am Entstehen des Buches hatten Deborah Meltzer, die mir Mut machte zu einem Zeitpunkt, als alle anderen Freunde noch von dem Projekt abrieten, und die in mir die Energien freisetzte, ohne die das Werk nicht hätte vollendet werden können. Erwähnen möchte ich auch Carol Doerrer Bradof, die meinen Stil von gewissen Nuancen reinigte, die ich heute, in selbstkritischer Rückschau, dem Hintertreppenjournalismus zurechnen würde.

Ich danke meinem Freund Robert L. Billingsley. Er ist nicht nur ein großer Amerikaner. Er hat auch oft die Martinis für mich bezahlt, wenn ich kein Geld mehr hatte. Robert war da, wenn ich ihn brauchte. Und schließlich gebührt meine Anerkennung Mary A. Ryan, die mir beim Recherchieren und beim Schreiben unzählige Male zu Hilfe gekommen ist. Mary trägt entscheidenden Anteil daran, daß Sie dieses Buch bis zum letzten Kapitel gelesen haben.

New York, im Mai 1976

Register

HEYNE BÜCHER

HEYNE FILMBIBLIOTHEK

Unvergeßliche Stars
Große Filme
Geniale Regisseure

32/61 - DM 6,80

32/60 - DM 9,80

32/25 - DM 5,80

32/22 - DM 6,80

32/67 – DM 7,80

32/56 - DM 8,80

32/62 – DM 6,80

32/63 - DM 9,80

-Scene-
Alternativen,
Neue Ausdrucksformen,
Musik, Gegenkultur
-Scene-
Graffiti
Stell Dir vor, es ist Krieg, und keiner geht hin
Was an deutschen Wänden steht
HEYNE
HEYNE 18/1 - DM 6,80
-Scene-
Lieder gegen den Krieg
Künstler für den Frieden
Harry Belafonte, Wolf Biermann, André Heller, Erika Pluhar, Mikis Theodorakis, Udo Lindenberg, Konstantin Wecker u.v.a.
HEYNE
HEYNE 18/2 - DM 7,80
-Scene-
Udo Lindenberg
Rock'n'Roll und Rebellion
Ein panisches Panorama
HEYNE
HEYNE 18/3 - DM 9,80
FEB. '84
-Scene-
Robert Sabbag
Schneeblind
Report über den Kokainhandel
HEYNE
HEYNE 18/4 - DM 7,80
-Scene-
Henky Hentschel
Auf dem Zahnfleisch durch Eden
Wege und Irrwege eines Alternativen
HEYNE
HEYNE 18/5 - DM 5,80
-Scene-
Underground USA
Texte der alternativen Scene in Amerika
HEYNE
HEYNE 18/6 - DM 9,80
APRIL '84